Herbert Bonewitz

Ein Narr packt aus

Impressum

Texte & Zeichnungen:

Herbert Bonewitz

Titelbild:

Werner Feldmann

Fotos:

Privatarchiv Herbert Bonewitz *)

Herausgeber:

Michael Bonewitz

Satz und Layout:

Agentur & Verlag Bonewitz

Druck und Herstellung:

gzm – Grafisches Zentrum Mainz Bödige GmbH

Verlag und Vertrieb:

Agentur & Verlag Bonewitz

Obergasse 14 * 55294 Bodenheim

Tel.: 06135-6005 * Fax: 06135-3983 * E-Mail: info@bonewitz.de

ISBN 978-3-9813999-1-2

**) Die Originalfotos sind alle in Alben eingeklebt, sodass sich der jeweilige Fotograf leider nicht feststellen lässt. Wer jedoch sein Urheberrecht belegen kann, der möge sich wegen einer entsprechenden Abgeltung an den Verlag wenden.*

Herbert Bonewitz

Ein Narr packt aus

Erinnerungen eines Mainzer Urgesteins

www.bonewitz.de

Gruß an Herbert

Herbert
Das ist der Volksnarr
Der Volksverrückte
Der im letzten Augenblick
Dem Karnevalismus Entsprungene

Herbert
Das ist ein Wunder
Und doch kein Wunder
Denn er war schon inmitten
Von Glitzer und Prunk
Flitter und Pomp
Immer ein Kabarettist
Ein rebellischer Querkopf

Herbert
Das ist aber auch
Der kleine verschämte Poet
Am Clavicimbelsüchtige
Der Traumabhängige

Herbert
Das ist der Aufsmaulschauer
Der Menschenspieler
Der Alltagsschnauzenkenner
Der Wortkaskadenverschwender
Der Weltverdreher
Der Abendkomiker
Der Jazzanarchist
Der Nachtschattenschwärmer

Herbert
Das ist einer
Den die Menschen brauchen
Zum Lachen und zum Weinen
Wie's tägliche Brot
Zum Spaß und zum Schweigen
Wie's tägliche Leben

Herbert
Das ist schon einer
Und zwar von den Besten
Herbert Bonewitz
Von Haus zu Haus
Und von Bühne zu Bühne
Wo immer Du Dich befindest
Grüße ich Dich
Von ganzem Herzen

Hanns Dieter Hüsch
(1925 – 2005)

Raum für Erinnerungen

„Ein Narr packt aus" hieß das erste Kabarettprogramm von Herbert Bonewitz. Wer damals dabei war, erinnert sich vielleicht noch an die endlosen Schlangen vor den Kartenhäuschen des Forumtheaters „unterhaus". Herbert Bonewitz war 1975 eine Art Flüchtling der Fastnachtsszene, der im berüchtigten Mainzer Kabarettkeller Exil bekam. Niemand ahnte damals, dass mit seinem Debüt zugleich die Grundlage für eine neue Karriere gelegt wurde. Aus dem Werbeleiter eines Hygienepapier-Herstellers, der in seiner Freizeit offenbar mit Vorliebe etablierte Fastnachter verärgerte, wurde fast über Nacht ein Kabarettist. Für ihn begann damit eher unabsichtlich ein Seitenwechsel, der kurioserweise beide Seiten auf Jahre irritierte. Den Fastnachtern war er fortan zu kabarettistisch, und so manch etabliertem Kabarett-Fundamentalisten – ja, auch die gab es damals – war er schlicht zu fastnachtlich. Allen Kritikern zum Trotz hat er sich durchgesetzt – mit einem simplen Trick: Er hatte Erfolg beim Publikum. Und das jahrzehntelang. Schließlich verlieh ihm das „unterhaus" die Ehrenglocke, mit dem denkwürdigen Titel „Wider den leeren Stuhl", denn leere Stühle hat es in seinen „unterhaus"-Programmen nie gegeben.

Nun wird Herbert Bonewitz, mein langjähriger Vater, im Jahre 2010 närrische 77 Jahre alt. Was lag also näher, als den Narr zu bitten, seine Erinnerungen zu Papier zu bringen. Diese Autobiografie basiert zu einem kleinen Teil auf einer Broschüre, die der Autor einmal für eine Publikation der Mainzer Bibliotheksgesellschaft erstellt hat. 100 Seiten Umfang hatte man ihm damals zugestanden, deutlich zu wenig, für 77 Jahre Herbert Bonewitz. Wir haben uns daher entschieden, ihm den Raum zu geben, den er braucht, um all seine Erinnerungen nieder zu schreiben, und es sind – wie nicht anders zu erwarten – viele unterhaltsame Kapitel entstanden. Am Ende wurden es 344 Seiten, die Sie jetzt in der Hand halten, und ich bin mir sicher, als Verleger und Sohn – er ist jede Seite wert, dieser unverbesserliche Narr...

Viel Spaß bei der Lektüre wünscht

Michael Bonewitz

Autogrammkarte aus dem Jahr 1986

Hallo und herzlich willkommen…

… zu einer kleinen Zeitreise in die Vergangenheit! Wenn man ein Gespräch führt, dann hat das den großen Vorteil, dass man die Reaktionen des Anderen genau beobachten kann: Aufmerksam oder gelangweilt? – Zustimmend oder ablehnend? – Interessiert oder gleichgültig? – Ein Autor dagegen merkt von all dem gar nichts. Er kann nur hoffen, so unterhaltsam und spannend geschrieben zu haben, dass sein mit viel Herzblut, Schweiß und Mühen verfasstes Werk nicht gleich nach der Lektüre der ersten Seiten im Müll landet.

Aber da am Ende meiner Bühnenauftritte das Publikum bisher meistens noch genau so vollzählig vorhanden war wie am Anfang, gehe ich mal davon aus, dass die geneigten Leser bei der Lektüre dieser Zeilen – ohne vor Langeweile einzuschlafen – bis zur letzten Seite durchhalten werden. Man muss das Buch ja nicht gleich in einem Zug durchlesen. Es könnte auch ein Bus sein oder ein Flugzeug. Es kann auch durchaus Stunden dauern oder Tage oder Wochen oder Monate – das bleibt jedem überlassen.

Ich vertraue vor allem auf die Neugier. Denn man kann einiges Interessantes und Kurioses erfahren aus meinem „zahlreichen Leben“, das ja nur zu einem kleinen Teil öffentlich auf Bühnen stattgefunden hat. Selbst wenn sich das Meiste bereits im vorigen Jahrhundert abgespielt hat. Obwohl anzunehmen ist, dass viele Leserinnen und Leser ebenfalls aus jener längst vergangenen Epoche stammen.

Natürlich ist das alles nichts Weltbewegendes, was ich hier zu Papier gebracht habe: Weder gibt es sensationelle Enthüllungen, noch spektakuläre Affären. Ebenso wenig geht es um politische oder gesellschaftliche Ereignisse in Stadt, Land oder Bund, sondern ausschließlich um Erlebnisse im privaten Kreis und im öffentlichen Umfeld. Es ist eine abwechslungsreiche und (hoffentlich) unterhaltsame Auswahl von Erinnerungen aus meinem Leben.

Zwar gibt es Leute, die kommentieren so was abfällig: „Alles Schnee von gestern!“ Das mag sein. Aber ohne den „Schnee von gestern“ gäbe es keine Gegenwart und folglich auch keine Zukunft. In diesem Sinne kann ich nur hoffnungsfroh wünschen:

Na denn… viel Spaß und gute Unterhaltung!

Ihr Herbert Bonewitz

Teil I

Zwischen allen Stilen

(1933 – 2000)

Die Erinnerung
ist das einzige Paradies,
aus dem wir nicht
vertrieben werden können.
(Jean Paul)

Ein Leben voller Narretei

Rein biologisch gesehen befinde ich mich zu dem Zeitpunkt, als dieses Buch publiziert wurde, in einem ausgesprochen närrischen Alter: Sieben mal elf Jahre sind es inzwischen geworden. Dabei habe ich immer noch die Energie eines 76-jährigen.

Natürlich kann ein solch langlebiges Fossil wie ich von Zeit zu Zeit etwas vorweisen, was man „Jubiläum“ nennt. In diesem Jahr – anno 2010 – sind es sogar zwei „Jubiläum-se“ auf einmal – wenn auch zwei nicht ganz so „runde“, denn vor 60 Jahren begann ich offiziell mit meinen künstlerischen Aktivitäten auf der Bühne, und vor 35 Jahren trat ich erstmals mit einem Kabarettprogramm im „unterhaus“ auf.

Also könnte ich in diesem Jahre – rein mathematisch gesehen – ein „95-jähriges Jubiläum“ feiern. Ohne Zweifel ein äußerst seltenes Ereignis... für einen 77-Jährigen. Wenn ich dann noch die 35 Jahre dazuzähle, in denen ich als Fastnachter aktiv war, dann käme ich insgesamt sogar auf ein „130-jähriges Jubiläum“... und dann dazu noch die 25 Jahre in meinem gutbürgerlichen Beruf... sowie die fast 55 Jahre, seit ich meine Frau Barbara kenne... und dann noch mein mittlerweile nahezu biblisches Alter... aber Schluss mit diesen närrischen Zahlenspielereien.

Doch solche Narreteien sind in gewisser Weise bezeichnend für mein Wesen und für mein ganzes Leben. Denn ein Narr bin ich schon immer gewesen – von Kindheit an und bin es heute im hohen Alter immer noch. Allerdings nicht in karnevalistischer Hinsicht, sondern im übertragenem Sinne: als unangepasster Spötter, als Kreuz- und Querdenker, der gerne aus der Rolle fiel und dadurch oft zwischen allen Stilen landete: ein ewig Neugieriger, der die Welt auf den Kopf stellt, um nachzusehen, was sich darunter verbirgt.

Wobei ich unter anderem so naiv war mir einzubilden, die hiesigen obersten Fastnachtsnarren würden einen so aufmüpfigen närrischen Spinner wie mich in ihren Reihen ohne Vorbehalte akzeptieren. Ein großer Irrtum, der im Lauf der Zeit dazu führte, dass ich bald ein „ausgefallener“ Narr wurde.

Danach wechselte ich ins Kabarett – sinnigerweise hieß mein erstes Programm: „Ein Narr packt aus“. Das war sozusagen mein „kabarettistischer Urknall“. Allerdings musste ich dort erstaunt feststellen, dass es auch in der Kleinkunstszene geradezu wimmelte von Narren aller Art. Sowohl von solchen, die es absichtlich sind – aber auch von vielen unfreiwilligen, die es bis heute noch nicht gemerkt haben. Es gibt halt immer einen Narren mehr als man glaubt.

Ich jedenfalls werde weiterhin einer sein. Was anderes kann ich mir auch gar nicht vorstellen. Schließlich waren die wichtigsten Stationen meines Lebens durchgehend närrisch geprägt. Selten lief bei mir etwas normal ab. Ständig gab es Rollen-Wechsel – stellenweise verbunden mit allen möglichen Stilbrüchen – und zwar am laufenden Band.

Aber ich will der Reihe nach vorgehen, mit einer Art Schnelldurchgang durch 77 Jahre, wobei ich hoffe, den literarischen Ansprüchen meiner Leserschaft zu entsprechen. Es heißt zwar: Im Alter würde man allmählich immer klüger. Aber dazu kann ich aus Erfahrung nur sagen: Das Gegenteil... ist falsch.

Der denkwürdige 9. November

Das Licht dieser Weltbühne erblickte ich mitten im Goldenen Mainz. Die Premiere war an einem Donnerstag, am 9. November 1933, also närrischerweise im elften Monat des Jahres „Neunzehnhundert-drei-mal-elf". Laut amtlicher Geburtsurkunde auch noch genau um elf Uhr. Diese närrische Zahlenhäufung muss offenbar prägend gewesen sein für mein zukünftiges Leben. Selbst die Oberschwester auf der Kinderstation im Städtischen Krankenhaus soll meinen ersten öffentlichen Auftritt entsetzt kommentiert haben mit den Worten: „Um Himmelswille... der Kerl kreischt ja wie narrisch!" Offenbar hatte ich damals schon geahnt, was noch alles auf mich zukommen sollte.

Der 9. November ist historisch gesehen ein äußerst denkwürdiges Datum nicht nur für mich, sondern auch für ganz Deutschland:

Am 9.11.1918 wurde in Berlin die erste deutsche Republik ausgerufen – durch den SPD-Politiker Philipp Scheidemann.

Am 9.11.1923 hatte Hitler in München gegen die Regierung geputscht – mit dem missglückten Marsch zur Feldherrnhalle.

Am 9.11.1938 wurden durch die Nazis die ersten landesweiten Judenpogrome inszeniert – in der von ihnen zynisch so genannten „Reichskristallnacht".

Am 9.11.1989 erfolgte der Fall der Mauer – mit dem anschließenden Untergang der DDR und der Wiedervereinigung Deutschlands.

Eine erstaunliche Häufung von historischen Ereignissen – und das ausgerechnet an diesem einen Tag.

Aber damals in den Dreißiger Jahren konnte ich von all dem noch nichts ahnen. Ich hatte weitaus Wichtigeres zu tun: Ständig wollte ich essen oder trinken oder schlafen. Drei Bedürfnisbefriedigungen, die selbst Jahrzehnte später noch immer eine bevorzugte Stelle in meinem Leben einnehmen sollten.

Eifrig versuchte ich meine erste Rolle möglichst gut zu spielen: als Kind – genauer gesagt als Einzelkind. Und das bedeutet: sehr verwöhnt, aber mit ständigen elterlichen Ermahnungen – wie damals üblich – ja immer schön artig und gehorsam zu sein. Was mir nur äußerst selten gelungen ist... glücklicherweise.

Der Bub vom Neubrunnenplatz

Aufgewachsen bin ich im Zentrum der Stadt: am Neubrunnenplatz 3. Meine Eltern hatten dort ein Tabakwarengeschäft. Mein Vater pflegte ganz stolz zu betonen: „En gros und en detail!"

Sehr früh überzeugte ich mich selbst – wenn auch heimlich – von der Qualität seines reichhaltigen Sortiments. Nicht etwa, dass ich Zigaretten geraucht hätte oder Zigarren oder gar Pfeife. Das lernte ich erst viel später – leider. Damals interessierte ich mich weit mehr für essbare Delikatessen, von denen es in einem Tabakwarengeschäft leider relativ wenig Auswahl

gab. Mit einer Ausnahme – zumindest in meinen Augen – weil es nach etwas Essbarem klang: Kautabak. Allerdings verzichtete ich nach dem Verzehr desselben – verbunden mit einem mehrstündigen Aufenthalt auf dem Klosett – für den Rest meines Lebens auf diesen fragwürdigen Genuss.

Rosenmontag 1936.
Ein Määnzer „Flachland-Tiroler" sammelt erste närrische Eindrücke.

Wir wohnten zur Miete in einem Eckhaus gegenüber vom Neubrunnen: zwischen einer Wirtschaft und einem Kino, dem damaligen „Regina". Ich bewegte mich in meiner Jugend also ständig sozusagen zwischen „Kultur und Suff". Diese Konstellation hat offenbar mein ganzes späteres Leben geprägt – „en gros und en detail".

Mein erster öffentlicher Auftritt vor Publikum erfolgte im Kindergarten vom Sankt-Peter-Stift und zwar an Fastnacht. Die Schwestern hatten eine lustige „Zirkus-Vorstellung" inszeniert für die damaligen Kids – sozusagen eine Frühform von „Jugend in die Bütt".

Liebend gern hätte ich dabei die Rolle des Clowns gespielt. Aber meine Mutter legte mehr Wert darauf, mich dem staunenden Publikum in der eleganteren Rolle des „Zirkus-Direktors" zu präsentieren. Was mir absolut nicht gefiel. Das Kostüm mit Frack und Zylinder fand ich ausgesprochen affig. Seitdem habe ich eine tief sitzende Abneigung gegen Fräcke.

Jedenfalls übernahm ich damals mit sehr wenig Begeisterung die Rolle des Ansagers. Ich muss dabei der wohl missmutigste Direktor gewesen sein, den je ein Zirkus gehabt hat.

links: Der Neubrunnenplatz 1935.
An der Ecke: das Tabakwarengeschäft von Josef Bonewitz – „en gros & en detail"

Schulanfang Ostern 1940.
Der stolze Vater Jupp begleitet seinen Filius zum ersten Klassentreffen.

Die Erfahrungen jedoch, die ich mit der Erwachsenen-Fastnacht machte, waren ausgesprochen positiv. Alljährlich zog der Rosenmontagszug durch die Große Bleiche, und ich konnte dadurch das närrische Treiben hautnah begeistert miterleben.

Schon als närrisch kostümierter Dreikäsehoch wurde ich von meinen Eltern auf eine große Leiter vor dem Neubrunnen platziert. Dort saß ich stolz in luftiger Höhe und zwar – was besonders günstig war – in direkter Flugrichtung von „Bombos unn Schokelaad“. Mit einem großen Korb bewaffnet konnte ich dort reichliche Vorräte sammeln – für die anschließende Fastenzeit.

Somit war ich bereits frühzeitig vorbelastet in punkto Fastnacht. Nicht nur als eifriger Betrachter des Rosenmontagszugs und als Genießer seiner kulinarischen Köstlichkeiten, sondern auch als Beobachter des närrischen Treibens innerhalb der Familie während der Kampagne.

Meine Mutter Aenne war in ihrer Jugend Tänzerin gewesen: im MCV-Hofballett unter Leitung von Änne Willius-Senzer. Mein Vater war sogar als zweifacher Komiteter aktiv: bei der Ranzengarde und beim MCV. Allerdings weniger aus fastnachtlicher Begeisterung als vielmehr zur Pflege seines großbürgerlichen Kundenstammes – sowohl „en gros“ als auch „en detail“.

Auf die Frage einer sehr weitläufigen Tante aus Stuttgart: „Was macht denn dein Papa eigentlich bei diesen Karnevalssitzungen?“, antwortete ich lakonisch: „Trinke, lache unn doll Zeuch babbele!“ Offenbar war mir damals schon der tiefere Sinn und eigentliche Zweck unseres Volksfestes völlig klar gewesen.

Der Bruder meines Vaters – mein Onkel Willy Bonewitz – war sogar als Akteur auf der Fastnachtsbühne tätig. Er war der erste Chorleiter gewesen, mit dem die „Mainzer Hofsänger" beim MCV auftraten. Das war vor dem Zweiten Weltkrieg. Da sieht man mal, wie alt die schon sind.

Vom Klassen-Clown zum Krippen-Schauspieler

Ich war keineswegs ein ruhiges oder gar schüchternes Kind gewesen, sondern immer bestrebt, meine Umgebung zu erheitern, egal mit welchen Mitteln. Meine stets auf Etikette achtende Mutter rügte mich jedes Mal: „Musst du denn immer de Kasper mache?" Worauf ich zu antworten pflegte: „Nää, ich muss nit... aber ich will!"

Es gab für mich nichts Schöneres als meine Mitmenschen zum Lachen zu bringen. Ob das auch immer stilistisch passend war oder nicht, das hat mich noch nie interessiert. Und das ist auch so geblieben – bis heute.

Als ich 1940 die Rolle eines Volksschülers in der Adam-Karillon-Schule übernahm, erweiterte sich meine Zielgruppe beträchtlich. Hier konnte ich meinen Kindertraum verwirklichen: endlich mal vor einem größeren Auditorium den Clown spielen. Meine ersten Erfolge errang ich meist während des Unterrichts – vor einem überaus begeisterten „Klasse-Publikum". Allerdings erhielt ich dabei auch die ersten schlechten Kritiken – von den Lehrern. Aber das hat mich nicht sonderlich gestört. Viel wichtiger waren mir das Gelächter und der Applaus meines begeisterten Publikums. Daran hat sich auch in meinem späteren Leben nichts geändert.

Unser Klassenlehrer hieß „Von der Embse", aber seinen Namen hatten wir – wie Schüler es von jeher gerne taten – verballhornt: Für uns war er „die Vorderbrems". Er hatte eine lange, dürre Gestalt, immer etwas vornüber gebeugt, und war im Ersten Weltkrieg Kompanieführer gewesen. Daher kam es wohl, dass er bei seinem Eintritt ins Klassezimmer stets die geballte rechte Faust dreimal nach oben stieß – im Krieg das Zeichen zum Angriff – und dabei rief: „Auf, auf, marsch, marsch!"

Wir sprangen gehorsam auf und brüllten: „Zu Befehl!", wonach er stets beifällig nickte. Dann ging er zum Schrank und holte seine Violine heraus. Es war Vorschrift, täglich zu Schulbeginn die Nationalhymne zu singen, was wir auch gern taten, allerdings zu seinem korrekten Geigenspiel möglichst unharmonische Töne produzierend. Auf die eigentlich vorgeschriebene Fortsetzung der Hymne mit dem Kampflied der S.A. „Die Fahne hoch..." verzichtete er jedoch, denn offenbar war er mehr ein patriotischer Adliger als ein idiotischer Nazi.

Beflügelt von den ersten Erfolgen aufgrund meiner vielfältigen darstellerischen Künste bei meinen Clownerien in der Schule, bewarb ich mich selbstbewusst und kühn um die Rolle eines Schauspielers. In unserer Pfarrkirche Sankt Emmeran wurde an Weihnachten ein Krippenspiel aufgeführt. Dafür suchte man noch dringend einige Mitwirkende.

Die mir zunächst angebotenen Rollen als „Ochs" oder „Esel" überließ ich großzügig anderen Mitbewerbern. Leider waren die Hauptrollen bereits vergeben. Obwohl ich fest überzeugt davon war, eine außergewöhnliche Interpretation der Rolle von „Mutter Maria" abliefern zu können.

Es blieb nur noch einer von den heiligen drei Königen übrig. Wobei ich mich aufgrund meiner clownesken Ambitionen für den „Kasper" entschied. Dass es sich dabei um einen seriösen „Caspar" handelte, ignorierte ich einfach.

Bei der Premiere jedenfalls hielt ich mich nicht an meinen vorgegebenen Text, stolperte über die Krippe, riss meine Kollegen Melchior und Balthasar um und rief dabei lauthals: „Helau-luja!" Nie wieder habe ich seitdem ein solches Gelächter in einer Kirche gehört.

Es war nicht das erste – und auch nicht das letzte Mal – dass ich aus der Rolle fiel. Der Pfarrer versicherte mir anschließend: Meine erste Rolle als „Krippenschauspieler" sei wirklich einmalig gewesen – in jeder Beziehung.

Vom Nachwuchs-Pianisten zum Jungvolk-Pimpf

Da ich in einer ausgesprochen musikalischen Familie aufwuchs – mein Vater spielte Geige, mein Onkel Willy Klavier und mein Opa Emil Harmonika – blieb mir der obligate Klavierunterricht nicht erspart. Man schickte mich aufs Peter-Cornelius-Konservatorium.

Die langwierigen Fingerübungen und klassischen Etüden konnten mich jedoch nicht sonderlich begeistern. Viel lieber versuchte ich in den Pausen die damals gängigen Fastnachtsschlager zu interpretieren. Was mir zwar den Beifall meiner Mitschüler einbrachte, jedoch nicht unbedingt die Zustimmung des Lehrkörpers.

Nach einiger Zeit traute man mir dennoch zu, beim alljährlichen klassischen Konzert vor versammelter Elternschar mitzuwirken und zwar in der Rolle eines „Nachwuchs-Pianisten".

Die „Filmbühne" von Opa Emil Bonewitz in Gonsenheim im Jahre 1942

Nach meinem Empfinden war mein erster öffentlicher Auftritt am Flügel nur ein äußerst mäßiger Erfolg. Obwohl ich eine „Humoreske" von Schumann spielte, hat kein Mensch gelacht.

Das lag wahrscheinlich auch daran, dass ich mich beim Schlussakkord nicht – wie sonst üblich – zum Gaudium meiner Mitschüler vom Klavierhocker fallen ließ. Die waren darüber auch sehr enttäuscht. Nur meine stolzen Eltern zeigten sich höchst zufrieden über meine ungewohnt vornehme Zurückhaltung.

Um festzustellen, ob ich nicht nur musizierend, sondern auch gesanglich höchsten künstlerischen Anforderungen genügen könnte, nahm ich einen Rollen-Wechsel vor und wurde Mitglied in einer originellen Mainzer Gesangsgruppe: im Domchor. Bei unseren klerikalen Auftritten hatten wir zwar recht ulkige Kostüme an, aber bei den gesanglichen Darbietungen gab es doch relativ wenig zu lachen – höchstens in den Proben.

Auf jeden Fall versuchte ich – obwohl noch sehr jung – möglichst „Alt" zu singen. Das Resultat war jedoch von mir nur schwer zu kontrollieren, da die anderen so laut zu singen pflegten, dass ich mich selbst nicht hören konnte. Was durchaus auch eine Gnade gewesen sein könnte. Den meisten

Beifall erhielt ich allerdings immer erst nach dem Konzert: als Solist – im Tor der „Domspatzen-Fußballmannschaft".

Am 20. April – an Führers Geburtstag (die Älteren werden sich noch ungern erinnern) – wurde ich 1944 als Zehnjähriger eingezogen zum Jungvolk in die Hitlerjugend. Dort musste ich die Rolle eines uniformierten strammen Pimpfs übernehmen. Man versuchte mit allen Mitteln mir die baldige Wehrertüchtigung zu vermitteln, damit ich als zukünftiges Mitglied des Volkssturms die alliierten Feinde des Reiches in die Flucht schlagen könne.

Im Rahmen meiner vormilitärischen Ausbildung legte ich jedoch durch ständigen Unfug ein so unsoldatisches Verhalten an den Tag, sodass es mich nicht groß verwunderte, dass die HJ-Führung an mir schier verzweifelte, und das ganze System kurze Zeit später total zusammenbrach.

Flucht aus der Flammenhölle

Vorher jedoch übernahm ich eine neue Rolle: Als Gymnasiast wurde ich aufgenommen in die Sexta der „Hermann-Göring-Schule" am Kurfürstlichen Schloss (heute: Schlossgymnasium). Zu einem regelmäßigen Unterricht kam es jedoch bald nicht mehr. Fast täglich gab es gegen Ende des Krieges Fliegeralarm und Bombardements, sodass wir die meiste Zeit im Keller verbringen mussten.

Bis zu dem verheerenden Großangriff am 12. und 13. August 1942 hatten wir noch im Keller unseres Hauses Zuflucht gesucht. Damals schlug eine Fünf-Zentner-Bombe knapp zwei Meter vor unserem Kellerfenster in den Boden. Zum Glück war es jedoch ein Blindgänger, der später entschärft werden konnte. Da hat unser Schutzengel sicher die Hand dabei im Spiel gehabt.

Daraufhin trauten wir unserem Hausbunker nicht mehr, sondern rannten bei jedem Angriff mit unserem Handgepäck über die Große Bleiche hinüber in einen öffentlichen Luftschutzkeller neben dem Restaurant „Neubrunnenhof".

Bei dem schwersten Luftangriff des Krieges auf Mainz am 27. Februar 1945 wurden meine Mutter und ich dort mit hunderten Menschen in den total überfüllten Kellerräumen verschüttet. Die Ausgänge waren durch Trümmer blockiert. Nur mit viel Mühe und Glück konnten wir uns mit ein paar Beherzten durch Mauerdurchbrüche wühlen und dadurch unser

Leben retten. Wie es sich später herausstellen sollte, waren alle im Keller Zurückgebliebenen wegen Sauerstoffmangel erstickt. Es wurden über 200 Opfer gezählt.

Die Straßen der völlig zerstörten Innenstadt waren die reinste Feuerhölle. Orkanartig wütete ein heulender Feuersturm um uns herum. Glühende Feuerzungen regneten vom Himmel herab. Es war unerträglich heiß, und das Atmen fiel schwer.

Unser Haus stand zwar noch, aber es brannte bereits das Dachgeschoss. Alle anderen Häuser ringsum lagen zertrümmert am Boden. Die Stätten meiner Jugend waren zerstört. Ein grausiger Anblick, der sich mir für immer eingeprägt hat.

Nur mit knapper Not entkamen wir dem feurigen Inferno, das in der Stadt wütete. Dabei mussten wir offenbar mehrere Schutzengel gehabt haben. Wir rannten durch das Flammenmeer, die Boppstraße hoch, vorbei an Leichen, durch Trümmer und Bombentrichter hinauf zum Hartenberg, von da nach Gonsenheim zu Oma und Opa – den Eltern meines Vaters, der zu dieser Zeit als Wachtmeister bei der Schutzpolizei im Einsatz war.

Das Haus meiner Großeltern in der damaligen Kaiserstraße (in der Nazi-Zeit umbenannt in „Straße der S.A." und nach dem Krieg in „Breite Straße") war groß genug, sodass wir uns dort im Laufe der Zeit unter dem Dach eine neue Wohnung einrichten konnten.

Mein Opa Emil hatte bereits 1925 nicht nur das Hinterhaus zu einem Kino umgebaut, sondern auch einen kleinen Eckladen im Vorderhaus eingerichtet. Dort konnten meine Eltern dann später wieder ihr Tabakwarengeschäft eröffnen. Diesmal jedoch bedauerlicherweise nicht mehr „en gros", sondern nur noch „en detail".

Die faszinierende Macht des Kinofilms

Mir war die Umgebung seit meiner frühen Kindheit schon bekannt. Bereits vor dem Krieg bin ich mit meinen Eltern regelmäßig an den Wochenenden von der Stadt aus mit der „Elektrisch" nach Gonsenheim gefahren. Manchmal haben wir sogar bei den Großeltern übernachtet.

Für einen „Stadtbub" war Gonsenheim das reinste Paradies. Man konnte im Sommer stundenlang im Wald spazieren gehen oder im Winter am Lenneberg Schlitten fahren. Es gab sogar einen kleinen Tierpark an der Krimm mit Enten, Hasen und Rehen.

In würdevoller Haltung warten Opa Emil und Papa Jupp im Herbst 1933 auf den lang ersehnten Stammhalter der Bonewitz-Sippe, der sich auch bald darauf blicken ließ.

Das Interessanteste für mich war jedoch das Kino meines Großvaters. Es trug den eindrucksvollen Namen „Filmbühne" und existierte bereits in der Stummfilm-Zeit. Dennoch wurden damals die Filme dort bereits mit „Live-Musik" vorgeführt. Eine Sensation für die Einwohner von Gonsenheim, das zu jener Zeit noch ein reines Bauerndorf war.

Für die musikalische Untermalung der Ereignisse auf der Leinwand sorgte jedoch nicht der damals übliche „Mann am Klavier", sondern ein ganzes Orchester. Und das fast zum Nulltarif, denn die Musiker waren größtenteils Familienmitglieder: mein Vater spielte Geige, mein Onkel Willy Piano und mein Onkel Heini Schlagzeug. Solistisch trat er hauptsächlich in Aktion bei der Untermalung von Autozusammenstößen, von Explosionen und von Schlägereien mit größeren Materialschäden.

Erweitert wurde das musikalische Ensemble nur in ganz besonderen Fällen – so zum Beispiel bei monumentalen Historienschinken oder bei Militärfilmen, zum Beispiel über den „alten Fritz", den Preußenkönig. Dann riefen die drei musizierenden Söhne einen Vetter zu Hilfe, der in der Feuerwehrkapelle einer Nachbargemeinde Trompete spielte.

Bei besonders erschütternden Melodramen – wenn zum Beispiel die Hauptdarstellerin am Schluss aus Liebesgram ins Wasser ging –, holte man einen weiteren guten Bekannten mit seinem Cello dazu. Er musste dann jedes Mal, wenn die Hauptdarstellerin am Schluss sich wegen Liebeskummer ertränkte, mit einem elegischen Solo die Tränenströme des zutiefst erschütterten Publikums zum Fließen bringen. Daher nannte man ihn respektvoll den „Tränenzieher". Die Qualität dieser musikalischen Darbietungen blieb der Nachwelt leider – oder auch zum Glück – für immer verborgen, denn es existieren keinerlei Tonträger aus dieser Zeit.

Als ich zum begeisterten Kinobesucher wurde, regierte längst der Tonfilm. Ich sah mir fast sämtliche Filme aus jener Zeit an. Kriegsfilme, die es reichlich gab, interessierten mich nicht besonders. Die waren mir zu pathetisch und zu ernst. Ich bevorzugte die gängigen Musik- und Revuefilme – vor allem die Lustspiele mit Hans Moser, Heinz Rühmann und Theo Lingen. Wie ein Schwamm saugte ich alles auf, in der Hoffnung selbst einmal die Rolle eines Komikers spielen zu können – wenn möglich sogar die eines „Musik-Komikers".

Die Sonntagnachmittage bei den Großeltern waren beliebte Treffpunkte unserer gesamten Sippschaft: eine schier erdrückende Masse alter Tanten und ulkiger Onkels. Dazwischen nervten haufenweise quengelnde Vettern und kreischende Kusinen. Wir hatten damals zu meinem Leidwesen halt viel zu viel Verwandtschaft in der Familie. Daher flüchtete ich lieber ins Kino.

Um zwei Uhr gab es eine Kindervorstellung – Märchen oder Wildwestfilme – und um fünf Uhr einen Erwachsenenfilm. Ob der jugendfrei war oder nicht, das war mir völlig egal gewesen. Ich habe mir alles angeguckt. Es war ja auch kein großes Problem für mich ins Kino zu gelangen. Von der Wohnung aus gab es eine Treppe tiefer einen direkten Zugang zum Balkon, wo ich mir in der letzten Reihe unentdeckt ein Plätzchen suchen konnte.

Mein starkes Interesse an künstlerischen Ausdrucksformen – vor allem wenn der Film nicht jugendfrei war – führte zwangsläufig zu einer relativ frühzeitigen Aufklärung. Zum Glück, denn ich war dadurch über erotische Geheimnisse schon im Bilde, da wussten meine Altersgenossen noch nicht einmal wie „Klapperstorch" geschrieben wird.

Zwischen den Vorstellungen gab es bei Oma Maria reichlich zum Futtern: Riesenbleche voll Streuselkuchen, „Äppelränzjer" und „Quetschekuche". Später wurden meistens mehrere Ringel „heiß Flääschworscht" und eimerweise Kartoffelsalat serviert – mit reichlich Knoblauch gewürzt. Das hatte einen großen Vorteil: Meine Eltern hatten danach keinerlei Mühe, mich am späten Abend zur Abfahrt nach Hause im Dunkeln im Kino finden zu können.

Schlimme, schöne Nachkriegszeit

Der letzte Bombenangriff auf Mainz 1945 hatte nicht nur unser Zuhause zerstört, sondern auch meine unbeschwerte Kindheit war endgültig zu Ende. Jetzt hieß es zunächst nur überleben, denn die Versorgung mit Nahrungsmitteln war fast zusammengebrochen. Ich musste eine völlig ungewohnte Rolle übernehmen: die eines „Hungerkünstlers". Aber damit stand ich natürlich nicht allein. Alle mussten den Gürtel noch enger schnallen, obwohl er bereits schon im letzten Loch endete.

Mit viel Improvisationskunst versuchten die Hausfrauen die hungrigen Mäuler in der Familie wenigstens einigermaßen zu stopfen. Dazu bediente man sich der beliebtesten Delikatessen aus jener Zeit: Molkesirup, Sparfett und „Muckefuck" (dünner Malzkaffee). Auch Dörrobst eignete sich gut dazu, den knurrenden Magen etwas zu beruhigen. Man musste nur lang genug darauf herumkauen. Aber richtig satt konnte man dabei nicht werden – nicht „en gros" und erst recht nicht „en detail".

Eine gewisse Abwechslung im Speiseplan gab es erst, als die Amerikaner einzogen. Denn deren Frontverpflegung war so üppig bemessen, dass wir reichlich von ihnen mitversorgt werden konnten: mit Corned-Beef, Weißbrot und Erdnussbutter sowie mit Keksen, Schokolade und Chewing-Gum.

Das Kino wurde von den Besatzern beschlagnahmt, die im Parterre ihre eigenen Projektoren aufstellten und dort die US-Wochenschau und amerikanische Filme vorführten. Vom Balkon aus konnte ich heimlich zuschauen, was mir überraschende Einblicke in eine mir völlig fremde und neue Welt verschaffte.

Weitaus ergiebiger jedoch war eine Suchaktion nach Schluss der Vorstellung, zu der ich auch die Nachbarskinder einlud. Die Stuhlreihen waren jetzt zwar leer, dafür aber war der Fußboden umso voller: angebrochene Tafeln mit Schokolade, halbleere Bonbon-Tüten und halb gefüllte Packungen mit Kaugummi. Aber das Allerwichtigste: Schachteln, in denen noch einige Zigaretten waren – die begehrteste Währung in jener Zeit.

Dieses Schlaraffenland existierte nur einige Wochen, dann waren die US-Fronttruppen weiter gezogen, um die deutschen Truppen jenseits des Rheins zu verfolgen. Dann rückten französische Besatzungstruppen mit ihren Familien nach. Leider hatten die selbst kaum genügend zu essen, und es wurden Wohnungen und Lebensmittel beschlagnahmt.

Auch das Kino kam unter französische Verwaltung – Eintritt nur für Franzosen –, und in dem Eckladen wurde eine französische Bücherei eingerichtet. Glücklicherweise handelte es sich bei den Besatzern – von unangenehmen Einzelfällen mal abgesehen – durchweg um durchaus freundliche „Mesdames et Messieurs".

Dadurch konnte ich nunmehr cineastische Beispiele französischer Filmkunst bestaunen, die erheblich freizügiger gestaltet waren als bei den Amis – wogegen ich nicht das Geringste einzuwenden hatte. Und in der Bücherei ließ man mich großzügig in dem literarischen Angebot stöbern, wobei ich erstmals Bekanntschaft mit Comic-Büchern machte.

Es war schon eine große Umstellung gewesen für einen Elfjährigen, der aus der Stadt aufs Land verschlagen wurde. Und das sogar im doppelten Sinne des Wortes: Verschlagen wurde ich nämlich als „Stadtbub" sogar mehrmals – von der Dorfjugend (heute würde man sagen: von den „Alt-Ortler-Kids"). Aber nach entsprechenden heftigen „Rück-Schlägen" meinerseits wurde ich im Laufe der Zeit allmählich auch von den Eingeborenen akzeptiert.

Bald hatte ich erstaunlicherweise sogar mehr Freunde, als ich gebrauchen konnte und zwar aus einem ganz einfachen Grund: Die wollten alle umsonst in unser Kino. Das ermöglichte ich jedoch höchst selten und wenn, dann nur gegen adäquate Tauschobjekte in Form von Süßigkeiten.

So lernte ich schon frühzeitig äußerst vorsichtig und zurückhaltend zu sein mit so genannten „Freundschaften". Es war daher kein Wunder, dass ich während meiner ganzen Schulzeit nur einen einzigen wirklichen Freund hatte: Werner Ohler. Er wohnte nur ein paar Häuser weiter in der Waldstraße, wo sein Vater als Dentist praktizierte.

Anlässlich einer dringend notwendig gewordenen Gebisssanierung erblickte ich ihn zufällig im Garten hinter dem Haus: Ein Junge in meinem Alter, der gerade damit beschäftigt war, mit einem Skalpell ein großes Rhabarberblatt fachgerecht zu sezieren. Auch die anschließende Obduktion von Tannenzapfen – im Dialekt „Hackele" – verriet sein frühzeitig gewecktes naturwissenschaftliches Interesse. Jahrzehnte später wurde er Doktor der Medizin und als Universitätsprofessor eine international renommierte Kapazität.

An den „Quellen der Weisheit“

Damals jedoch galt unser gemeinsames Bestreben dem Erreichen der jeweiligen Klassenziele in der Schule. Gegenseitig halfen wir uns bei den Hausarbeiten: er mir in seinen Lieblingsfächern Biologie und Chemie, ich ihm in meinen Parade-Disziplinen Mathematik und Physik.

Dabei war ich alles andere als ein Musterschüler gewesen: Mit Vorliebe spielte ich wieder meine ursprüngliche Rolle als „Klassen-Clown“ – begleitet vom Gelächter meiner Mitschüler und vom Kopfschütteln unserer Lehrer. Noch nicht einmal „die Höher Schul“ war sicher vor meinem närrischen Übermut.

Zum ersten Mal betreten hatte ich diese heiligen Hallen vor 1944, und sehr betreten wirkten wir damals alle, denn es war Krieg, und entsprechend sahen die Gebäude aus, durch zahlreiche Bombenangriffe schwer beschädigt, und notdürftig repariert. Ein trostloser, deprimierender Anblick, sodass man sich nur darüber wundern konnte, dass man so eine Ruine im Dritten Reich überhaupt noch „Hermann-Göring-Schule“ nennen durfte.

Da nicht nur Hermann Göring, sondern auch unsere Schule nach Kriegsende nicht mehr zu gebrauchen war, wurde meine Klasse vorübergehend ausgelagert, nach Gonsenheim in die Hotel-Gaststätte „Waldhorn“, wo so genannte „Notunterrichts-Stunden“ stattfanden, so sammelten wir erste Erfahrungen in einem „Stunden-Hotel“.

Der Unterricht war für damalige Verhältnisse äußerst fortschrittlich gestaltet, denn es fanden regelmäßig „Workshops“ statt, in freier Natur, mit praktischen Übungen, in Erdkunde und Biologie: Wir durften Bombentrichter im Wald zuschippen und auf den Äckern Kartoffelkäfer in mit Terpentinöl gefüllten Büchsen einsammeln.

Im Jahre 1947 war das Schulgebäude in Mainz wieder einigermaßen hergestellt, sodass wir hierher zurückkehren konnten zu den viel gepriesenen „Quellen der Weisheit und der Bildung“. Obwohl zu deren Sprudeln sehr profane Dinge notwendig waren, wie zum Beispiel Briketts zum Heizen, die wir mitbringen mussten, oder zur Erhaltung unserer einfachsten Lebensfunktionen: Care-Pakete und Quäker-Milchsuppen, nicht zu vergessen die so genannte „Schulspeisung“ durch das Schweizer Hilfswerk.

Aus sehr nahe liegenden Gründen trug die Schule jetzt nicht mehr den Namen des verfetteten, drogensüchtigen, mörderischen Reichsmarschalls, vielmehr nannte man sie ab 1950 kurz und bündig „Schlossgymnasium". In der Übergangszeit hieß sie noch „Oberschule in der Greiffenklau-Straße", völlig zu Recht, denn in jener Hungerzeit, in dieser Notsituation, da musste man alles nur einigermaßen Verwendbare greifen und klauen.

Kurios war allerdings die Zusammensetzung des Lehrkörpers. Viele waren als Soldaten eingezogen geworden und entweder gefallen, verwundet oder in Gefangenschaft. Die gerade auf Lehramt studierten waren noch zu jung. Was blieb noch übrig? Man reaktivierte die alten Pauker aus der Kaiserzeit, die alle schon lange pensioniert waren.

Und so kam es, dass wir in den ersten Jahren von Lehrern unterrichtet wurden, die bereits mein Vater als Schüler erlebt hatte: der „Judex" (wegen seiner Strenge), die „Sparchel" (wegen der klapprigen langen Figur), die „Sparbix" (wegen einer großen Narbe auf der Glatze). Im Habitus und in ihrem Verhalten glichen sie meist den originellen Figuren aus der „Feuerzangenbowle". Jeder hatte seinen Tick oder irgendeine Macke.

Einer pflegte mit seinem Holzarm renitenten Schülern schmerzhaft über die Kopfhaut zu reiben, wobei er einen Vers von Christian Morgenstern zitierte. Ein anderer zog sich während des Unterrichts ständig Schnupftabak ein, nieste dröhnend und putzte sich dann laut schniefend mit einem riesengroßen blau-weiß gestreiften Taschentuch die Nase.

Am berühmtestem jedoch war der Pauker, der „Addel" genannt wurde. Aufgrund einer Hasenscharte war allein schon seine Aussprache Anlass zur Heiterkeit bei den mitleidlosen Pennälern. Ihm wurden allerlei „geflügelte Sätze" zugeschrieben – zum Beispiel: „Wer glaubt, er könnte mir auf dem Kopf herumtanzen, der ist auf dem Holzweg!" Oder: „Karl der Große stand mit einem Bein im Altertum, mit dem anderen im Mittelalter und mit dem dritten winkte er der Neuzeit entgegen."

Im Unterricht hatte ich die meisten Probleme mit meiner speziellen Art von Rhetorik. Wenn ich beispielsweise zu einem Vortrag nach vorne aufs Podium musste, kam selten etwas Erfreuliches dabei heraus – weder für die Lehrer, noch für meine Zensuren. Höchstens für meine Mitschüler, denn die hatten meistens etwas zu lachen.

Kein Wunder, denn ich hatte von Anfang an ganz eigene Vorstellungen von „individueller Persönlichkeitsentfaltung" und von „weitestgehender Selbstverwirklichung". Allerdings nannte man damals solch einen nervigen Zeitgenossen noch schlicht und einfach: „Klassenclown".

Als unser Lateinlehrer zum Beispiel von mir die Übersetzung forderte von Cäsars Buchtitel „De bello Gallico“ (Vom Krieg in Gallien), antwortete ich ganz ernsthaft: „Der Hund hat Gallenkolik.“ Daraufhin rügte er das mit dem Satz: „Bübchen, Bübchen! Er sollte nicht Bone-Witz heißen, sondern Male-Witz.“ (für Nicht-Lateiner: bonus = gut und malus = schlecht), und er fügte hinzu: „Quod licet Jovi, non licet Doofie!“ (Was dem Jupiter erlaubt ist, gilt nicht für Doofe).

Ich war damals im Unterricht dafür berüchtigt gewesen, nicht nur reichlich Blödsinn zu machen, sondern auch solchen zu schreiben, zu zeichnen und zu reden – eine gute Schule für meine spätere Bühnenkarriere, aber nicht für meine Zensuren.

Einer unsrer Lehrer pflegte bei entsprechenden Gelegenheiten mahnend zu mir zu sagen: „Bei deinen Leistungen kannst du später höchstens Kanalarbeiter werden.“ Eigentlich kein schlechter Rat, wenn man mal bedenkt, was damals – beim Wiederaufbau in der Nachkriegszeit – im Tiefbau zu verdienen war.

Lernprozesse fürs Leben

Meine Leistungsentwicklung hielt sich bis zum Schluss in Grenzen, was man heute mit dem Begriff „Null-Wachstum“ zu beschreiben pflegt. Ich jedoch hielt mich schon immer lieber an einen Ausspruch von Friedrich, dem Großen, der einst sagte: „Das Zeichen des Genies ist seine Unbelehrbarkeit.“

Mittlerweile hatte ich ein neues künstlerisches Betätigungsfeld für meine Narreteien entdeckt: den Turnunterricht. Er wurde geleitet von einem schneidigen, ehemals „kaiserlichen“ Sportlehrer, und der legte überaus großen Wert auf korrekte Haltung während der Turnübungen. Zum Beispiel kommandierte er beim Pferdsprung: „Flotter Anlauf – kühner Absprung – zack – und stehn!“

Ich fand es jedoch weitaus effektvoller beim Anlauf zu stolpern, beim Absprung daneben zu greifen und bei der Landung spektakulär hinzufallen. Dafür gab es begeisterten Applaus von meinen Mitschülern und schlechte Noten im Turnen.

Kein Wunder, wenn man am Barren hängt wie ein nasser Sack oder am Reck herumturnt wie ein besoffener Affe in der Palme. Aber ich hatte eine neue, zukunftsträchtige Rolle gefunden: die eines „Komik-Akrobaten“.

Die „Trümmer-Schülergeneration" im Jahre 1946 (der Autor in der 2. Reihe, Mitte)

Auch im Musik-Unterricht fand ich reichlich Gelegenheit meine künstlerischen Talente zu testen. Da ich schnell feststellte, dass meine Klassenkameraden nicht sonderlich interessiert waren an Beethoven-Sonaten oder Chopin-Etüden, versuchte ich es mit dem damals gerade in Mode gekommenen „Boogie-Woogie". Das Malträtieren des Flügels in den Pausen brachte mir viel Beifall meiner Mitschüler ein, aber auch zahlreiche Einträge ins Klassenbuch – wegen „groben musikalischen Unfugs".

Erschwerend kam noch hinzu, dass unser Musiklehrer nicht nur diese Art „Negermusik" abscheulich fand, sondern auch erbost war über meine Weigerung, in dem von ihm ins Leben gerufenen Singkreis mitzuwirken. Aber einmal Domchor – das hat mir vollauf gereicht. Fast zwangsläufig bekam ich schlechte Noten in Musik.

Nebenbei bemerkt: Auch im Zeichnen erhielt ich kaum vorzeigbare Zensuren. Ich pflegte nämlich zum Ergötzen der Klasse nicht nur frivole Zeichnungen an die Tafel zu malen, sondern auch wenig schmeichelhafte Karikaturen unseres Zeichenlehrers.

Kurios ist nur: Mit meinen am schlechtesten benoteten Fächern in Musik und Zeichnen verdiene ich heute noch meine Brötchen. Mit meinen besten Fächern Mathematik und Physik jedoch konnte ich später so gut wie fast nichts anfangen. Wie heißt es so schön? „Non scholae, sed vitae discimus!", auf Deutsch: „Nicht für die Schule, fürs Leben lernen wir!" Ich halte das für eine etwas abenteuerliche Behauptung. Im Nachhinein betrachtet war dieser Satz meine erste Begegnung mit der Satire.

Auch für viele meiner Klassenkameraden hat sich ihr berufliches Leben später oft völlig gegensätzlich entwickelt im Vergleich zu den ehemaligen schulischen Leistungen. Zum Beispiel: Einer von uns, der in Mathe sehr schlechte Noten hatte, wurde später Bankdirektor. Ein anderer, der mit Deutsch ständig auf dem Kriegsfuß stand, wurde Journalist. Und der mit den besten Noten in Fleiß – der wurde Beamter. Aber wer mit dem Leben draußen partout nicht zurecht gekommen ist, na gut, der ging einfach wieder zurück in die Schule – und wurde Lehrer.

Deshalb ist äußerste Vorsicht angebracht, wenn die Pauker behaupten: „Für das Leben lernt ihr in der Schule!" Aber vielleicht ist das heutzutage alles etwas anders geworden, denn von meinen Enkelkindern habe ich inzwischen erfahren: Die Schüler von heute, die erziehen ihre Lehrer wesentlich strenger als wir früher.

1953 bin ich endlich entlassen worden aus dieser Anstalt: „wegen guter Führung" und „auf Bewährung", in der Tasche das mehr oder weniger berechtigte Zeugnis angeblicher Reife. Damals hatte ich mir geschworen, nie mehr dahin zurückzukehren. Diesen Schwur konnte ich immerhin 50 Jahre lang halten. Aber dann gab es dennoch eine Rückkehr: anlässlich unseres „Goldenen Abitur-Jubiläums". Doch ist der Bruch dieses Eides strafrechtlich nicht relevant, denn die Verjährungsfrist musste inzwischen überschritten sein – habe ich einfach mal vorausgesetzt.

Alleinunterhalter und Kneipenmusikant

Aber nicht nur in der Schule versuchte ich meine Mitmenschen zum Lachen zu bringen und mit meinen Späßen zu unterhalten, auch in der Familie bot sich reichlich Gelegenheit dazu: bei runden Geburtstagen von Verwandten oder bei Hochzeitsjubiläen. Dabei schlüpfte ich in die Rolle eines „Alleinunterhalters".

Zu diesem Zweck hatte ich mir ein kleines Repertoire zugelegt: ein paar selbstverfasste lustige Gedichte oder gespielte Witze oder auch „Schnadahüpferl" am Klavier – mit spöttischen Seitenhieben auf die zu ehrenden Personen.

Über mangelnden Erfolg konnte ich mich nicht beklagen, aber etwas lukrativere Belohnungen dafür hätte ich gut gebrauchen können. Mit 15 Jahren hat man bekanntlich mehr gesellschaftliche Verpflichtungen als das dafür notwendige Taschengeld.

Da kam mir das Angebot eines Wirtes in unmittelbarer Nachbarschaft – vom „Krämer-Gustel" – sehr gelegen. Er hatte von meinen stimmungsfördernden Klavierkünsten gehört und bot mir an, während den Tagen der „Gunsenumer Kerb" in seinem Lokal die Gäste mit fröhlichen Weisen zu unterhalten – zwecks Steigerung des Getränkeumsatzes.

Ich sagte natürlich sofort zu, obwohl ich leider nicht finanziell am Umsatz beteiligt wurde, sondern als Gage nur „zwei Halbe und ein Ganzes" erhielt: zwei Schoppen Wein und ein ganzes Schnitzel. Offenbar muss das Projekt für ihn äußerst zufriedenstellend verlaufen sein, denn auch bei anderen Volksfesten wurde ich von ihm engagiert – als „Kneipenmusikant".

Als ich 1950 eine „Kappensitzung" in seinem Lokal musikalisch untermalen sollte, beschloss ich kühn mein „Ein-Mann-Ensemble" zu verdoppeln. Mir fiel nämlich ein, dass mein Freund Werner ebenfalls etwas Klavier spielen konnte. Und da ich zu Weihnachten von meinen Eltern ein Akkordeon geschenkt bekam, stand der Gründung eines Musik-Duos nichts im Wege. Ich übernahm den Melodien-Part und Werner die Begleitung am Klavier – er brauchte dazu auch nur das jeweilige „Schrummtata" zu spielen.

Glücklicherweise war das närrische Auditorium bereits in volltrunkenem Zustand, lange bevor wir mit unserem spärlichen Repertoire am Ende waren. Zum Dank für unseren schweißtreibenden Einsatz – was mehr auf pure Angst als auf künstlerische Leistung zurückzuführen war – erhielt wir vom Wirt großzügig eine Sonderprämie von zwei Mark. Diese erste Bargeld-Gage haben wir beide anschließend sofort wieder vertrunken. Der Rausch unseres ersten gemeinsamen Erfolgs endete danach in unserem ersten gemeinsamen Vollrausch.

Um zukünftig bestens gewappnet zu sein für künstlerische Herausforderungen jeder Art, begannen wir regelmäßig zu üben und unser Repertoire nach und nach zu erweitern. Ich schrieb meine ersten Arrangements für Akkordeon und Klavier: Potpourris von rheinischen und bayrischen Stimmungsliedern, von Operetten-Melodien und von damals gängigen Schlagern wie zum Beispiel die „Caprifischer" oder das „Mariandl".

Beim Handballspielen im SV 1919 Gonsenheim hatte ich einen neuen Freund kennen gelernt: Hans Becker. Und da er ebenfalls etwas Akkordeon spielen konnte, schlug ich ihm vor, der Dritte in unsrem Bunde zu werden. Während Werner und ich tagsüber mit unseren schulischen Pflichten vollauf beschäftigt waren, musste unser Freund Hans von früh morgens bis spät abends im elterlichen Lebensmittelladen schuften.

Somit blieben uns nach anstrengender Tagesarbeit nur die späten Abende zum Proben, was uns – teils geistig, teils körperlich werktätig – große Überwindung kostete. Dankenswerterweise hat uns dafür die Oma Maria das Wohnzimmer im ersten Stock zur Verfügung gestellt.

Um unseren in Zukunft zu erwartenden „Gala-Auftritten" einen professionellen Anstrich zu verleihen, ließ ich von unserem Nachbarn, dem Schreiner Becker, zwei Notenpulte zimmern. Die versah ich dann mit einem attraktiven Design und mit den Kennbuchstaben für unsere „Big Band": H.C. Das sollte „Hot-Club" bedeuten. Ein damals modischer Begriff für Interpreten moderner, d.h. „heißer" Schlagermusik.

Was ein möglichst zeitgeist-gemäßes Repertoire betraf, so schreckten wir vor nichts zurück. Es reichte von meinen bisherigen Stimmungsliedern und flotten Märschen über eingängige Volksweisen, beliebte Schlager und

Die „Drei von der Tankstelle" in einer Proben-Pause.
Von rechts: Hans Becker, Werner Ohler und der „Band-Leader" – zwar ohne Maß, aber mit Ziel

schmissige Operettenmelodien bis hin zu amerikanischen Hits. Sogar den berühmten „Trumpet-Blues“ – das Paradestück der Big-Band von Harry James – arrangierte ich für zwei Akkordeons und ein Klavier. Einem eingefleischten Jazz-Puristen mussten sich dabei sämtliche Fußnägel nach oben gekrümmt haben.

Die ersten offiziellen Bühnenauftritte

Unsere Darbietungen spielten sich allerdings noch in sehr kleinem Rahmen ab: hier mal eine Fete von jungen Leuten – da mal eine Geburtstagsfeier von älteren Jahrgängen. Aber eines Tages klopfte das Schicksal an unsere Tür, in Gestalt eines Komiteters vom Gonsenheimer Carneval-Verein (GCV), Jupp Ammann. Er unterbreitete uns ein hochinteressantes Angebot: Wir sollten im Anschluss an die Generalversammlung des Vereins zur Unterhaltung aufspielen. Zwar ohne Gage – wie damals noch in der Mainzer Fastnacht üblich –, aber Essen und Trinken frei. Das gab den Ausschlag für unsere Zusage.

Als wir erfuhren, dass – wie damals ebenfalls üblich – ausschließlich nur männliche Karnevalisten dort anwesend waren, hieß das für uns: Tanzmusik kam sicher nicht in Frage. Wir mussten also unterhaltsame „Show-Elemente“ einsetzen. Für mich war das eine willkommene Herausforderung, für meine beiden Mitmusikanten Werner und Hans dagegen eine bedenkliche Selbstüberschätzung hinsichtlich unserer Leistungskapazität – sowohl „en gros“ als auch „en detail“.

Doch die neue Rolle als „Programmgestalter“ reizte mich so sehr, dass ich alle Bedenken in den Wind schlug und mich an die Arbeit machte. Die nötigen Show-Utensilien zu beschaffen war kein großes Problem: Strohhüte und Pappnasen für rheinisches Liedgut, Tirolerhütchen und Schnurrbärte für bayrisches und als Clou – für amerikanische Hits – Negermasken und Zylinder. Als Oma Maria einmal die Tür hereinkam und uns in dieser Maskerade erblickte, fiel sie vor Schreck fast in Ohnmacht.

Um zwischen den verschiedenen Musik-Blöcken auch verbal etwas bieten zu können, griff ich auf mein Repertoire an lustigen Gedichten und launigen Sprüchen zurück. Außerdem studierte ich mit Werner als programmatisches Highlight einen „Lokal“-Sketch ein: er als entnervter Gast und ich als begriffsstutziger Ober. Damit hofften wir die karnevalistischen Humor-Profis auch schauspielerisch zu verblüffen.

Hinreichend gerüstet auf das für uns bedeutsame Ereignis erwarteten wir – schwankend zwischen Hoffen und Bangen – den großen Tag. Wer konnte ahnen, dass damit eine entscheidende Wende in meinem Leben, verbunden mit zahlreichen „Rollen-Wechseln", eintreten sollte.

Am Samstag, den 11.11.1950, war die Premiere beim GCV. Allerdings fand die Generalversammlung nicht wie heutzutage in der großen Turnhalle statt, sondern damals weitaus bescheidener: im Vereinslokal beim Xaver Becker in der Grabenstraße – in einer engen Gaststube im ersten Stock.

Als der offizielle vereinsinterne Teil beendet war, zeigten wir den etwas skeptisch blickenden Karnevalisten, was wir gelernt hatten und zogen alle Register unseres Könnens. Am Ende war man offenbar doch recht zufrieden mit uns, denn es wurde stellenweise sogar applaudiert.

Etwas in Verlegenheit gerieten wir auf die Frage, was denn eigentlich die Bezeichnung „H.C." auf unseren Notenpulte, bedeuten solle. Die Erklärung „Hot-Club" erschien mir angesichts der älteren, recht konservativ wirkenden Herren nicht opportun. Und so behauptete ich einfach, das hieße „Helau-Club". In der karnevalistischen Runde löste das anerkennendes Kopfnicken aus.

Spontan ernannte uns der damalige Präsident Franz Lehnert (Spitzname: „de Kamin") zur „närrischen Hofkapelle" des GCV und mich zum „Hofkapellmeister". Diese hohe Ehrung war allerdings verbunden mit der Aufforderung an uns, auch im nächsten Jahr den Unterhaltungsteil der närrischen Generalversammlung zu gestalten. Was meine beiden Freunde Werner und Hans eher als eine Drohung auffassten.

Um die närrischen Gepflogenheiten in unserer Region für unsere zukünftigen Engagements studieren zu können, zogen wir zu dritt beim nächsten Rosenmontagszug als „wilde Gruppe" bis zur Unkenntlichkeit kostümiert durch die Straßen von Mainz. Dabei lernten wir nicht nur das spektakuläre karnevalistische Umfeld von außen kennen, sondern auch zahlreiche Kneipen von innen.

Jetzt fehlte eigentlich nur noch eins: Ich musste endlich mal echte Sitzungsluft schnuppern. Nicht etwa im Saal sitzend – in diese Verlegenheit hatten mich meine Eltern schon mal gebracht, die mich trotz heftiger Proteste dorthin geschleppt hatten.

Eingezwängt zwischen schwitzenden Menschen musste ich stundenlang auf meinem schmerzenden Hintern sitzen und von Zeit zu Zeit hin

Die „närrische Hofkapelle" bei der GCV-Generalversammlung am 11.11.1950

und her schaukeln – was man als „Schunkeln" bezeichnete. Dabei wurde man dann auch noch aufgefordert, die jeweiligen Nachbarn am Ohr oder an der Nase zu packen – iiih! Was diese dann umgekehrt wiederum zu entsprechenden Misshandlungen meiner eigenen Extremitäten ausnutzten.

Danach beschloss ich karnevalistische Sitzungen – wenn überhaupt – in Zukunft nur noch hinter der Bühne zu verbringen. Oder wenn es sich ergeben sollte auch auf derselben – aber nie mehr unten im Saal. Die Gelegenheit dazu bot sich bald.

Durch Zufall kam ich in Kontakt mit einem gewissen Herrn Raimonda, dem Leiter des damals in Mainz bekannten „Raimonda-Balletts". Der wollte seine feschen Mädels mit den „Ungarischen Tänzen" von Brahms auf die Bühne schicken. Was jedoch daran zu scheitern drohte, dass die Kapelle ohne Arrangements für ihre Instrumente die Tänzerinnen mit diesem klassischen Werk nicht begleiten konnte. Es gab zwar Klaviernoten, aber leider keinen klassisch ausgebildeten Pianisten.

Ohne große Bedenken entschloss ich mich, diese Aufgabe zu übernehmen. Dabei reizte mich nicht nur die musikalische Herausforderung, sondern auch die zu erwarteten näheren Kontakte zu den attraktiven Tänzerinnen. Und so kam es zu meinem ersten Auftritt in einer Fastnachtssitzung – in der Rolle eines „Ballett-Begleiters" – zuerst auf der Bühne und danach auf dem Nachhauseweg.

Papa Jupp in seinem Gonsenheimer Tabakladen – mittlerweile erweitert mit alkoholischen Getränken – weniger „en gros", mehr „en detail"

Das Ganze hatte ein unerfreuliches Nachspiel. Am nächsten Tag fragte mich mein Vater – eingeschriebenes Mitglied des GCV – mit zürnend gefurchter Stirn, was ich mir denn dabei gedacht hätte. Bei ihm saß Jupp Ammann – mittlerweile war er GCV-Präsident geworden – und beide waren außer sich vor Empörung. Der Grund: Ich war, ohne es zu wissen, beim falschen Verein aufgetreten – bei den „Eiskalten Brüdern" – der traditionellen Konkurrenz des GCV. Zu damaliger Zeit ein Sakrileg!

Um die jungfräuliche Verbindung zum GCV nicht zu gefährden und um einer vorzeitigen Enterbung durch meinen erbosten Vater zu entgehen, versprach ich in Zukunft nur noch exklusiv beim GCV aufzutreten.

Versöhnt gestand mir mein Vater daraufhin großzügig zu, selbstverständlich könne ich auch mal bei Gelegenheit beim MCV auftreten – wo er immer noch Mitglied war. Allerdings weniger wegen fastnachtlicher Aktivitäten auf der Bühne als vielmehr zur Pflege seiner Vorkriegs-Kunden, die aus alter Freundschaft extra nach Gonsenheim fuhren, um sich bei ihm mit Tabakwaren zu versorgen – nicht gerade „en gros", aber wenigstens „en detail".

Jazzmusik und Chorgesang

Um nicht noch mal zwischen die Fronten befeindeter Gruppierungen in Gonsenheim zu geraten, übte ich meine sportlichen Ambitionen jeweils in zwei konkurrierenden Vereinen gleichzeitig aus: Leichtathletik in der Turngemeinde und Turnen in der Turngesellschaft.

Dabei lernte ich einen jungen Mann kennen, der ähnlich komische Talente hatte wie ich: Ludwig (Bubi) Hillenbrand – er konnte außer Blödsinn machen noch exzellent Schlagbass spielen. So nahm ich ihn als vierten Mann in unseren „Hot-Club." auf. Da er außerdem ein begnadeter Parterre-Akrobat war und ein guter Sketchpartner, wurde unser zweiter Auftritt bei der GCV-Generalversammlung ein noch größerer Erfolg als im Vorjahr.

Durch ihn kam ich auch in Kontakt mit seinem älteren Bruder: Heinz Hillenbrand. Der war ein professioneller Musiker und trat mit seinem Jazz-Trio vor allem in amerikanischen Clubs auf. Ein vorzüglicher Drummer und ein ausgezeichneter Jazzsänger.

Das Piano spielte eine junge Dame: Mia Jertz, die von Haus aus eine gefragte Harfenistin war und nebenbei noch Kurzgeschichten für Zeitungen schrieb. Ab und zu musste sie auch konzertanten Verpflichtungen nachkommen, so entstand am Piano eine Lücke, die ich jeweils füllen sollte.

Da ich keinen blassen Schimmer vom Repertoire der professionellen Jazzer hatte, versorgte mich Heinz mit reichlich Notenmaterial von den gängigen US-Titeln, „Hit Kit Folios" genannt. Nach eifrigem Studium und intensivem Üben konnte ich bald wieder mal eine neue Rolle übernehmen: die eines „Jazz-Pianisten".

Die erste Bewährungsprobe kam im amerikanischen Offiziers-Club am Bruchweg. Dazu holte mich Heinz mit seinem Auto zuhause ab, musste aber meiner besorgten Mutter hoch und heilig versprechen, dass er gut auf den Bub aufpassen werde, damit mir ja kein Unheil geschehe. Was immer sie sich darunter auch vorgestellt haben mag.

Mit viel Mühe gelang es mir, mit den eingespielten Jazzern einigermaßen mitzuhalten. Zumal sie auf Wunsch der Gäste auch Titel spielten, die ich nicht in meinen Noten finden konnte. Aber Baldi Müller, ein routinierter Akkordeonist, Schlagbassist, Posaunist und Vibrafonist, rief mir jeweils spontan die erforderlichen Tonarten und Harmoniewechsel zu, so dass ich wenigstens einigermaßen unbeschadet über die Runden kam – wenn auch mit den Nerven total am Ende.

Keine Schwierigkeiten dagegen hatte ich in den Pausen. Die typisch amerikanische Verpflegung – großzügig und reichlich – zu verputzen, das fiel mir ausgesprochen leicht. Es gab haufenweise Sandwichs mit schmackhaftem Belag und literweise Coca-Cola dazu. Allerdings: Das Getränk war „half-and-half" zubereitet – das heißt: halb Cola und halb Whiskey, wobei der Alkohol durch Nachfüllen im Laufe des Abends allmählich die Oberhand gewann.

Glücklicherweise war ich durch meine zahlreichen Kneipen-Auftritte bereits einigermaßen geeicht, so dass ich knapp den Zustand der Volltrunkenheit verfehlte. Im Gegensatz zu Baldi, der nach einem missglückten Heimfahrtversuch mit dem Fahrrad schließlich samt Schlagbass in einem Graben an der Waldstraße übernachtete.

Die Erfahrungen, die ich in der Folge als Jazzpianist sammeln konnte, kamen mir später sehr zugute. Am Erfreulichsten im Augenblick jedoch war die immense Gage: Wir erhielten pro Mann und pro Stunde einen Dollar. Das waren damals fünf Mark, so dass ich am Abend mit 25 Mark heimgehen konnte. Soviel bekam ich als Taschengeld noch nicht mal im ganzen Monat.

Um meine musikalischen Fähigkeiten zu komplettieren, ging ich zu einem erfahrenen Gonsenheimer Pianisten und Arrangeur: Philipp Bangert. Er brachte mir nicht nur Harmonielehre bei, sondern auch die Kunst des Arrangierens für Chöre und Kapellen sowie Kompositionslehre.

Zu jener Zeit war er musikalischer Leiter eines gemischten Chors: „Die Dorfspatzen". Zu denen holte er mich als „Reserve-Pianist" – falls er mal verhindert sein sollte. Um bei seiner Anwesenheit nicht untätig herumzusitzen, übernahm ich zusätzlich noch die Rolle eines „Chorsängers" im zweiten Bass.

Wir traten in der näheren Umgebung bei Vereins- und Volksfesten auf. Dabei erinnere ich mich noch mit Vergnügen an den Moment, als unser Tenor-Solist das schöne Lied singen sollte: „Rosen, Tulpen, Nelken – alle Blumen welken..." Leider hatte er an diesem Abend einen kleinen Blackout und schmetterte lauthals in den Saal: „Rosen, Nelken, Tulpen – alle Blumen... ääh... wulpen!"

Unter dem Namen „Dorfspatzen" spielte auch eine Tanzkapelle, mit Philipp Bangert am Klavier, hier durfte ich für ihn ebenfalls ab und zu mal einspringen. Dabei genoss ich nicht nur akustisch das für mich völlig ungewohnte Ensemble-Spiel in einer großen Kapelle, sondern es gab auch manch optisches Vergnügen – vor allem bei Kerbe-Tanzabenden, wo es traditionell zünftige Raufereien im Saal gab, die uns immer mal wieder zu größeren Pausen verhalfen.

Meine Eltern hielten von meinen zahlreichen künstlerischen Freizeit-Aktivitäten so gut wie überhaupt nichts. Sie machten sich große Sorgen, meine schulischen Leistungen könnten darunter leiden. Natürlich litten sie darunter. Und in zwei Jahren musste ich das Abitur bestehen. Aber ich hatte noch nie den ungesunden Ehrgeiz gehabt „Klassenprimus" zu werden. Diese Schinderei überließ ich anderen. Mir genügte ein einigermaßen gesicherter Mittelplatz in der Klassen-Tabelle.

Hier mal Klavierspieler – da mal Schauspieler

Bei einem Treffen junger Nachwuchsmusikanten im renommierten Mainzer Musikhaus Alexander, wo wir verschiedene Instrumente testen durften, lernte ich Arthur Becker kennen – der später als Stimmungssänger in Fastnachtskreisen bekannte „Becker-Jean". Damals jedoch war er noch ein hoffnungsvoller Schlagersänger und bereits ein ausgezeichneter Interpret der aktuellen Hits von Gerhard Wendland, Vico Torriani und Bruce Low – und ganz nebenbei bemerkt: als attraktiver Charmeur der Schwarm der jungen Mädchen.

Die Freundschaft mit ihm führte zu Marga Dippel, einer aparten jungen Dame, die sowohl durch ihre beeindruckende Grazie glänzte, als auch durch ihre schöne Stimme. Weil wir drei uns auf Anhieb gut verstanden (heute würde man sagen: die Chemie stimmte), beschlossen wir bei passenden Gelegenheiten gemeinsam aufzutreten. Ich am Klavier und die beiden als Gesangs-Duo, hauptsächlich mit Liedern der damaligen Schlagerstars Rita Paul und Bully Buhlan – zum Beispiel „Ein Gläschen Wein und du..."

Durch Mundpropaganda und aufgrund familiärer Beziehungen bekamen wir gelegentlich Engagements bei kleineren Festivitäten oder bunten Abenden. Dass wir später sogar mal beim berühmten Mainzer Carneval-Verein (MCV) auftreten sollten, entzog sich damals völlig unserer Vorstellungskraft.

Dagegen löste sich der „Hot-Club" auf. Unser Freund Hans klagte über enorme Arbeitsüberlastung im elterlichen Obst- und Gemüse-Geschäft. Und Werner wollte sich in Anbetracht des drohenden Abiturs in

Im Jahre 1950 feierte die Familie Bonewitz das 25-jährige Jubiläum der „Filmbühne" mit dem Kassenschlager „Die Fledermaus" mit Johannes Heesters.

Zukunft doch lieber mehr um seine Schulaufgaben kümmern, als um das mühsame Einstudieren meiner immer komplizierter werdenden Piano-Arrangements.

Ein Angebot von völlig unerwarteter Seite erhielt ich durch meinen Vater. Er war mittlerweile „Ritter" geworden in einem Männer-Bund mit dem Namen „Schlaraffia Moguntia". Dort werden traditionell mittelalterliche Rituale gepflegt, aber auch äußerst fröhliche, aber niveauvolle Unterhaltung geboten. Zu dem erlesenen Kreis gehören überwiegend professionelle Künstler: bekannte Schauspieler, Sänger und Musiker, von denen jeder seinen speziellen „Ritter-Namen" erhält.

Da mein Vater sowohl ein Kino hatte (mein Opa Emil war inzwischen verstorben) als auch ein Tabakwarengeschäft, nannte man ihn „Ritter Tabakino". Und da er außer Geige auch noch schwungvoll Klavier spielen konnte, wurde er zum „Clavizimbel-Meister" erkoren und fungierte damit in der dortigen „Burg" als eine Art „schlaraffische Ein-Mann-Kapelle". Das bedeutete: Während der so genannten „Sippungen" musste er zur musikalischen Untermalung kräftig in sämtliche Tasten greifen – was er auch gerne tat – sowohl „en gros", als auch „en detail".

Zu den Gepflogenheiten der Schlaraffen gehörten auch wohltätige Veranstaltungen. Daher sollte 1951 für bedürftige Kinder ein Weihnachtsmärchen aufgeführt werden – mit dem Titel „Der Schneekönig". Und dafür bot man mir die Hauptrolle an. Für mich bedeutete das wieder mal eine Herausforderung zu einem erneuten Rollen-Wechsel: diesmal als „Märchen-Schauspieler".

Um mich als 18-Jähriger überzeugend in einen uralten Schneekönig zu verwandeln, war als wichtigstes Requisit zur Änderung meines Äußeren ein langer fülliger Vollbart ausersehen. Der Regisseur wollte meine Rolle würdig und seriös angelegt wissen, wusste jedoch offenbar nichts von meinem Faible für Stilbrüche.

Bei den Proben hielt ich mich auch einigermaßen vorsichtig zurück in meiner Interpretation dieser Rolle. Bei der Premiere jedoch – da ging ich aus mir heraus. In Theaterfachkreisen würde man sagen: Ich spielte die „Rampensau“. Nicht nur, dass ich zum Ergötzen meiner überwiegend kindlichen Kolleginnen und Kollegen ständig stolperte und hinplumpste, ich rannte auch gegen Kulissen – die stellenweise ebenfalls umfielen – und improvisierte meinen Text mit – wie ich mir einbildete – witzigen Bemerkungen.

Bei der Weihnachtsfeier der „Schlaraffia Moguntia“ 1951: als stellenweise reichlich aus der Rolle gefallener „Schneekönig“

Der Clou jedoch kam im großen Finale. Nach einer für einen würdevollen Schneekönig allzu temperamentvollen Geste verhedderte ich mich in meiner üppigen Gesichtsbehaarung – und zack – da war der Bart ab. Spontan breitete ich die Arme weit aus und rief der verblüfften Kinderschar zu: „Jetzt wisst Ihr's endlich, welch ein Graus! So seh ich ‚oben ohne‘ aus!“ Trotz des tosenden Beifalls gab es danach kein neues Engagement mehr im Weihnachtsmärchen.

Aber damit war keineswegs ein vorzeitiges Ende einer hoffnungsvollen Bühnenkarriere zu befürchten. Schließlich gab es ja immer noch die Fastnacht, wo ich alle möglichen Rollen übernehmen konnte. Eine neue Chance bekam ich vom GCV. Dort trat schon seit einiger Zeit eine gemischte

Gesangsgruppe auf – für damalige Verhältnisse schon äußerst emanzipiert: vier Damen und vier Herren, und zwar in originellen Kostümierungen und mit parodistischen Liedern. Sie nannten sich die „Schnorreswackler".

Bei denen sollte ich die Rolle des musikalischen Begleiters am Klavier spielen, was ich mit Freuden akzeptierte. So kam ich zu meinen ersten „regulären" Auftritten im Sitzungsprogramm einer Fastnachtskampagne. Dass danach im Laufe von 33 Jahren noch Hunderte folgen sollten, hätte ich mir nicht träumen lassen.

Elegante Ausrutscher auf dem Tanzparkett

Wer auf die absurde Idee gekommen war, eine Tanzschule zu besuchen – Werner oder ich – daran kann ich mich nicht mehr erinnern. Auf jeden Fall war es eine Schnapsidee. Als ausgesprochen lässige Freizeitkleidungsträger mussten wir uns nun in elegante Anzüge zwängen – mit umgewürgtem „Kulturstrick" (sprich: Krawatte). Nicht genug damit, auch auf unser gewohnt rustikales Verhalten mussten wir dort verzichten und gesellschaftlich korrekte Umgangsformen mit jungen Damen aus gutem Hause üben.

Leider hatte meine Mutter strikt darauf bestanden, dass wir uns bei der renommiertesten Tanzschule von ganz Mainz anmeldeten: bei dem Ehepaar Willius-Senzer – langjährige Freunde meiner Eltern. Das hatte nur einen Nachteil: Unsere Tanzstunden-Kollegen entstammten durchweg den wohlhabendsten Familien der Stadt. Heute würde man sagen: von den Besserverdienenden, vom „Jet-Set".

In der Praxis bedeutet das: Unsere Altersgenossen besaßen im Gegensatz zu uns nicht nur prall gefüllte Brieftaschen, sondern auch bereits eigene Autos. Zu jener Zeit etwas äußerst Ungewöhnliches. Wir dagegen waren auf den öffentlichen Nahverkehr angewiesen und mussten mit der Straßenbahn hin und zurück fahren. Diese Benachteiligung hatte fatale Folgen. Der Schlusstanz war immer mit der Verpflichtung verbunden, die jeweilige Partnerin nach Hause zu begleiten. Nur: Die attraktivsten Damen erteilten uns regelmäßig eine Abfuhr, weil sie schon „vorbestellt" seien. Von wem lässt sich unschwer erraten.

Dadurch blieben für uns jedes Mal lediglich die so genannten „Mauerblümchen" übrig. Das wäre allerdings nur halb so schlimm gewesen, wenn diese nicht durchweg – aus unerfindlichen Gründen – in weit entfernten

Stadtteilen zuhause gewesen wären. Unser dadurch notwendig gewordener „elektrischer Pendelverkehr" dauerte deshalb oft länger als die jeweilige Tanzstunde und führte auf Dauer zu nicht unerheblichen Löchern in unserem Taschengeld-Budget.

Aus einer gewissen Protesthaltung heraus – gegen solche mir reichlich unsozial erscheinenden Missstände – verweigerte ich mich konstant allen Versuchen des Tanzlehrer-Paares, aus mir einen eleganten Gesellschaftstänzer zu machen. Ich ließ keine Gelegenheit aus, die von mir so geliebten Stilbrüche nun auch auf dem Tanzparkett zu praktizieren.

Beim Üben von korrekten Verbeugungen zum Beispiel, fiel ich der betroffenen Dame schon mal elegant vor die Füße. Oder bei den unsäglichen so genannten „Polonäsen" simulierte ich ab und zu einen Ausrutscher auf dem glatten Parkett. Dabei sorgte ich dafür, dass die jeweiligen Vorder- und Hinterpaare von mir ausgesprochen „mitgerissen" waren.

Der feierliche Schlussball im Kurfürstlichen Schloss war für mich eher eine Erlösung als ein gesellschaftlicher Höhepunkt. Vor Freude schwenkte ich gleich zu Beginn meine Partnerin zu den Klängen eines Wiener Walzers mit äußerst ungewöhnlichen Schrittkombinationen zur Tür hinaus.

Auch alle anderen erlernten Tanzformen variierte ich auf kreative Weise – zur Verblüffung der feinen Gesellschaft – mit grotesken Improvisationen. So legte ich bei einem Foxtrott spontan einen akrobatischen Krakowiak hin, wobei ich beim so genannten „Bodenkreisel" einige mir allzu Nahestehende von den Beinen holte.

So war es kein Wunder, dass sowohl die Veranstalter als auch die besorgten Eltern erleichtert aufatmeten, als ich es vorzog, den Rest des Abends bei der Tanzkapelle auf der Bühne zu verbringen. Der dort amtierende Pianist jedenfalls war mir sehr dankbar dafür, dass ich mich erbot ihn abzulösen. Zum wahrscheinlich ersten und letzten Mal in seinem Musikerleben konnte er bei einer Tanzveranstaltung zwei Stunden Pause am Stück machen.

Die erste Auslandstournee

Im Laufe des Jahres gab es dann wieder „normale" öffentliche Auftritte: nicht nur mit dem Chor und mit der Kapelle „Dorfspatzen", sondern auch mit dem „Heinz-Hillenbrand-Trio". Diesmal jedoch in einer Bar. Natürlich durfte meine Mutter nichts davon erfahren. Die Sorge um meine gefährdete Jungmänner-Tugend hätte sie um den Schlaf gebracht. Wer weiß, welche unzüchtigen Weiber mich zwecks Einheirat in ein gut gehendes Tabakwarengeschäft in ihre Netze gelockt hätten – „en gros und en detail". Daher wurde meine fürsorgliche Mutter in dem Glauben gelassen, ich spielte immer noch in einem seriösen Offiziersclub.

Erst vor Ort erfuhr ich vom wahren Charakter dieses ominösen Etablissements: Es war eine Striptease-Bar in Wiesbaden. Gespannt erwartete ich die reißerisch angekündigten sündigen Darbietungen – natürlich nur aus rein künstlerischem Interesse.

Zu meiner großen Enttäuschung jedoch entledigten sich die ohnehin schon spärlich bekleideten Tänzerinnen ihrer restlichen Textilien leider vor einem fast undurchsichtigen Tüllvorhang. Hinter dem saßen wir und mussten versuchen, die sich enthüllenden Damen musikalisch in Schwung zu halten.

Als sie nach Beendigung ihrer aufreizenden Demonstrationen wieder hinter dem Vorhang bei uns auftauchten, hielten sie bedauerlicherweise ihre Kostümreste ausgerechnet vor die strategisch interessantesten Körperteile.

Inzwischen hatte ich noch ein paar andere Jazzmusikanten kennen gelernt, die gerade versuchten eine neue Combo zusammenzustellen: die so genannten „Swing Stars". Obwohl ich noch kein Star war, sollte ich am Piano mit ihnen Swing spielen. Zunächst traten wir sporadisch im „Ufa-Palast-Keller" auf, erhielten dann sogar ein vielversprechendes Angebot für ein Auslands-Engagement – in Saarbrücken. Damals gehörte das so genannte „Saargebiet" noch zu Frankreich – eine Folge des verlorenen Krieges.

Es kostete erhebliche Überredungskünste unseres Bandleaders, meine erschrockenen Eltern davon zu überzeugen, dass es sich hierbei um eine seriöse künstlerische Angelegenheit handelt und keineswegs um die von langer Hand geplante Entführung eines minderjährigen Gymnasiasten aus einer angesehenen Mainzer Bürgerfamilie.

So kam ich zu meiner ersten „Auslands-Tournee", denn es blieb nicht bei dem Engagement in Saarbrücken. Der großen Erfolge wegen traten wir auch in anderen Städten dieser Region auf und hatten sogar einen Auftritt im (heutigen) Saarländischen Rundfunk. Leider musste ich die Band vorzeitig verlassen, denn die Sommerferien gingen zu Ende, und die Schule fing wieder an. Unbeschadet und unentführt landete ich wieder in heimischen Gefilden.

In der GCV-Kampagne trat ich erneut mit der gemischten Gesangsgruppe auf – diesmal mit einem Potpourri „Orientalische Nächte", das mit spektakulären Show-Elementen angereichert wurde. Neben einer Parodie auf König Faruk von Ägypten gab es Zauberkunststücke von dem in Gonsenheim berüchtigten Amateur-Magier Wolfgang Adolf, der aus einer geheimnisvollen Kanne schier unerschöpfliche Mengen „Wasser aus Indien" fließen ließ.

Abtransport durch Tanzpartner Hans Becker nach einer rasanten Boogie-Woogie-Tanzparodie in der GCV-Kampagne 1952

Mein Komiker-Kollege Bubi Hillenbrand verblüffte als mutiger „Schlangenbeschwörer", wobei das gefährliche Reptil heimlich mithilfe eines von der Decke hängenden Seils aus einem Korb gezogen wurde. Einmal jedoch so ungestüm, dass die Schlange über die ganze Bühne flog und anschließend im Saal auf dem Schoß einer entsetzt aufschreienden „Ehrengästin" landete.

In Erinnerung an meine Tanzstunden-Erlebnisse hatte ich zusätzlich noch eine spezielle Darbietung mit meinem Freund Hans Becker einstudiert: eine Boogie-Woogie-Tanzparodie – er als „Halbstarker" und ich in der Maske einer „Gunsenummer Bauersfraa". In der Rolle einer „Grotesk-Tänzerin" mit akrobatischen Einlagen ließ ich mich von meinem bärenstarken Freund durch die Lüfte wirbeln. Wir rasten dabei über die Bühne wie von wilden Hummeln gejagt. Auch das Publikum raste – glücklicherweise jedoch nicht aus dem Saal, sondern vor Freude und Begeisterung.

Fröhlicher Ausflug 1953 mit Sang und Klang beim Ausmarsch der frischgebackenen Abiturienten aus dem Schulleben

Aus der Schule geplaudert

Bei all meinen diversen Bühnenaktivitäten ließ es sich leider nicht vermeiden, zwischendurch tagsüber das Schlossgymnasium zu besuchen. Dort hatte ich im letzten Jahr einen intensiven „Klassenkampf" zu bestehen, bei dem es hauptsächlich um den mittlerweile in erhebliche Gefahr geratenen „Klassenerhalt" ging.

Dennoch ließ ich es mir nicht nehmen, eine neue Rolle dort zu übernehmen: als „journalistischer Mitarbeiter" in der Schulzeitung. Unter dem Titel „Honi soit qui mal y pense!" (Schande dem, der Schlechtes darüber denkt!) schrieb ich respektlose Glossen und satirische Verse, die ich mit zahlreichen unbotmäßigen Karikaturen über die Schulautoritäten versah.

Dies alles kam noch erschwerend zu meinen sonstigen Eskapaden hinzu (offiziell: „permanente Störung des Unterrichts durch fortgesetzten groben Unfug"). Offenbar hatte die Schulleitung allmählich genug von mir als „wandelndem Ärgernis". Wie bereits geschildert, beendete man mein Engagement im Schlossgymnasium im März 1953 sehr abrupt, indem man behauptete: Ich hätte wohl nur rein zufällig das Abitur bestanden, denn an meinen schulischen Leistungen könne das wohl kaum gelegen haben.

Auf eine mündliche Prüfung hat man sicherheitshalber verzichtet – wahrscheinlich aus Sorge, was ich dabei noch alles hätte anstellen können. Dringend empfahl man mir, endlich mal damit anzufangen, etwas Vernünftiges zu tun.

Schön und gut, die Frage war nur: was? – Musik zu studieren oder auf die Kunstschule zu gehen, das lehnten meine Eltern strikt ab: Das seien alles nur „brotlose Künste". Von wegen – davon leben meine Frau und ich heute immer noch.

In Anbetracht einer zu erwartenden Erbauseinandersetzung innerhalb unserer Familie empfahlen mir meine stets kostenbewusst denkenden Eltern sicherheitshalber Jura zu studieren. Offenbar mit dem Hintergedanken, mithilfe meines zukünftigen juristischen Wissens und Könnens später einmal die hohen Anwaltskosten sparen zu können. Als gehorsamer Sohn übernahm ich – wenn auch widerwillig – die Rolle eines Jura-Studenten.

Aber die Johannes Gutenberg-Universität schien mir auf Dauer nicht unbedingt die geeignete Bühne zu sein für meine – immer noch auf Erfüllung drängenden – künstlerischen Ambitionen. Interessehalber besuchte ich zwar einige Vorlesungen im Bereich „Rechtswissenschaften" über Bürgerliches Recht, Strafrecht, Schuldrecht und Erbrecht – aber das alles war mir nicht recht genug. Also versuchte ich es mit einigen – etwas fakultativ abseitigen – Vorlesungen über Psychologie, Kriminologie und Publizistik.

Damit bei all den ungeheuren Belastungen meiner geistigen Fähigkeiten auch die körperlichen nicht zu kurz kamen, wurde ich Mitglied in der Judo-Mannschaft des USC – unter ihrem Altmeister Schmelzeisen (der hieß wirklich so). Vor allem die so genannten „Fallübungen" hatten es mir angetan. Wenn man die beherrscht, lassen sich eher Verletzungen vermeiden bei akrobatischen Einlagen auf der Bühne oder auch in meiner neuen Rolle als Torwart in unserer Handballmannschaft, die mittlerweile vom Feld in die Halle umgezogen war. Aufgrund meiner Reaktionsschnelligkeit und waghalsigen Paraden nannte man mich auch den „Panther von Gunsenum".

Da ich in diesem Jahr das 20. Lebensjahr erreichte, lud mich der Jahrgang 1933 in Gonsenheim ein als „Kerweborsch" mitzumachen. Dazu gehörte eine gemeinsame Fahrt in den Lennebergwald, wo man traditionsgemäß den „Kerwebaum" fällte. Mit Musik und Gesang wurde er dann im Triumphzug zum „Juxplatz" gekarrt und dort aufgestellt. Eine originelle uralte dörfliche Sitte, die nur ein paar Jahre später leider eingestellt werden musste – wegen zunehmendem Mangel an Interesse bei den jungen Leuten. Wie so vieles Erhaltenswertes ist auch diese schöne Tradition dem ominösen Zeitgeist zum Opfer gefallen.

Zum Glück gibt es aber auch Institutionen, die vor solchen Auflösungserscheinungen gefeit waren – zum Beispiel der Mainzer Weinmarkt. Dort erhielt ich unverhofft ein Engagement mit einer neuen Rolle: als „Bodenturner". Die Riege der Turngesellschaft trat dort unter der Weinlagen-Bezeichnung „Johannisberger Hölle" als „Teufelchen" verkleidet auf.

Die Choreografie machte ein alter Bekannter von mir: Ballettmeister Raimonda. Dass meine Sprünge und Überschläge eher komisch wirkten als dass sie turnerischen Ansprüchen genügt hätten, war dabei durchaus erwünscht.

Eine entscheidende Weichenstellung

Eine folgenreiche Reise führte mich 1953 zum „Deutschen Turnfest" nach Hamburg. Allerdings nur als Schlachtenbummler mit der Turngesellschaft. Auf meine Beteiligung in den offiziellen Wettkämpfen scheute man aus verständlichen Gründen zurück. Man wollte Punkte und Lorbeerkränze sammeln und nicht etwa schallendes Gelächter.

Der Aufenthalt in der Hansestadt jedenfalls wurde zu einer Riesengaudi. Wobei weniger die turnerischen Leistungen im Mittelpunkt standen als das Amüsement. Die hoffnungsvolle Gonsenheimer Jugend wurde erstmals in ihrem Leben mit den sündigen Verlockungen einer Weltstadt konfrontiert: auf der Reeperbahn.

Dabei lernten sich auch einige besonders lustige Gesellen – zum größten Teil Turner aus der bereits erwähnten Riege – näher kennen und schätzen. Ohne dass wir es ahnten, war damit eine entscheidende Weichenstellung in unserem Leben erfolgt, denn nur ein paar Monate später sollten wir uns aus einem ganz anderen Grund zusammenfinden – und das für die Dauer von fast 40 Jahren.

Dazu muss ich erst etwas vorausschicken. Es gab beim GCV damals eine zweite Gesangsgruppe, die im vergangenen Jahr dort erstmals aufgetreten war: die „Gonsbach-Lerchen". Unter Leitung ihres Gründers Joe Ludwig konnten sie bereits – für damalige Verhältnisse – beachtliche Erfolge feiern.

Allerdings stand die Gruppe mittlerweile vor ihrer Auflösung, da die älteren Mitglieder – zum größten Teil hart arbeitende Gonsenheimer Landwirte – wegen der steigenden Anforderungen auf der Bühne ausgeschieden waren. Auch der Rücktritt ihres Arrangeurs und Pianisten Werner Hanselmann stand bevor.

Da boten Joe Ludwig und die „Rest-Lerchen" mir an, seinen Platz einzunehmen. Gleichzeitig suchte man unter den „Hamburg-Fahrern" Interessenten, die für einen Neu-Anfang geeignet sein könnten. Eine Art „Talentprobe" ergab sich bei einem Erinnerungsabend an unsere Hamburg-Fahrt, wo wir als Matrosen verkleidet ein paar Seemannslieder sangen und dabei Bodenturnübungen parodierten.

Danach tat sich eine kleine Gruppe von acht Mann zusammen: vier bühnenerfahrene „Alt-Sänger“ und vier Neulinge – darunter auch der spätere berühmt gewordene „Lerchen-Clown“ Willi Wohn – bei denen es sich weniger um ausgesprochene Gesangstalente handelte, sondern hauptsächlich um turnerisch Begabte. Eifrig begannen wir mit den ersten Proben, denn sehr viel Zeit war leider nicht mehr bis zu unserer Premiere – wie damals mit meinem „Helau-Club“ beim Xaver-Becker – in der Generalversammlung des GCV.

Der erste Bühnenapplaus bei der MCV-Generalversammlung im Schloss: in der Mitte Marga Dippel und rechts Arthur Becker (damals noch kein „Jean“)

Mit dem bereits erwähnten Gesangsduo Marga Dippel und Arthur Becker war ich inzwischen im Laufe der Jahre einige Male bei verschiedenen Galas aufgetreten – unter anderem auch bei einem Fest des Tennis- und Ski-Clubs Mainz. Dort wurden wir entdeckt von einem damals sehr bekannten MCV-Redner: Dr. Friedel Panitz (wer sich noch erinnern kann: der Mann mit dem „scheppe Maul“). Durch ihn kamen wir zu unserem ersten Auftritt vor einem äußerst anspruchsvollen Publikum: bei der Generalversammlung des MCV im Kurfürstlichen Schloss.

In der Reihe der Mitwirkenden waren wir die Jüngsten und brachten mit unseren kecken Schlagerparodien eine völlig neue moderne Note ins Programm. Einen ganz besonderen Effekt steuerte ich am Flügel bei, als Arthur den damals bekannten Song interpretierte: „Tabak und Rum braucht ein Cowboy". Dabei begann ich auf dem Klavierhocker zu reiten, rief mehrmals „Yippijeeeh" dazwischen, sprang ab und zu aus dem „Sattel" und ließ mich zum krönenden Abschluss spektakulär vom „Pferd" fallen.

Solche Stilbrüche hatte man im Schloss bei anderen Pianisten, die vollkommen seriös zu begleiten pflegten, noch nie erlebt. Entsprechend euphorisch war die Reaktion des närrischen Auditoriums. Spontan verpflichtete uns der damalige MCV-Präsident Karl Moerlé für sämtliche Sitzungen in der nächsten Kampagne im Schloss.

Im Gegensatz zu diesem unerwarteten Erfolg führte die Premiere der verjüngten und neu formierten Gonsbach-Lerchen beim GCV im Gasthaus vom Xaver Becker zu einer – vornehm ausgedrückt – reichlich verhaltenen Reaktion. Aus Zeitmangel hatten wir nur ein kurzes Stück einstudieren können, das ich bereits mit meinem Gesangsduo aufgeführt hatte: das so genannte „Caruso-Potpourri" mit dem Lied: „Bravo, bravo, beinah wie Caruso..."

Da sich leider kein Caruso unter den Sängern befand, und wir auch sonst nicht viel zum Programm beitragen konnten, ernteten wir außer etwas Anstandsapplaus überwiegend nur Kopfschütteln. Der für die Aktivenbetreuung zuständige Jupp Ammann ermahnte uns inständig: „Da müsst ihr euch abber noch ganz schee anstrenge, wenn ihr in de Kampagne uff de Bühne Erfolg habbe wollt!" Na ja, zu dieser Erkenntnis waren wir auch ohne seinen Appell gekommen. Also begannen wir unverzüglich mit der Arbeit.

Was ich damals noch nicht wissen konnte: Damit endete auch gleichzeitig ein Abschnitt in meinem Leben. Die Zeit des unprofessionellen Ausprobierens aller möglichen und unmöglichen Rollen war vorbei; der Ernst des Bühnenlebens begann.

Bis hierher habe ich meine diversen Rollen-Wechsel und Stilbrüche bewusst in sehr ausführlicher Art und Weise geschildert, weil dadurch – im Nachhinein betrachtet – wichtige Grundsteine gelegt wurden für meine späteren Bühnenaktivitäten. Einige dieser „Rollen-Tests" endeten in einer Sackgasse; andere hingegen erwiesen sich als Ausgangspunkte für die Weiterentwicklung und Komplettierung meiner verschiedenen Fähigkeiten ein Publikum zu unterhalten.

Ab jetzt werde ich nicht mehr so detailliert und streng chronologisch auf die zahlreichen Ereignisse in meiner Entwicklung eingehen. Das würde nicht nur den Rahmen dieser Autobiografie sprengen, es wäre auch bestimmt nicht interessant genug – selbst für den geduldigsten Leser. Ich werde daher nun thematisch vorgehen und mich dabei beschränken auf entscheidende Stationen meines Lebens und auf weitere Rollen-Wechsel sowie auf bemerkenswerte Ereignisse und kuriose Erlebnisse – sowohl „en gros", als auch „en detail".

Der Weg in die Fernsehfastnacht

Zunächst aber fing alles ganz harmlos an. Die Gonsbach-Lerchen hatten in der Kampagne 1954 beim GCV gleich zwei Auftritte. Einmal den so genannten „Klavier-Song", bei dem ich in einem – von allen üblichen Innereien befreiten – Kleinklavier versteckt auf die Bühne geschleppt wurde und dann mit einem Überraschungsschrei von dort auf die Bühne sprang. In meiner Erinnerung der einzige größere Gag der ganzen Show. Abgesehen von der Tatsache, dass ein örtlicher Frisör – in seiner Eigenschaft als „Maskenbildner" – unsere jugendlichen Gesichter wahrhaft erschreckend horrormäßig bemalt hatte.

Der zweite Auftritt litt unter unserer dramaturgischen Ahnungslosigkeit. Wir führten ein „Schlafhauben-Potpourri" auf, mit dem wir den deutschen Michel persiflieren wollten. In Schlafanzügen und Nachthemden kamen wir auf die Bühne geschlichen, unter herzhaftem Gähnen, an dem sich das dadurch animierte Publikum im Laufe des Auftritts zunehmend beteiligte.

Kein Mensch hätte damals auch nur einen Pfifferling auf unsere Zukunft gesetzt. Aber wir spuckten in die Hände und machten uns an die Arbeit. Es gelang uns, ein paar „gelernte Sänger" von Gonsenheimer Gesangsvereinen zu uns zu holen, um uns gesanglich zu verbessern.

Außerdem entwickelten wir ein Konzept – basierend auf unseren Hamburger Matrosenauftritt –, das uns nicht nur den Weg in die Fernsehfastnacht ebnete, sondern mit dem wir darüber hinaus später noch mehrere hundert Auswärtsauftritte in Deutschland und sogar im benachbarten Ausland bestreiten konnten.

Das mittlerweile beim MCV agierende Gesangsduo Dippel/Becker wurde zum Trio durch Norbert Henzel (er fungierte hauptsächlich als

In der Maske des Musikalclowns Grock mit (akrobatischer) Begleitung am Flügel ...

unser „Manager"), und wir nannten uns fortan die „Dippelbrüder". 1955 war ein historisches Jahr: die erste Live-Übertragung einer Mainzer Fastnachtsitzung mit Aktiven des MCV und des MCC. Für heutige Verhältnisse errang man dabei eine Traumquote von fast 95%! Kein Wunder, es gab nur wenige Fernsehapparate und nur einen Fernsehkanal. Die Zuschauerzahlen jedoch müssen enorm gewesen sein, denn alle Gaststuben und Hinterzimmer von Kneipen waren vollkommen überfüllt.

Auch wir wurden zu unserem eigenen Erstaunen ins Programm aufgenommen und boten eine närrische Show mit Schlagerparodien: Marga Dippel elegant kostümiert als „Columbine" und ihre beiden Sangesbrüder als „Pierrots". Ich dagegen sah weitaus weniger elegant aus, aber dafür saukomisch: in der Maske von Grock als „Musikalclown" – mit spektakulärer Akrobatik am Flügel.

Großes Gelächter gab es im Publikum, als der damals amtierende Sitzungspräsident Werner Mundo (der Vater des in jener Zeit gleichnamigen MCV-Präsidenten) mich in seinem Dank vorstellte mit der Bemerkung: „... und so was wird Jurist!" Seitdem war ich alljährlich bis 1981 in jeder Fernsehsitzung dabei – manchmal sogar mit zwei oder gar drei verschiedenen Darbietungen: allein oder mit anderen zusammen.

Unser Auftritt war zwar ein großer Erfolg, aber leider kam es danach zu unerfreulichen Auseinandersetzungen mit Vorwürfen an mich – aus dem familiären Umfeld meiner Mitakteure: Ich würde mit meinen Eskapaden am Piano deren gesangliche Leistungen allzu sehr in den Hintergrund drängen. Das lag keinesfalls in meiner Absicht. Aber da ich mir auch zukünftig keine dementsprechende Zurückhaltung auferlegen lassen wollte, kündigte ich meine Mitwirkung auf.

... beim Debüt der „Dippelbrüder" 1955 bei der Fernsehpremiere „Mainz, wie es singt und lacht" mit MCV und MCC

Dafür konzentrierte ich mich von da an auf die Arbeit bei den Gonsbach-Lerchen. Die hatten nicht das Geringste gegen meine übermütigen Clownerien am Klavier einzuwenden. Ganz im Gegenteil: Sie wurden sogar zum festen Bestandteil unserer Auftritte.

Als sich der MCV nach meiner Mitwirkung in der nächsten Kampagne erkundigte, empfahl ich die Lerchen ins Programm zu nehmen. Und so traten wir ab 1956 beim GCV und beim MCV auf – diesmal mit einer „Cowboy"-Persiflage.

In der Fernsehsitzung jedoch präsentierten wir unseren Parade-Auftritt als „Matrosen". Erstmals zeigte damit eine Gruppe, dass sie nicht nur guten Chorgesang mit originellen Texten beherrscht, sondern darüber hinaus auch noch mit Slapsticks und Akrobatik das Publikum begeistern konnte.

Mit diesem Auftritt begann die beispiellose Karriere dieser in ihrer Art einmaligen Mainzer Amateurgruppe, die nahezu in derselben Besetzung 36 Jahre lang an sämtlichen Fernsehsitzungen (mit zwei Ausnahmen) teilnahm und damit einen bundesweiten Bekanntheitsgrad erreichte.

Beruf statt Berufung

Als ich mit 21 Jahren volljährig wurde (damals dauerte es drei Jahre länger als heute „erwachsen" zu werden), machte ich mir natürlich auch ein paar Gedanken, wie ich zukünftig mein Geld verdienen sollte, denn bei den Auftritten gab es nichts zu verdienen – außer Applaus. Ich hatte zwar zahlreiche künstlerische Laufbahn-Ansätze durchprobiert, aber keiner davon erschien mir damals erfolgversprechend genug zu sein.

Auch in der Rolle eines richtigen Schauspielers hatte ich mich zwischenzeitlich versucht: im Stadttheater Mainz in der Fastnachtsposse „Konfetti".

1955 bei der Premiere der Fastnachtsposse „Konfetti" im Stadttheater Mainz – als „jugendlicher Liebhaber"

Es war sogar eine Doppel-Rolle: als komischer Handelsreisender (was mir sehr gut lag) und als jugendlicher Liebhaber (was mir weniger passte).

Nach reiflichen Überlegungen schienen mir meine verschiedenen künstlerischen Talente doch nicht so ganz auszureichen für eine lukrative Karriere. Und so entschloss ich mich zu einem Kompromiss: Ein solider bürgerlicher Beruf sollte es sein, aber mit künstlerischen Möglichkeiten. Da gab es nur eins: die Werbung, und ich versuchte bei einem bekannten Markenartikel-Hersteller einen Job zu bekommen.

Ich wagte also einen großen Schritt: vom Studenten zum Lehrling – von der Uni zur Firma Blendax – wobei es recht förderlich war, dass der Verkaufschef ein Schlaraffenbruder meines Vaters war. Dort wurde ich der älteste Stift im Sortiment. Ich musste die Berufsschule besuchen, mit dem Ziel „Industriekaufmann" zu werden.

Die Ausbildung bei Blendax jedoch war weniger eine im Markenartikelbereich, sondern eher eine auf dem Dienstleistungssektor. Jeden Morgen hieß es für die Lehrlinge: in der Kantine „Frühstück holen" für die Großraumbüro-Insassen und jeden Nachmittag „Kaffee und Kuchen" – Gesamtdauer etwa vier Stunden. Die Wartezeiten an der Theke pflegte ich mit unterhaltsamen Darbietungen am dortigen Klavier aufzulockern.

Um mich schon mal vorzubereiten auf eine werbliche Karriere, begann ich mit einem Fernstudium bei einem Darmstädter Institut im Fach „Grafik-Design". Eine mühsame Feierabendarbeit, zugleich aber auch eine Zukunftsinvestition, die sich erst später lohnen sollte.

Vorzeitig wurde ich aufgrund besonderer Leistungen bereits vor Ende der offiziellen Ausbildungszeit ins Angestelltenverhältnis übernommen.

Leider jedoch nicht in die Werbeabteilung (man arbeitete dort nur mit externen Werbeexperten), sondern in den Außendienst.

Als Vertreter für „Blendamed“ reiste ich durch das Ruhrgebiet. Aber die Kunden interessierten sich mehr für die Mainzer Fastnacht als für meine noch so überzeugend vorgetragenen Verkaufsargumente. Entsprechend waren dann auch die Umsätze – zum Lachen. Und so wechselte ich ins gegenteilige Fach: zur Toilettenpapierfirma Hakle.

Beim GCV hatte ich Hans Klenk kennen gelernt, Mitglied des Großen Rates, Mäzen der Gonsbach-Lerchen und Firmenchef des Mainzer Papierkonzerns. Das Markenzeichen „HAKLE“ ist zusammengesetzt aus den Anfangsbuchstaben seines Namens: HAns KLEnk. Ein Glück, dass er nicht auf den Namen „KArl KLEnk“ getauft wurde.

Er bot mir die lang ersehnte Chance im Bereich „Werbung“ in seiner Firma einzusteigen – in der Rolle eines „Werbeassistenten“. Ich hatte nicht den geringsten Schimmer einer Ahnung von diesem Beruf, aber Hans Klenk versicherte mir: „Probieren geht über Studieren!“ Heute würde man sagen „Learning by doing“.

Meine erste kreative Leistung war die Formulierung eines Slogans: „Was Blendax ist für deinen Mund, ist Hakle für den Hintergrund!“ Aber leider konnte ich mich damit nicht durchsetzen. Dafür setzte ich mich auf den Hosenboden und begann wiederum mit einem Fernstudium – diesmal bei einem Hamburger Institut – im Fach „Werbung“. Und da es für ein zweites Studium Mengenrabatt gab, belegte ich gleich noch das Fach „Journalismus“.

Damit war zwar die Hälfte meiner Freizeit auf Jahre hinaus verplant – die andere Hälfte galt den vielfältigen Arbeiten als musikalischer Leiter und Regisseur bei den Gonsbach-Lerchen – aber zumindest hatte ich damit eine berufliche Basis geschaffen, die sich später auszahlen sollte.

Zwischen Familie, Beruf und Hobby

Die vielfältigen Bedürfnisse eines Menschen lassen sich nur selten durch Beruf und Hobby alleine befriedigen – es fehlt das Allerwichtigste: eine eigene Familie. Die Absicht zur Gründung einer solchen hatte ich zwar schon oft gehabt, aber noch nie das Glück, die richtige Partnerin dafür zu finden.

Am Fastnachtsfreitag, den 10. Februar 1956 – im Anschluss an die Fernsehpremiere der Lerchen – war es dann so weit. Auf einem Maskenball im Landtag traf ich nächtens meine zukünftige Frau Bärbel. Amors Pfeile mussten gleich doppelt getroffen haben. Bereits nach einem Jahr verlobten wir uns. Wiederum ein Jahr später heirateten wir – und danach haben wir uns dann kennen gelernt – „en gros und en detail".

Diesen Ein-Jahres-Rhythmus behielten wir bei, denn ein Jahr später schon wurden wir schwanger. Unsere Tochter Ulrike kam auf die Welt – und nach wieder einem Jahr (mit nur ein paar Wochen Verspätung) folgte unser Sohn Michael.

Damit hatte ich nicht nur die ungewohnte Rolle eines Ehemanns übernommen, sondern auch die äußerst schwierige Rolle eines „doppelten Vaters". Dazu kamen noch die Belastungen durch zwei Studiengänge und den (erst noch zu erlernenden) Beruf – zuzüglich der zeitraubenden Hobby-Aktivitäten vor, während und zwischen den Fastnachtskampagnen.

Hoffnungsfroher Beginn einer langjährigen Lebensgemeinschaft mit Ehefrau Bärbel (laut Dr. Friedel Panitz: „moine Frau Barbára")

Der Nachwuchs (links Tochter Ulrike und rechts Sohn Michael) hat frühzeitig gelernt, keine Angst davor zu haben, im Leben auch mal „baden zu gehen".

Eine Versuchung trat noch einmal an mich heran: in Gestalt des Kabarettisten Hanns Dieter Hüsch. Ich kannte ihn schon seit seinen ersten Solo-Auftritten in der Uni und war später Stammgast in dem von ihm gegründeten Keller-Kabarett „Arche Nova". Dort trat er mittlerweile mit einem Ensemble auf und bot mir nun an, als „Kabarettist" dabei mitzuwirken.

Ein überaus verlockendes Angebot, das ich mir lange überlegte. Schließlich überwog dann aber doch die Aussicht auf größere Sicherheit in meinem bürgerlichen Beruf. Die Unterhaltung meiner Familie war mir wichtiger als die Unterhaltung eines Kabarettpublikums. Zum Glück – denn kurze Zeit später löste sich das Ensemble auf, und Hanns Dieter Hüsch trat seitdem nur noch als Solist auf. Ohne es zu ahnen, hatte ich die richtige Entscheidung getroffen.

Professionelle Arbeit von Amateuren

Meine gesamte Freizeit stellte ich nun in den Dienst der Gonsbach-Lerchen – in meiner Rolle als „Chorleiter". Hier bot sich mir eine große Chance, aus einem ursprünglich konventionellen Sängerchor (wie es in Mainz bereits mehrere gab) eine moderne Showgruppe zu formen – mit völlig neuen Stilelementen: nicht nur mit satirischen Liedertexten, sondern auch mit witzigen Dialogen, Slapsticks, Komik, Akrobatik und Musik – und alles unter einem einheitlichen Thema: mit dem berühmten „roten Faden“ – der heutigen Gesangsgruppen völlig abhanden gekommen ist, falls sie überhaupt jemals einen verwendet hatten.

Unter der Leitung des „Lerchen-Kapitäns“ Joe Ludwig, der auch die Liedertexte verfasste, machten wir uns an die schwierige Arbeit. Obwohl wir schon große Erfolge einheimsen konnten, galt es jetzt – was viel schwieriger ist – das Niveau langfristig nicht nur zu stabilisieren, sondern wenn möglich sogar noch zu steigern.

Es gelang uns, nach und nach die Gruppe zu verstärken mit talentierten jungen Sängern – darunter auch mein ehemaliger „Dippelbruder“ und Tenorsolist Arthur Becker –, die außer gut singen möglichst auch noch turnerisch, komisch oder musikalisch agieren konnten.

Das langfristige Konzept ging voll auf: 30 Jahre lang saß ich bei den Höhenflügen der Lerchen am Klavier. Natürlich nicht ununterbrochen, denn zwischendurch musste ich ja auch mal aufstehen, mich mit meinen Kollegen zusammensetzen, um Ideen für ein neues Potpourri auszubrüten und auftrittsreif zu machen.

Die Bühnenauftritte waren nur die Spitze des Eisbergs. Die meiste Zeit musste für die Vorbereitungsarbeiten aufgewandt werden. Da jeder von uns all seine Talente und Fähigkeiten in die Gruppenarbeit einzubringen hatte – natürlich ohne jegliches Zusatz-Entgelt – musste ich gleich mehrere Rollen-Funktionen erfüllen.

Wenn das Thema des Auftritts feststand, hatte ich als gelernter Grafik-Designer die Entwürfe zu zeichnen für Kostüme, Masken, Requisiten und Bühnenutensilien. Lagen die Texte von Joe Ludwig vor, musste ich mich als Arrangeur ans häusliche Klavier setzen und die Nerven von Frau und Kindern strapazieren mit stundenlanger Klimperei. So nennen Laien das harmonisch abzustimmende und stimmen-passgenaue Transferieren von bekannten Liedern und von eigenen Kompositionen für einen vierstimmigen Männerchor, sowie für unsere Rhythmusgruppe und für die Instrumentierung der Kapelle beim Finale.

Noch mühsamer waren die anschließenden Probestunden mit den Sangesbrüdern, weil keiner von denen Noten lesen konnte und die einzelnen Stimmen Ton für Ton in die Ohren hineingehämmert werden mussten. Eine nervliche Tortur – sowohl für den Chorleiter als auch für die Amateur-Sänger. Umso größer war am Ende die Zufriedenheit, wenn alles perfekt in dem typischen „Lerchen-Sound" erklang, den ich mir vorgestellt hatte.

Doch damit noch nicht genug. Etwa einen Monat vor der Premiere waren so genannte „Stellproben" angesetzt. Mehrmals in der Woche ging es dann auf die Probebühne – mit allen Requisiten und Utensilien –, und ich versuchte die einzelnen Bewegungsabläufe des Chors im Rahmen unsrer kleinen Spielhandlung als Regisseur choreografisch zu koordinieren und das Ganze so effektvoll wie möglich zu inszenieren, um ein Optimum an Qualität zu erreichen.

All das verlangte von allen Beteiligten Einsatzfreudigkeit und Disziplin – und das fast das ganze Jahr hindurch. Natürlich stieß eine solch professionelle Arbeitsweise ab und zu auch mal auf Kritik bei den Amateuren. Einmal warf man mir sogar einen „fast ekelerregenden Perfektionismus" vor. Aber ich ließ mich nie beirren, und der Erfolg hat mir schließlich am Ende auch recht gegeben – sowohl „en gros", als auch „en detail".

Wir traten elf Jahre in den Kampagnen regelmäßig bei zwei Vereinen auf: beim GCV und beim MCV. Nur als uns die Zahl der Sitzungen beim MCV zu viel wurden – es waren 1967 fast 30 –, und es infolge der damals äußerst patriarchalischen Vereinsführung zu erheblichen Differenzen kam, verließen wir den MCV und traten seitdem nur noch beim GCV auf.

Damit schieden wir automatisch auch bei der alljährlichen Fernsehsitzung im ARD aus. Inzwischen gab es aber beim ZDF ebenfalls eine eige-

Das turbulente „Matrosen-Potpourri" der Gonsbach-Lerchen wurde später ihr am meisten gespieltes Programm außerhalb der Karnevalskampagne.

Ein Pianist, der nicht ständig am Klavier sitzt, sondern zwischendurch auch mal am Boden – mit ungewöhnlichen harmonischen „Übergriffen" – das war damals etwas ganz Neues.

ne Fastnachts-Livesendung – unter Leitung des legendären Dr. Wolfgang Brobeil – mit anderen Karnevalskorporationen: Kasteler Carneval-Klub (KCK), Mainzer Prinzengarde und Mombacher „Bohnebeitel".

Zunächst wollte das ZDF nur die Gonsbach-Lerchen exklusiv verpflichten, als selbstständige Korporation, wodurch wir in den Genuss von Fernsehgeldern gekommen wären. Aber wir bestanden darauf, aufgrund unserer Verbundenheit zum GCV nur zusammen mit unserem Heimatverein und seinen Akteuren ins Programm zu kommen. Und so geschah es dann auch: Der GCV war ab diesem Zeitpunkt jährlich in der Fernsehfastnacht vertreten.

Damals war es noch üblich, an Fastnacht ohne einen Pfennig Gage aufzutreten. Noch nicht mal unsere Spesen wurden beglichen. Sogar unsere Aufwandsentschädigungen mussten wir selber zahlen. Es gab nur pro Kampagne einen Orden und pro Abend eine Flasche Wein.

Die Gruppen-Kasse konnten wir daher nur etwas auffüllen mit so genannten „Auswärtsgastspielen" im Lauf des Jahres. Immerhin waren wir inzwischen bundesweit bekannt geworden durch unsre alljährlichen Fernseherfolge. Es sei zum Beispiel nur erinnert an die Hits „Im Wald da sind die Räuber" oder „Jede Sekunde ein Hering" – bereits 1961 aufgeführt und heute noch ein Begriff – oder an die Opernparodie „Festgespült hat nie Bayreuth“ von 1965.

Ein Chorleiter muss mit gutem Beispiel vorangehen und deutlich vorführen, wie man gesanglich korrekt einen Ton formen soll.

Publizistische Rollenspiele

Aber ganz egal wie groß die Erfolge auch waren – ob auf der Bühne oder im Fernsehen – im Beruf musste jeder von uns täglich seine Pflicht erfüllen, auch wenn er aufgrund der vornächtlichen närrischen Strapazen am nächsten Tag nicht mehr ganz so taufrisch aus der Wäsche gucken konnte.

Bei Hakle hatte ich mir mittlerweile für mein Arbeitsgebiet ein ausgeprägtes „Rollen-Verständnis“ erworben. Obwohl es stellenweise Probleme bereitete, einem Laien etwas über Fachausdrücke der Branche zu erklären – zum Beispiel, dass im Toilettenpapier-Geschäft der Begriff „Pro-Kopf-Verbrauch“ verwendet wurde. Die Werbung war damals noch sehr tabuisiert für diese – wie ich sie mal nannte: „exklusiven Schinkenröllchen zu hinterlistigen Zwecken“. Nur allmählich wurden Anzeigen und sogar Fernsehspots über dieses heikle Thema akzeptiert.

Eines Tages brachten wir auch farbige Toilettenpapiere auf den Markt. Eine mutige Pioniertat, obwohl doch eigentlich jeder weiß: Die meisten Hintern sind farbenblind. Schließlich hatte ich sogar als neues Produkt „feuchtes“ Toilettenpapier zu bewerben – was viele Verbraucher in Erstaunen versetzte: feucht – und das schon vor dem Gebrauch?

Für normale Klopapier-Benutzer klingen diese ganzen Fachbegriffe wie Wischeffekt, Bruchlastigkeit, Oberflächenstruktur und Reißfestigkeit bestimmt äußerst belustigend. Daher hatte ich auch große Schwierigkeiten, in der ungewohnten Rolle als Dozent für Werbung und Verkaufsförderung meinen amüsierten Zuhörern bei den „Mainzer Wirtschaftslehrgängen“ klar zu machen, dass es sich hierbei um eine ganz seriöse Materie handelte und nicht etwa um Realsatire.

Da ich mittlerweile nicht nur Werbeleiter geworden war, sondern auch zuständig für Public Relations, übertrug mir der Chef die Aufgabe, eine firmeneigene Hauszeitschrift für Mitarbeiter und Kundschaft zu gestalten, die monatlich erscheinen sollte, und der ich den nahe liegenden Titel: „Die Rolle" gab.

Dadurch bekam ich endlich die Gelegenheit, meine Kenntnisse als „fernstudierter Journalist" in der Praxis anzuwenden. Dabei hatte ich jedoch das zweifelhafte Vergnügen, alle Rollen in der Redaktion selbst spielen zu müssen: den Redakteur, den Reporter, den Fotografen, den Layouter und den Karikaturisten. Eine ungewöhnliche Ämterhäufung in einer Person: Das waren fünf Planstellen – aber nur ein Gehalt. Was mir persönlich weniger, dafür aber meinem Chef umso mehr gefiel, denn der war ein ausgesprochen „professioneller Schwabe".

Mit dem Erlernen des journalistischen Berufs von der Pike auf, konnte ich mir – ohne es damals zu ahnen – ein zukünftiges Standbein schaffen, das sozusagen altersunabhängig ist. Für einen Werbeleiter lag die berufli-

Beim Betriebsfest anlässlich des 50-jährigen Jubiläums der Hakle-Werke 1978: (von links) Generalkonsul Hans Klenk, Oberbürgermeister Jockel Fuchs, Bärbel Bonewitz und ihre Mutter Ursula Heye

Ein differenziertes „Rollen-Verständnis" ist Voraussetzung dafür, Hygiene-Produkte aller Art an den Mann – oder besser: die Frau – zu bringen.

che Akzeptanzgrenze damals so etwa bei 50 Jahren. Auch als Fastnachter wollte ich nicht noch im hohen Greisenalter über die Bühne schlurfen, bis man mir die Narrenmütze wegoperieren müsste. Selbst später als Kabarettist hatte ich mir ein altersbedingtes Limit gesetzt. Aber in der Rolle eines Publizisten ist man dagegen weitgehend frei von solchen Begrenzungen.

Erste Erfahrungen sammelte ich von 1966 bis 1968 mit einer Glossen-Serie in der „Mainzer Allgemeinen Zeitung" unter dem Titel „Spitze Feder": Joe Ludwig schrieb die Texte, und ich zeichnete die entsprechenden Karikaturen dazu.

Von 1989 an lieferte ich an gleicher Stelle sechs Jahre lang monatliche Beiträge unter dem Titel „Sehnse, des is määnzerisch!" Zunächst satirische Cartoons über Mainzer Ereignisse und Eigenheiten – später verbunden mit gereimten und gezeichneten Erklärungen von originellen Dialektausdrücken.

Seit 1984 erhält die „Mainzer Carneval-Zeitung" vom MCV mit dem Titel „Narrhalla" regelmäßig von mir satirische Texte mit Illustrationen und Cartoons. Und in der Stadtillustrierten „Der Mainzer" hatte ich seit 1992 eine ganze Seite zur Verfügung, wo ich jeden Monat textlich und zeichnerisch Glossen publizierte.

oben: Aus der Serie in der „Mainzer Allgemeinen Zeitung“,
Comic vom 28.9.1991

rechts: Aus der Stadtillustrierten „Der Mainzer“,
Ausgabe März 1996

Bürger fragen – Politiker antworten

Wer die Wahl hat ...

Darüber hinaus schreibe und zeichne ich sporadisch für diverse Zeitungen, Zeitschriften und Buch-Projekte, darunter auch seit 1980 für die „MAINZ"-Vierteljahreshefte. Über mangelnde Arbeit als Publizist werde ich mir wahrscheinlich auch in Zukunft keine Sorgen machen müssen.

Vom Büttenredner zum Nestbeschmutzer

Als ob diese Doppelbelastung von Beruf und Hobby in den 60er Jahren – neben meinem familiären Engagement – nicht schon genug gewesen wäre, habe ich mir noch eine weitere Rolle zugemutet: die eines „Büttenredners". Wie ich auf diese Idee kam? Ganz einfach: aus purer Langeweile.

Da die Gonsbach-Lerchen meist erst ganz am Schluss eines Sitzungsprogramms drankamen, saß man vorher stundenlang in der Garderobe oder sonst wo hinter der Bühne herum – in Warteposition. Notgedrungen musste man sich dann all das anhören, was inzwischen draußen auf der Bühne ablief – vor allem die Büttenreden.

Das Debüt als Büttenredner 1960 fing ganz harmlos an. Im Gegensatz zu späteren Vorträgen konnte sich die Mainzer Karnevalsprominenz damals noch einhellig darüber amüsieren.

Eines Tages sagte ich mir: Das kannst du doch auch mal probieren. Und so stieg ich 1960 bei der GCV-Generalversammlung erstmals in die Bütt: als „Besucher des Rosenmontagszugs" und 1961 auf Wunsch von Präsident Karl Moerlé beim MCV.

Es war ein konventioneller Vortrag in Reimform – wie allgemein üblich vom Manuskript abgelesen. Aber es waren darin schon einige, wenn auch noch recht harmlose, satirische Spitzen enthalten gegen die so genannte „Fastnachts-Prominenz".

Damals konnten die Betroffenen noch herzlich darüber lachen, sogar über sich „selberster". Später jedoch sollte sich das erheblich ändern.

Kurze Zeit später schlüpfte ich in die Rolle einer „Aktiven-Ehefrau" und polemisierte aus der Sicht einer Betroffenen gegen die männlichen „notorischen Fassenachter" – jubelnder Beifall bei allen Damen im Saal. Mit diesem Büttenvortrag hatte ich auch meine Premiere als Redner in der Fernsehsitzung. Es folgte zwei Jahre danach die Retourkutsche in der Rolle des empörten „Aktiven-Ehemannes" – tosender Applaus von den Herren.

Aber damit hatte ich auch schon genug von diesen allgemein üblichen Reim-Vorträgen in der Bütt. Ich besann mich auf mein Faible für Stilbrüche und trat außerhalb der Bütt auf (damals fast noch ein Sakrileg) und zwar in der Maske eines uralten „Komiteedieners" – diesmal schon mit erheblich schärferen Satiren auf die (in meinen Augen) verkrustete Fastnachtshierarchie.

In der Folge verfeinerte ich diese Stilform außerhalb des traditionellen Eulenfasses in freier Prosa-Rede und verwendete dabei zusätzlich noch dazu passende Requisiten und Utensilien. Auswendig etwas vorzutragen hatte außer der Möglichkeit zum freien Spiel in Mimik und Gestik noch einen weiteren großen Vorteil: Wenn die Fernsehmacher für die Live-Sendung das Manuskript verlangten – zum Beispiel zum Kürzen von Texten (das war natürlich nie eine „Zensur", sondern immer nur ein „aus Zeitgründen notwendiger Eingriff") – dann konnte ich immer sagen: „So gern wie mir das leid tut, aber was Schriftliches besitze ich nicht – ich hab alles im Kopf!" Einwände dagegen wies ich zurück mit dem Hinweis, dass die freie Rede sogar im Grundgesetz garantiert sei.

Mit meinen Fastnachtsvorträgen wurde ich durch das Fernsehen bald bundesweit bekannt, obwohl – oder gerade weil – ich dabei im-

So wie 1967 als greisenhafter „Komiteediener" würde der heute 77-Jährige gerne noch aussehen: mit einer so fülligen weißen Haarpracht.

mer wieder mal mit satirischen Attacken „aus der Rolle gefallen“ bin. Das gefiel zwar weder den Karnevalsfunktionären, noch den Fernsehmachern, noch einigen neidischen, missgünstigen Kollegen.

Aber bekanntlich ist der Neid schon immer die höchste Form der Anerkennung gewesen. Das Missfallen in den oberen Etagen verhalf mir dann später zu der – in meinen Augen – ehrenvollen Bezeichnung „Nestbeschmutzer“.

Dafür gefiel es aber umso mehr dem Publikum, wenn ich die „obersten Mützenträger“ und die karnevalistischen „Prestige-Lüstlinge“ inklusive der oft recht arroganten Ehrengäste gehörig auf die Schippe nahm – was vorher kaum einer gewagt hatte – zum Beispiel als „mehrfach gelernter Büttenschieber“ oder als „lästernder Platzanweiser“.

Humor ist was ganz Ernstes

Der Clou im Verlauf dieser immer stärker werdenden Kritik an den – von mir so empfundenen – Missständen im Karneval war 1972 der Auftritt als „Liederdichter“ mit dem Lied: „Lieb Fassenacht, musst wachsam sein, sonst schläft ganz Deutschland dir am Bildschirm ein!“ Eine Warnung, die offensichtlich überhaupt nichts genutzt hat.

Der Text war so scharf formuliert gewesen, dass ich fest damit gerechnet hatte, dies werde mit Sicherheit mein letzter Vortrag an Fastnacht sein. Weit gefehlt – es war erst der Anfang. Mit diesem Auftritt am Flügel – eine Mischung aus Vortrag, Musik und Gesang – brachte ich erstmals eine kabarettistische Note in meine Vorträge. Dabei wurde ich stark beeinflusst von meinem seit langem schon bewunderten Mentor Hanns Dieter Hüsch, dessen Stil und Ausdrucksformen mich schon immer sehr beeindruckt hatten.

In einem Glückwunschtelegramm bezeichnete zu meiner großen Verblüffung ausgerechnet Schlagerstar Udo Jürgens diese neue Art der Darbietung als „zukunftsweisend für den Karneval“. Die Mainzer Fastnachtspuristen dagegen behaupteten: „Des is doch kää Fassenacht!“

Mein Vater erzählte mir, diese Vortragsform erinnere ihn an die Zeit vor dem Krieg: Damals sei im Varieté der so genannte „Chansonier am Flügel“ sehr beliebt gewesen. Und er trug mir sogleich ein Beispiel am Klavier vor und sang genüsslich sein Lieblingslied: „Es war einmal ein Bonvivant, der macht Madame die Cour!“ Dieser Text erregte zwar das

Misstrauen meiner Mutter, aber er entsprach voll und ganz der Lebensart meines Vaters – natürlich nicht „en gros“, aber vielleicht früher mal ein klein wenig „en detail“.

Den spektakulärsten Erfolg hatte ich 1974 mit meinem wohl populärsten Auftritt als trotteliger „Prinz Bibi“. Mein letzter Fernsehauftritt 1981 war der „Hofmatz mit seim Dippche“ – eine fast schon blasphemische Parodie auf die hehren Symbole „Till“ (vom MCC) und „Bajazz“ (vom MCV), die ich respektlos umfunktionierte zur närrischen Kombination eines „Till-Jazz“.

Natürlich hatte ich auch „kritik-neutrale“ Solo-Auftritte auf der Fastnachtsbühne. Die waren entweder gesellschaftskritisch – wie zum Beispiel der „Party-Professor“ mit Verhaltensregeln für feine Leute oder der „Psychologe“ mit einer Satire auf modische Ticks. Oder aber sie waren purer Kokolores – wie zum Beispiel der „Stimmungsmacher“, der das Publikum im Saal zu „Mitspielern“ umfunktionierte: Tischweise aufgeteilt mussten die Leute Trompete oder Saxofon blasen, die Pauke oder das Becken schlagen und die Komiteter mussten dreimal „Rappeldibix“ rufen – zum Beweis dafür, dass sie allen Gerüchten zum Trotz bis drei zählen konnten.

Auch meine beiden letzten Auftritte an Fastnacht (die ich wegen Differenzen mit TV-Funktionären nicht im Fernsehen brachte) waren kritiklose Unterhaltung: am Flügel die „Heile-Gänsje-Parodien“ im Stil klassischer Komponisten und der „Fremdenführer“ mit seinem haarsträubenden „Määnzer Englisch“.

In den meisten Vorträgen ging es mir jedoch hauptsächlich um all das, was ich als Missstände und Fehlentwicklungen empfand innerhalb meiner geliebten urwüchsigen „Volksfassenacht“. Mein Hauptangriffsziel war der von mir so genannte „Pracht-, Prunk- und Protz-Karnevalismus“ gewesen: ein vornehmer „Gesellschaftskarneval“.

Dagegen wollte ich angehen und protestieren, persiflieren und attackieren. Zum Beispiel das elitäre Publikum bei den prunkvollen Fernsehsitzungen mit den massenhaft vertretenen „auswärtsen“ Prominenten, denen unsre echte Fastnacht relativ schnuppe war.

Sie interessierten sich ohnehin nur dafür, dass sie – wenn schon nicht immer „im Bild“ – dann doch wenigstens möglichst oft im Blickfeld der Fernsehkameras waren. Denen rief ich als erfahrener „Platzanweiser“ fröhlich zu:

„Schöne Leit im ganze Raum – nur echte Määnzer find mer kaum!“

Der Durchbruch als kabarettistisch agierender „Liederdichter" 1972 mit dem Lied-Vortrag: „Lieb Fassenacht, musst wachsam sein!"

Hui... da gab es sogar Buhrufe und Pfiffe – herrlich! Natürlich nicht bei den Sitzungen in Gonsenheim, dort hat das Volk in der Turnhalle gejubelt und getobt. Vor allem bei dem Vers:

„Orden, Fräcke, Hottvolee-se,
Uniformen, Dekolletee-se,
Ehrengäste, bloß zum Protze,
nur kei Fastnacht... 's is zum Kotze!"

Das traf die elegante, schwarze Gesellschaft im Kurfürstlichen Schloss bis ins Mark. Was waren die aber auch alle vornehm verkleidet: die feinen Herren im Frack mit Karnevalsmütze – die sahen aus wie eine Kreuzung zwischen Papagei und Pinguin. Und die edlen Damen – aufgebrezelt bis zu den Haarspitzen – und alle fast „oben ohne". Die sahen manchmal aus wie überfüllte Obstkörbe. Eine Fundgrube für die Kameras – „en gros" und „en detail".

Einen gehörigen Tritt versetzte der „Platzanweiser" der arroganten Fernsehsitzungs-Prominenz, so dass sie erstmals aus Protest – deutlich hörbar – mehrmals aufheulte.

Aber auch die Fernseh-Macher bekamen ihr Fett ab. Denen warf ich vor, die echte urwüchsige Volksfastnacht aus telegenen Gründen umzufunktionieren zu einem flachen Unterhaltungsspektakel – und alles nur wegen dieser so genannten „Einfalt-Quote". Dadurch drohte sie mit der Zeit zu einer Art „Fast-Food-Karneval" zu degenerieren, und ich prophezeite: „Eines Tag's gibt's hier bei Hofe keine Narren – nur noch Doofe!"

Ins närrische Visier genommen wurden von mir aber auch die aufgeblasenen Vereinsmeier aus den an der Sendung beteiligten Fernseh-Korporationen. Die akzeptierten damals einfach alles, nur um ihre Vereinskassen zu füllen, und nur um ihren Schwellkopp auch mal in die Kameras halten zu können. Dann aber war für diese Humor-Ignoranten Schluss mit der Narretei – nach dem Motto: „Spaß beiseit – genug gelacht, jetzt is Fernsehfassenacht!" Aber so etwas soll's ja auch heute noch stellenweise geben.

Die Empfehlung auch mal über sich selbst zu lachen, das war für viele dieser selbsternannten „Frohsinnsfunktionäre" so etwas wie ein unsittlicher Antrag. Zwangsläufig kam ich im Lauf der Zeit zu dem Schluss: „Humor is was ganz Ernstes – an Fassenacht, da lernste's!"

Wirkungen ohne Nutzeffekt

Illusionen hatte ich mir damals überhaupt keine gemacht. Ich ahnte es schon: Bewirken konnte ich mit meinen Protestvorträgen natürlich so gut wie fast gar nix. Gejubelt haben immer nur die, die ohnehin meiner Meinung waren. Und meine Gegner, die in den meisten Fällen selbst zum „närrischen Establishment" gehörten, die dachten nicht im Traum daran, auch nur irgendetwas zu verändern – weder „en gros" noch „en detail".

Und so musste ich im Lauf der Jahre erfahren: Mein jahrzehntelanges viel Nerven kostendes Protest-Engagement in der Tradition des historischen satirischen Hofnarren war offenbar völlig umsonst gewesen – und das in jeder Beziehung.

Und was mich sehr erstaunte: Später im Kabarett war es nicht sehr viel anders. Mit einem Unterschied: Dort war alles zwar nicht mehr „umsonst", aber was die Wirkung betraf, leider genauso vergeblich. Die Gründe dafür liegen auf der Hand – ob im Karneval oder im Kabarett: Das Publikum will in erster Linie unterhalten werden, will sich amüsieren, und es will seine vorgefassten Meinungen bestätigt wissen. Und der Auftretende? Der möchte natürlich ein Feedback haben für seine Bemühungen: in Form von Lachern und Beifall – bekanntlich das „Brot des Künstlers" –, selbst wenn es manchmal nur ein paar Krümel sein sollten. Ich kenne einen Kollegen, der darauf verzichtete, woraufhin sein Publikum auf ihn verzichtete.

Der entscheidende Unterschied jedoch ist der: Im Karneval gehen die Leute in die Sitzungen – aus Gewohnheit – ohne zu wissen, was sie dort an Akteuren und Darbietungen im Einzelnen erwartet. Hauptsache ist „Stimmung", möglichst viel zum Ablachen und bei eventuell „kritischen" Vorträgen eine Bestätigung ihrer eigenen Anschauungen.

Dabei würden die Akteure keinerlei Risiko eingehen, wenn sie die Leute ausnahmsweise mal mit ihrem Protest verschrecken sollten. Sie hätten dann zwar keinen Erfolg, aber da an Fastnacht ohnehin bei uns in Mainz kein Geld zu verdienen ist – also normalerweise nicht –, so hätten sie wenigstens keine finanziellen Einbußen.

Im Kabarett jedoch, da gehen die Leute ganz gezielt zu einem ganz bestimmten bekannten Künstler, weil sie in der Regel ganz genau wissen, was sie dort erwartet. Und als Profi muss der schließlich von den Eintrittsgeldern leben.

Die wohl populärste Paraderolle war der berüchtigte „Prinz Bibi" 1974, obwohl – oder vielleicht gerade weil – er den so genannten „Gesellschaftskarneval" gehörig verunglimpfte.

Der letzte Vortrag in der Mainzer Fernsehsitzung war 1981 eine Parodie als „Till-Jazz" auf die Mainzer Symbole Till und Bajazz – der „Hofnarr mit seim Dippsche".

Ansonsten ist es im Kabarett nicht sehr viel anders als im Karneval – obwohl da relativ selten geschunkelt wird. Man will dort ebenfalls gut unterhalten werden – vielleicht etwas niveauvoller und kritischer –, aber nur, um ebenfalls die eigene Meinung bestätigt zu bekommen.

Wenn nicht, dann bleibt man einfach beim nächsten Mal weg. Und wenn der Künstler leichtsinnigerweise noch mehr Leute frustriert mit kritischen Äußerungen, dann kommen halt immer weniger, bis eines Tages vielleicht gar keiner mehr zuhört. Das kann ein großes Problem werden – selbst für einen Alleinunterhalter. Und was bleibt dem dann anderes übrig? Dann kann er in Zukunft nur noch Hausbesuche machen.

Ein Narr packt aus – am laufenden Band

Jetzt bin ich aber etwas allzu kühn den Ereignissen vorausgeeilt. Es gab ja auch mal eine Zeit, da hatte ich eine zeitraubende Dreifach-Belastung: Neben meinen beruflichen Beanspruchungen bin ich sowohl im Karneval aufgetreten als auch im Kabarett (allerdings noch als Amateur) und das acht Jahre lang. Damals geriet ich in der Tat am spektakulärsten „zwischen alle Stile".

Begonnen hatte das ausgerechnet mal wieder an einem 11. im 11. – jedoch im Jahre 1975. Da riskierte ich es, meine bisher schwierigste Rolle zu übernehmen – selbst auf die Gefahr hin, mich zu über-nehmen: die eines „Kabarettisten". Ich sollte im Mainzer „unterhaus" auftreten – auf Einladung des dortigen Geschäftsführers Carl-Friedrich Krüger – mit einem zweistündigen Kabarettprogramm, zu dem mir dieses Schlitzohr auch noch den provokanten Programmtitel vorschlug: „Ein Narr packt aus".

Und er hatte richtig kalkuliert: An den Vorverkaufsstellen bildeten sich lange Schlangen. Über die Domplätze ringelte sich sogar eine Riesenschlange. In Massen strömte das Volk ins „unterhaus". Darunter überwiegend Leute, die vorher noch nie dort gewesen waren.

Bei der Premiere im Kabarett 1975 mit dem Programm „Ein Narr packt aus" durfte auch das stereotype „televisionäre Schau-Grinsen" der prominenten Fernsehsitzungsbesucher nicht fehlen.

Am neugierigsten waren die damaligen obersten Karnevalsrepräsentanten. Man erwartete peinliche Enthüllungen von mir als langjährigem Insider der Fastnachsszene: über interne Machenschaften, Klüngel und Kommerz hinter den Kulissen.

Aber das war eine krasse Fehlspekulation. Und die habe ich denen gegönnt. Denn ich hatte das Thema „Narren" ganz allgemein behandelt – unter gesellschaftskritischen Aspekten. Darüber waren die so enttäuscht, dass sie nie mehr wieder ins „unterhaus" kamen. Sie wurden dort auch nicht sonderlich vermisst – weder „en gros", noch „en detail".

Ich hatte zwar auf der Bühne versichert: „Keine Angst! Der Narr packt auch wieder ein!" Aber nach dem unerwarteten Erfolg dieses ersten Kabarettprogramms blieb mir gar nichts anderes übrig, als weiterzumachen. Zumal mir das „normale" Publikum auch weiterhin treu geblieben ist – und das bis zum heutigen Tag.

Wieder mal eine entscheidende Wende

Meine letzten Fastnachtsvorträge in den 80er Jahren mit Kritik an den Auswüchsen in der Fastnacht – speziell beim „Fernsehsitzungskarneval" – waren immer satirischer geworden und das heißt: unerträglich für die obersten Brauchtumshüter. Im Gegensatz zum Publikum und vielen „echten“ Narren – wie zum Beispiel der langjährige TV-Sitzungspräsident Rolf Braun, der mich ironisch zu titulieren pflegte als den „Hackethal der Määnzer Fassenacht“ – waren die allergisch geworden gegenüber meinen respektlosen Kreuz- und Querschüssen gegen die offizielle Karnevalsszene. Daher wurde ich auch von denen (natürlich nur hinter meinem Rücken) – wie bereits erwähnt – als „Nestbeschmutzer“ tituliert.

So was hat bekanntlich eine lange Tradition in Deutschland. Da werden nicht die beschimpft, die das Nest versaut haben, sondern diejenigen, die das auch noch öffentlich bekannt machen. Dafür gibt es eine Menge historischer Beispiele: von Heinrich Heine bis Heiner Geißler.

Beruflich war ich inzwischen bei Hakle avanciert: nicht nur zum Hauptabteilungsleiter für den Bereich „Kommunikation“, sondern auch noch zum „25-jährigen Betriebsjubilar“ und hatte außerdem das 50. Lebensjahr erreicht – heute würde man sagen: das „Frühsenioren-Alter“. Und da müssen bei einem angehenden „Gruftie“ die Alarmglocken ertönen. Wenn ich noch einmal eine neue Rolle ausprobieren wollte, dann war jetzt die allerletzte Gelegenheit dazu.

Dieser bis dahin wohl wichtigste Rollen-Wechsel in meinem Leben erfolgte 1984. Mein väterlicher Freund Hans Klenk war ein Jahr zuvor gestorben, und der Firma drohte mittlerweile eine unfreundliche Übernahme. Mit ein Grund für meinen Entschluss: Ich kündigte meinen Job, stieg aus, um und ein – ins satirische Profi-Geschäft als freiberuflicher Kabarettist und Publizist. Damals nannte ich mich selbstironisch: „Deutschlands ältester Nachwuchskabarettist“.

Ich werde oft gefragt, ob ich diesen Schritt ins Ungewisse schon mal bereut hätte. Dann sage ich immer: „Jawohl, das habe ich! Aber nur, dass ich ihn nicht schon viel früher gewagt habe!“

Der „Blick zurück“ auf das, was ich bisher alles gemacht hatte, geschieht keineswegs im Zorn – dazu besteht auch keinerlei Anlass. Es waren viele frohe und schöne Stunden gewesen – vor allem in der heimischen Turnhalle bei der so genannten „närrischen Achse“ von GCV, Gonsbach-Lerchen und Füsilier-Garde.

Dort habe ich meine närrischen Pflichten mehr als „übererfüllt“: beim GCV außer mit den Lerchen-Auftritten und meinen Vorträgen noch als Pianist, Texter, Arrangeur, Komponist und Mitwirkender bei Eröffnungsspielen, Zwiegesprächen, Mehr-Personen-Sketchen und Gesangssolisten-Auftritten.

Außerdem wurde ich noch beschäftigt als grafischer Gestalter von Orden, Liederheften, Bühnenbildern und Wagen für den Rosenmontagszug, wofür dem Verein jeweils nur die reinen Material- und Herstellungskosten in Rechnung gestellt wurden.

Bei der legendären Frühschoppensitzung der Füsiliergarde Gonsenheim 1993 mit Herbert Jakob, einem unvergessenen Original der Määnzer Fastnacht

Für die Füsilier-Garde, deren Sponsor und Mäzen Hans Klenk war, hatte ich nicht nur ihr Emblem als „Markenzeichen" gestaltet, sondern auch Orden, Armeebefehle und einen eigenen Gardemarsch komponiert und getextet – und wurde als Anerkennung zum „Ehrenoffizier" ernannt.

Meinem langjährigen fastnachtlichen Weggefährten Herbert Jakob zuliebe bin ich sogar nach meinem offiziellen Ausscheiden aus der Fastnacht ab 1987 – bis zu seinem allzu frühen Ableben – sieben Jahre lang in der von ihm geleiteten „Frühschoppensitzung" der Garde aufgetreten.

Meine Frau hat zwar immer zu mir gesagt: „Du spinnst doch – dir so viel Arbeit aufzuhalsen! Du wirst doch nur ausgenutzt! Das dankt dir kein Mensch!" Aber ich hab es ja auch nicht getan um des Dankes willen, sondern aus Spaß an der Freude und am gemeinschaftlichen Zusammenwirken mit Gleichgesinnten.

Leider ist es nun mal so im Leben: Zu viele Talente können ein großes Glück sein, aber andererseits auch eine große Belastung, wenn man auf allen erreichbaren Gebieten möglichst perfekte Arbeit leisten will. Und die zwiespältige Bedeutung des berühmten Spruchs vom „Dank des Vaterlandes" war mir schon immer völlig klar gewesen.

Der Beginn eines neuen Lebensabschnitts

Mit Beginn des Jahres 1984 erfolgte eine völlige Umstellung meines bisherigen Lebens. Zu Ende gegangen war nicht nur die Zeit des bürgerlichen Berufs eines Angestellten, sondern auch die eines aktiven Fastnachters. Dafür begann das riskante Leben eines selbstständigen Freiberuflers: als Kabarettist und Publizist. Dieser abrupte Wechsel passt genau in diese Zeit, in der Bundeskanzler Kohl seine berühmt-berüchtigte „geistig-moralische Wende" verkündet hatte – die von mir kurz so genannte „Geimowe".

Meine Auftrittstermine – über das ganze Jahr verteilt – wurden jetzt von der Mainzer Künstleragentur Feuerstein-Kessler gemanagt, deren Chef, Jürgen Kessler, später Leiter des Deutschen Kabarettarchivs wurde. Seitdem bin ich mit meinen Tourneeprogrammen durch ganz Deutschland gezogen: vom hohen Norden bis in den tiefen Süden – von Kiel bis nach Flensburg – von Konstanz bis zum Bodensee (haha!). Und immer zusammen mit meiner Frau Barbara, die nicht nur eine sichere, defensiv kutschierende Autofahrerin ist, sondern auch ein geschickter „Tournee-Roadie" und versierter „Stagehand" war: beim Aufbau unserer eigenen Tonanlage und des transportablen E-Pianos – nicht zuletzt auch eine zuverlässige Kassiererin und Verwalterin der Gagen.

Dabei kamen wir in Orte, die wir im Lauf der Jahre sogar mehrmals heimsuchten. Es gab aber auch andere, wo wir insgesamt nur zweimal hinfuhren: das erste und das letzte Mal. Landauf und landab waren wir beide 16 Jahre lang auf Achse gewesen und haben dabei die unterschiedlichsten Auftrittsstätten kennengelernt: Kellertheater und Bürgerhäuser, Scheunen und Gaststuben, Turnhallen und Stadttheater – rein architektonisch gesehen ebenfalls „zwischen allen Stilen" angesiedelt.

Fast eben so viele Auftritte wie mit meinen zweistündigen Kabarettabenden hatte ich mit kürzeren Auftritten im Rahmen von Programmen mit anderen Mitwirkenden. Ob in Mainz – wie zum Beispiel beim „Open Ohr Festival" oder bei anderen Anlässen – oder außerhalb bei kabarettistischen Veranstaltungen wie zum Beispiel beim „Studiobrettel" in Baden-Baden.

Selbst bei Kreuzfahrten habe ich mich auf die (schwankende) Bühne gewagt: einmal auf der damals sehr stürmischen Ostsee und einmal auf der idyllischen Donau, wo mit starkem Seegang nur selten zu rechnen ist. Zwar war ich dabei stets von sehr viel Wasser umgeben, bin aber glücklicherweise dennoch nicht baden gegangen.

Obwohl ich ab 1984 an Fastnacht nicht mehr auftrat, habe ich die Gonsbach-Lerchen hinter der Bühne wie bisher musikalisch und inszenierend noch zwei Jahre lang weiter betreut. Aber dann ging das leider aus beruflichen Termingründen nicht mehr, denn die meisten Kabarett-Auftritte auswärts hatte ich genau in der dreimonatigen Vorbereitungs- und Probezeit für die nächste Kampagne. Also war ich bedauerlicherweise gezwungen, mich schweren Herzens nach 33 Jahren von der Gruppe endgültig zu trennen.

Mit großem Stolz, aber auch mit sorgenvoller Skepsis verfolgten Mutter Aenne und Vater Jupp die fastnachtlichen und dann auch noch die kabarettistischen Eskapaden ihres Sprösslings, der nach ihren Vorstellungen doch besser Jurist geworden wäre.

Dieser Abschied fiel mir umso schwerer, als damit auch ein wichtiger Teil meines Lebens zu Ende gegangen war. Natürlich war die Zusammenarbeit nicht immer eitel Sonnenschein gewesen, es gab auch Reibereien und Auseinandersetzungen. Aber letztendlich überwogen die angenehmen Seiten: langjährige umjubelte Erfolge auf der Bühne – die auf sehr harter, disziplinierter Arbeit beruhten –, feuchtfröhliche Abende in lustiger Runde, gemeinsame Unternehmungen mit vielen heiteren Erlebnissen, manchmal kamen uns aber auch die Tränen – vor Lachen.

Insgesamt hatte ich für die Gruppe über 50 Potpourris und unzählige Solotitel – fastnachtliche und „zivile“ – arrangiert, einstudiert und mit ihnen aufgeführt. Nach meinem Ausscheiden sind die Lerchen noch sechs Jahre lang aufgetreten, mit wechselnden Arrangeuren und mit Charly Steingötter am Klavier.

Danach beschlossen sie Schluss zu machen und führten 1992 ihr Abschiedsprogramm auf. Eine weise Entscheidung, denn es ist stets besser aufzuhören, solange das Publikum noch sagt: „Oh, wie schade!“, als: „Es wird aber auch höchste Zeit!“. Danach löste sich die Gruppe auf: Damit waren die Gonsbach-Lerchen Geschichte geworden.

Nicht nur guter Gesang, auch die Optik ist äußerst wichtig: hier die originelle Kostümierung der Charaktere aus dem „Nibelungen"-Potpourri 1973

Lauter liebe Leut'

In meinen Kabarettprogrammen haben seit jeher hauptsächlich gesellschaftskritische Themen eine wichtige Rolle gespielt. Dabei scheute ich selbst vor Klamauk und Nonsens nicht zurück, auch wenn mir das von kritischen Puristen immer vorgeworfen wurde – offenbar war das für die ein offensichtlicher (von mir durchaus beabsichtigter) Stilbruch im Kabarett.

In den ersten Jahren hatte ich regelmäßig aktuelle politische Kommentare im Programm. Bei jedem Auftritt zerpflückte ich satirisch die wichtigsten Meldungen aus der Bild-Zeitung vom Tage. Eines Tages jedoch weigerte sich meine Frau weiterhin dieses „Radaublatt" am Kiosk kaufen zu müssen: Sie wolle sich nicht weiter dafür schämen müssen.

Nach einigen Jahren verzichtete ich auf das aktuelle tagespolitische Kommentieren: „Denn die Wirklichkeit war mittlerweile weitaus satirischer geworden als die Realität" – um mich mal selbst zu zitieren. Man denke nur an die aktuellen Skandale unserer Politiker und wie die sich

1977 auf dem „Open Ohr Festival" gab es noch den „Mainzer Abend" – um die Kommunikation auch mit älteren Mainzer Bürgern zu ermöglichen. Leider wurde diese löbliche Institution ein paar Jahre später abgeschafft.

mit verbalen Tricks und Finessen dabei durchmogeln – „en gros" und „en detail". So was kann selbst ein Kabarettist nicht besser erfinden.

Dazu kam noch eine allmähliche Ermüdung, immer wieder mit scharfen Satiren die politischen Charaktermasken zu attackieren und eine bessere Politik in West und Ost zu fordern – mit mehr Vernunft und Mitmenschlichkeit. 1990 machte ich Schluss mit diesen politischen Angriffen, denn mit dem Fall der Mauer, der Wiedervereinigung und dem Zusammenbruch des Ostblocks hatte ich ja endlich erreicht, was ich wollte.

Meine Vorliebe für „Rollen-Wechsel" aller Art konnte ich natürlich in meinen Kabarettprogrammen am besten ausspielen – sozusagen in einer Art „Ein-Mann-Ensemble": als glossierender Kommentator und Moderator, als Pianist, als Liedersänger und als Schauspieler in Sketchen – überwiegend im „Määnzer Dialekt" – mit einem wahren Panoptikum an alltäglichen Prototypen: Familientyrannen, Nervensägen, Dummschwätzer, Schwafelredner, ausgeflippte Spießbürger, Alltagsneurotiker und aufgeblasene Wichtigtuer. Aber alles nur „lauter liebe Leut'" – also Menschen wie Sie, du und ich.

Eine der größten Auftrittsstätten: das Rüsselsheimer Stadttheater mit 850 Plätzen

In einer der ersten Pressekritiken wurde ich aufgrund meiner unverwechselbaren Art Kabarett zu präsentieren als „Volkskabarettist“ bezeichnet. Puristen mögen darüber die Nase rümpfen, aber für mich ist es ein überaus ehrenvoller Titel – genau wie die Bezeichnung „Volksschauspieler“. Meine Devise war schon immer gewesen: „Dem Volk aufs Maul schauen, aber ihm nie nach dem Munde reden.“

Man hat mich oft gefragt, ob ich außerhalb von Mainz Schwierigkeiten bekommen hätte mit unserem Dialekt. Dann pflegte ich immer zu sagen: „Kein Problem! Im Gegensatz zu allen anderen Eingeborenen-Dialekten wird Määnzer Deutsch überall verstanden!“ Im Dialekt kann man viel eher und stärker Gefühle ausdrücken, denn in der Sprache des Volkes kommt alles sozusagen direkt aus dem Bauch. Goethe hat mal gesagt: „Der Dialekt erst verleiht der Seele Atem.“ Und es hört sich doch viel netter an, wenn man zu jemanden sagt: „Du bist en alte Greebarsch!“ – als wenn man sagen würde: „Sie sind ein hochbetagtes ständig schimpfendes Gesäß!“

So verschieden auch meine Aktivitäten auf den unterschiedlichsten Bühnen waren – eins wird immer bleiben: alles zu versuchen, die Menschen zu unterhalten, ihnen Spaß zu bereiten und sie zum Lachen zu bringen. Und das unter Einsatz meiner sämtlichen bereits vorhandenen oder vielleicht noch schlummernden Begabungen – ohne Rücksicht auf eventuelle Tabus, Rituale oder Autoritäten. Nur nach bereits vorgegebenen Mustern und Stilarten zu arbeiten, das war und ist nie meine Absicht gewesen, ich bewege mich am liebsten immer nur „zwischen allen Stilen".

Allerdings niemals unter Niveau – also mit zotigen Pointen, mit primitivem Klamauk oder mit alten Witzen. So was ist inzwischen in der Comedy-Szene bei vielen – auch im Fernsehen überaus erfolgreichen Protagonisten – üblich geworden. Da präsentiert sich die Unterhaltung mittlerweile leider oft „unter jeder Haltung". Schuld an dieser bedauerlichen Entwicklung ist aber auch das Publikum, das zu solchen Veranstaltungen in Massen strömt und sich dann johlend und grölend auf die Schenkel schlägt.

Natürlich gab es auch Enttäuschungen und Rückschläge in meinem langjährigen Bühnenleben – nicht nur an Fastnacht – sondern vor allem am Anfang meiner Kabarett-Karriere. Doch ich habe immer versucht, daraus zu lernen und möglichst in Zukunft Fehler zu vermeiden – und dafür andere zu begehen. Eins jedoch habe ich noch nie gemacht: faule Kompromisse. Ich habe mir stets gesagt: „Lieber ein Prediger ohne Macht in der Wüste, als ein wüster Prediger der Macht."

Auf diese etwas altmodische Weise wurden die ersten Texte früher noch auf der Schreibmaschine getippt. Ab 1984 wurde umgeschult – angeleitet von Sohn Michael – auf den Schreibcomputer.

„Wer kennt diesen Mann?" – Parodie auf die ZDF-Sendung „XY ungelöst" 1981 im Kabarettprogramm „Wahn-sinnig... komisch!"

Mit Kabarett auf Achse

Um teure Fremdkosten zu sparen, habe ich von Anfang an alle meine Texte selbst geschrieben, meine Lieder selbst komponiert und meine Programme auch alle selbst inszeniert. Natürlich wurden auch die Plakate, Programmhefte, Informationen für Publikum und Presse kostengünstig in Eigenregie produziert. Dabei wurde ich tatkräftig unterstützt von meinem Sohn Michael, der ebenfalls freiberuflich tätig ist: im Fachbereich „Kommunikation" – mit seinem Verlag und seiner Agentur für Presse- und Öffentlichkeitsarbeit – „en gros und en detail".

Die Vorbereitungen für einen Tourneeauftritt waren im Lauf der Jahre zur Routine geworden. Es musste vorher die Fahrtstrecke mit dem Zielort mühsam auf Landkarten ausgesucht werden, denn „Navis" gab es damals (leider) noch nicht. Es musste auch noch mal mit dem Veranstalter telefoniert werden, ob alles vorbereitet ist für den Auftritt, wie es in meiner Bühnenanweisung gefordert wurde, und ob auch sonst alles klar ist. Das musste kurz vor der Abfahrt geschehen, denn unterwegs ging das nicht – es gab ja auch noch keine Handys.

Das Packen und Einladen der Utensilien und Requisiten in unseren

Kabarettistische Gesänge beim ersten Tourneeprogramm „Na denn, viel Spaß!" im Jahre 1984

Caravan erfolgte streng nach einer meiner (im Familienkreis gefürchteten) Checklisten. Nach einer mehr oder weniger langen, oft nervenzerfetzenden Autofahrt durch den um diese Zeit beginnenden Feierabendverkehr am Zielort, musste erst mal das Veranstaltungsgebäude gefunden werden. In Städten half ein Stadtplan; in kleineren Orten hieß es: Richtung Kirchturm fahren, dort ist immer ein Lokal – und dort kann man den Wirt fragen – und gleichzeitig ein Bierchen trinken.

Am Ort der Veranstaltung wurde dann ausgeladen, alles zur Bühne geschleppt, und dann bauten meine Frau und ich auf. Um möglichst unabhängig zu sein von örtlichen schlecht funktionierenden Mikrofonen und verstimmten Klavieren, hatten wir unsere eine eigenen Utensilien dabei: eine Tonanlage mit Ansteckmikrofon und ein elektronisches Piano – ein Keyboard mit Rhythmus- und Soundeffekten. Der Clou war unser eigener Lautsprecher: ein alter Gitarren-Verstärker, den mein ehemaliger Musikkollege Peter Breker (Bassist bei den „Wood-City-Stompers") und Tontechniker beim ZDF durch Einbau mir unverständlicher elektrischer Teile so hochgepuscht hatte, dass damit mühelos größere Hallen beschallt werden konnten – sozusagen wie ein Porsche-Motor in einem VW-Käfer.

Satirische Kommentare bei der ersten Tour 1984 durch die deutschen Lande

Nachdem wir noch eine Kleinigkeit gegessen hatten – falls es Gelegenheit dazu gab – begab ich mich in die Garderobe, zog mich um und wartete auf den Beginn. Und dann begannen die Schmetterlinge an zu flattern, nicht im Raum, sondern in meinem Bauch. Ein in Künstlerkreisen oft auftretendes Phänomen, auch „Morbus Lampiae" genannt: profan Lampenfieber. Obwohl man ja nicht vor den Lampen Angst zu haben braucht, sondern höchstens vorm Publikum. Aber darunter litt ich schon immer und leide heute immer noch daran – und das ist auch gut so. Denn dadurch wird die nötige Spannung im Zwerchfell aufgebaut, die man braucht, um konzentriert auf der Bühne zu arbeiten und nicht in Routine abzugleiten.

Auftrittsdoping und Heimatgefühle

Es gibt ein wirksames Mittel zur Dämpfung dieser äußerst unangenehmen Symptome: Doping. Natürlich keine harten Drogen, schließlich sind Kabarettisten keine Rocker, sondern so genannte weiche Alltagsdrogen: Nikotin und Alkohol. Damals rauchte ich noch wie ein Schlot und war auch ein äußerst trinkfester Geselle, gestählt in strapaziösen, nächtelangen Fastnachtssitzungen, die ohne Alkohol einfach nicht zu ertragen waren.

Aber ein Solokabarettist kann es sich nicht erlauben, auch nur leicht angetrunken zwei Stunden Programm zu bewältigen. Da erlaube ich mir höchstens zwei, drei „sauer Gespritzte" (Schorle mit trockenem Weißwein) und eine Medizin gegen das Lampenfieber: eine Mischung aus 37 Kräutern und etlichen geheimen Ingredienzien, genannt „Fernet Branca". Vorweg gesagt: Ich kriege keine Provision vom Hersteller, sondern ich empfehle das aus Überzeugung – aufgrund guter Erfahrungen über viele Jahre.

Bekannt gemacht mit diesem magischen Zaubertrank „Marke Miraculix“ hat mich mein langjähriger Freund und Weggefährte Gerold Volz. Nach und nach führten wir dieses in der Tat äußerst gewöhnungsbedürftige bräunliche Gesöff in den Gonsenheimer Wirtschaften ein. Dabei waren wir die eifrigsten Konsumenten, sodass man uns bald nannte: die Fernet-Brüder. Leider ist mein Freund später weggezogen, ins fränkische Land, nach Retzbach bei Würzburg. Aber jedes Mal, wenn wir uns heute treffen, wird zunächst ein Begrüßungs-Fernet getrunken.

Aber ich bin etwas abgeschwiffen (oder heißt es abgeschweift? Klingt aber genau so bescheuert). Ich wollte ja nur noch sagen, dass durch den hohen Alkoholgehalt dieser Medizin die Schmetterlinge in kürzester Zeit eingeschlafen sind. Es galt halt immer nur, die richtige Dosis zu finden. Daher hatte ich einen kleinen Flachmann dabei, mit einem Strich in der Hälfte des Etiketts. Das bedeutet: vor Beginn des ersten Teils des Programms bis zum Strich und dann vor dem zweiten Teil den Rest trinken. Das garantiert einen gleichmäßigen, erträglichen Alkoholspiegel – nach meiner Devise: „Trinkst du Fernet jedes Mal, ist dir alles scheißegal!“

Nach dem Auftritt ging es dann ans Abräumen der Bühne, einpacken der Utensilien und ins Auto laden. Falls wir übernachten mussten, fuhren wir nach dem Kassieren der Gage ins Hotel. Wenn möglich, speisten und tranken wir noch was. Ansonsten machten wir uns möglichst bald auf den Heimweg.

Für mich das Schönste an den Tourneeauftritten war das Ankom-

Eine Color-Grafik des Autors von 1980 zeigt eine Zukunftsvision der beiden „Seelenbrüder“ Gerold (rechts) und Herbert (links) im Zeichen ihres Lieblingsgesöffs „Fernet“.

Nach einem Kuss der liebevollen Ehefrau kann nichts mehr schiefgehen.

men in heimatlichen Gefilden: schon von weitem die Mainzer Stadtsilhouette erblicken, dann über die Brücke fahren, den glitzernden Rhein bewundern, den Dom begrüßen, in Gonsenheim einfahren, der Stephanskirche zuwinken, die Häuser unserer Straße sehn, in die Garage fahren, aussteigen, ins Wohnzimmer stürzen und dann laut ausrufen: „Dehääm is dehääm!" Da kann meine Frau nur verständnislos den Kopf schütteln. Kein Wunder, denn sie ist nicht hier geboren und aufgewachsen. Der einzige Makel, den sie hat – und das ist ja nix Schlimmes.

Von Anfang an hat mich meine Frau Bärbel gefahren, zu Tourneeauftritten und Gala-Veranstaltungen. Das waren rund 500 Auftrittsorte mit rund 90.000 Kilometern Fahrtstrecke. Nur einen Ausfall gab es: nach einem Knöchelbruch, den sie sich beim Besuch der Expo 2000 in Hannover zugezogen hatte. Dafür sind dann wechselseitig eingesprungen: unser Sohn Michael, Dieter Pommerenke – ein Freund aus dem „unterhaus" – und Irene Zeuner, eine langjährige Freundin unserer Familie.

Übrigens: während der ganzen Zeit hatte meine Frau unterwegs nicht einen einzigen Unfall gehabt, noch nicht mal die kleinste Schramme verursacht. Eine deutliche Widerlegung des immer noch weit verbreiteten chauvinistischen Vorurteils: „Frau am Steuer – das wird teuer!" Respekt, Bärbelsche!

Hausmeister – ein Kapitel für sich

Das erste Lebewesen, dem man nach der Ankunft am Spielort des Tourneeauftritts begegnet, war in den meisten Fällen der Hausmeister. Um es gleich vorweg zu sagen: Hausmeister zu sein ist ein ehrenwerter Job. Die meisten waren auch sehr freundlich und hilfsbereit. Aber es gibt halt solche und andere. Und von denen soll hier die Rede sein.

Wenn wir mit unserem Auto am Veranstaltungsort vorfuhren und dort anhielten, wo wir den Bühneneingang vermuteten, tauchte früher oder später der amtierende Hausmeister auf und sein erster Satz war meist: „Hier können Sie nicht stehen bleiben!"

Mit einigem Verhandlungsgeschick erreichten wir dann, dass wir wenigstens erst mal ausladen durften, wonach meine Frau dann einen geeigneten Parkplatz suchen konnte. Auf meine Frage, ob er uns beim Transport der zahlreichen Utensilien zur Bühne behilflich sein könne, geschah es oft, dass wir zur Antwort erhielten: „Dafür bin ich nicht zuständig!"

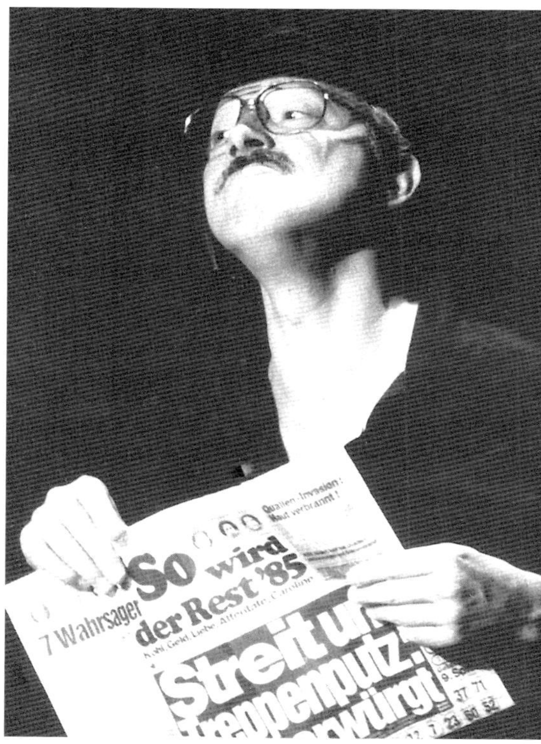

Tagesaktuelle Kommentare aus der BILD-Zeitung im Tourneeprogramm „Nur keine Panik!" 1987

Einmal jedoch verschlug es uns fast die Sprache. Auf meine Frage nach dem Verantwortlichen für die Beleuchtung antwortete ein besonderes Prachtexemplar dieser Spezies: „Der hat heut Urlaub... und ich hab kei Zeit. Des müsse Sie schon selber mache: Hier is de Schalter fürs Saallicht... und da der für die Bühn. Ich geh jetz enuff in moi Wohnung... und guck Fußball im Fernsehe! Aus Kabarett mach ich mir sowieso nix!" Sprach's und ward bis zum Programmschluss nicht mehr gesehen.

Viele Hausmeister kannten mich zwar vom Fernsehen, aber

In der wohnlich ausgestatteten „unterhaus"-Garderobe – eine große Ausnahme in Deutschlands Auftrittsstätten – leistet eine langjährige Freundin der Familie, Irene Zeuner (Mitte), dem Akteur und seiner Frau Gesellschaft.

meist nicht mit meinen Kabarettsendungen, sondern mit meinen Fastnachtsauftritten. Nur ganz selten konnte einer überhaupt nichts mit mir anfangen. So zum Beispiel in Moers am Niederrhein, als ich mich beim Eintreffen vorstellte: „Guten Abend... mein Name ist Bonewitz. Ich soll heute Abend hier auftreten!" Da bekam ich zu hören: „Ah ja... sind Sie nicht der Komiker aus Frankfurt?" Daraufhin fiel selbst mir im Moment keine passende Antwort ein. Übrigens: Mein Programm hieß sinnigerweise: „Da biste sprachlos!"

Ein Autogramm vom Publikum

Seit Beginn meiner kabarettistischen Auftritte bin ich es gewöhnt, dass die meisten Veranstaltungen ausverkauft waren. Selbst wenn in weit entfernten Regionen der Saal auch mal „nur" dreiviertelvoll war, hat mich das nicht sehr gestört. Einmal jedoch bekamen meine Frau und ich einen schweren Schock. 1986 fuhren wir zu einem Auftritt nach Bitburg, der von der rheinland-pfälzischen SPD organisiert worden war. Dort angekommen luden wir aus und bauten unsere Utensilien mitsamt der Tonanlage auf.

Der Hausmeister – ein überaus liebenswürdiger Zeitgenosse – erwies sich als ausgesprochener Fan von mir und sagte, er freue sich schon sehr auf mein Programm. Außerdem wollte er ein Autogramm von mir haben, aber wenn's ginge schon jetzt. Das hätte uns eigentlich zu denken geben müssen.

Eine halbe Stunde vor Beginn war noch kein Mensch im Saal zu sehen. Irritiert gingen wir zum Eingang und schauten uns um. Es hingen zwar überall meine Plakate, aber noch kein einziger Zuschauer war da. Zum offiziellen Auftrittsbeginn hatten sich immerhin acht Personen eingefunden – aber mehr wurden es leider nicht.

Auf meine Fragen nach dem Grund sagten sie mir: Bitburg sei ein rundum „kohlschwarzer" Ort, wo SPD-Sympathisanten sich nicht trauten, sich öffentlich zu erkennen zu geben. Selbst die wenigen SPD-Mitglieder würden ihre Beiträge auf einer Bank im Nachbarort einzahlen, damit keiner an ihrem Wohnort von ihrem „roten Makel" erfahre.

Als ich den Mut der acht Waghälse lobte, die dennoch gekommen waren, erfuhr ich, dass sie gar nicht aus Bitburg stammten, sondern aus dem benachbarten Prüm und aus Daun angereist waren. Umgekehrt kämen die „roten Bitburger" bei SPD-Veranstaltungen jeweils zu ihnen. Kurz entschlossen bauten wir wieder ab. Ich lud mein gesamtes Publikum des Abends in die benachbarte Brauerei-Gaststätte ein und versprach, ihnen dort den Inhalt meines Programms zu erzählen. Dafür wünschte ich mir etwas von ihnen, was ich bisher noch nie erhalten hätte: ein Autogramm von meinem Publikum.

So geschah es. Bereitwillig schrieben sie ihre Unterschriften in mein Programmheft, und es wurde dann noch ein rundum feucht-fröhlicher Abend. Die Biervorräte der Brauerei konnten wir zwar nicht nennenswert verringern, dafür aber tranken wir die beiden noch vorhandenen Flaschen Fernet Branca aus. Insofern hatte sich die Reise nach Bitburg letztendlich doch noch gelohnt.

Meine „ausgefallenste“ Vorstellung

Seit Beginn meiner Tourneen habe ich eine Horrorvorstellung: Ich liege abends gemütlich zuhause auf dem Sofa – auf einmal klingelt das Telefon und eine aufgeregte Stimme fragt: „Sagen Sie mal... wo bleiben Sie denn? Sie sollten doch heute Abend bei uns auftreten?“

Nach einem prüfenden Blick auf die Uhr und rascher Kalkulation der erforderlichen Zeiten für Umziehen, Utensilien packen und laden sowie Fahrtzeit, dort auspacken, aufbauen und umziehen musste ich dem Veranstalter bedauernd mitteilen, dass dies zeitlich mit bestem Willen nicht zu schaffen sei.

Außerdem sei der Auftritt nach meinen Vertragsunterlagen nicht heute, sondern erst morgen – am Dienstag. Stille am anderen Ende der Leitung. Nach einiger Zeit kam kleinlaut die Bestätigung: „Sie haben recht... es war mein Fehler... ich habe das falsche Datum in der Werbung angekündigt. Ich werde also den Leuten ein Glas Sekt ausgeben und sie bitten, morgen noch mal wiederzukommen.“

Am nächsten Abend stand ich pünktlich auf der Bühne – der Saal zumindest dreiviertelvoll. In meiner Begrüßung stellte ich – wie es einem Satiriker geziemt – verschiedene absurde Vermutungen an, wie es zu diesem Missverständnis kommen konnte: „Es gibt Regionen, da haben die Einwohner Schwierigkeiten mit Schaltjahren: Während es bei uns in Rheinland-Pfalz gestern Montag war, ist es offenbar hier in Hessen schon Dienstag gewesen. Wahrscheinlich ist der Veranstalter aber auch übervorsichtig gewesen: Um festzustellen, ob auch genügend Zuschauer ins Programm kommen, hat er sicherheitshalber gestern erst mal eine Art Generalprobesitzen fürs Publikum angesetzt.“

So hatte ich die Lacher gleich auf meiner Seite – und das blieb auch so bis zum Schluss der allerletzten Zugabe.

Autogrammjäger auf der Pirsch

Es gibt Zuschauer, denen genügt es nicht, einen Auftritt auf der Bühne mitzuerleben. Sie wollen darüber hinaus auch noch eine schriftliche Bestätigung dafür, dass sie den Künstler persönlich und leibhaftig kennen gelernt haben: durch ein handsigniertes Autogramm. Aus diesem Grund haben erfahrene Bühneninterpreten stets einen hinreichend großen Stapel an gedruckten Porträtfotos griffbereit bei sich.

Als „Entertainer" mit einer Parodie auf das Musical „Cabaret" im Programm „Flügel-Schläge" 1990, eines der ersten „Musikabaretts" in der Kleinkunstszene

Man unterscheidet drei verschiedene Arten von Autogrammjägern. Da gibt es die „Spontanen", die einem das nächst erreichbare Material zur Signatur unter die Nase halten: Bierdeckel, Servietten, Papiertaschentücher oder Rechnungsquittungen.

Die „Fortgeschrittenen" legen speziell ausgewählte zum Anlass passende oder selbst produzierte Druckerzeugnisse vor: Eintrittskarten, Programmhefte, Werbezettel oder irgendwo abgepflückte Plakate.

Und dann gibt es noch die „Professionellen", die mit umfangreichem Sammelmaterial angerückt kommen: dicke Alben und einen Stapel vorbereiteter Unterschriftskärtchen – entweder blanko oder beklebt mit Zeitungsfotos oder Pressekritiken – den jeweiligen Künstler betreffend.

Die absoluten Experten schleppen zusätzlich noch eine komplette Fotoausrüstung mit sich herum – mitsamt dem dazugehörigen Ehepartner oder sonstigen nahestehenden Verwandten. In so einem Fall muss der Künstler mit einem erheblichen Zeitaufwand rechnen, bis die verschiedenen familiären Kombinationen mit ihm zusammen endlich im Bild dokumentarisch festgehalten worden sind.

Ein äußerst denkwürdiges Zusammentreffen mit einem ganz besonderen Exemplar dieser Spezies hatte ich bei einem Auftritt im Kleinkunsttheater „Thing" in Limburg. In der Pause meines Programms erschien in der Garderobe eine schwarz gekleidete, spindeldürre, bleich aussehende Gestalt, die etwas verwirrt aussah – so wie ein Bestattungsunternehmer, dem man gerade den Sarg geklaut hatte.

Er sagte, er wolle dringend ein Autogramm von mir haben – aber möglichst sofort. Da es allerhöchste Zeit für mich war wieder hinaus auf die Bühne zu gehen, bat ich ihn, er möge sich doch noch etwas gedulden – bis ich mit dem Programm fertig sei.

Das erste Tourneeplakat 1984

Da sah er mich etwas verstört an, als hätte ich ihm einen unsittlichen Antrag gemacht, und meinte: „Nä,nä, lieber nit! Was ich hab, des hab ich. Mer kann ja nit immer so e Glück habbe... wie zum Beispiel beim Kuhlenkampff... von dem hab ich grad noch e Unnerschrift bekomme könne... und kurz drauf isser gestorbe. Des Gleiche is mir mit de Trude Herr passiert. Als ich endlich ihr Autogramm hat... schwupps weg war se. Und vom Roy Black hab ich auch grad noch eins ergattern könne... nur e klää bisje später... unn ich hätt in de Mond geguckt."

Reichlich irritiert von dieser etwas makabren Erklärung gab ich ihm rasch die gewünschte Unterschrift, worauf er sich zufrieden verabschiedete. Bevor ich auf die Bühne ging, betrachtete ich mich noch mal prüfend im Spiegel, ob ich vielleicht doch schon etwas allzu hinfällig aussehe. Aber selbst wenn – ich hätte es ja doch nicht ändern können. Zumindest nicht in absehbarer Zeit, denn die Altenpflegeheime haben bekanntlich lange Wartezeiten.

Aber ganz egal, wie besorgniserregend meine körperliche Verfassung momentan auf Andere auch wirken mochte – ich musste wohl oder übel hinaus auf die Bühne. Übrigens: Aufgrund seines doch etwas außergewöhnlichen Vorgehens als Autogrammjäger, hat sich meine Frau bei ihm interessehalber nach seinem Beruf erkundigt. Er war tatsächlich Bestattungsunternehmer.

Publizierte Satiren

Im Kapitel „Publizistische Rollen-Spiele" hatte ich bereits meinen Einstieg in den Bereich „Publikationen" geschildert und die ersten Aktivitäten auf diesem Gebiet. Dazu zählen auch einige Tonträger der „ersten Generation": 1973 eine Single-Platte mit einem Fastnachtsvortrag: „Der Party-Professor", 1984 eine Langspielplatte mit zwei Vorträgen, die nicht (mehr) im Fernsehen gesendet wurden, weil ich mich damals schon aus dem TV-Geschehen verabschiedet hatte: Der „Fremdenführer mit Määnzer Englisch“ und der „Musikprofessor mit Parodien auf das Heile Gänsje“. 1976 folgte meine erste LP mit Auszügen meines ersten Kabarettprogramms „Ein Narr packt aus“ und 1984 des Programms „Total im Bild“. Sie alle sind wahrscheinlich (wenn überhaupt) nur noch antiquarisch zu erhalten. Meine erste CD erschien 1993 unter dem Titel „Typisch Bonewitz“ – die besten Sketche und Lieder aus meinen seitherigen Kabarettprogrammen.

1980 bat mich Werner Hanfgarn als designierter Chefredakteur um Mitarbeit als Autor und Zeichner für die „MAINZ“-Vierteljahreshefte, die auf eine Idee und auf Initiative des damaligen Oberbürgermeisters Jockel Fuchs ab 1981 erscheinen sollten. Seitdem belieferte ich in den Folgejahren sporadisch die neue Mainzer Publikation mit Glossen und Cartoons. Im Laufe der Zeit kamen noch weitere Veröffentlichungen dazu in mehreren Zeitungen, Zeitschriften und Büchern.

1993 hatte ich endgültig die Nase voll davon, für die Bücher anderer Leute Beiträge zu liefern und verfasste daher mein erstes eigenes Buch unter dem Übertitel meiner Tourneeprogramme: „Typisch Bonewitz“ – Satiren von B bis Z – was im Verlag Schmidt, Mainz erschien.

Am Elften im Elften 2000 folgte das zweite Buch, anlässlich meines 50-jährigen Bühnenjubiläums: eine Autobiografie „Zwischen allen Stilen“ – Kuriose Erlebnisse und lehrreiche Erfahrungen – eine Publikation der Mainzer Bibliotheksgesellschaft. In der Stadtbibliothek wurde das Buch vorgestellt mit einem Einführungsvortrag vom Vorsitzenden der Gesellschaft Thomas Busch und mit einer Lesung durch mich. Völlig überraschend erschien plötzlich Ministerpräsident Kurt Beck mit Gefolge und hielt aus dem Stegreif eine auf mich gemünzte launige Laudatio. In meinem Dank fragte ich ihn spontan, ob ich ihn, der sich Landesvater nennt, „Landesbabba“ nennen dürfe. Sofort antwortete er lachend: „Ei freilich, Bub!“ Seitdem sind wir per du.

1997 gab es auch wieder Kontakte zu meinem Heimatverein, dem Gonsenheimer Carneval-Verein (GCV – genannt: die „Schnorreswackler“), bei dem ich 1950 – also vor 50 Jahren – mit fastnachtlichen Auftritten begonnen hatte. Auf Bitten der Redaktion für die Vereinsbroschüre, gleichzeitig auch Liederheft, mit dem Titel „Der Schnorreswackler“ übernahm ich die grafische Neugestaltung der optisch etwas angestaubten Broschüre.

Danach verpasste ich dem Heft ein modernes, originelles Titelbild und zeichnete ein Dutzend kleiner „Schnorreswackler", die als Vignetten den textlichen Inhalt etwas auflockern sollten. Außerdem schrieb ich Glossen und zeichnete Cartoons.

Mit spitzem Stift

Zu meinen ältesten Hobbys zählen das Zeichnen und das Malen. Angefangen hat es in der Schule mit dem ersten Gekritzel auf der Schiefertafel mit dem Griffel und mit Kreide auf der Wandtafel mit den ersten Karikaturen unserer Lehrer. An Weihnachten war ich fein raus, was die Geschenke betraf: Statt mein spärliches Taschengeld zu opfern zum Kauf irgendwelcher überflüssiger Dinge beglückte ich die Verwandtschaft mit selbst gemalten bunten Bildern – ob das denen gefiel oder nicht, das war mir egal.

Während der nächsten Jahre zeichnete ich eifrig weiter, aber meist für den privaten Gebrauch – ohne richtige Ausbildung, nur einen Fernlehrkurs als „Grafik-Designer" habe ich mir geleistet. Erst in meiner Zeit als

Auf der Berliner Tourismusbörse 1992 im Auftrag der Stadt Mainz bei einem Vortrag mit Zeichnungen über die Geschichte und die Gegenwart des Medienstandortes Mainz

Blick in die närrische Werkstatt:

Motto-Vorrat für die Zukunft

Ein ganzseitiger Glossen-Cartoon von 1998 über die alljährliche Wahl der Qual bei der Suche nach dem originellsten Fastnachtsmotto

Finanzierungskonzept für Mainz 05:

Die Ganzkörper-Werbung am Mann

Wie der FSV Mainz 05 seine Finanzen erheblich aufbessern könnte, zeigt dieser Vorschlag in einem ganzseitigen Glosse-Cartoon 1999.

Werbeleiter in den Hakle-Werken konnte ich meine Rolle als Zeichner auch professionell verwerten. Nach meinem Ausscheiden war das Illustrieren meiner Glossen und sonstigen Artikel ein großer Vorteil. Natürlich ließ ich es mir nicht nehmen, sämtliche Cover meiner Schallplatten grafisch selbst zu gestalten. Das sparte nicht nur Geld, sondern auch zeitraubende Auseinandersetzungen mit fremden Grafikern.

Die Wände sämtlicher Zimmer in unserem Haus sind nahezu lückenlos behängt mit Schwarz-Weiß-Zeichnungen oder mit meinen Color-Grafiken voller skurriler Motive. Hergestellt werden sie mit dünnen schwarzen Filzstiften für die Konturen, die später ausgefüllt werden mit Temperafarben.

Im September 1997 erblickte eine größere Auswahl von ihnen zum ersten Mal das Licht der Öffentlichkeit: in einer Ausstellung von Karikaturen verschiedener Künstler aus Deutschland, die von einem Kunstverein in Schierstein veranstaltet wurde. Auf die Frage von Interessenten, ob meine Bilder auch käuflich seien, sagte ich stets: „Nein, ebenso wenig wie ich. Das sind Originale, und die gebe ich nicht aus der Hand." Aber mal ganz im Vertrauen gesagt: Heutzutage gibt es erstklassige Farbkopierer, da merkt der Laie keinen Unterschied. Aber pssst... bitte nicht weitersagen!

Narren aus Bronze

Eines Tages gab es auch im Bereich Zeichnen einen Rollen-Wechsel: Ich übernahm die Rolle eines „Denkmal-Entwerfers", und das kam so: Unser Hausarzt, Dr. Rainer Roßkopf, ein rühriger Mann, der sich vorbildlich in vielen sozialen Bereichen engagiert, so natürlich auch in seiner Heimatgemeinde Gonsenheim, hatte einen Verein ins Leben gerufen für ein „Schöneres Gonsenheim". 1997 bat er mich um Entwürfe für zwei Narrenfiguren, die der Verein auf dem Vorplatz der Turngemeinde Gonsenheim (die „Gunsenummer Narrhalla") als Stiftung aufstellen wollte. Selbstverständlich sagte ich sofort zu, denn diese Aufgabe reizte mich ungemein.

Zum ersten Mal sollte ich dreidimensionale Figuren entwerfen. Zunächst brachte ich meine Ideen wie gewohnt zu Papier und ließ mir das vom Verein genehmigen. Dann machte ich mich daran, aus Knete mühsam zwei Figuren zu formen: einen „Komiteter" – mit einem Weinglas – und einen „Narren" – mit einem Spiegel in der Hand. Nachdem ich beide mit Bronze-Spray behandelt hatte, sahen sie so aus, wie sie später wirken sollten. Die Entwürfe wurden vom Verein an die Bildhauerin weitergegeben: Bettina C. Morio aus Deidesheim. Sie veränderte natürlich meine Entwürfe nach ihren künstlerischen Vorstellungen. Am 27. Juni 1998 wurden die beiden Figuren an ihrem vorgesehen Standort feierlich enthüllt und sind seitdem ein origineller Blickfang für Eingeborene und Touristen.

Um auch noch zur Finanzierung dieses Projekts etwas beizutragen, habe ich eine Gala veranstaltet in der großen Gonsenheimer Turnhalle unter dem Titel „Benefiz mit Bonewitz“ zugunsten des Vereins „Schöneres Gonsenheim“. Dabei präsentierte ich nicht nur eigene Text- und Gesangsdarbietungen, sondern auch künstlerisch begabte Gäste aus meinem Freundeskreis: Horst „Buddy“ Becker, der „Sinatra von Bretzenum“ mit der Harry Hach-Jazzformation, Hugo Weinöhl, der „singende Lerche“

Die beiden Narrenfiguren aus Bronze auf dem Vorplatz der großen Gonsenheimer Turnhalle („Narrhalla“) stellen symbolisch einen „Komiteter“ und einen „Eulenspiegel“ dar.

und Klaus Koop, Trompeter und Entertainer – ehemals Mitglied des legendären Jochen Brauer-Sextetts.

Von fern gehört...

In meinem Programm „Total im Bild“ hatte ich 1983 in „makabarettistischen Realvisionen“ die (damals) neuen Medien und das gerade gestartete Kabelpilotprojekt satirisch analysiert. Dabei behauptete ich unter anderem: „Radio ist nicht so schlimm, das geht nur ins Ohr. Aber Fernsehen – das geht meist ins Auge.“

Im Radio wurden bereits seit den 50er Jahren die Fastnachtssitzungen des MCV und später auch des GCV, in denen ich gemeinsam mit den Gonsbach-Lerchen auftrat, an den Fastnachtstagen übertragen. Als ich mit meinen kritischen Fastnachtsvorträgen die Narrenszene aufgemischt hatte, war ich ein gesuchter Interviewpartner nicht nur unseres „Haussenders“ Südwestfunk (SWF), sondern auch für die Sender in den traditionellen Karnevalsregionen: Westdeutscher Rundfunk und Hessischer Rundfunk.

In den 70er Jahren schrieb ich für den Hörfunk Texte für Glossen und kurze Sketche, die dann als so genannte „Programm-Lückenfüller“ eingesetzt wurden. Im Januar 1983 engagierte mich der damalige Kulturchef vom Landesstudio Rheinland-Pfalz des SWF Werner Hanfgarn als Moderator für die Sendereihe „Mainzer Radiotreff“ – Redaktion Rainer Dinser. Im Wechsel mit anderen Kollegen präsentierte ich ein Jahr lang einmal im Monat am Samstagnachmittag für eine Stunde aktuelle Kommentare zum Zeitgeschehen und satirische Betrachtungen – verbunden mit viel unterhaltsamer Musik.

Bei meiner ersten Sendung war ich natürlich etwas aufgeregt. Nachdem ich in meiner Kabine vor dem Mikrofon Platz genommen hatte, sah ich, wie der „Ton-Steuermann“ draußen hinter der Glasscheibe mir zuwinkte. Sofort legte ich los, begrüßte launig die Hörer, flocht einige Scherze ein und sagte die erste Musiknummer an. Zufrieden lehnte ich mich zurück und sah gespannt zu dem Mann draußen, der mir wohlwollend zunickte. Dann hört ich seine Stimme aus dem Lautsprecher: „Das war schon sehr gut. In drei Minuten gehen wir auf Sendung.“

Eine weitaus längere Übertragung gab es im November 1993: ein Talk im „unterhaus“ mit kabarettistischen Einlagen im Rahmen der SWF-Sendereihe „Kabarettgeschichte(n)“. Moderator und Interviewer war Rein-

Das Finale bei der Wohltätigkeits-Gala unter dem Motto „Benefiz mit Bonewitz“ zugunsten des Vereins „Schöneres Gonsenheim“ in der großen Gonsenheimer Turnhalle

hard Hippen, der Gründer des Deutschen Kabarettarchivs, Redaktion Hans Jacobshagen. Anlass war mein 60. Geburtstag und behandelt wurden in zweimal 45 Minuten „60 Jahre Rollen-Wechsel“ – sowohl „en gros“, als auch „en detail“.

In einem meiner Programme, das vom WDR übertragen wurde, kam eine etwas makabre Beerdigungsszene vor. Nachdem die Sendung eines Tages wiederholt wurde, erhielt ich eine Abrechnung, die mir einen eiskalten Schauer über den Rücken rieseln ließ: „Anbei das Wiederholungshonorar für Ihre Beerdigung!“

... und ferngesehen

Erfahrungen mit der „Mattscheibe“ hatte ich ja mittlerweile schon reichlich gesammelt. Seit 1955, der Premiere der Mainzer Fernsehsitzungen, stand ich alljährlich auf der Bühne vor den Kameras: mit den Auftritten der Gonsbach-Lerchen und später auch zusätzlich noch mit Soloauftritten. Infolge der überaus hohen Einschaltquoten (von denen die TV-Macher heute nur noch träumen können) erreichte ich einen überaus hohen Bekanntheitswert.

Das war auch der Auslöser für die Familie Einsporn aus Hessen, die auserwählt war, bei der Samstagabend-Liveshow „Wünsch dir was" mit Dietmar Schönherr und Vivi Bach, am Samstag, den 25. März 1972 in der Stadthalle Wien mitzuspielen. Dort mussten sie gegen zwei konkurrierende Familien aus Österreich und der Schweiz zum Wettstreit antreten. Beginnen sollte es mit einem selbst gefertigten kurzen Einspieler, in dem die Mitglieder der Familie sich auf möglichst originelle Art und Weise präsentieren sollten. Dafür durften sie sich Unterstützung von außerhalb holen, und so baten sie mich, den karnevalistischen „Fernsehstar", ihnen mit Rat und Tat zu helfen. Zum Dank dafür durfte ich mit Ehefrau Barbara für drei Tage nach Wien kommen und als Ehrengast an der Sendung teilnehmen.

Ich war natürlich sofort einverstanden und schrieb ein Drehbuch (wieder mal eine neue Rolle) für

Auszüge im Fernsehen aus dem Programm „Faust im Sack" sendete 1987 der HR3 unter dem Titel „So ein Theater!".

Zu Gast in der ersten Talkshow im Deutschen Fernsehen „Je später der Abend" bei Talkmaster Dietmar Schönherr im Jahre 1973

einen originellen Sketch mit kabarettistischen Elementen. Es wurde ein voller Erfolg für die deutsche Familie, die auch aufgrund der gewonnenen Punkte bei den anderen Spielen den ersten Platz gewann. Auch meine Frau und ich gewannen etwas – außer einem gemeinsamen Essen mit allen Beteiligten: einen herrlichen Eindruck von Wien bei einem ausgedehnten Stadtrundgang am nächsten Tag.

Der Kontakt mit Dietmar Schönherr führte auch dazu, dass ich im November 1973 von ihm eingeladen wurde als Talkgast in seiner Sendung „Je später der Abend". Das war eine vom WDR produzierte Talkshow, die von März 1973 bis 1978 ausgestrahlt wurde (Einschaltquote 50%). Sie gilt als die erste Talkshow im deutschen Fernsehen. Die Idee dazu stammt von Dietmar Schönherr, der auch erster Gastgeber war und damit der erste Talkmaster Deutschlands.

Mit mir waren ins Fernsehstudio Köln eingeladen: Ingrid Matthäus, die damalige Bundesvorsitzende der Jungdemokraten, und der Zukunftsforscher Robert Jungk. Bei mir ging es hauptsächlich um das Thema „Karneval": Anlass war mein spektakulärer Fernsehauftritt 1972 mit einem Lied-Vortrag am Flügel: „Lieb Fassenacht, musst wachsam sein". Darin hatte ich auf kabarettistische Weise mit bissiger Satire Missstände und Eitelkeiten im karnevalistischen Establishment angeprangert, was im TV-Karneval bis dahin noch nie einer gewagt hatte. Auf die Frage von Dietmar Schönherr, ob denn die obersten Narren den Karneval zu ernst nähmen, sagte ich: „Oh nein, ganz und gar nicht, die nehmen ihn todernst!"

Was sich schon alles versendet hat

Im Laufe der nächsten Jahre gab es immer mal wieder Gastauftritte als Kommentator und Moderator bei Rundfunk und Fernsehen. Die erste Sendung mit einer Aufzeichnung eines meiner Kabarettprogramme lief 1976 im ZDF: mein Debüt-Programm „Ein Narr packt aus". Im gleichen Jahr trat ich mit einem Sketch auf in der ZDF-Sendung: „Grand Gala".

Großen Spaß bereitete im folgenden Jahr die Mitwirkung bei der ARD-Sendung: „Die Montagsmaler" mit Frank Elstner. Angetreten waren die beiden Karnevalsstädte Mainz und Köln mit Erwachsenen und Kindern, die jeweils Begriffe erraten mussten, die von einem Mitspieler gezeichnet werden mussten. Natürlich gewannen wir Mainzer – im Zeichnen war mir keiner aus Köln gewachsen.

Danach trat ich noch mit Sonderprogrammen im Fernsehen auf: bei einer ZDF-Matinee zum Jubiläum der Johannes Gutenberg-Universität mit „Narrenspiegeleien", in der WDR-Reihe „Solo für Spaßvögel", in zwei ZDF-Sendereihen: „5 nach 10: Sind die Deutschen faul geworden?" und im „Freizeit-Magazin" zum Thema „Aus Spaß an der Freud". Drehbuch, Moderation und Sketche lieferte ich für die ZDF-Cabaret-Revue „Wo sind die Clowns?" sowie für eine Live-Sendung vom HR: „Der Spott-Kalender" – eine Parodie des „Sportkalenders".

Dazwischen wurden zwei Filme fürs ZDF gedreht, in denen ich auftrat und interviewt wurde: „Kappen, Kult und Kokolores" über das Thema „Mainzer Karneval" und zwei Jahre später „Lieb Fassenacht" über meinen Ausstieg aus dem karnevalistischen Geschehen. Produziert hat die beiden Filme ein mir nicht ganz unbekannter Journalist: mein Schwager Uwe-Karsten Heye, der Bruder meiner Frau Barbara. Na und? Was kann ich denn dafür, dass meine Schwiegermutter Ursula noch einem weiteren Kind das Leben geschenkt hat?

Von meinen Kabarettprogrammen wurden noch einige aufgezeichnet und jeweils aufgeteilt in zwei Teilen gesendet: 1984 „Total im Bild" und 1987 „Faust im Sack" vom HR und 1996 vom SWF „Kopfsalat und Sperrmüll" und „Blick zurück nach vorn". Als die privaten Sender kamen, gab es auch dort Gastauftritte: 1990 über ein halbes Jahr lang aktuelle Wochen-Kommentare als „Redaktionsbote" in der SAT1-Regionalsendung „Wir im Südwesten" und ein Jahr später Live-Kommentare als „Mündlicher Bürger" im RTL-„Wahltreff" zur Landtagswahl in Rheinland-Pfalz. An einer zweistündige Diskussionsrunde in 3SAT über das Thema „Fastnacht" nahmen außer mir noch Margit Sponheimer, Rolf Braun und Dr. Dieter Brandt (der ehemalige Till des MCC) teil.

„Probesitzen auf der Rentnerbank" – Aufnahme bei einem Dreh für einen Beitrag im SWF3, der 1997 gesendet wurde.

Im heimischen Sender SWF war ich natürlich am meisten auf dem Bildschirm zu sehen: in zahlreichen Interviews zu aktuellen Themen. 1991 gab es ein Film-Porträt über mich: „Weh dem, der lacht". Einmal bin ich sogar eingesprungen für Dieter Hildebrandt mit der Moderation der Kulturjournal-Sendung: „Samstag um 6". Der umgekehrte Fall ist meines Wissens noch nicht eingetreten.

Mittlerweile jedoch hat sich Entscheidendes in der Fernsehlandschaft verändert: Statt anspruchsvollem Kabarett regiert mittlerweile die völlig sinnfreie Comedy. Damit kann ich jedoch nichts mehr anfangen – und die Fernsehsender nichts mehr mit meinen Programmen.

Eine Ausnahme hat es jedoch noch gegeben: Von 1993 an habe ich zusammen mit Günter Jung vom Südwestrundfunk fünf Jahre lang den Mainzer Rosenmontagszug für die ARD im Fernsehen kommentiert.

Die Mainzer Fastnacht – immer noch ein Thema

Was den Karneval betrifft, so war ich dort seit meinem Ausscheiden aus dem „aktiven Dienst" nur noch als Beobachter tätig: Hauptsächlich beim GCV, wo ich nicht nur als inaktives Mitglied immer noch Ansehen genoss, sondern auch als Berater für junge Nachwuchsakteure – vorausgesetzt sie legten auch Wert darauf. Selbst bereits langjährige Akteure kamen zu mir und holten sich Ratschläge und Tipps aus meinem reichhaltigen Erfahrungsschatz.

Im Fernsehen bin ich an Fastnacht alljährlich zu sehen, allerdings nicht mehr live (also lebendig) sondern als „Konserve" in den obligatorischen Rückblicken der Fernsehanstalten. Meistens jedoch nur als „Prinz Bibi", der mittlerweile so etwas Ähnliches geworden ist wie ein fastnachtliches „Dinner for one". Für die Fernsehmacher ist das ein ausgesprochen billiges Vergnügen, da sie aufgrund geschickter Vertragsverhandlungen in der Anfangszeit dafür keinen Pfennig Wiederholungshonorar zahlen müssen – weder an die Vereine, noch an die Urheber.

Das Thema „Fastnacht" hat mich auch nach meinem offiziellen Ausscheiden bis heute immer noch verfolgt. Besonders kurios und lästig sind die regelmäßigen Anfragen von Zeitungsredaktionen sowie von Rundfunk- und Fernsehanstalten jeweils am 11.11. und am Termin der Fernsehsitzungen. Obwohl ich jedes Mal erklärte, dass ich seit Jahren nicht mehr aktiv dabei bin, will man unbeirrt Jahr für Jahr von mir kritische Stellungnahmen oder satirische Beiträge zum Thema „Karneval". Was ich aber ebenso unbeirrt und stur jedes Mal abzulehnen pflege: Ich hatte mich damals kritisch geäußert, als ich noch selbst dabei war und denke nicht daran, mich jetzt zum Handlanger machen zu lassen von Außenstehenden, die nur Kritik um der Kritik willen üben wollen.

Nachdem ich die Zahl meiner Auswärtsauftritte allmählich so weit reduziert hatte, dass ich wieder zu mehr Freizeit kam, habe ich mich ab und zu auch wieder mal fastnachtlich betätigt. Was aber keinesfalls etwas zu tun hat mit einem „Comeback“ in den aktiven Dienst – das ist für mich aufgrund meiner Vita und meines fortgeschrittenen Alters ohnehin völlig ausgeschlossen. Es ist mehr ein „Zurück zu den Wurzeln“, ein nostalgischer Rückfall eines unverbesserlichen alten Narren, dessen Herz nach wie vor an der volkstümlichen Fassenacht hängt.

So folgte ich 1997 einer Einladung von Rolf Braun, der zum 50-jährigen Jubiläum vom Kasteler Carneval-Klub (KCK) eine so genannte

Dass sich an verschiedenen Missständen im Karneval im Prinzip leider nichts geändert hat, bewies mein wiederaufbereiteter Vortrag am Piano: „Lieb Fassenacht, musst wachsam sein!“ aus dem Jahre 1972 bei der vom ZDF 1997 übertragenen Nostalgie-Sitzung des KCK – eine Idee von Rolf Braun.

Überraschung bei der letzten Sitzung des GCV 1997: als bis zur Unkenntlichkeit maskierter „Running Gag“ in drei verschiedenen Masken mit drei Mini-Vorträgen von jeweils 60 Sekunden

„Nostalgie-Sitzung“ mit ehemaligen Mainzer TV-Fastnachtsaktiven zusammenstellte, die vom ZDF übertragen wurde. Dort brachte ich meinen Vortrag von 1972 „Lieb Fassenacht, musst wachsam sein“ in Originalfassung mit nur wenigen Aktualisierungen – und siehe da: Der kritische Text war heute noch genau so aktuell wie damals – bedauerlicherweise.

Im Auftrag von Professor Dr. Michael Matheus vom Institut für Landesgeschichte der Universität Mainz übernahm ich im gleichen Jahr im Rahmen einer Vortragsreihe „Fastnacht/Karneval im europäischen Vergleich“ den Part „Rheinische Fastnacht“ – unter dem Titel „Kappen, Kult und Kokolores“. Als Zeitzeuge berichtete ich im Plenarsaal des Landtags Rheinland-Pfalz über Anspruch und Widerspruch in der Mainzer Fastnacht. Im Publikum verfolgte die Mainzer Fastnachtsprominenz mit mehr oder weniger gemischten Gefühlen und stellenweise „hörbar schweigend“ meine gewohnt kritischen Ausführungen. Der Vortrag erschien 1999 als Sonderdruck im Franz Steiner Verlag Stuttgart.

Bei so viel aktiver Nostalgie wollte ich natürlich meinen Heimatverein, den GCV, keinesfalls abseits stehen lassen und verblüffte dort das ahnungslose Publikum hier und da mal bei der einen oder anderen Sitzung mit einem Überraschungsauftritt. Nur das Präsidium und das Komitee waren eingeweiht. Wie zum Beispiel 1997, wo ich als „Running Gag“ gleich dreimal im Lauf des Programms erschien und in verschiedenen Masken in einem jeweils anderen Stil eine jeweils einminütige Mini-Büttenrede hielt.

Damit hatte keiner im Publikum und im Komitee gerechnet: Bei der letzten Sitzung des GCV 1999 überraschte ein „notorischer Fassenachter" mit Variationen über das Modethema „Fit for Fun".

Einmal jedoch kam es bei so einem Überraschungsauftritt zu einem Eklat – hinter der Bühne. Als ich eine Parodie brachte auf den Zeitgeist mit Satiren auf Modetorheiten und die Unsitte von „Modern Talking" kam es – wie früher – zu stehenden Ovationen des Publikum. Dadurch erweiterten sich – ohne meine Schuld – die für den Vortrag vorgesehenen acht Minuten auf das Doppelte. Was kein großes Unglück war, denn es handelte sich um die letzte Sitzung und weder vom Fernsehen noch vom Rundfunk stand jemand mit der Stoppuhr hinter der Bühne. Dafür aber ein hoher Funktionär des GCV, der seinen Auftritt als Redner noch vor sich hatte, und der tat seinen Unmut lauthals und ziemlich rüde kund: Das sei eine große Unverschämtheit von mir, war zu hören, der Vortrag sei viel zu lang gewesen. Ein Vorwurf, der mir aus vergangenen Zeiten noch sehr vertraut war. Aber das Publikum war da – wie auch früher schon – ganz anderer Meinung.

Eine verspätete Rehabilitierung

Etwas Erfreuliches erfuhr ich im Jahre 1999: Da haben zwei Schüler der Oberstufe vom Rhabanus-Maurus-Gymnasium an einem bundesweiten Geschichtswettbewerb teilgenommen – zum Thema „Protest in der Geschichte". Und die hatten dafür ausgerechnet die Mainzer Fastnacht ausgewählt und dabei mich als Fallbeispiel und „Dokumentationsfigur" auserkoren – sowohl mit meiner Tätigkeit im Karneval als auch im Kabarett. Wider mein Erwarten (Wer interessiert sich außerhalb unserer Region für die Mainzer Fastnacht?) gewannen sie damit bundesweit sogar den 2. Preis in ihrer Sparte.

Als Quintessenz bei ihren zahlreichen Interviews kam heraus: Viele der jungen Fastnachtsakteure – unter anderem auch so genannte „Alternative"– haben in dieser Studie ausgerechnet mich als Vorbild genannt und versuchen all die alten Zöpfe, die ich schon immer angeprangert hatte, abzuschneiden und hoffentlich nicht durch neue zu ersetzen sondern durch neue Ideen. Für mich war das so was wie eine kleine verspätete Rehabilitierung – sowohl „en gros", als auch „en detail".

Auch die traditionellen Karnevalisten hatten sich dazu entschlossen, mir 15 Jahre nach meinem Abschied von der Fastnachtsbühne großzügig Ehrungen zuteil werden zu lassen – wahrscheinlich, weil ich ihnen jetzt nicht mehr mit meinen kritischen Vorträgen auf die Nerven fallen konnte. So ernannte man mich beim GCV bei der Generalversammlung am Elften im Elften 1997 nach meinem Überraschungsauftritt bei der letzten Sitzung zum „Ehrenmitglied" – was übrigens die anderen Gonsbach-Lerchen seit ihrem Abschied im Jahre 1992 schon längst waren.

Im Jahre 2000 konnte ich mein 50-jähriges Bühnenjubiläum feiern. Zur Erinnerung: Am 11.11.1950 hatte ich mit meinem „H.C."-Musiktrio („Helau-Club" statt „Hot-Club") meinen ersten Auftritt beim GCV. Als ich dann bei der Generalversammlung 2000 aus diesem Anlass einen Jubiläumsauftritt am Flügel präsentierte mit dem Titel „Närrische Flügelschläge", ernannte man mich zum „Ehrenaktiven" – eine Bezeichnung, die es bis dahin noch gar nicht gab. Auch beim MCV war ich „Ehrenaktiver" geworden.

Trotz Fleiß kein Preis

Etwas ist noch bemerkenswert in diesem wechselvollen „Stil-Leben" zwischen Karneval und Kabarett: Im Gegensatz zu den meisten meiner jeweiligen Zunftkolleginnen und -kollegen habe ich noch nie eine dieser großen ehrenvollen Auszeichnungen erhalten von den Offiziellen der jeweiligen Szene. Weder im Karneval – zum Beispiel den „Narrenbrunnenpreis", noch im Kabarett – zum Beispiel den „Deutschen Kleinkunstpreis"; und zwar aus einem ganz einfachen Grund, was mir von den jeweiligen „Fundamentalisten" schon sehr oft vorgeworfen wurde: Den Karnevalisten bin ich zu kabarettistisch gewesen – und den Kabarettisten zu karnevalistisch.

Im Anschluss an einen überraschenden Auftritt am Flügel bei der GCV-Generalversammlung 1997 erfolgte die Ernennung zum „Ehrenmitglied" des Vereins.

Früher hat mich das mal ein wenig enttäuscht, aber mittlerweile ist mir das völlig egal. Denn ich habe dafür etwas sehr viel Wertvolleres erhalten: die durch nichts zu erschütternde Gunst meines Publikums, das mir nun bereits über mehr als ein halbes Jahrhundert lang die Treue gehalten hat. Heute sitzen mitunter schon die Enkel meiner damaligen Fans in meinen Vorstellungen. Und gibt es einen besseren „Preis" für einen Akteur als einen angemessenen Anteil am „Eintritts-Preis"?

Nur von der Stadt Mainz bin ich immer mal wieder mit Auszeichnungen bedacht worden, allerdings nicht für künstlerische Einzelleistungen, sondern jeweils nur (wahrscheinlich als eine Art „Erfolgsprämie") für das Erreichen einer bestimmten Altersgrenze: Als ich 50 Jahre wurde, überreichte mir unser damaliger OB Jockel Fuchs die Rheingold-Plakette in Silber. Mit 60 Jahren erhielt ich durch den damaligen OB Herman-Hartmuth Weyel die Gutenberg-Plakette. Was werde ich dann wohl mit 70 Jahren bekommen? Ich vermute mal: wahrscheinlich vom jetzigen OB Jens Beutel die „Senioren-TÜV-Plakette".

Eine Überraschungsparty gab es am 11.11.95 – dem 20. Jahrestag meines „kabarettistischen Urknalls" – im Entree vom „unterhaus", das meine

Der Clou des Jubiläumsabends „20 Jahre Bonewitz im Kabarett“ im Entree vom „unterhaus“ war die vielumjubelte Gesangsdarbietung der „Sponti-Sisters“ (von links) Bärbel Bonewitz, Babs Feyerabend und Margit Sponheimer.

Frau organisiert hatte, mit dem Titel „20 Jahre Bonewitz im Kabarett“. Tatkräftig unterstützt wurde sie von unseren Kindern Ulrike und Michael, die die Moderation des Abendprogramms übernommen hatten. Höhepunkte waren die Laudatio des Kabarett-Experten und Gründer des Deutschen Kabarettarchivs Reinhard Hippen und eine umjubelte Gesangsdarbietung der „Sponti-Sisters“ mit meiner Frau Bärbel (die auch die Idee dazu hatte), Babs Feyerabend, einer Freundin der Familie, und meiner langjährigen fastnachtlichen Weggefährtin Margit Sponheimer.

Als die Stammtischfastnachter „Die Allerscheenste“ 1996 erstmals eine Mainzer Persönlichkeit mit der Ernennung zum „Aller-Allerscheensten“ auszeichneten, ist ihre Wahl auf den überaus populären Ex-OB Jockel Fuchs gefallen. Ein Jahr später wurde ich zum „AA“ ernannt, zum „Aller-Allerscheensten“, wobei mein Vorgänger Jockel Fuchs die Laudatio hielt. Diese Auszeichnung ist für mich nicht nur eine besondere Ehrung gewesen, sondern auch eine Bestätigung der langjährigen Behauptung meiner Frau: „Du bist mir wirklich der Allerscheenste!“ – nicht so sehr „en gros“, aber dafür mehr „en detail“.

Auf den Hund gekommen

Meine Frau Bärbel und ich hatten nach den erfolgreichen Geburten unserer Kinder beschlossen auf weiteren Nachwuchs zu verzichten. Schließlich

Ein Jahr nach seiner Ernennung zum ersten „Aller-Allerscheensten" der Stammtischfastnachter „Die Allerscheenste" hielt Ex-OB Jockel Fuchs die Laudatio auf seinen Nachfolger, der 1997 ebenfalls diesen außergewöhnlichen Ehrentitel erhalten hatte.

hatten wir ja bereits eine Tochter und einen Sohn. Was hätte denn da jetzt noch kommen sollen? Gut, es kam ein Hund ins Haus – und was für einer. Wie das geschah ist so kurios, das muss ich unbedingt etwas ausführlicher erzählen.

Es war im Sommer 1979. In brütender Hitze fand auf dem Marktplatz in Mainz bei einer CDU-Wahlveranstaltung eine Großdemonstration statt gegen die Kanzlerkandidatur von Franz-Josef Strauß. Das Motto hieß „Stoppt Strauß!". Tausende Menschen hatten sich da versammelt und protestierten lauthals und energisch. Und meine Frau und ich mitten drin. Es wurde ein großer Erfolg. Wahrscheinlich einer der Gründe, warum der bayerische Kandidat die Wahl 1980 verlor.

Als wir Strauß endlich gestoppt hatten, ging ich mir zur Erfrischung ein Eis holen. Als ich zu meiner Frau zurückkam, hielt die ein kleines, pummeliges Wesen im Arm, das sich bei näherer Betrachtung als Welpe entpuppte. „Guck mal!", rief meine Gemahlsgattin. „Ich hab grad eben einen Hund gekauft." Vor Schreck fiel mir das Eis aus dem Mund und auf den Boden. Sie erklärte mir, dass da ein Mann mit mehreren kleinen Hündchen vorübergegangen sei und auf die Frage meiner Frau, was er mit denen vorhabe, sagte er, die kämen ins Tierheim, denn sie würden zu viel fressen, besonders der Frechste von allen. Und gerade den hatte sich meine Frau ausgeguckt und fragte, was er koste. 50 Mark, sagte der Mann, und dafür gebe er noch gratis die Leine dazu. Das Geschäft wurde abgeschlossen, und wir waren Hundebesitzer.

Meine Frau äußerte sich ganz begeistert über das süße Hundelchen: „So was Niedliches, Putziges!" – „Gemach", sagte ich, „schau dir mal seine großen Pfoten an, das wird mal ein Riesenvieh. Und was für eine Rasse soll das sein?" – „Ein reinrassiger Rottweiler… hat der Mann gesagt." meinte sie. Daraufhin äußerte ich erhebliche Zweifel an seiner Herkunft (natürlich des Hundes), denn offenbar waren an dieser Marktplatzmischung mindestens noch ein Dalmatiner und ein Schäferhund beteiligt.

„Und wie soll er denn heißen?" fragte ich meine Frau. Sie klärte mich auf, das „er" ein Weibchen sei. Mittlerweile schlabberte die kleine Freche gerade Wasser aus der flachen Brunnenanlage und vertrieb alle anderen Hunde durch lautes Gebell. „Da gibt's nur eins," sagte ich, „eine dermaßen emanzipierte Hündin kann nur Emma heißen." Und so geschah es. Ab diesem Zeitpunkt waren wir eine „dreiköpfige" Familie geworden.

Erweiterte Familien-Bande

Für eine entscheidende Erweiterung unserer Familie sorgten unsere Kinder, die unbedingt vermeiden wollten als „bevölkerungspolitische Blindgänger" bezeichnet zu werden. Da zu diesem Zweck naturgemäß immer noch zwei gehören, erkoren sie sich zunächst mal ihre zukünftigen Lebenspartner. Unsere Tochter Ulrike, inzwischen eine vorzügliche Bürokauffrau, nahm sich Ende 1979 einen feschen, jungen Mann zum Gatten: Matthias Stumpf. Er wurde später nicht nur Geschäftsführer der Mainzer Kreishandwerkerschaft, sondern auch Vater zweier Töchter. Im Juni 1982 kam Julia auf die Welt (unser „Julsche") und im Oktober 1985 Eva-Maria (unser „Evsche"). Für mich bedeutete das die Übernahme von zwei neuen Rollen: die eines doppelten Schwiegervaters und eines zweifachen Opas.

Das aber ließ unseren Sohn Michael nicht ruhen. Er was schon immer etwas langsamer gewesen als seine quirlige Schwester. So heiratet er erst im September 1987, dann aber ein äußerst attraktives Mädel: Sabine Dera – die rein äußerlich der jungen Bärbel nicht ganz unähnlich war. Unser Sohn hatte halt schon immer einen ausgezeichneten Geschmack. Auch beruflich passte das frisch getraute Paar sehr gut zusammen, denn sie gehörten beide der so genannten „schwarzen Zunft" an. Damit ist nicht etwas die CDU gemeint, sondern das Druckgewerbe: Michael ist Journalist und Sabine Buchhändlerin. Außerdem würde die Erziehung ihrer zukünftigen Kinder später ideal verlaufen, denn sie ist eine studierte Sozialpädagogin und kann sich daher den lieben Kleinen hochprofessionell widmen.

Aber zunächst müssen die erst mal da sein. Unser Sohn hatte sich offenbar ein Beispiel an unserer Nachwuchsgestaltung genommen, denn es kamen eine Tochter und ein Sohn auf die Welt – in ebenso kurzem Abstand wie seinerzeit bei uns. Allerdings legte Sabine offenbar Wert auf eine gewisse Eigenständigkeit, und so wurde die Reihenfolge umgekehrt: zuerst kam der Sohn und dann die Tochter – im Oktober 1991 Lukas, unser erster Enkel (endlich ein Stammhalter – hurra! – Pardon!) und im Februar 1993 unsere Enkelin Hannah. Damit wurde ich sozusagen ein „vierköpfiger" Großvater.

Unser „drittes Kind", die blonde Silke, im Jahre 2000 mit ihrem Ehemann Klaus und dem Sprössling Leo, unser kleiner Großneffe

Insgesamt ist unsere Familie damit von ursprünglich zwei Personen (die Urzelle) auf nunmehr 15 Personen angewachsen, einschließlich der Schwiegereltern unserer Kinder und meiner Schwiegermutter Ursula Heye, deren tatkräftiger Mithilfe ich die Eroberung meiner Frau Barbara zu verdanken hatte. Eigentlich ist die Anzahl noch größer, wenn man die entfernten Verwandten dazu zählt. Entfernt nicht im genealogischen Sinne, sondern geografisch. Denn mein Schwager Uwe, der Bruder meiner Frau, hat Mainz schon früh verlassen und ist als Journalist mit seiner Frau Karin nach Bonn gezogen. Später wurde er Pressereferent und Redenschreiber von Willy Brandt, ab 1990 Pressesprecher von Gerhard Schröder in Niedersachsen und folgte schließlich 1998 seinem Chef nach Berlin, wo er dann als Bundesregierungssprecher fungierte.

Seine Tochter Silke, ein quicklebendiges hübsches Wesen, war als Kleinkind in den siebziger Jahren immer mal wieder bei uns zu Besuch und ist damit so was wie unser „drittes Kind" geworden. Sie hat im Juni 2000 Klaus Meesters geheiratet, einen äußerst sympathischen, jungen Mann und hat bereits einen Sohn mit dem majestätischen Namen Leo.

Leider haben uns in dieser Zeit auch liebe Menschen für immer verlassen. Im Juni 1981 ist mein Vater gestorben, wenige Monate vor seinem

Ein seltenes Arrangement: die ganze Familie auf einem Gruppenbild 1988 versammelt – hintere Reihe: Oma Aenne und Oma Ursula, in der Mitte Tochter Ulrike, rechts der Vater, vorne von links: Sohn Michael, Schwiegersohn Matthias, Schwiegertochter Sabine, Mutter Bärbel, und ganz vorne links das „Julchen“ und rechts das „Evchen“

80. Geburtstag. Bärbels Mutter Ursel starb im Dezember 1992, was meine Frau erheblich aus dem seelischen Gleichgewicht brachte, denn sie hing sehr an ihr und hatte sie in den letzten Jahren ihrer schweren Krankheit aufopferungsvoll gepflegt. Im Februar 2000 starb meine Mutter Aenne nach einem längeren Leiden im gesegneten Alter von 94 Jahren.

Damit sind meine Frau und ich jetzt Vollwaisen. Gleichzeitig bin ich nun der Älteste der gesamten Bonewitz-Sippe in unserer Region. Das bedeutet zweifellos, dass ich – rein statistisch gesehen – als Nächster dran sein werde. Besonders eilig habe ich es nicht, deshalb mache ich mich nach Beerdigungen immer rechtzeitig vom Herrgottsacker, bevor der Pfarrer die obligatorische Frage stellen kann: „Wer unter Euch wird der Nächste sein?“ Da ist es besser, wenn man nicht von ihm gesehen wird.

Mehr zuhaus – im „unterhaus“

In Mainz spielte ich während meinen Tourneen nach wie vor weiterhin regelmäßig im „unterhaus“ spezielle Themenprogramme. Die Strecken für Auswärtsauftritte wurden radikal reduziert: höchstens in Orten im Um-

Im wild wuchernden Garten unseres gemieteten Hauses in Mombach kam ab und zu auch mal Schwager Uwe-Karsten Heye zu Besuch, um sich mit seiner Gitarre von dem Stress des journalistischen Lebens in der Bundeshauptstadt Bonn zu erholen.

kreis von 100 km, um nicht mehr übernachten zu müssen, sondern abends wieder nach Hause zurückfahren zu können. Merkwürdigerweise blieb die Zahl der Anfragen nach wie vor sehr hoch. So klapperten wir Rheinland-Pfalz ab, speziell Rheinhessen, in Ortschaften, von denen wir vorher noch nie etwas gehört hatten.

Das Ganze hatte noch einen überaus erfreulichen Nebeneffekt. Während es bei Auftritten in den Großstädten des Landes immer etwas steif zuging und die Betreuung durch die Veranstalter meist sehr distanziert und kühl war, wurden wir in den rheinhessischen Ortschaften, in den Bürgerhäusern und Turnhallen fast schon überschäumend herzlich empfangen. Um den Transport unserer zahlreichen Utensilien brauchten wir uns nie selbst zu bemühen, das nahmen uns kräftige Männer der veranstaltenden Gesangs- oder Turnvereine unaufgefordert ab.

Auch um das leibliche Wohl brauchten wir uns nicht zu kümmern. In den Vereinen und Gesellschaften war es üblich, dass die Frauen für selbstgemachte Speisen sorgten – frische Brötchen mit Hausmacher Wurst und Käse – und die Männer für die Getränke: Bier vom Fass und Wein aus eigenem Anbau. Alles in allem: Es war eine gar köstliche Zeit.

Dennoch: getreu meinem langjährigen Lebensmotto „Man soll aufhören, wenn's am besten läuft", entschloss ich mich Anfang 1998 mit meiner einjährigen „Abschiedstournee" zu beginnen. Im Gegensatz zu vielen meiner Kollegen endete die auch – wie angekündigt – nach zwei Jahren. Danach sind wir nicht mehr zu Gastspielen „nach auswärts" gefahren, sondern ich bin nur noch zuhause aufgetreten. Natürlich nicht bei uns daheim im Keller – nein, hier in Mainz. Wie all die Jahre im „unterhaus":

regelmäßig zwei bis drei Wochen im Frühjahr und im Herbst – sowohl mit meinen Kabarettprogrammen als auch mit zahlreichen Auftritten bei besonderen Anlässen.

Worauf ich mich immer am meisten freute nach dem Ende meines Programms – ja, natürlich war das der Beifall nach der letzten Zugabe – nein, ich meine den anschließenden Besuch in der Stammkneipe der „unterhäusler" in der Emmerich-Josef-Straße, im gemütlichen „Winzerkeller". Dort verwöhnten uns die beiden Inhaber, der Schorsch und der Ludwig, mit kulinarischen Köstlichkeiten und Määnzer Gebabbel – zum Beispiel über das jüngste Gerücht – „en gros" und „en detail".

Das beste Gericht dort war ein so genannter „Krüger" – entweder ein kleiner oder ein großer – die Lieblingsspeise von Carl-Friedrich Krüger (abgekürzt: Ce-eff), einem der Geschäftsführer vom „unterhaus". Er hatte sich dort mal einen Teller mit Hausmacher Wurst in Scheiben geschnitten und knusprigen Bratkartoffeln zusammenstellen lassen – je nach Appetit ein großer oder ein kleiner – daher der Name: ein „Krüger", und den bestellte er sich meistens. Mir mundete jedoch auch sehr gut die Spezialität des Hauses: knusprige Röstis mit Spiegelei und einer langen, dicken Bratwurst.

Das ideale Refugium nach jedem Auftritt ist der gemütliche Winzerkeller – hier am Stammtisch im Jahre 1990 mit Sohn Michael und „unterhaus"-Geschäftsführer Ce-eff Krüger.

Dorthin begab man sich nach den Vorstellungen – man brauchte nur um zwei Ecken herumzugehen – und nahm am Stammtisch Platz, unter einer gewölbten Wand voller Fotos von Künstlerinnen und Künstlern, die im „unterhaus" aufgetreten waren. Da fand man die gesamte kabarettistische Elite des deutschsprachigen Raums: legendäre Figuren wie Hannes Wader und Franz-Josef Degenhardt, „Nachwuchskünstler" wie der junge Harald Schmidt und Gerd Dudenhöfer, Fernsehstars wie Dieter Hildebrandt und Gerhard Polt, umstrittene Künstler wie Dietrich Kittner und Franz Josef Bogner, der nicht nur sein Publikum mit abstrusen Attacken vertrieb, sondern am Ende auch sich selbst.

Die gute Seele vom „unterhaus", Renate Fritz-Schillo, eine begnadete Schauspielerin, erlebte bei der Party zu ihrem 60. Geburtstag 1998 eine besondere Überraschung: ein satirisches Duett auf ihre Lebensgeschichte, verfasst und dargeboten vom singenden und spielenden Ehepaar Bonewitz.

Fast immer saß dort auch jemand von der Geschäftsführung des „unterhauses" – die von mir so betitelte „Dreier-Bande": Ce-eff, Renate Fritz Schillo und Artur Bergk. Ständiger Gast am Stammtisch war Reinhard Hippen, der Leiter und Gründer vom Deutschen Kabarettarchiv, der immer auf der Suche war nach weiteren Exponaten bei dem dort sitzenden Künstlervölkchen. Die stimmungsvolle Atmosphäre, die oft bis in die Morgenstunden dauernden Zechgelage und die anregenden – und teils auch aufregenden – Gespräche und Fachsimpeleien in diesem illustren Kreis der Gleichgesinnten werden mir für immer unvergesslich bleiben.

Die Trauer bei allen Beteiligten war groß, als Mitte der 90er Jahre das Lokal geschlossen wurde, weil der Vermieter den Pachtvertrag nicht verlängerte, sondern etwas Neues dort bauen wollte. Seitdem trifft man sich im inzwischen angebauten und neu eingerichteten Entree vom „unterhaus", aber dort herrscht leider nicht mehr die gemütliche Atmosphäre im kleinen Kreis, wie das im seither schmerzlich vermissten „Winzerkeller" der Fall war.

Beim Besuch einer Mainzer Delegation bei Bundeskanzler Willy Brandt 1973 in Bonn bedankte er sich für einen satirischen Vortrag über seine Person.

Rollenwechselhafte Auftritte

Im Juli 2000 habe ich sogar wieder mal eine völlig neue Rolle übernommen: als „Prediger". Im Rahmen einer Bibellesungsreihe „40 Tage – 40 Texte" vom evangelischen Dekanat in Mainz habe ich in der St. Johannis-Kirche über die „Hochzeit von Kana" aus dem Johannes-Evangelium gepredigt. Wer sich dafür interessiert: Der Text ist im Anhang unter „Zugaben" nachzulesen.

Was ich sehr bedauere: Für meine früher so geliebte Rolle als Jazzpianist hatte ich seit meinem Tourneebeginn leider keine Zeit mehr. Nur Mitte der 70er und anfangs der 80er Jahre spielte ich im Foyer vom „unterhaus" in einem Trio mit Bass und Schlagzeug bei so genannten „Jam Sessions", so nennt man das improvisierte Zusammenspiel von Jazzmusikern. Außerdem trafen sich damals in- und ausländische Künstler in dem berühmt-berüchtigten Szene-Lokal „Quartier Mayence", das allabendlich proppenvoll war.

Der Wirt, ein stadtbekanntes Original namens Rolf Geckeler, wurde von allen nur der „Gockel" genannt. Im Keller des Lokals gab es auch ein Podium, auf dem standen ein Schlagzeug und ein Klavier. Dort saß ich so manche Nacht und jazzte gemeinsam mit anderen Musikanten, die sich spontan dort einfanden, darunter die attraktive farbige Sängerin Betty Dorsey und ein genialer ungarischer Querflötist, dessen Name sich für mich anhörte wie „Folko Gulasch".

Mitunter kam es auch mal vor, dass ich unter dem Einfluss von reichlich viel Schoppen von der Muse der Dichtkunst regelrecht „abgeknutscht" wurde, denn mir fielen dann ausgesprochen merkwürdige Verse ein. Die notierte ich mangels Papier auf Bierdeckeln. Dabei entstanden oft Liedertexte und Kurzgedichte, die ich später in mein Kabarettprogramm aufgenommen hatte.

Angeregt zu solchen dichterischen Eskapaden „ringelnatziger" oder „morgensternlicher" Natur wurde ich von meinem langjährigen Wegbegleiter durch die Altstadtlokale Rüdiger Saul, einem kauzigen „Allround-Philosophen". Bisweilen übte der ehemalige USC-Sportler (seine Paradedisziplin: Speerwerfen) mit einem der letzten Mainzer Originale, auch „Professor Mink" genannt, zwischen den Tischen vor dem amüsierten Publikum einen imaginären „Speerwurf-Wettbewerb".

Doch zurück zu meinen „musikalischen" Erinnerungen. Einmal trat ich sogar offiziell auf: bei der Internationalen Jazzwoche – begleitet von meinem alten Jazzerfreund Heinz Hillenbrand an den Drums und einem seiner Musikerkollegen am Bass. Aber für die Puristen – die schon immer in allen Bereichen Schwierigkeiten mit mir hatten – war das lediglich eine

Eine der wenigen Gelegenheiten wieder mal kräftig zu jazzen:
1982 bei einem Hakle-Fest mit den Musikerkollegen von Heinz Hillenbrand (am Schlagzeug)

Art „gehobene Bar-Musik". Na und? Schon wieder einer meiner gefürchteten Stilbrüche. Viel wichtiger ist: Das Publikum jedenfalls hat sich köstlich amüsiert.

Immerhin kam dann doch noch hier und da ein musikalischer Auftritt zustande: 1990 brachte ich als einer der Ersten im „unterhaus" ein Programm auf die Bühne, das ich ein „Musikabarett" nannte: „Flügel-Schläge" – mit modernen und klassischen musikalischen Satiren. Im Dezember 2000 führte ich in der Mainzer „Villa Musica" ein vorweihnachtliches Programm am Flügel auf – mit dem Titel „Eine schöne musikalische Bescherung".

Das traditionsreiche, renommierte „unterhaus" ist im Laufe der Jahre für mich eine Art zweites Zuhause geworden und die Bühne mein „zweites Wohnzimmer". Mittlerweile zähle ich dort schon als zum Fundus gehörig. Allerdings neigt sich die Zeit der regelmäßigen Auftritte mit immer wieder neuen Kabarettprogrammen für mich allmählich dem Ende zu. Das biologische Alter, sowie die Strapazen von 33 Jahren aktiver Fastnachtstätigkeit und 25 Jahren hartem Stress im Beruf fordern allmählich ihren Tribut. Anfang des nächsten Jahres – ab 2001 – werde ich wesentlich kürzer treten: Ich mache Schluss mit so genannten „En-suite-Programmen" und werde nur noch ab und zu mal mit Einzelgastspielen auftreten.

Immer häufiger sind Angebote geworden von Veranstaltern so genannter „Benefiz-Auftritte": ob „Human Help Network" oder „Aids-Hilfe", ob „Sanierung vom unterhaus" oder „Deutsches Kabarettarchiv", ob „SOS-Kinderdörfer" oder „Terre des hommes" – sogar für den MCV wurde von mir „benefizt" zugunsten der Renovierung vom Kurfürstlichen Schloss: Mitten im Jahr im Biergarten oder bei schlechtem Wetter im großen Saal war ich dort alljährlich mit von der Partie. Übrigens: Es scheint so zu sein, dass Veranstalter bei der Suche nach Mitwirkenden für ihre Wohltätigkeitsveranstaltungen bei dem Stichwort „Benefiz" immer automatisch sofort an „Bonewitz" denken.

Warum sollte meine eigene Frau da eine Ausnahme machen? Anfang 1999 engagierte sie sich als „Botschafterin" für die „Ambulante Kinderkrankenpflege" der Johanniter. Nachdem sich herausgestellt hatte, dass von ihr angesprochene potentielle Sponsoren äußerst hartleibig zu reagieren pflegten, kam sie auf eine Idee, die sich als äußerst lukrativ für ihre Zwecke herausstellen sollte. Sie wollte Künstler, die sie vom „unterhaus" her kannte und die bekanntermaßen sozial eingestellt waren, für Bene-

Bei der Übergabe des Erlöses der Benefiz-Veranstaltung „Määnzer Spezialitäten" 1999 vom Leiter des „Frankfurter Hofs" Ludwig Janzer an den Regionalvorstand der Johanniter Manfred Herholz

fiz-Auftritte im Frankfurter Hof engagieren. Und wer eröffnete diesen Reigen? Natürlich ihr eigener Gemahlsgatte (Widerspruch wäre völlig zwecklos gewesen) mit einem abendfüllenden Sonderprogramm „Määnzer Spezialitäten". Das Ergebnis war überwältigend: Ein ausverkauftes Haus mit fast 500 Zuschauern erbrachten 8.795,50 DM für den guten Zweck.

Ansonsten werde ich es in Zukunft wesentlich ruhiger angehen lassen, mehr Spaziergänge machen in meinem geliebten Lenneberg-Wald, unser Familiengrab auf dem Waldfriedhof besuchen (Warum auch nicht? So lange man noch selbst hingehen kann!), mit meiner Frau in die Stadt gehen, im Volkspark lustwandeln, am Rhein promenieren, was Leckeres essen und was Gutes trinken – und rundum froh und zufrieden sein, dass ich hier wohne, in meiner geliebten Vaterstadt Mainz.

Ein alter Määnzer hat mal zu mir gesagt: „Eigentlich lernt mer unser Stadt erst dann so richtig zu schätze, wenn mer noch nie woanders gewese is!" Und schlitzohrig fügte er hinzu: „Besser hier in Määnz frei erumlaufe, als wie zum Beispiel in Hannover... an der Leine!"

* * *

Alter Narr – was nun?

Mit meinem 50-jährigen Bühnenjubiläum anno 2000 endet wieder einmal ein wichtiger Abschnitt in meinem Leben. Im „unterhaus“ habe ich mein letztes, komplett neu geschriebenes Kabarettprogramm „Ich bin so frei“ aufgeführt. Jetzt bin ich halt so frei und führe mein letztes „En-suite-Programm“ auf: ein Jubiläumsprogramm unter dem Titel „Lauter liebe Leut“ – überwiegend aus meinem Repertoire zusammengestellt – mit Darbietungen aus 25 Jahren Kabarett.

Natürlich werde ich nicht endgültig von der Bühne verschwinden, sondern suche mir von Zeit zu Zeit geeignete Gelegenheiten für Auftritte aus. Seit Jahren schon zählen dazu „kosten-neutrale“ Darbietungen bei allen Arten von Veranstaltungen in Seniorenkreisen, kirchlichen Einrichtungen, Pfarrgemeinden und Kliniken.

Ansonsten möchte ich mich jetzt mehr meinen Hobbys widmen: Lesen, Malen, Basteln, Schach spielen, musizieren – und mit meiner Frau zusammen das Leben genießen. Es wird langsam Zeit – und sie hat sich das schließlich auch mehr als verdient. Denn sie musste sehr viel Verständnis und Opferbereitschaft aufbringen für meine diversen Freizeitaktivitäten der frühen Jahre und der späten Jahre – sowohl „en gros“, als auch „en detail“.

Aber in den mittlerweile recht langen Jahren unserer Ehe (im Vergleich zum statistischen Durchschnitt) haben wir uns allmählich aneinander gewöhnt. Ich habe ihr sehr viel zu verdanken, denn sie hat mich immer rückhaltlos unterstützt bei meinen zahlreichen, oft riskanten Stilbrüchen und auch ermuntert zu entscheidenden Rollen-Wechseln.

Einerseits ist sie meine schärfste Kritikerin – andererseits aber auch unermüdliche Motivatorin. Ohne sie und ihre durch nichts zu bremsenden Aktivitäten würde ich schon seit geraumer Zeit nur noch zuhause im bequemen Sessel herumsitzen und mich lediglich erheben zu den Mahlzeiten, zu gelegentlichen Besuchen – auf der Toilette –, vorm Fernseher einschlafen und mich danach ins Bett legen.

Aber etwas mehr Ruhe und Selbstbesinnung möchte ich mir jetzt im Alter schon gönnen. Im Gegensatz zu einigen „notorischen Ehrgeizlingen“ in meiner Altersklasse habe ich schon immer gewusst, wenn es Zeit ist, unter einer Sache einen Schlussstrich zu ziehen: So lange die Leute diesen Schritt bedauern und ihn nicht begrüßen.

Außerdem: Wer immer nur arbeitet wie ein Pferd, fleißig ist wie eine Biene, emsig wie eine Ameise, dabei ständig schimpft wie ein Rohrspatz und abends müde ist wie ein Hund, der sollte unbedingt mal zum Tierarzt gehen – vielleicht ist er ein Kamel.

Einmal muss Schluss sein –
so gerne einem das auch leid tut.

Teil II

Satirische Spätlese

(2001 – 2010)

So lasst uns denn das Lied zu Ende singen
Zusammen und allein
Von Tag zu Tag den Widerspruch vollbringen:
Wir haben Angst und müssen mutig sein
Wir haben Angst und müssen mutig sein.
(Hanns Dieter Hüsch)

Von wegen: „Ruhestand"

Nachdem ich mir das letzte Kapitel von Teil I noch mal durchgelesen hatte, mit all den hoffnungsvollen Gedanken auf einen beschaulichen Lebensabend, dass ich mich mehr meinen zahlreichen Hobbys widmen würde, dass ich zusammen mit meiner Frau Bärbel ein geruhsameres Leben genießen könnte, dass ich mir im Alter (damals nach Überschreiten der Rentneraltersgrenze) mehr Ruhe und Zeit zur Selbstbesinnung gönnen müsste, das hat sich nun – nach zehn Jahren – als Illusion erwiesen.

Wie hätte ich auch ahnen können, was sich in diesem Zeitraum noch alles ergeben würde: kabarettistische Vorträge bei Benefiz-Veranstaltungen, sogar wieder musikalische Auftritte, zahlreiche, teils umfangreiche Publikationen, darunter drei neue Bücher, Lesungen daraus, dabei auch wieder die Rückkehr ins „unterhaus" mit Abendprogramm-Lesungen, verstärkte Mitarbeit in der Redaktion der „MAINZ"-Vierteljahreshefte, mehrere Auftritte in Sendungen des SWR, wieder Aktivitäten beim Gonsenheimer Carneval-Verein (GCV), sowie ein (einmaliges) Comeback in der Mainzer Fernsehfastnacht, einige überraschende Ehrungen und Auszeichnungen, leider aber auch gefährliche Erkrankungen.

Ja, das Alter fordert seinen Tribut – in vielerlei Hinsicht. Da hat man sogar zunehmend Erscheinungen: Alterserscheinungen. Bei den nunmehr vermehrt auftretenden körperlichen Beschwerden lautet meist die Diagnose der Ärzte: „Alles nur altersbedingt". Allerdings würde ich das Dritten gegenüber nie zugeben, dann sage ich schlicht und einfach: „Bei mir handelt es sich um geriatrisch konditionierte korpuskuläre Phänomene". Als ich bei meinem ehemaligen Hausarzt Dr. Rainer Roßkopf mal wieder über Unpässlichkeiten gejammert hatte, tröstete er mich mit den Worten: „Sei bloß froh darüber. Denn wenn du morgens mal aufwachst und es tut dir gar nix mehr weh, dann bist du entweder bewusstlos oder tot."

Eigentlich muss ich mich nicht groß wundern über Altersbeschwerden, denn schließlich bin ich mittlerweile über die Hälfte bereits im Jenseits... also jenseits der Siebzig. Früher hatte ich mir sehr selten Gedanken gemacht über das Älterwerden. Ich hab mir gesagt: „Was soll's? Das verschieb ich einfach auf später!" Leider hat sich's aber danach herausgestellt: Das nutzt nicht viel, weil: später... da ist man noch viel älter als vorher.

In der Zeit als ich noch regelmäßig aufgetreten bin, auf meinen Kabarett-Tourneen, da war ich sozusagen ein „grauer Star". Mittlerweile jedoch bin ich das nicht mehr, jetzt habe ich ihn. Dafür bezeichnet man mich nun als „Urgestein". Der Geologe versteht darunter eine uralte Felsformation, in der ein versteinertes Fossil steckt. So ähnlich fühle ich mich auch manchmal. Aber wie hat jemand mal so treffend gesagt: „Alt werden ist nichts für Feiglinge."

Man wird ja auch viel vorsichtiger im Alter: Wenn mir früher etwas hingefallen ist, dann habe ich's sofort wieder aufgehoben. Aber jetzt überlege ich erst mal: „Rentiert sich das Bücken überhaupt?" Obwohl ich mit dem Bücken weniger Schwierigkeiten habe, das Problem ist nur, danach wieder hochzukommen. Der Grund dafür ist ganz einfach: Im Alter erlangt ein physikalisches Phänomen eine immer größere Bedeutung: die Anziehungskraft der Erde.

Man fürchtet zwar Resignation oder Depression oder Halluzination, jedoch viel schlimmer ist die Gravitation, weil: im Alter fällt man leichter hin, es fällt einem öfter was aus der Hand, nicht nur die Haare fallen aus, sondern auch die Zähne, und man wird ständig kleiner. Zu meinem Entsetzen bin auch ich mittlerweile geschrumpft: von ehemals stolzen ein Meter achtzig auf kümmerliche ein Meter fünfundsiebzig. Und was ist die Folge? Nach und nach müssen alle meine Hosen kürzer gemacht werden.

Aber was kann man tun gegen das Altwerden? Der Mainzer sagt: „Noch nit emol garnix!" Höchstens gesund bleiben, möglichst so lange bis man stirbt, dann wird man auch nicht krank. Ein alter Philosoph hat einmal gesagt: „Lebe, wie du, wenn du stirbst, wünschen wirst, gelebt zu haben." Drum: Freut euch des Lebens, sonst ist der Tod vergebens.

Solche Erkenntnis nennt man auch „Galgenhumor". Dadurch sollen angeblich unerfreuliche Ereignisse erträglicher werden. Das Wort „Humor" kommt aus dem Lateinischen: „umor", und das bedeutet Feuchtigkeit. Vielleicht ist darauf die Redewendung zurückzuführen: sich vor Lachen in die Hose machen.

Natürlich hat das Älterwerden auch eine Rolle gespielt bei der Suche nach einem passenden Titel für den zweiten Teil meiner Autobiografie. Was lag da näher für einen Satiriker und in die Jahre gekommener Spätsenior als sich zu entscheiden für „Satirische Spätlese".

* * *

Umstrittener Begriff endlich geklärt:

Wenn die Leit übber annern Leit ...

Satirischer Cartoon über den vieldiskutierten Begriff „Leitkultur"

Was ist eigentlich eine Satire?

Laut Lexikon handelt es sich um „eine spezielle literarische Kunstform, wobei durch sarkastischen Spott und bissige Ironie, durch Übertreibung und Verzerrung bestimmte Personen und Verhaltensweisen, Ereignisse und Zustände möglichst geistreich und humorvoll angeprangert, kritisiert und damit der Lächerlichkeit preisgegeben werden sollen."

Es gibt dafür auch eine etwas anschaulichere Erklärung: Nehmen wir mal an, ein Liliputaner soll beerdigt werden, in einem Sarg von drei Metern Länge. Dann stellt der Praktiker lakonisch fest: „ Der Sarg ist zu lang." Dagegen bemängelt der Realist: „Der Liliputaner ist zu klein." Der Satiriker jedoch meint: „Er wird schon noch reinwachsen."

Was heißt da „Oho!"? Ja, ich weiß schon: Man sagt nicht mehr Liliputaner, sondern „Kleinwüchsiger". Wie? Ach so! Das „Oho!" bezieht sich auf die makabre Bemerkung des Satirikers. Das gehört sich doch nicht, oder? Daher taucht ja auch immer mal wieder aus aktuellem Anlass die vieldiskutierte Frage auf: „Was darf die Satire?" Die kürzeste Antwort darauf gab der zeitkritische Schriftsteller Kurt Tucholsky in einem Kommentar aus dem Jahre 1919, sie lautete schlicht und einfach: „Alles!"

Und was darf der Satiriker? Alles – was er sich selbst gegenüber verantworten kann. Meine Devise beim Texte schreiben und Cartoons zeichnen lautet: „Satire kann nicht alles sein, aber alles kann Satire sein." Dabei habe ich auch immer mal wieder (angebliche) Tabus verletzt, zum Beispiel in meiner aktiven Fastnachtszeit die eigene Sippe satirisch attackiert – das damalige karnevalistische Establishment. Oder gar die so genannten „Ehrengäste" – die jeweils aktuelle Prominenz aus Politik, Wirtschaft und Gesellschaft.

Im Kabarett waren die Grenzen zwar weiter gezogen, aber dennoch gab es auch dort für das gutbürgerliche Publikum, das mir damals dorthin gefolgt war, Tabus – zum Beispiel: die Kirche, Behinderte, Krankheiten, Tod, Beerdigungen. Aber auch diese Grenzen habe ich bewusst überschritten: Zahlreiche Sketche in meinen Kabarettprogrammen setzten sich gerade mit diesen tabuisierten Themen satirisch auseinander. Erschrockenes Stöhnen im Publikum war stellenweise nicht zu überhören.

Die obskuren Regeln des so genannten „guten Geschmacks", die von der Gesellschaft aufgestellt werden (früher hieß das mal: das „gesunde Volksempfinden"), habe ich bei meiner Arbeit immer erst mal gründlich hinterfragt, bevor ich sie dann brach. Wobei es für mich nur eine Grenze gab: Die Menschenwürde durfte nicht verletzt werden. Im Übrigen gab es in meinen Texten auch nie Raum für Zoten und Diskriminierungen von Minderheiten.

So, genug der Einleitung, jetzt heißt es sich erinnern an meine Erlebnisse im ersten Jahrzehnt des 21. Jahrhunderts. Entgegen meiner Erwartungen gab es auch in diesem Zeitraum – wie schon vorher – wieder einige „Rollen-Wechsel", auch ein paar „Stilbrüche" und zwar nicht so sehr „en gros", aber dafür umso mehr „en detail". Wobei ich mich beim Schreiben an die alte Lebensweisheit gehalten habe: „Fange nie an aufzuhören, und höre nie auf anzufangen!"

Im Grunde ist Schreiben ganz einfach: Man setze sich vor ein leeres Blatt Papier, starre lange darauf und warte, bis sich Schweißtropfen auf der Stirn bilden. Das Problem dabei ist: Gedanken können fliegen, Worte jedoch müssen zu Fuß gehen. Aber eins hat sich auch gezeigt in meinem Leben: Wenn ich mal sollen soll und nicht müssen muss, aber dafür dürfen darf, dann kann ich auch meist können. Hoffentlich!

Fastnachtliche Erinnerungen

Wenn man beim Frühstück einen Stimmungssänger hört, der lauthals verkündet, dass in Mainz der Dom wackelt, und ein frohgelaunter Moderator einen Witz erzählt, dessen Pointe man an einem anschließenden dreifachen Tusch erkennt, dann weiß man: Die Fastnacht ist wieder mal ausgebrochen. Und bis zum Aschermittwoch gibt es kaum ein Entrinnen vor karnevalistischen Umtrieben aller Art. Nicht nur im Rundfunk, auch im Fernsehen und täglich in den Zeitungen wird ausführlich berichtet über mehr oder weniger wichtige Ereignisse im Dunstkreis der Jünger von Gott Jokus.

Da ich mich nach wie vor interessiere für dieses Thema, las ich im Januar des Jahres 2001 im Mainzer Wochenblatt unter anderem einen Artikel über das 75-jährige Jubiläum der Mainzer Hofsänger. Darin stand, dass die Gesangsgruppe 1934 zum ersten Mal beim MCV aufgetreten war und seitdem einen Stammplatz im Sitzungsprogramm erhielt. Weiter war zu lesen: „Seit 1936 saß dann Willy Bonewitz am Klavier. Er sollte als musikalischer Leiter auch den Höhepunkt des Chores vor dem letzten Krieg erleben: die Prinzenpaarkampagne 1938."

Dabei handelte es sich zweifellos um meinen Onkel, den Bruder meines Vaters. Da ich mehr über dieses Ereignis wissen wollte, durchsuch-

Der „Aller-Allerscheenste“ Rudi Zörns (86) anno 2001, umringt von seinen Vorgängern – von links: Otto Dürr, Herbert Bonewitz, Johannes Gerster und Margit Sponheimer. Im Hintergrund mit Strohhut: Erhard Schaubruch, der Vorsitzende der Stammtischfastnachter „Die Allerscheenste“

te ich mein umfangreiches Archiv und fand darin das Festbuch über das 100-jährige Jubiläum des MCV im Jahre 1938. Es enthält eine Fülle detaillierter Berichte über alle Veranstaltungen, woraus ich zwei Auszüge ausgewählt habe. Man beachte den für unseren Geschmack stellenweise reichlich kuriosen Schreibstil.

Auftakt zum 100-jährigen Jubiläum am Samstag, dem 13. November 1937

„Wo Stimmung und Fröhlichkeit herrschen, da sind auch die Hofsänger. Mit ihren lustigen Liedern verscheuchen sie auch die letzten Grillen. In einem originellen Text von Jakob Treichler wiesen sie auf die bevorstehenden Ereignisse hin und besangen das Jubiläum des MCV. In jauchzenden Tönen wie die Lerche den Frühling eintrillert. Ihr musikalischer Betreuer Willy Bonewitz saß am Flügel und entledigte sich seiner Aufgabe in gewohnt sicherer und mitreißender Art. Ein einmaliges Auftreten an einem Abend ist ausgeschlossen, das dulden die Zuschauer an sich nicht. So gaben sie freiwillig eine Zugabe „Hurra, die Gail“ – in langen Bärten, sodaß Zurufe wie „Soo'n Bart“ von vorneherein unmöglich waren.“

Die „Große Prunk-Fremdensitzung“ am 27. Februar 1938

„Daß in der letzten Sitzung der Jubelkampagne die närrischen Hofsänger nicht fehlen dürfen, ist selbstverständlich. Mit einem glänzend gesungenen Potpourri und einem Abschiedslied an das Prinzenpaar ernten sie den Dank

aller. Und wieder zeigt es sich, welcher Beliebtheit sich die bewährten Sänger und ihr musikalischer Begleiter, Willy Bonewitz, bei den Freunden des Mainzer Karnevals erfreuen, nicht nur in Mainz selbst, sondern weit darüber hinaus, wohin nur der Ruf dieser nie versagenden Künstlerschar gedrungen ist.“

In meiner Kindheit kam mein Onkel Willy meist in der Fastnachtszeit zu Besuch zu uns an den Neubrunnenplatz. Von hier aus startete er dann zu Sitzungen, Maskenbällen und Umzügen, denn er war ein begeisterter Fassenachter und Offizier zu Pferd bei der Mainzer Ranzengarde. Wenn er mal Zeit und Lust hatte, dann übte er mit mir am Klavier und führte mir seine Bravourstücke vor. Oder er begeisterte mich durch seine Fingerfertigkeit auf dem Akkordeon. Ich war fasziniert von seinen Fähigkeiten und wollte durch fleißiges Üben möglichst schnell diese Kunst ebenfalls beherrschen. Allerdings sollte das noch fast zehn Jahre dauern.

Für einen soliden bürgerlichen Beruf war Onkel Willy nicht zu begeistern; er war der geborene Künstler, er lebte nur für seine Musik und für die Fastnacht. Die Chronik des GCV nennt ihn einen unermüdlichen Motor: als Akteur und Planer, als Pianist, Arrangeur und Komponist für die „Schnorreswackler“ und für die Hofsänger des MCV. Er sei einer der Männer, die die Mainzer Fastnacht groß gemacht haben. Er hätte zweifellos eine große Künstlerkarriere machen können, wenn nicht der Zweite Weltkrieg gewesen wäre, der abrupt alle seine Pläne brutal vereitelte. Er wurde zur Wehrmacht eingezogen, blieb aber zunächst in unserer Region stationiert.

Gruppenbild mit Brautpaar – von links: Jupp und Aenne Bonewitz, der kleine Herbert, hinter ihm Oma Maria und Opa Emil, neben ihm Tante Mariechen, das Brautpaar und rechts außen Onkel Heini, sowie weitere Verwandte im Hintergrund

1941 heiratete er als 34-Jähriger eine hübsche junge Frau, meine Tante Liesel, für die ich sehr schwärmte. Die Hochzeit fand in einer Gonsenheimer Wirtschaft statt, deren Inhaber Josef Becker war, genannt „de Zippes“. Damals war er der legendäre Star des GCV: als Stimmungssänger in Frack, mit weißem Schal und Zylinder, ein idealer Interpret der

Tante Liesel und Onkel Willy nach der Trauung

schmissigen Lieder, die ihm mein Onkel Willy sozusagen auf den Leib schrieb. Sogar im Radio war er mal zu hören, in den 30er Jahren eine Sensation für die Gonsenheimer.

Bei der Hochzeitsfeier trug mein Vater launige Verse auf das Brautpaar vor, und ich sollte etwas Lustiges singen. Meine Wahl fiel auf ein bekanntes Kinderlied, das ich kühn umgetextet hatte: „Petersilie, Suppenkraut, wächst in unserem Garten. Tante Liesel ist die Braut, kann nicht länger warten." Als daraufhin schallendes Gelächter ertönte, war ich völlig verblüfft über die Wirkung meiner Verse. So lustig fand ich die gar nicht. Erst viel später erfuhr ich den Grund für die Heiterkeit der Hochzeitsgäste: Mein Tante ist schwanger gewesen.

Zwei Jahre später wurde Onkel Willy nach Russland verlegt. Selbst im Krieg wollte er nicht ohne Musik sein und nahm als „transportables Klavier" sein Akkordeon mit. Er berichtete noch ein paar Mal in Feldpostbriefen von Konzerten, die er zur Unterhaltung der Truppe mit einem kleinen, eigens von ihm zusammengestellten Orchester aufgeführt hatte. 1944 teilte man seiner Frau mit, dass er im Verlauf von nächtlichen Kampfhandlungen als vermisst gemeldet werden musste. Wir haben danach nie mehr was von ihm gehört. Erst lange nach dem Krieg wurde er für tot erklärt.

Damals konnte ich nicht ahnen, das ich eines Tages mal in seine Fußstapfen treten würde: nicht nur als Pianist, Komponist und Arrangeur, sondern auch als musikalischer Leiter einer Gesangsgruppe, die über die Grenzen von Mainz hinaus bekannt werden sollte. Aber auch genau wie er hatte ich in der so genannten „Kneipenfastnacht" begonnen. Die Sitzungen des GCV fanden in seiner Zeit in Gonsenheimer Lokalen statt, erst ab 1931 in der Turnhalle.

Meine ersten fastnachtlichen Darbietungen am Klavier führte ich ebenfalls in Wirtschaften vor, und mein erster größerer Auftritt mit meinem Musiktrio als „närrische Hofkapelle" fand 1950 bei der Generalversammlung des GCV im Vereinslokal Xaver Becker statt.

Daher stammt sicher auch meine Sympathie für die von mir später so bezeichnete „Volksfastnacht" – im Gegensatz zum „Gesellschaftskarneval" der oberen Zehntausend – ohne glanzvollen Protz und Pomp, ohne politische oder gesellschaftliche (Pseudo-)Prominenz, ohne prunkvolle große Säle. Ich habe sie schon immer bewundert und respektiert, die so genannten „kleinen Narren": ohne Erfolgsdruck und Profilierungssucht, ohne den zwanghaften Ehrgeiz unbedingt ins Fernsehen zu kommen – was meist der Anlass zu Neid und Missgunst ist – und vor allem ohne Gagen zu kassieren. Die alles nur tun aus reinem Spaß an der Freude.

So ist es auch nicht verwunderlich, dass ich im Alter wieder gerne zurückkehre zu meinen närrischen Wurzeln – „en gros" und „en detail". Seit mich die Stammtischfastnachter „Die Allerscheenste" als Nachfolger unseres legendären Ex-OB Jockel Fuchs 1997 zum „Aller-Allerscheenste" erwählt hatten, besuche ich sporadisch ihre Kappensitzungen, in denen der nächste Träger oder die Trägerin dieses Ehrentitels gekürt wird. Dann ergreife ich auch gerne mal das Wort zu einer satirischen Laudatio auf die neuen „Aller-Allerscheenste".

Was mir so imponiert: dass hier reine Idealisten am Werk sind, die ihre ganze Freizeit opfern, um in einer Gaststube ihr Publikum zu begeistern mit selbst gedichteten Vorträgen (nicht mit Witzen aus dem Internet), mit stimmungsvollen Liedern und einem Ballett, das sich beschränken muss auf eine Tanzfläche zwischen Theke und Musikautomat. Eintrittsgeld braucht keiner zu bezahlen; am Schluss wird ein Hut herumgereicht für Spenden. Übrigens: Die Ehefrau des Vorsitzenden Erhard Schaubruch heißt Hildruth und ist nicht nur eine der rührigsten Akteurinnen und Organisatorinnen des Vereins, sondern auch noch mit mir verwandt: Unsere Großmütter waren Kusinen. Daran sieht man: Offenbar fallen närrische Äpfel meist nicht weit von einem närrischen Stamm.

Wider den leeren Stuhl

Es waren äußerst zwiespältige Gefühle, als ich am 24. März 2001 zum letzten Mal mit einem Kabarettprogramm die Bühne im „unterhaus" betrat: einerseits Freude – andererseits aber auch Wehmut. Freude, weil ich in Zukunft keine kompletten Kabarettprogramme mehr zu schreiben brauche, und dass ich nicht mehr jedes Mal zwei Stunden Text auswendig lernen muss. Wehmut, weil damit (wieder mal) unwiderruflich ein wichtiger Abschnitt in meinem Leben zu Ende ging. Ob man es zugeben will oder nicht, damit stirbt immer auch ein Teil von einem selbst ab. Wobei natürlich die Hoffnung besteht, dass dafür etwas Neues entstehen könnte. Und genau das geschah dann später auch – nicht so sehr „en gros", mehr „en detail".

Plakat des letzten Kabarett-programms (Zeichnung vom Autor / Gestaltung: Michael Bonewitz)

Das Programm, das ich zum letzten Mal aufführte, war mein Jubiläumsprogramm, das im November 2000 Premiere hatte: „Lauter liebe Leut" – mit „lebenszeitlichen Reflexionen". Bei dem Jubiläum handelte es sich um mein „75-jähriges". Wie bitte? Bei einem 67-Jährigen? Wieso nicht? Vor 50 Jahren betrat ich erstmals an Fastnacht eine Bühne, und vor 25 Jahren trat ich zum ersten Mal in einem Kabarett auf – und das jeweils an einem Elften im Elften. Grund genug, in diesem Programm sich damit selbst auf den Arm zu nehmen und sich einen Lorbeerkranz aus Pappe umzuhängen – wenn's schon kein anderer tut.

In diesem Programm gab es unter anderem auch ein Wiedersehen mit meinen originellsten Rollen-Figuren: der wichtigtuerische Bühnenmeister, der alkoholisierte Hochzeitsredner, der vorurteilsbehaftete Hausmeister, der unerschrockene Friedhofsgänger, der „enkelsittende" Opa und der gefühllose Krankenbesucher. Alles Originale aus unserer Alltagswelt, hinter deren biederen Überlebensphilosophie stets die tragikkomische Realsatire ihrer kleinbürgerlichen Spießerwelt aufblitzt. Wie gewohnt bunt gemischt wurde dabei in Sketchen und Liedern vordergründig Unterhaltsames mit hintergründig Gesellschaftskritischem präsentiert: mit Spaß auf den Lippen und Ernst im Kopf. Übrigens: Als eine von etlichen Zugaben wagte ich erstmals auch einen Rap zu singen und zwar über die Geschichte vom Turmbau von Babel. (Den Text findet man in den „Zugaben".)

Als ich bei meiner letzten Zugabe satirisch den Begriff „Zeit" analysierte und dabei die Frage stellte: „Wo zwischen Vergangenheit und Zukunft

Der „75-jährige Jubilar" mit seinem selbst gestalteten Lorbeerkranz

steckt eigentlich die Gegenwart?", da tauchte sie plötzlich neben mir auf: in der Gestalt von Ce-eff Krüger, einer der drei „unterhaus"-Chefs, mit der Begründung: Er wolle mir ein paar Worte ins Gesicht sagen. Worauf ich meinte: „Woanders hätt's ja auch kein Wert!" Als dann noch seine „Co-Chefin" Renate Fritz-Schillo erschien und sein „Co-Chef" Artur Bergk, die meine Frau Barbara mit auf die Bühne brachten, wusste ich: Jetzt wird's offiziell. Und in der Tat: Sie, als meine unermüdliche Managerin, erhielt zum Abschied einen großen Blumenstrauß, und mir überreichte man feierlich die erstmals verliehene „Ehrenglocke des unterhauses". In der von Renate Fritz-Schillo verlesenen Urkunde hieß es unter anderem: Die Auszeichnung trage den Titel: „Wider den leeren Stuhl" und das bedeute, dass es dem Künstler in all seinen Vorstellungen seit 25 Jahren stets gelungen sei, jeden Theaterstuhl des Hauses seiner eigentlichen Bestimmung zuzuführen.

Meine einzige Lieblingstochter Ulrike überraschte mich mit einem Strauß voller „Fernet-Blümmelcher". Oberbürgermeister Jens Beutel ließ es sich nicht nehmen, eine Art „Laudatio" zu halten und überreichte ein poetisches Bild des verstorbenen Malers Rüdiger Lautner. Dabei übermittelte er den Dank der Stadt für meine jahrelange Verbundenheit mit Mainz und hoffte, dass mein Abschied – wie auch bei manch anderen Künstlern – nur ein vorläufiger Abschied sei.

Mit angemessener Ironie bedankte ich mich bei allen und betonte, dass es nicht so sei, dass ich jetzt mit allem aufhören würde, lediglich mit der regelmäßigen Produktion und Aufführung von kompletten Kabarettprogrammen. Den einen oder anderen Auftritt als Kabarettist oder als Musiker werde es jedoch sicherlich immer mal wieder geben. Mit meinem „Abschieds-Blues" sagte ich endgültig „Adieu" und machte mich damit vom Acker, den ich 25 Jahre lang wortreich und offensichtlich auch einigermaßen erfolgreich bestellt hatte.

Kuddelmuddel ums Kupperdibbe

Wenn ich gedacht hatte, nach meinem Abschied von der Kabarettbühne hätte ich mehr Zeit für meine Frau und für meine Hobbys, dann hatte ich offenbar falsch gedacht. Zwar brauchte ich nun keine Texte mehr zu schreiben für Kabarettprogramme, aber dafür gab es jede Menge Aufträge für publizistische Arbeiten: Artikel und Cartoons für Zeitungen, Zeitschriften und für Bücher verschiedener Autoren. Nach wie vor arbeitete ich auch für die renommierten „MAINZ“-Vierteljahreshefte, deren neuer Chefredakteur am 1. Januar 2001 mein Sohn Michael geworden war, und der seinen Vater kurzerhand zum Redaktionsmitglied erklärte und damit auf meine ständige Mitarbeit spekulierte – völlig zu Recht.

Den größten Arbeitsaufwand des Jahres, verbunden mit dem größten publizistischen Erfolg gab es durch einen überraschenden Anruf des Berliner Ehapa-Verlags, der bei mir anfragte, ob ich Interesse daran hätte einen „Asterix“-Band ins Mainzerische zu übersetzen. Da konnte ich natürlich nicht nein sagen, denn seit der erste deutschsprachige Band über „Asterix und Obelix“ erschien – das war bereits 1968, also im vorigen Jahrhundert –, bin ich ein leidenschaftlicher Leser und Sammler dieser satirischen Comic-Serie.

Vor einigen Jahren erfuhr ich, dass es mittlerweile auch Bände gab, die vom Hochdeutschen in verschiedene Mundarten übersetzt wurden. Darunter waren auch so exotische Dialekte wie bayerisch, ostfriesisch, sächsisch und pfälzisch. Sogar „städtische“ Mundarten waren dabei: kölsch, düsseldorferisch, wienerisch und münchnerisch. Da habe ich mich schon oft gefragt: Warum gibt es das nicht auch auf määnzerisch? Bevor vielleicht die Wiesbadener auf die Idee kommen. Dieser langgehegte Wunschtraum war jetzt endlich in Erfüllung gegangen, und ich bin mir sicher: Das Urteil der internationalen Literatur-Szene wird eindeutig lauten: „So etwas hat uns gerade noch gefehlt!“

Zunächst mal galt es, für das „Asterix“-Projekt einen geeigneten Band zu finden, und das bedeutete: Alle 30 Originalbände durchsehen und dabei die aussortieren, die in fremden Ländern spielen, denn man kann ja schlecht die Briten oder die Schweizer oder die Spanier „määnzerisch

babbele lasse", damit würden sie ihre regionalen Spracheigentümlichkeiten verlieren. Danach musste ich von den bereits 40 erschienenen Mundart-Bänden all die aussortieren, die bereits in artverwandte Dialekte übersetzt worden sind, zum Beispiel in hessisch, pfälzisch und saarländisch.

Und schließlich wollte ich eine Geschichte auswählen, die einen aktuellen Bezug hat zu unserer Zeit, und so kam ich auf „Asterix und der Kupferkessel". Obwohl dieser Band bereits vor 30 Jahren erschienen ist, geht es darin um höchst zeitgemäße Themen, wie zum Beispiel: Steuerhinterziehung, Turbo-Kapitalismus, Gewinnsucht, schwarze Kassen und üble Geldbeschaffungsmaßnahmen. Im Verlauf des Geschehens versuchen sich unsere beiden Helden Asterix und Obelix abwechselnd als Wildschweinverkäufer, als Catcher, als Theaterschauspieler, als Pferderennenwetter und sogar als Bankräuber. Alles in allem geht es dabei um heftige Kämpfe wegen geklauten Geldern, die in einem kupfernen Topf versteckt waren. Daher wählte ich den Titel: „Kuddelmuddel ums Kupperdibbe".

Sogleich forderte ich alle erforderlichen Informationen und Unterlagen an, um mich danach an die Arbeit machen zu können, denn die Texte für 48 Seiten mit rund 500 Kästchen und etwa 2.000 Sprechblasen gilt es nicht nur einfach ins Määnzerische zu übersetzen, sondern es müssen auch noch die Gags entsprechend umgesetzt und möglichst sogar noch neue satirische Pointen ausgedacht werden

Da ich in meinen Arbeiten ein absoluter Perfektionist bin und ein überaus akribischer Texter, ist es kein Wunder, dass die ganze Übersetzungsarbeit insgesamt mehr als drei Monate gedauert hat. Danach kamen noch zahlreiche umfangreiche Korrektur-Arbeiten auf mich zu, die sehr kompliziert waren, da die Texte im Inhalt nicht als Drucksatz mit dem

Computer gesetzt wurden, sondern „handgelettert", das heißt: alle Zeilen mussten per Hand geschrieben werden. Glücklicherweise nicht von mir, sondern von einer „grafischen Dame".

Das Problem dabei war: Die Größe der Sprechblasen und der Kästchen liegen im französischen Original fest und können nicht verändert werden. Aber die deutsche Übersetzung ist mal mehr, mal weniger umfangreich, und die Määnzer Ausdrücke und Redewendungen meist noch etwas länger, sodass ich ständig umstellen und kürzen musste – kurz gesagt: Es war eine nervtötende Fummelarbeit. Aber es hat mir sehr viel Spaß gemacht, hoffentlich mindestens genau so viel, wie die Lektüre des Werkes der zukünftigen Leserschar.

Im Rahmen dieses Projekts ereignete sich noch etwas äußerst Ungewöhnliches: Zum allerersten Mal in meiner künstlerischen Tätigkeit musste ich ein psychologisches Gutachten vorlegen über meine publizistische Arbeitsweise. Der Ehapa-Verlag war von seinem französischen Lizenzgeber dazu verpflichtet worden, eine schriftliche Garantie zu verlangen, dass keine sinnentstellenden Passagen mit rassistischen oder antisemitischen Sprüchen in der Übersetzung vorkommen. Um bei dem französischen Lizenzgeber auch entsprechend Eindruck zu schinden, beauftragte ich eine leibhaftige Diplompsychologin mit dieser Aufgabe: Gabriele Werth, die in Mainz ihre Praxis hat und die – ebenso wie ich – von Anfang an ein begeisterter Fan von Asterix und Obelix war. Dass ihr Urteil in ihrem dreiseitigen Gutachten durchweg positiv ausfiel, das hat nichts damit zu tun, dass wir schon seit Jahrzehnten eng befreundet sind(!).

Um jedoch nicht allzu betriebsblind zu werden gegenüber der eigenen Arbeit, habe ich die Texte darüber hinaus noch von einigen anderen kritischen Lektoren aus meiner Umgebung lesen lassen, und die stimmten im Großen und Ganzen alle darin überein: Der furiose Sprachwitz des Originals sei nicht nur sehr treffend ins Määnzerische transferiert worden, sondern durch die originellen Ausdrücke und Redewendungen mit Määnzer Mutterwitz stellenweise sogar noch übertroffen. Bei aller Bescheidenheit: Ich sehe keine hinreichenden Gründe, dieser Feststellung zu widersprechen.

Auch meine Frau Barbara hatte ihren Anteil am Erfolg: Bekannt als eine äußerst „kritische" Persönlichkeit nahm sie die Texte ganz genau unter die Lupe, bevor sie die Freigabe erteilte. Auch mein Sohn Michael half mit bei der Umsetzung des Projekts. Er hat meine Dateien, die ich auf meinem uralten Computerprogramm gespeichert hatte, jeweils auf ein gängiges Programm umfunktioniert und dann als Datensatz an den Verlag elektronisch transferiert. Das hatte er auch schon bei der Herstellung meiner beiden Bücher genau so praktiziert und vorher sogar die Layouts am Computer druckfertig hergestellt.

Die traditionelle Einleitung des „Asterix"-Bandes liest sich auf Määnzerisch so: „Grad emol e halb Jahrhunnert bevor es Christkindsche uff die Welt kumme is, da hatte die alte Römer ganz Gallien – des is do, wo Fronkreisch heit noch leit – ääfach oigesäckelt. Es ganze Gallien? Vun weeche! So e kläå dormelisch Kaff voll mit greebische Bankert hot sisch alsfort erfolgreisch dodegeeche gewehrt. Unn desdeweeche gab's andauernd Stress für die römische Lechionäre, die wo dort rund um des Kaff in ihre Zeltlager gehockt habbe: in Vornerum, Hinnerum, Fallerum unn in Krabbelerum."

Auf der folgenden Seite werden die Hauptfiguren vorgestellt: „Des sinn die wischtichste gallische VIPse (VIP = prominent Perseenlischkeit / Lateinisch: Vacuum Idiotae Personae).

In einem Glossar sind schwierige Määnzer Ausdrücke und ihre Übersetzung ins Hochdeutsche aufgelistet. Neben der Überschrift: „Asterix babbelt määnzerisch" ist eine Abbildung, wo er den begriffsstutzigen Obelix aufklärt: „Des wääß doch jeder Dummbeidel, was Simbel uff hochdeitsch häßt: ei, Dollbohrer!" Und darunter steht: „Wer einiche Ausdrick nit kapiern sollt, der krieht se hier uff Hochdeitsch verklickert." Die Liste reicht von A bis Z, von „Ausschisse = Ausschüsse, Beratungsgremien" bis „Wersching = Kopf / auch: Berzel, Waddel, Hollofernes".

Die Geschichte in aller Kürze: Ein berüchtigter Geizknochen und Geldraffer namens Moral-Elastix hat seine Schwarzgelder in einem Kupferkessel gesammelt, den er beim Dorfchef Majestix vor den Römern verstecken will. Es handelt sich bei der Währung um die damals üblichen Sesterzen, die von mir übersetzt wurden mit „Penning", und das Geld insgesamt mit „Bimbes" erklärt – unter der Fußnote: „Pfälzisch: en Haufe Geld – oft aach unreschtmäßisch oigesäckelt."

Das Abenteuer nimmt schon bald dramatische Formen an: Der Bimbes wird geklaut, und Asterix und Obelix machen sich mit dem leeren Kupferkessel auf die Suche nach dem Geld. Dabei entsteht allerhand „Kuddelmuddel" bei ihren diversen Geldbeschaffungsmaßnahmen. Hier einige

Beispiele für reichlich freie Määnzer Übersetzungen von lateinischen Zitaten, sozusagen in „Määnzer Vilzbach-Latein“:

Der römische Wachposten stoppt Asterix und Obelix: „Halt emol! – Quo vadis?“ Wörtlich: „Wohin gehst du?“ – wird in der Fußnote übersetzt: „Wo machsten hie?“ Und der bekannte römische Spruch: „Vae victis!“ – „Wehe dem Besiegten!“ heißt hier: „Wer verlorn hot, der muss bleche.“

Eine schöne Szene bietet auch der Großmarkt von Condate – das heutige Rennes –, wo Asterix und Obelix zu Geld kommen wollen durch den Verkauf von selbstgefangenen Wildschweinen: „vun wilde Wutzjer“. Verschiedene Kunden äußern an den Marktständen ihre Wünsche: „Gibt's hier aach Blunz?“ Oder: „Isch hätt gern e Stickelsche Schwaademaache... fer e Orschje vun fuffzeeh Leit.“ – Erklärung: „Orschje“ – aus em Lateinische: Orgia = unzüschtisches Dorschenanner.“

Der Chef der Gladiatoren klagt über die unzufriedenen Zuschauer: „Die habbe lieber den üblische Zirkus: Ave Cäsar, morituri te salutant!“ – „E bisje arisch frei übbersetzt: „Oweh, Cäsar, nit mehr lang werrn mer salutiern.“

Unter anderem erklärt Asterix dem Obelix ein prachtvolles Gebäude: „Des is e modern Theater. Die Römer habbe übberall welsche gebaut: in Colonia, in Moguntia unn in Fiesbadensia (Wiesbaden).“ Der Theaterleiter mit seinem provokanten Spielplan heißt im Original „Eleonoradus“ und wurde von mir umbenannt in „Provokanticus“. Und die Botschaft, die er in seinen schockierenden Stücken übermitteln will, die wird natürlich in Neu-deutsch zur „messätsch“. Erklärung: „Englisch: Message = womit mer de Leit was verklickere will.“

Bei der Generalprobe geht es chaotisch drunter und drüber: „Orschje... mir wolle Orschje!“ – „Du host ää Orschje vergesse, du Orsch!“ – „Pardong! Orschje... Orschje... mir wolle Orschje!" – „Uffhörn! Des is ja e Schand! Will mer uns hier verorsche?"

Natürlich gibt es auch Bezüge zur Mainzer Fastnacht: Als römische Legionäre die Theaterbühne stürmen, stellen Zuschauer fest: „Jetz übertreibe se's abber e bisje. Des wirkt ja viel zu natürlisch." – „Mer määnt, des wär die Ranzegard... helau!" Erklärung: „Prätorianer im Dienst vum Prinzeps carnevalis". Obelix stellt wieder mal fest, dass die Römer spinnen und ruft lauthals von der Theaterbühne zur versammelten vornehmen Gesellschaft: „Die sinn plem-plem, die Römer!"

Nach vielen haarsträubenden Abenteuern und ebenso abenteuerlichen Übersetzungen ins Määnzerische überfallen Asterix und Obelix die Truppe des römischen Steuereintreibers, dem ich den Namen „Aussaugus'" gegeben habe. Unsere beiden Freunde zeigen dabei erfreuliche Kenntnisse von echtem Määnzer Liedgut, denn Asterix ruft: „Nix wie druff! Abber mit Rucki-Zucki!" Und Obelix singt lauhals: „Und dann gibt's humba, humba, humba uff die Nuss!"

Die Präsentation des ersten Mundart-Bandes „uff Määnzerisch" fand am 16. November in der Gutenberg-Buchhandlung Dr. Kohl statt. Vor einer dicht gedrängt sitzenden und stehenden Menschenmenge übernahm ich die Rolle der Vorlesers, kombiniert mit einer Dia-Schau von Bildern aus dem „määnzerische Asterix". Anschließend signierte ich Dutzende von Bänden, bis mir die Hand anschwoll. In einem Presseartikel forderte ein begeisterter Journalist am Ende: „Mach's noch einmal, Herbert!" Ach nein, bitte nicht! Der ernorme Arbeitsaufwand stand in keinem Verhältnis zum bescheidenen Salär. Das haben mir auch andere Übersetzer-Kollegen bestätigt.

Ein unverbesserlicher Narr

Auch nach meinem Abgang von der Fastnachtsbühne – 1981 war mein letzter Fernsehauftritt und 1983 meine letzten Bühnenauftritte – habe ich die Verbindung zur Mainzer Fastnacht nie abreißen lassen. Dafür bin ich viel zu lange dabei gewesen, habe dort nicht nur meine Bühnenkarriere begonnen (1950 beim GCV), sondern auch auf den verschiedensten Positionen meine Talente und meine Arbeitskraft eingesetzt. Und alles natürlich nicht nur ehrenamtlich, sondern auch ohne einen Pfennig Entgelt: weder als musikalischer Leiter und Pianist der Gonsbach-Lerchen, noch als Arrangeur, noch als grafischer Gestalter von Orden, Drucksachen, Kostümen und Masken, von Bühnenbildern und Rosenmontagszugwagen, noch als Redner – und das nicht nur im GCV, sondern auch in der Füsiliergarde und beim MCV.

Sogar noch zwei Jahre nach meinem Abschied bei den Lerchen – die ich über 30 Jahre lang musikalisch geleitet und bei deren Aufstieg ich mitgeholfen hatte –, habe ich weiterhin die Arrangements für ihre Potpourris geschrieben, bis sie einen neuen Arrangeur gefunden hatten (der nun natürlich bezahlt werden musste).

Aber auch danach war ich weiter noch aktiv gewesen in Sachen „Määnzer Fassenacht", wenn auch weit weniger intensiv als vorher. Zum Beispiel mit regelmäßigen satirischen Beiträgen mit Glossen und Cartoons für die „Narrhalla", die Karnevalszeitschrift des MCV, und für den „Schnorreswackler", die Vereinsbroschüre des GCV, für die ich auch ein neues Titelbild und närrische Figurinen zur Ausschmückung gestaltet hatte.

Auch in der Mainzer Stadtillustrierten „Der Mainzer" wurde von mir in monatlichen satirischen Glossen regelmäßig das Thema „Karneval" aufgegriffen: jeweils im November beim Ausblick auf die nächste Kampagne und dann im Januar und Februar während der laufenden Kampagne – und zwar mit einseitigen Glossen (wobei „einseitig" nicht bedeutet: „parteilich", sondern eine Seite füllend).

Nachdem die Lerchen 1992 von der Bühne abgetreten waren und sich aufgelöst hatten, engagierten sich einige von ihnen auch weiterhin noch einige Jahre beim GCV: Joe Ludwig als Berater, Ludwig Schäfer als Geschäftsführer, Adolar Spoth als Komiteter und Charly Steingötter als Präsident, der sein Amt 2002 an Horst Ernerth abgab.

Auf der Bühne weiterhin aktiv waren Jürgen Emig, der quirlige „Hans-Dampf für alle Fälle", überall einsetzbar als „Scheierborzler" und Hugo

Weinöhl, der „singende Troubadour von Gunsenum", der in den Sitzungen den Sängerpart übernahm, am Piano begleitet von Charly Steingötter und von der Kapelle „Synkopers". Die Bandbreite seiner Lieder war groß: von Schlagern über besinnliche Lieder bis zu Stimmungshits. Dafür stellte ich ihm Lieder aus meinem Repertoire zur Verfügung, schrieb und komponierte aber auch neue Songs – stellenweise auch mit einem kleinen Sketch zum Einstieg in die Darbietung. Später sang er hauptsächlich die bekannten Schlagerhits von Udo Jürgens.

Warum ich mich weiterhin noch in der Fastnacht so engagierte, das hat einen ganz einfachen Grund: Ich bin nach wie vor ein unverbesserlicher Narr. Schon von Jugend an hatte ich mich dem absoluten Idealismus verschrieben – einer heutzutage fast schon ausgerotteten Gehirnkrankheit. Aber so ist das nun mal: Der Narr ist immer mehr als die Summe seiner eigenen Widersprüche und steht dabei jederzeit mit beiden Beinen fest in der Luft.

So ist es auch kein Wunder, dass ich bei Anfragen närrischer Art fast nie „Nein" sagen konnte. Sehr zum Missvergnügen meiner Frau Barbara, die mich immer wieder gewarnt hatte: „Pass nur auf! Du lässt dich viel zu leicht von anderen ausnutzen." Im Nachhinein gesehen hatte sie mehr als einmal recht gehabt. Aber mich hat schon immer jede Aufgabe gereizt, die mit Fastnacht zu tun hatte und die gewisse Anforderungen an meine Fantasie stellte.

Für den tatterigen „Jubilaren-Grufti" gab es stehende Ovationen.

So wurde ich 2002 von Offiziellen des GCV gebeten, ab sofort bei der Gestaltung des 111-jährigen Vereinsjubiläums im nächsten Jahr mitzuarbeiten und erhielt gleichzeitig die Einladung, zukünftig im so genannten „Kreativ-Team" mitzuwirken, unter Leitung des Sitzungspräsidenten und Programmchefs Hans-Peter Betz, der ideenreiche Motor des Vereins. Er hatte übrigens in einem Zeitungsinterview anlässlich seines 50. Geburtstages erklärt: Ich gehöre zu seinen Vorbildern. Natürlich schmeichelte mir das alles sehr, und ich nahm die Vorschläge begeistert an.

Im Lauf der Zeit war unser Wohnzimmer in der Vorbereitungszeit für die nächste Kampagne zu einer „Kreativ-Stube" geworden. Zahlreiche GCV-Akteure legten mir ihre Texte zur Begutachtung vor und wollten Tipps für deren wirksamste Umsetzung auf der Bühne – so zum Beispiel: der Protokoller Benno Helmold, der Kokolores-Spezialist Michael Emrich, der vielseitig talentierte Entertainer Tobias Mann, die begnadete Sängerin mit den verrückten Ideen Ulrike Losereit, der Leiter der Gesangsgruppe „Schnorreswackler" Thomas Becker und auch Hans-Peter Betz. Ihm hatte ich schon vor Jahren empfohlen, von seinen gereimten Vorträgen auf Prosa umzusteigen, um schneller zur Pointe zu kommen und um einen kabarettistischen Stil zu erreichen. Das hat er dann auch umgesetzt bei der Schaffung seiner heutigen ständigen Rollenfigur als „Gudi Gutenberg".

Auch auf der Bühne leistete ich meinen Beitrag durch einen satirischen Vortrag bei der „Närrischen Generalversammlung", wo traditionsgemäß eine Art Theaterstück aufgeführt wurde, dessen Thema diesmal natürlich die Vorschau auf das 111-jährige Jubiläum war. Im Rahmen einer fiktiven Vorstandssitzung sollte ein Programm erstellt werden, das diesem Ereignis auch würdig sei. Die Aktiven des GCV präsentierten für diesen Anlass die verschiedensten Darbietungen in Wort, Gesang und Spiel. Zum Schluss kam ich als tatteriger „Jubilaren-Grufti" auf die Bühne mit reichlich makabren Ideen für eine repräsentative Ehrung meiner Altersgenossen. Mit absurden Wortspielen, pietätlosen Vorschlägen und verdrehten Formulierungen brachte ich, wie die Presse schrieb: „den Saal zum Toben".

Meine aktuelle Aufgabe jedoch bestand zunächst in der Entwicklung einer Idee für die Gestaltung einer Bronzefigur, die der Verein der Gonsenheimer Bevölkerung zum Auftakt seines Jubiläums im November im Rahmen einer feierlichen Enthüllung übergeben wollte. Es sollte die Symbolfigur des GCV vorstellen, den „Schnorreswackler" zusammen mit den beiden Partnern der historischen „Närrischen Achse", die sich 1955 zusammengeschlossen hatten: GCV, Gonsbach-Lerchen und Füsiliergarde – nach dem Motto: „Getrennt marschieren, vereint agieren!"

Die Gestalt des „Schnorreswacklers" hatte ich bereits entworfen in Form eines Ordens und als neues Titelbild der Vereinsbroschüre. Diese

Titel der GCV-Vereinsbroschüre mit Liederheft

Figur kombinierte ich nun mit den Symbolen der närrischen Achsenpartner: im einen Arm eine zwitschernde Lerche mit einem Strohhütchen auf dem Kopf und im anderen den schwarzen hohen Hut der Füsiliergarde.

Striptease auf der „Gunsenumer Kö"

Neben den bronzenen Narrenfiguren Komiteter und Till auf dem Vorplatz zur großen Turnhalle, war die Symbolfigur der „Närrischen Achse" die dritte Figur im schönsten und größten Stadtteil von Mainz, deren Entwurf von mir stammt. Die feierliche Enthüllung fand an einem sonnigen Samstagmorgen im November 2002 statt. Neben der Volksbank auf der „Breiten Straße" – der „Gunsenumer Kö" – sah man eine vollständig mit vierfarbbunten Tüchern verhüllte Gestalt auf einem Steinsockel. Unter den zahlreichen Zuschauern befand sich auch stadtpolitische Prominenz: OB Jens Beutel, Kulturdezernent Peter Krawietz und Ortsvorsteherin Ursula Stenner.

Das Trommlercorps und der Musikzug der Füsiliergarde eröffnete die Veranstaltung. GCV-Vereinspräsident Horst Ernerth sprach launige Grußworte und kündigte an, man werde die verschiedenen Symbole jetzt nacheinander einzeln enthüllen. Er erlöste zunächst den Kopf des „Schnorreswacklers" von seiner Hülle. Für die Gonsbach-Lerchen trat Karlheinz Steingötter in Aktion und befreite mit munteren Worten die kleine pfiffige Lerche mit dem Strohhütchen von ihrer Haube. Daraufhin kam Rüdiger Böhme von der Füsiliergarde zum Zug und enthüllte den typischen Garde-Spitzhut.

Zum Schluss war ich an der Reihe und sagte unter anderem: „Es ist mir eine große Ehre und eine besondere Freude, bei diesem närrischen Striptease hier in aller Öffentlichkeit die letzten Hüllen fallen zu lassen. Ich wääß nit, was es da zu Lache gibt! Allerdings: Sehr viel zum Enthüllen ist für mich nicht mehr übrig geblieben... hier bei unserm „Bronze-Schnorri."

Jedenfalls möge dieser standfeste Schnorreswackler als echter Narr allen widrigen Zeitläuften trotzen... Wind und Wetter widerstehen... und möge er Freude bereiten all denen, die ihn von nun an Tag und Nacht bewundernd anschauen werden. Aber nicht nur die Gonsenheimer Eingeborenen... nein... darüber hinaus auch die Millionen Touristen aus aller Welt: von Wiesbaden bis Finthen. Und nunmehr gebe ich Ihnen allen hier den Rest... den Rest dieses närrischen Monuments zur ehrfurchtsvollen Bewunderung preis. Die Spannung hat zweifellose ihren Siedepunkt erreicht: Raunen... Staunen... groß Gedränge... ehrfurchtsvoll erstarrt die Menge! (Dabei zog ich die letzte Hülle langsam herunter.) Schaut her... des isser... ohne Hülle... in seiner edlen Pracht und Fülle: So sieht der Kerl im Ganze aus. Ein dreifach donnernder Applaus!"

Entwurf für die Bronzeskulptur „Der Schnorreswackler" mit den Symbolen der „Närrischen Achse"

Mit einem munteren Lied der Gesangsgruppe „Schnorreswackler" und einem getrommelten Schluss durch die Musikanten der Füsiliergarde endete die Veranstaltung. Zurück blieb ein bronzener „Schnorreswackler", der von da an in stolzer Würde sich die Menschen betrachtet, die an ihm vorübergehen: Narren und (angeblich) Normale. Was er sich jedoch dabei denkt, das wird wohl für immer sein Geheimnis bleiben.

Die Anziehungskraft der Bühne

Bei meiner Abschiedsvorstellung mit meinem letzten Kabarettprogramm im März 2001 hatte ich am Schluss – nach der Verleihung der „unterhaus-Ehrenglocke“ – versichert: „Mit Kabarettprogrammen ist endgültig Schluss, und dabei bleibt es auch. Aber irgendwann werde ich irgendwie wieder hier auftreten... mit irgendwas.“ Dabei dachte ich: vielleicht nach ein paar Jahren. Aber ich hatte sie unterschätzt: die Anziehungskraft der Bühne. Die Drohung mit der Wiederkehr hatte ich nämlich nur ein Jahr später bereits wahrgemacht, allerdings nicht als Kabarettist, sondern als Publizist mit satirischen Abendprogramm-Lesungen an drei Tagen. Als Motto wählte ich den Titel meiner Autobiografie: „Zwischen allen Stilen“. Dabei las ich einige Kapitel daraus vor – nicht etwa nur „en gros“, sondern vielmehr „en detail“: kuriose Erlebnisse und lehrreiche Erfahrungen.
Aber auch aus meinem ersten Buch „Typisch Bonewitz“ servierte ich einige Glossen und Kommentare, Erzählungen und Gedichte. Wer mich kennt, der weiß: Das wurde beleibe keine staubtrockene Vorlesung, sondern ich wollte ein unterhaltsames „Rund-um-Vergnügen“ bieten, sowohl für meine Fans, als auch für solche, die es vielleicht noch werden sollten.

Ich muss zugeben: Diese Auftritte waren für mich ein ganz neues Bühnenerlebnis. Bequem an einem Tisch sitzend konnte ich mich ganz auf die Präsentation meiner Texte konzentrieren, ohne ständig hin und her laufen zu müssen und Kostüme und Requisiten zu wechseln. Ich brauchte auch nicht zwei Stunden Text auswendig zu lernen, und musste auch nicht Wochen vorher stundenlang Klavier üben, um mich dann bei meinen Liedern möglichst fehlerlos selbst begleiten zu können. Und so wurden es für

Frau Barbára kann nach Jahrzehnten immer noch herzlich lachen über ihren Gemahlsgatten.

mich recht angenehme und für das Publikum – wie ich feststellen konnte – offenbar sehr amüsante Stunden.

Zum Schluss des Programms sang ich als letzte Zugabe die Nationalhymne. Natürlich nicht im Original, die Zuhörer mussten sich auch nicht erheben, nein, ich hatte den Text sozusagen „transformiert“ durch satirische Kommentierung der damals gerade aktuellen politischen Affären. Man wird feststellen, dass diese Formulierungen ohne weiteres auch heute – nach fast zehn Jahren – immer noch hochaktuell sind:

„Einigkeit und Recht auf Freiheit, dem Profit stets zugewandt,
danach will man eifrig streben, rücksichtslos – mit offener Hand.
Dreistigkeit und Ellenbogen werden kräftig angewandt,
lebt auf Kosten Andrer weiter, ohne viel Skrupel und ohne Verstand.
Hoch von der Karriereleiter... scheißt man auf unser deutsches Vaterland.“

Übrigens: Diese neue Rolle als „Vorleser“ gefiel mir so gut, dass ich beschloss, sie ab jetzt öfter zu übernehmen. Und wenn mir der Lesestoff mal ausgehen sollte? Überhaupt kein Problem. Dann schreib ich einfach ein neues Buch... und dann vielleicht noch eins... und dann... na ja, wir werden sehen.

Experimentelle Flügelspielereien

Schon lange hatte ich mir überlegt: Wenn man schon satirisch schreiben kann, warum dann nicht auch satirisch musizieren? Und zwar nicht nur mit einem einzigen Stück, sondern mit einem abendfüllenden Konzert auf dem Flügel? Gesprochen werden dürfe dabei zwar auch, aber nur bei Moderationen zwischen den verschiedenen Musiktiteln. Das wäre doch mal wieder etwas „ganz was Neues“ für mich – in der Rolle eines „Konzertpianisten“.

Für mein Programm „Flügel-Schläge“ hatte ich 1990 – nach der so genannten „Wende“ – schon mal ein satirisches Potpourri geschrieben unter dem Titel „Das Wanderlied der Wendehälse“, eine musikalische Wanderung durch die deutsche Geschichte. Als Leitmotiv wurde das Volkslied „Das Wandern ist des Müllers Lust“ in verschiedenen Stilarten harmonisch und melodisch verarbeitet mit den bekanntesten Märschen und Hymnen unserer Historie: angefangen beim „alten Kaiser Wilhelm“ über die martialischen Klänge aus den Liedern des Dritten Reiches, von den Hymnen der alliierten Besatzungsmächte bis zur Nationalhymne der DDR und zum Schluss zu unserer heutigen Nationalhymne.

Davon ausgehend überlegte ich mir, wie man auf dieser Basis die unterschiedlichsten musikalischen Stilrichtungen aufgreifen und humorvoll-satirisch neu zusammenfügen könnte. Dafür wählte ich Themenblöcke und arrangierte die dazu passenden Melodien mit effektvollen Übergängen zu einzelnen Medleys (auch Potpourris genannt). Allerdings – und das sind die eigentlichen überraschenden Stilbrüche – mit Titeln aus gänzlich verschiedenen musikalischen Epochen.

Hier ein paar Beispiele: Unter „Sternen-Träume" wurde das jazzige „Star Dust" kombiniert mit der „Träumerei" von Schumann und anderen „Stern"-bezogenen Liedern. Oder in den „Mond-Spaziergängen" verbanden sich so unterschiedliche Melodien wie „Blue Moon" mit „Schlösser, die im Monde liegen" und mit der „Mondschein-Sonate" von Beethoven. Oder „Nacht-Bummelei", in denen der Jazztitel „Night and day" verknüpft wurde mit Mozarts „Kleiner Nachtmusik". Oder die „Jahrezeiten" mit Vivaldi-Motiven, Gershwins „Summertime" und dem „September"-Song" , dem Weihnachtslied „Leise rieselt der Schnee" und endend mit der gewaltigen Wagner-Melodie „Winterstürme wichen dem Wonnemond".

Verträumt streift der „Flügelspieler" durch die Gefilde von Jazz und Klassik.

Nach dieser Methode hatte ich mir insgesamt 15 Themenblöcke ausgedacht und arrangiert. Waghalsig kombinierte ich darin Klassiker mit Jazzstandards, Schlager mit Opernmelodien, Musicals mit Militärmärschen und Kirchenlieder mit Ragtime. Nahezu hemmungslos experimentierte ich dabei mit jazzigen Disharmonien und artfremden Rhythmen, sodass bekannte Melodien plötzlich ganz anders klangen als gewohnt. Kurz gesagt: Ich schreckte vor keinem Stilbruch zurück – weder „en gros“ noch „en detail“.

Diese Arbeitsweise nennt man in der Fachsprache „Cross Over“, was ich dann noch steigerte in einen speziellen „Cross-Over-Mix“. Dadurch entstanden – zum Teil auch für mich überraschend – einige höchst humorige, teils auch satirisch wirkende völlig neue Interpretationen bekannter Melodien. Das Konzert endete mit einer Hommage an meine Vaterstadt: Unter dem Titel „My swinging Määnz“ servierte ich die bekanntesten Fastnachtstitel von „Rucki-Zucki“ bis zum „Gelle gern“, vom „Narrhallamarsch“ bis zum „Heile Gänsje“ im Swing-Rhythmus.

Die Aufführung dieses experimentellen Klavierkonzerts unter dem Titel „Flügel-Schläge“ fand an zwei Abenden im Dezember 2002 statt und zwar im Entree vom „unterhaus“. Mir war völlig klar, dass diese oft kuriose Gratwanderung „zwischen allen Stilen“ beim Zuhörer schon einige Vorkenntnisse im musikalischen Bereich voraussetzte, und dass daher nicht der sonst bei meinen Auftritten gewohnte Ansturm auf Eintrittskarten zu erwarten war. Genau so gut wusste ich, dass diese Art der Darbietung nichts war für ernsthafte Klassik-Fanatiker oder für eingefleischte Jazz-Fans. Dafür wirkte das Ganze dann doch etwas zu kurzweilig und unterhaltsam. Aber ich hielt es dabei mit Nestroy: „Einen Jux will er sich machen.“

Das wirklich „Experimentelle“ an diesem Konzert bestand für mich darin, zu erfahren, ob sich überhaupt jemand für so etwas Ausgefallenes interessiert. Aber offenbar waren die Zuhörer, die den Raum an beiden

Abenden bis auf den letzten Platz füllten, nicht nur daran interessiert, sondern auch – wenn auch stellenweise etwas verunsichert – am Ende doch so angetan von dem Gebotenen, dass sie noch einige Zugaben forderten.

Die Kritiker der Lokalpresse beurteilten diese experimentellen „Flügelspielereien" natürlich entsprechend ihrem musikalischen Sachverstand – bei dem einen mehr, bei dem anderen weniger existent. Während der Eine schrieb: „Es war schwer auszumachen, ob er ab und an in die falschen Tasten griff oder ob es sich um eine leicht disharmonische Überleitung handelte." So schrieb der Andere: „Alterierte Akkorde mit Dissonanzspannungen brachen immer wieder das harmonische Spiel auf – in diesem Puzzle aus Klassik, Volksmusik und Jazz, das in der Umsetzung zudem Kreativität sowie in der Notation Souveränität verrät."

Am besten gefiel mir der Schlusssatz unter dieser Kritik: „Dies war kein Konzert für Puristen – weder für die Jazzer noch für die Klassiker unter ihnen. Die hätten sich mit Grausen abgewendet. Und Bonewitz hätte das sogar Spaß gemacht."

Ein ausgezeichnetes Urgestein

Eines Tages schockte mich meine Frau mit der Ankündigung: „Schatz, ich habe gehört, du sollst das Bundesverdienstkreuz bekommen." – „Ja, ja!", sagte ich, „und ich habe gehört, du sollst Miss Schabernack werden." Sie jedoch bestand auf ihrer Aussage, wollte mir aber nicht den Informanten verraten: „Datenschutz, Schatz!". Ha-ha-ha!

Dann aber kam die Überraschung mit der Post: ein offizielles Schreiben der Staatskanzlei Rheinland-Pfalz. Darin stand: „Sie werden ersucht, sich unverzüglich mit frisch gewaschenem Hals... mit Schlips, Krawatte und Binder..." Natürlich Quatsch! Korrekt hieß es dort: „Auf Vorschlag von Herrn Ministerpräsident Kurt Beck hat Ihnen Herr Bundespräsident Johannes Rau das Verdienstkreuz am Bande des Verdienstordens der Bundesrepublik Deutschland verliehen." Weiter hieß es da: Man wolle mir die Auszeichnung gerne im Rahmen einer Feierstunde am Dienstag, den 10. Dezember 2002 um 14 Uhr im Festsaal der Staatskanzlei überreichen.

Da mir trotz reiflicher Überlegung keine überzeugenden Gründe einfielen, warum ich diese Auszeichnung ablehnen sollte, sagte ich meine Teilnahme zu. Und es ging dort auch – dem Anlass angemessen – sehr feierlich zu. Klassische Musik umrahmte die Veranstaltung, Ministerpräsident Kurt

Ministerpräsident Kurt Beck („de Landesbabba") und der Ausgezeichnete („en Landesbub") bei der Verleihung des Bundesverdienstkreuzes

Beck überreicht die Bundesverdienstkreuze an die elf Persönlichkeiten, die in unterschiedlichen Bereichen des gesellschaftlichen Lebens Außergewöhnliches geleistet haben und nun für ihr Engagement geehrt wurden. „Alle Ausgezeichneten verbindet, dass sie mehr getan haben, als von ihnen verlangt wurde", sagte der Ministerpräsident, „ihre Leistungen haben dazu beigetragen, das Fundament, auf dem unsere Gesellschaft steht, ein Stück fester zu machen." Wohlgesetzte Dankesworte im Namen der Ordensträger sprach Landesdiakoniepfarrer i.R. Frieder Theyson. Bei einem kleinen Imbiss mit Umtrunk klang die Veranstaltung aus.

Ich weiß sehr wohl, dass viele meiner „Freunde" – sowohl aus der Fastnachtsszene als auch aus dem Kabarettbereich – sich über meine Auszeichnung mokierten und süffisant fragten, mit welcher Begründung man ausgerechnet so einem wie mir diese hohe Ehre zuteil werden ließ. Wie bitte? Auch Sie können sich nicht genau erklären, womit ich mir diesen Orden verdient hätte? Also, dann passen Sie mal auf, es ist so... nein! Wissen Sie was? Ich habe keine Lust dazu, das lang und breit zu erklären. Am besten lesen Sie unten die offizielle Begründung von Ministerpräsident Kurt Beck. (Aber nur wenn Sie wollen. Wenn nicht, dann überspringen Sie einfach die folgenden Absätze und lesen weiter im nächsten Kapitel.)

„Herbert Bonewitz hat sich in seiner langjährigen Karriere zunächst als Fastnachter und später, seit Ende der 70er Jahre als Kabarettist, als unglaublich kreativer und vielseitiger Künstler erwiesen. Auf sehr individuelle Weise hat er Mainzer Fastnachtsgeschichte geschrieben. Er hat sich couragiert und witzig gegen festgefahrene Strukturen aufgelehnt und dabei die Mainzer Fastnacht auf ein hohes literarisches Niveau gehoben.

Nach seinem erfolgreich vollzogenem Wechsel zur Kabarettbühne hat Herbert Bonewitz die deutsche Kleinkunstszene entscheidend mitgeprägt. Er ist ein höchst talentierter Perfektionist, der sich nie auf seinem Ruhm ausgeruht hat, sondern stets auf der Suche nach neuen Herausforderungen war. Seine Rolle als Kabarettist hat er stets auch als moralische Verpflichtung verstanden, um für mehr Toleranz zu werben und jegliche Form gesellschaftlicher und politischer Halbherzigkeit kritisch zu hinterfragen.

Für gute Zwecke gab er sehr häufig Gastauftritte. Mit viel Ironie und komödiantischem Scharfsinn hat sich das Multitalent mit den Zeichen der Zeit und den Eigenheiten unserer Gesellschaft auseinandergesetzt. Er ist dabei seinem Berufsethos und den an sich selbst gestellten hohen Anforderungen immer treu geblieben. Dies machte ihn zu einem Vorbild und Vorzeigekünstler in einer Kulturlandschaft, die häufig oberflächlich erscheint. Ich freue mich ganz besonders, dass sein vorbildliches künstlerisches Wirken heute mit dem Bundesverdienstkreuz am Bande eine verdiente Anerkennung findet.“

Übrigens: Dieser Text klingt nicht nur wie ein Nachruf, sondern ist auch sehr gut als solcher zu verwenden. Also, falls ich mal das Zeitliche segnen sollte... bitte sehr!

Familiäre Engagements

Im Laufe der Zeit hat sich unsere Familie naturgemäß etwas erweitert und damit die bestehende „Familien-Bande“ weiter ausgedehnt. „Bevölkerungspolitisch engagiert“ hat sich in Berlin nach 35 Jahren erneut noch einmal mein Schwager Uwe, der inzwischen nicht nur seine Lebensgefährtin Sabine Haack geehelicht hatte, sondern gleich auch für den entsprechenden Nachwuchs sorgte: Am 14. November 2002 wurde sein Sohn Tom geboren. Das Kuriose dabei: „Onkel Tom" ist zwei Jahre jünger als sein Neffe Leo, der Sohn von Uwes Tochter Silke.

Bemerkenswert für Anhänger der Astrologie: Leo ist Skorpion, genau wie sein Vater Uwe, genau wie seine Schwester Silke, genau wie seine Tante Bärbel, genau wie sein Onkel Herbert, genau wie deren Tochter Ulrike, genau wie Boris Becker... aber der gehört ja nicht in dieses familiäre Nest von Skorpionen... zum Glück.

Weniger Glück hatte in diesem Jahr meine Frau Bärbel, die an einer endogenen Depression erkrankt war, auch bekannt als „bipolare Störung". Nach einem mehrwöchigen stationären Aufenthalt in der Uniklinik und anschließender ambulanten Behandlung konnte sie dank eines neuen Medikaments, ein Lithium-Präparat, wieder völlig geheilt werden.

Ungewöhnlich in unserer Sippe ist auch die Gestaltung von Programmen bei Feiern zu verschiedenen Anlässen, wie zum Beispiel bei „runden" Geburtstagen – wobei die Gäste oft gegen Ende der Veranstaltung meist noch viel runder sind als die oder der Gefeierte. Selbstverständlich pflege ich als „Profi" meist die Zusammenstellung des Programms zu übernehmen und für die einzelnen Auftritte zu sorgen. Dabei sind die Mitwirkenden in den allermeisten Fällen Mitglieder unserer Sippe.

Als Beispiel dafür möge der Programmablauf zum Geburtstag unserer Schwiegertochter Sabine dienen, den sie – ihrem temperamentvollen Naturell entsprechend – natürlich selbst tatkräftig mitgestaltete, obwohl ihr Mann Michael federführend war. Im Verlauf einer von ihr so bezeichneten „Ü40"-Party in Bodenheim gab es ein Quiz-Spiel, an dessen Gestaltung sich ausnahmslos alle teilnehmenden Familienmitglieder – ebenso wie Freundinnen und Freunde des Geburtstagskindes – beteiligen mussten.

Als Moderator setzte sich gekonnt unser Sohn Michael in Szene, mit satirischen Texten und routinierter Rhetorik. Tochter Hannah spielte ein Stück auf dem Klavier und Sohn Lukas eine spanische Weise auf der Gitarre. Meine Frau Barbara und ich servierten einen humorigen Dialog. Zusammen mit unserer Tochter Ulrike, Schwiegersohn Matthias und Tochter Eva-Maria (ihre Schwester Julia war leider verhindert) sangen wir eine Geburtstagsmoritat. Zum Höhepunkt gab es den Auftritt der „Three

Ein Geburtstagsständchen für Sabine Bonewitz von drei Generationen („Three Generations") – am Piano: der Opa (69), Gesang: der Papa (41) und an der Gitarre: der Enkel Lukas (11)

Generations", bestehend aus dem Pianisten Opa Herbert, dem Sänger Sohn Michael und dem Gitarristen Enkel Lukas.

Dieses familiäre Engagement von vielseitig talentierten Sippenmitgliedern kommt bei allen Programmen zum Tragen, bei denen irgendwer oder irgendwas bei uns gefeiert wird.

Aber auch darüber hinaus sind Familienangehörige sozial engagiert: Sohn Michael und meine Frau Bärbel zum Beispiel bei der „Johanniter Unfallhilfe", seit 1998 bei der Umsetzung des Projekts „Ambulante Kinderkrankenpflege" (Pate: 05-Präsident Harald Strutz). Während mein Sohn für Werbung und PR zuständig ist, kümmert sich meine Frau als „Botschafterin" um die nötigen, noch zu beschaffenden Gelder.

Im Rahmen der nach ihrer Idee ins Leben gerufenen Aktion „Künstler für Kinder", bei der ich 1999 den Anfang gemacht hatte mit einem Benefiz-Abend im Frankfurter Hof, waren 2002 die Sänger von „Aca & Pella" mit von der Partie. Das von ihr bei der Ansage als „die beliebteste Boy-Group von ganz Mainz" bezeichnete Vokal-Sextett brachte nicht nur den Saal zum Toben und die Zuhörer zum Trampeln, sondern auch ein erkleckliches Sümmchen von einigen Tausend Euro zusammen.

Ereignisreiche Kampagne

In der Kampagne 2003 konnten zwei renommierte Gonsenheimer Vereine ihr Jubiläum feiern: Der GCV wurde 111 und die Füsiliergarde 50 Jahre alt. Was den GCV betraf, so gab es bei mir bereits im Vorjahr Anfragen wegen Informationen und publizistischen Arbeiten in verschiedenen Medien: nicht nur für Artikel in den beiden Lokalzeitungen, sondern auch in der GCV-Vereinsbroschüre und in den „MAINZ"-Vierteljahresheften, sowie auch für Interviews in Rundfunk und Fernsehen. Der Grund für das rege Interesse an meinen Beiträgen liegt auf der Hand: Immerhin war ich Zeitzeuge für die Zeit von 1950 bis 1986, als ich noch aktives Mitglied im GCV war.

Für die „MAINZ"-Hefte schrieb ich einen umfangreichen Bericht über die Geschichte des „Jubelvereins" mit zahlreichen interessanten historischen Bildern und in der Vereinsbroschüre „Der Schnorreswackler" ebenfalls über die Vereinsgeschichte und über meine närrische Karriere beim GCV. Natürlich erinnerte ich in beiden Artikeln auch an die herausragende Rolle, die mein Onkel Willy vor dem Krieg im Verein gespielt hatte. Darin berichtete ich auch über die Entstehung der bronzenen „schnorreswackelnde" Symbolskulptur, die der Jubiläumsverein der Gonsenheimer Bürgerschaft gestiftet hatte – von mir liebevoll „Schnorri" getauft.

Da es unter uns immer noch jede Menge „Zugezogene" gibt, also „Andeswoherige" oder „auswärtse Leit", die nicht mit unseren Dialektausdrücken vertraut sind, habe ich in beiden Berichten auch den Begriff „Schnorreswackler" (= Schnurrbartwedler) erklärt, im Rahmen meiner Serie „Sehnse, des is määnzerisch" – gereimt und mit einem Cartoon versehen. Falls jemand unter der Leserschar nicht wissen sollte, was das bedeutet, hier die Originalfassung der Erläuterung:

Des Mannes Zier für Frauenblicke,
des is en prächtich – möglichste dicke –
nach individueller Art
modisch gestutzte schöne Bart.

Da gibt's die Vollbärt – urwaldgleich –,
sofern der Mann an Haaren reich.
Auch Seemannsbärte hot mer als
krauses Gestrüpp an manchen Hals.

Der schönste Bart, des is gewiss,
en dichtgewachsne Schnorres is:
ein Schnurrbart, der ganz ohne Flachse
direkt unner de Nos gewachse.

Vor nunmehr übber hunnert Jahr
dies eines Mannes Prunkstück war,
das seine Züge hochveredelt,
vor allem, wenn er damit wedelt.

In Määnz gab's viel – aach drum erum –,
die Beste doch in Gunsenum:
die „Schnorreswackeler" – immer froh.
Viel Glück – lasst's wachse – weiter so!

Auch mein Schnorres wackelte voll Stolz, als rund 20 Jahren nach meinem Abgang wieder ein Mitglied aus unserer Sippe die Bühne des GCV betrat: Unsere Enkelin Eva-Maria tanzte erstmals an Fastnacht im Ballett und machte dabei eine ausgezeichnete Figur. Kein Wunder, sie war schon immer sehr sportlich gewesen. Das muss sie vom Opa geerbt haben, genau so wie ihre Begeisterung, sich an Fastnacht aktiv zu betätigen. Was – zu meinem großen Bedauern – weder bei unseren Kindern, noch bei den anderen Enkeln der Fall war.

Aber auch ich betrat wegen des Jubiläums wieder mal die Bühne, nicht in der laufenden Kampagne, sondern bei der „Akademischen Geburtstagsfeier", einer Festveranstaltung ganz anderer Art als man sie sonst gewöhnt ist. Es gab humorvolle Grußworte in erträglicher Länge von Offiziellen der Stadt und von Funktionären der Mainzer Karnevalsvereine und Garden. Aufgelockert wurde das Programm von Musik durch die Kapelle „Synkopers", durch Ballett-Tänze und durch Gesang, wobei der Gruppe „Aca & Pella" fast die Show gestohlen worden wäre durch Grundschüler der Maler-Becker-Schule, die als originelle „Mini-Hofsänger" begeisterten.

In der Rolle eines Vertreters der Bundesregierung trat ich als „Ministerial-Reserverat Dr. Schwafel-Schöningen" ans Rednerpult und hielt eine parodistische Festrede, die gespickt war mit bekannten Worthülsen, Floskeln und Phrasen, sowie mit einem „Appelamende" (einem Appell am Ende): „Jubel, Trubel, Alkohol – allen weh und niemand wohl!". Viele Zuhörer, die ja selbst solche Arten von Schablonen-Reden bei offiziellen Anlässen zu halten pflegten, wirkten teils verständnislos – weil sie den Sinn dieser Parodie offenbar nicht erkannten – teils aber auch recht ungehalten – weil sie ihn offensichtlich verstanden hatten.

Enkelin Eva-Maria im GCV-Ballett als „Primaballerina"

Beim Sommerfest des GCV gab es dann den obligatorischen Dank durch den Präsidenten Horst Ernerth und Sitzungspräsident Hans-Peter Betz an alle Aktiven auf und hinter der Bühne für die umfangreichen Arbeiten, die sie bei den Vorbereitungen und den Aufführungen während des 111-jährigen Jubiläums ehrenamtlich geleistet haben. „Wir sind nicht nur ein Fastnachtsverein", sagte Ernerth, „sondern vielmehr ein eng verbundener Freundeskreis, eine Großfamilie ohne festgelegte Hierarchien." Das wäre schön!

Im Gespräch mit einigen Rednern, mit Akteuren von „Aca & Pella", aber auch mit Sängern der Gesangsgruppe „Schnorreswackler" erfuhren meine Frau Barbara und ich, dass wir „gern gehörte und viel gefragte Ratgeber für den GCV-Bühnennachwuchs seien". Das freute uns sehr, denn es machte uns großen Spaß, anderen Tipps zu geben und sie zu unterstützen, damit die Jungen – aber auch Ältere – von unseren Erfahrungen profitieren und dadurch Erfolg haben.

Kokolores im „karnevalistischen Altersheim"

Wie es das närrische Schicksal so wollte, konnte in dieser Kampagne noch ein anderer Gonsenheimer Verein ein Jubiläum feiern: die Füsiliergarde ihr 50-jähriges. Diese Garde war mir schon immer sehr sympathisch gewesen, weil sie ihre karnevalistische Aufgabe nicht allzu tierisch ernst nahmen. In der Anfangszeit war ich aktiv für die Garde tätig, nicht in Uniform – für das Tragen solcher Monturen bin ich absolut ungeeignet –, aber am Schreibtisch mit Texten und Entwürfen.

Ein närrisches Paar

Glücklicherweise hatte ich dabei sogar „freie Fahrt" durch meinen damaligen Chef der Hakle-Werke, Generalkonsul Hans Klenk, der sich gemeinsam mit seinem Sohn Dieter tatkräftig um den Aufstieg und die Ausgestaltung der Füsiliergarde kümmerte – vor allem in finanzieller Hinsicht. Von ihm erhielt ich den Auftrag zur Herstellung der ersten Armeebefehle mit Texten und Zeichnungen, sowie für die Entwürfe der ersten Orden. Auch die Gestaltung des Füsiliergarden-Emblems, ihr Markenzeichen, das heute noch auf allen Fahnen, Ehrenzeichen und Drucksachen verwendet wird, entstand – wie bereits berichtet – auf meinem Zeichentisch.

Ebenfalls ein Mann der ersten Stunde bei der Füsiliergarde war mein ehemaliger Lerchenkumpel Willi Wohn, der den ersten Musikzug der Garde gegründet und jahrelang geleitet hatte, denn er war ein begabter Musikant, der bei den Gonsbach-Lerchen von Anfang an am Schlagzeug den Rhythmus angab. Wir beide hatten gemeinsam jahrzehntelang bei unseren Auftritten an Fastnacht und bei Gastspielen in ganz Deutschland im

Laufe des ganzen Jahres die komischen Rollen in unserer Gesangs- und Showtruppe übernommen.

Für diesen hochtalentierten Komiker mit seinem phänomenalen Sinn für improvisierte Gags hatte ich eine unverwechselbare Maske entworfen: ein Clownsgesicht mit vielen Sommersprossen und einem runden Brillchen – ein so genanntes „Streuselkuchengesicht". Unvergessen ist sein Running-Gag-Spruch: „Jede Sekunde ein Hering", der von älteren Fans auch heute noch gerne zitiert wird, obwohl er bereits 1961(!) in unserem Fastnachtspotpourri „Das elfte Fernsehprogramm" zu hören war.

Die beiden Ur-Uroldtimer Willi (links) und Herbert (rechts)

Beide hatten wir jahrelang mitgewirkt in den Frühschoppensitzungen der Garde, und beide waren wir „hochrangige Offiziere der Ehrengarde" im Range von Generalleutnants. Es war daher eine Selbstverständlichkeit, dass wir zum 50-jährigen Jubiläum der Füsiliergarde etwas ganz Besonderes auf die Bühne bringen mussten, und da bot sich natürlich an – in Anbetracht unseres fortgeschrittenen Alters an der Schwelle zum siebten Lebensjahrzehnt –, ein Zwiegespräch zwischen zwei alten Rentnern vorzuführen.

Die Idee: Zwei ehemalige Fastnachter sitzen in der Kantine des karnevalistischen Altersheims „Zum letzten Helau", vor sich das Publikum als ihre

„Mitinsassen“ und erzählen allerhand Kokolores: ihre Erlebnisse im Heim, ihre Erinnerungen an früher, ihre Probleme mit den verschiedenen Zipperleins im Alter und lästern natürlich über die „führenden Köpfe“ der Garde.

Angekündigt als karnevalistische „Ur-Uralt-Oldies“, die hoffentlich körperlich und geistig noch einigermaßen beieinander waren, betraten wir bei der Jubiläumssitzung in der großen Turnhalle die Bühne: in rollengerechter Maskerade und unter den Klängen des in extrem langsamen Tempo gespielten Marsches „Alte Kameraden“.

Zunächst mal zankten wir uns um unseren Stammplatz am Tisch in der Kantine und zogen dann („uralte Rampensäue“, die wir immer noch waren) eine entsprechende Schau ab: zitterig, trottelig, schwerhörig, begriffsstutzig, mümmelnd, rotzfrech und rechthaberisch. Die Turnhalle bezeichneten wir als „Halbzeitstrecke zwischen Rathaus und Friedhof“ und berichteten über einen Tanzabend in der „Kukident-Disco“, wo wir beim „Mumienschieben“ ein paar flotte Damen angemacht hatten, danach aber nicht mehr wussten, was wir mit denen eigentlich anfangen wollten. Die Presse bescheinigte uns, als „Ikonen der fünften Jahreszeit brilliert zu haben“ und der absolute Knüller der Jubiläumssitzung gewesen zu sein.

Überraschende Rückblicke

Das Ereignis liegt schon 43 Jahre zurück, aber die Vorführung der „Fastnachtsbeichte“ im Residenz-Kino brachte lang vergessene Geschichten ans Tageslicht. Es handelt sich um die Teilnahme Mainzer Bürger bei den Dreharbeiten zu diesem Film, der im Jahre 1960 nach dem Roman von Carl Zuckmayer unter der Leitung von Hollywood-Regisseur William Dieterle teils in unserer Stadt, teils in Berliner Studios produziert wurde. Mitwirkende als Statisten waren unter anderem aktive Fastnachter und Ernst Neger als Stimmungssänger.

Das Produktionsteam hatte einen Riesenaufwand betrieben, um eine authentische Atmosphäre zu erzeugen. In dem Film geht es um eine Kriminalgeschichte vor der Kulisse der Mainzer Fastnacht anno 1913. Die Mainzer Statisten wurden mit Originalkostümen aus jener Zeit ausgestattet und zogen zu tausenden als Teilnehmer des Rosenmontagszuges und als Zuschauer durch die Straßen unserer Stadt. Dabei fanden die Dreharbeiten nicht im Februar, sondern im Frühsommer statt. Aber solche Kleinigkeiten interessieren die Mainzer nicht, wenn Narren gebraucht werden, egal wann, dann stehen sie auf der Matte.

Auch mich hatte man als Statist engagiert, aber für eine ganz besonders schwierige Aufgabe: Ich musste den Schauspieler Harry Engel in der Rolle des Lollo in zwei Szenen doubeln. Erkennen konnte man mich dabei jedoch nicht, denn mein Gesicht blieb hinter einer starr grinsenden Clownsmaske verborgen. Beide Aktionen spielten sich auf einem großen Platz ab, wo die Fastnachtsmesse stattfand. Einmal musste ich dort den „irrwitzigen Tanz eines Betrunkenen" vorführen, was keine großen Probleme bereitete.

Das Archiv beweist es: als „Stuntman" in der „Fastnachtsbeichte" 1960

Aber in der zweiten Szene sollte ich der „wild kämpfende Mittelpunkt" sein in einer Massenschlägerei, auch noch durch die feiernde Menschenmenge gejagt von einer Horde trunkener Jugendlicher. Und das ging nicht ab ohne blaue Flecken und einige schmerzliche Blessuren. Jetzt war mir auch klar, warum man ausgerechnet mich als „Stuntman" ausgesucht hatte: Bei meinen Auftritten mit den Gonsbach-Lerchen hatte man meine mitunter halsbrecherische Klavier-Akrobatik gesehen – mit vielen Stürzen und spektakulärem Hinfallen. Da dachte man sicher: Der ist so was gewöhnt. Von wegen! Seitdem habe ich niemals mehr die Rolle eines „Stuntman" übernommen.

So etwas hatte ich – allerdings mehr als „Fall-Man" – zum letzten Mal Ende der 40er Jahre praktiziert: als Pennäler im Schlossgymnasium beim Sportunterricht, als ich aus purem Spaß an Clownerien abenteuerliche Stürze vom Reck riskierte und aufsehenerregend vom Barren plumpste – zum Gaudium meiner Mitschüler und zum Ärger unseres Turnlehrers.

Apropos Mitschüler: Für die meisten Leute sind diese traditionellen Klassentreffen meist mit einem Schock verbunden, wenn sie sich mal längere Zeit nicht gesehen haben. Entweder erschaudert man, wenn man sieht, wie alt die anderen mittlerweile geworden sind oder man erschrickt, weil man neidisch bemerkt, wie jung die anderen – im Vergleich zu einem selbst – immer noch aussehen.

Meinen Klassenkameraden, mit denen ich 1953 Abitur gemacht hatte, konnte so etwas nicht passieren, weil wir uns in höherem Alter bereits ab und zu mal getroffen hatten und daher gewöhnt waren an unsere faltenreichen Gesichter, an die im Laufe der Zeit immer tiefer gebeugten Körper und an die immer lauter knarrenden Gelenke. Daher war es auch kein Problem, zu unserem 50-jährigen Abitur-Jubiläum eine Feier mit Damen (!) zu riskieren, ohne dass den einen oder anderen vor Schreck der Schlag getroffen hätte.

Titelblatt der Neuauflage der Abiturzeitung anno 2003

Ihr naht euch wieder, schwankende Gestalten

Mit diesem Prolog – umgetextet nach dem Original aus Goethes „Faust" – eröffnete ich in einer satirischen Festrede offiziell unsere Feier im Haus Ehrenfels „in de Grebegass", mitten in der Mainzer Altstadt gelegen. Vorher hatten wir unserer alten Schule, dem Schlossgymnasium, einen Besuch abgestattet, um zu erfahren, was dort im Vergleich zu früher anders geworden war. Leider mussten wir voller Neid feststellen: Im Gegensatz zu uns hatte sich diese höhere Lehranstalt sehr zu ihrem Vorteil verändert. Sowohl was das Äußere betraf, als auch die Ausstattung im Inneren – also haargenau wie bei uns... leider nicht.

Als wir damals – vor einem halben Jahrhundert – aus dieser Anstalt entlassen wurden, unter dem Arm das mehr oder weniger berechtigte Zeugnis angeblicher Reife, da hatten wir uns feierlich geschworen: nie mehr hierher zurückzukehren. Aber, wie man aus Erfahrung weiß, man soll nie „nie“ sagen.

Im Physiksaal habe ich einen Vortrag gehalten über die „guten, alten Zeiten“ unseres Schülerdaseins, illustriert durch historische Fotos, die wir aus unseren diversen Alben und Schuhkartons zusammengetragen hatten und die nun als Dias an die Wand geworfen wurden (natürlich nur im übertragenen Sinne). Bei der Bilderparade durch die Jahre unserer Schulzeit konnten wir uns – als heutige „schlossgymnasiale prähistorische Fossilien“ – noch einmal in unserer vollen Jugendpracht und Knabenschönheit bewundern – „en gros“ und „en detail“.

In meiner Festrede im Haus Ehrenfels schränkte ich ausdrücklich ein, dass sich meine süffisante Anrede „liebe Altersgeschädigte“ natürlich nur auf die Herren beziehe, denn Damen würden bekanntlich nicht älter, sondern sie seien höchsten „langjährig herangereift“.

Eine gebührende Danksagung galt dem Initiator unseres Treffens, dem Apotheker Peter Heilmann – „unsern Pille-Pit“ – und den anderen Organisatoren. Die in Mainz wohnhaften Klassenkameraden hatten diese Arbeit übernommen, bestanden aber darauf – aus nahe liegenden Gründen – sich weder als „Komitée“ zu bezeichnen, noch unsere Treffs als „Sitzungen“. Ebenso verworfen wurde der Begriff „Ausschuss“ – wegen seiner Doppeldeutigkeit – zumal in unserem Dialekt der Plural von „Ausschüsse“ höchst anstößig klingen würde.

Da immer behauptet wird: „Die Schule soll säen, das Leben soll ernten“, bezeichnete ich diese Jubiläumsfeier als eine Art „Erntedankfest“, denn aus allen dreizehn Abiturienten ist etwas sehr Respektables geworden: Rechtsanwälte und Bankiers, Oberstudienräte und Schuldirektoren, Doktoren und Professoren, sogar ein leibhaftiger Pastor ist dabei. Nur ein einziger hat sich der anrüchigen Gilde der Gaukler und Spielleute angeschlossen, und ausgerechnet der hielt die Festrede.

Zum Abschluss erhielt jeder zur Erinnerung eine Neuauflage unserer damaligen Abiturzeitung, aktualisiert mit einem neuen Titelbild, in modernerer Aufmachung und garniert mit den Fotos der Jubilare: unsere „Steckbriefe“ anno 1953 und 2003. Danach saßen wir noch lange gehörig zechend zusammen und taten das, was ältere Herrschaften am liebsten tun: Erinnerungen austauschen.

Zwei Knaben als Filmemacher

Mit meinem guten, alten Freund Werner Ohler – Doktor der Medizin und heute Professor im Ruhestand – kamen wir unter anderem auch auf unsere Jugendzeit zu sprechen: die Jahre kurz nach dem Krieg, als wir das waren, was man heute als „Teenager" bezeichnet. Im Gegensatz zur heutigen Jugend konnten wir nicht einfach in den nächsten Kinderladen gehen, der erst wieder aufgebaut werden musste, um mit Geld, das wir nicht hatten, Spielzeug zu kaufen, das es (noch) gar nicht gab.

Daher blieb uns gar nichts anderes übrig, als uns selber einiges zusammen zu basteln: mit Streichholzschachteln und Zigarrenkisten, mit Kartons und Papier, mit Klebstoff und Buntstiften. Daraus entstanden zum Beispiel Sportwagen und Limousinen, Jeeps und Lastwagen, Traktoren und Straßenbahnen.

Und so hockten wir stundenlang in der Dachkammer im Haus der Familie Ohler und ließen unseren Fantasien beim Fabrizieren von eigenem Spielmaterial freien Lauf. Der Vater von Werner, der Dentist Georg Ohler, kümmerte sich nicht nur um unsere Zähne, sondern gab uns hin und wieder auch wertvolle Anregungen für unseren spielfreudigen Tatendrang. Er war ein sehr humorvoller Zeitgenosse, der uns spaßige Schallplatten von Karl Valentin vorspielte und humorvolle Bücher zu lesen gab, darunter auch eins von Wilhelm Busch.

Die Lektüre der Streiche von Max und Moritz, der frommen Helene, vom Affen Fips und vom Maler Klecksel animierten uns zum Ausdenken von eigenen lustigen Geschichten. Bei der Überlegung, wie wir diese mithilfe meines Zeichentalents und Werners Ideen zu Papier bringen könnten, kam uns eine frühere Bastelarbeit von Vater Ohler sehr gelegen: ein so genanntes Episkop – auf Deutsch: ein „Auflichtprojektor".

Was das ist? Da stellen wir uns mal ganz dumm und sagen: Das ist ein viereckiger Holzkasten, in dem befindet sich eine starke Glühbirne, ein Umlenkspiegel und ein Loch mit einer Linse drin. Mit dem Gerät kann man Bilder projizieren, indem man die Vorlage beleuchtet und das reflektierte Licht über einen Spiegel durch die Linse auf eine Leinwand gebracht wird.

Daraus bastelte Werner einen „Filmprojektor", indem er in die Rückseite eine Öffnung sägte von acht mal acht Zentimeter, an der man Papierstreifen von oben nach unten durchziehen konnte. Dann klebten wir

Einer der langjährigsten Freunde: Werner Ohler (links)

mehrere zurechtgeschnittene Papierstreifen zusammen und wickelten sie auf: Das war unsere „Filmrolle". Die wurde nun nach der Öffnungsgröße in Kästchen eingeteilt und von mir, unter der Regie von Werner, mit Zeichnungen ausgefüllt.

Wenn man nun nacheinander Bild für Bild mit kleinen Änderungen in der Bewegung zeichnet und der „Filmvorführer" dann den Streifen langsam durch das Gerät zieht, konnte man auf der Leinwand (in unserem Fall genügte die weiß gestrichene Wand von Werners Zimmer), den szenischen Ablauf wie in einem „Daumenkino" verfolgen. Heute nennt man diese Trickfilmtechnik „Slow Motion".

Jetzt konnten wir hemmungslos unsere ausgedachten Geschichten voll Jux und Dollerei zu Papier bringen und dann in unserem „Zimmerkino" vergnügt genießen. Dabei bevorzugten wir derbe Possen und grobe Scherze, zünftige Torheiten und Narreteien, bei denen meist wilde Besäufnisse und Fressorgien eine große Rolle spielten, Schelmenstreiche und Gaunereien, die meist in wilde Kloppereien ausarteten. Wobei wir uns ausschütten konnten vor Lachen über das Entstehen von „Veilchen" um die Augen und um das Anwachsen so genannter „Knerzjer" – das sind Beulen am Kopf – bis hin zum „große Knorze".

Zweifellos eine sehr frühe Form der Abenteuer von „Asterix und Obelix“. Heute würde man diese Szenen „Slapsticks“ nennen. Auch Explosionen von Feuerwerkskörpern und dicken Böllern waren sehr beliebt, wobei alles Mögliche durch die Luft flog und anschließend das verdatterte Opfer mit schwarz gefärbtem Gesicht und abgesengten Stoppelhaaren verdutzt in die Gegend glotzte. Von Wilhelm Busch einst kommentiert: „Rumms! Da geht die Pfeife los, mit Getöse, schrecklich groß!“

Das „Drehen von Filmen“ machten uns so großen Spaß, dass wir bald einen großen Vorrat hatten, aber nicht nur an lustigen Streifen, sondern wir versuchten uns auch an Krimis und an Western. Allerdings gerieten die uns am Ende alle doch wieder zu Komödien. Natürlich liefen unsere „Filme“ alle mit Ton, den wir selbst synchron live dazu produzierten. Man kennt das von den Comics, wo es auch ständig heißt: „Peng! Bumm! Krach!“ oder „Quiiiietsch!“ oder „Schnorrrrrrr... pardauz!!!“ So sprachen wir auch die Dialoge mit verteilten Rollen, bliesen mit aufgeblähten Backen zur Attacke oder imitierten die lallenden Gesänge der Besoffenen.

Natürlich waren unsere „Filme“ nach heutigen Verhältnissen alles andere als „politisch korrekt“, besonders wenn unsere „Darsteller“, über die wir uns lustig machten, kleinwüchsig waren oder fettleibig, mit O-Beinen ausgestattet oder – wie man heute sagen muss: zu den „Farbigen afrikanischer Herkunft“ gehörten.

Zu unserem großen Bedauern sind jedoch sowohl der Projektor als auch unsere „Filmrollen“ mit den unersetzlichen künstlerischen Werken aus unserer Knabenzeit den Räumungsarbeiten während eines Umzugs zum Opfer gefallen und somit in Vergessenheit geraten. Ganz im Gegensatz zu einem Spruch von Vater Ohler, der angesichts der Flut an technischen Neuheiten unserer Zeit zu sagen pflegte: „Das muss de Opa nit mehr wisse!“ Diesen Satz hat sich auch sein Sohn zu Eigen gemacht – und ganz im Vertrauen gesagt: Ich verwende ihn mittlerweile ebenfalls.

Gute Zeiten – schlechte Zeiten

Dass es im Leben auch Zeiten gibt, in denen nicht mehr automatisch alles so reibungslos weitergeht wie bisher, das musste ich bedauerlicherweise erfahren, als bei mir eines Tages bei einer Routine-Untersuchung ein Blasentumor entdeckt wurde. Schock! Entsetzen! Unverständnis! Ich hatte keinerlei Schmerzen oder sonstige Beschwerden verspürt. Aber der gefährliche Störenfried war nun mal da und musste operativ entfernt werden. Bis dahin hatte ich mein ganzes Leben lang Glück gehabt, und habe Krankenhäuser nur betreten, wenn ich mal Patienten besucht hatte. Das ist auch weitaus angenehmer, denn da hat man ja die größeren Chancen wieder lebend rauszukommen.

Aber nun war es leider so weit: Ich musste meinen Koffer packen und erstmals in meiner neuen Rolle als „Klinikpatient" einrücken und zwar in die Urologie der Uniklinik Mainz. Ebenfalls zum ersten Mal musste ich mit einem wildfremden Menschen schlafen, also in einem gemeinsamen Zimmer mit zwei Betten. Äußerst unangenehm und ungewohnt für einen ausgeprägten Individualisten und notorischen Unterhaltungsmuffel wie mich. Aber leider war momentan kein Einzelzimmer frei, obwohl ich eine Option darauf angemeldet hatte.

Was ich dann erlebte war ausgesprochene Realsatire. Mein Bettnachbar schaute die ganze Zeit zum Fenster raus und schrieb eifrig in seinem Notizbuch. Dabei murmelte er: „Des is heut de Siebte." Auf meine Frage, was er da zähle, erhielt ich die verblüffende Antwort: „Ei, Leiche!" Es stellte sich heraus, dass er den Eingang zur gegenüberliegenden Pathologie beobachtete und notierte, wenn von zwei Pflegern wieder eine mit weißem Tuch verhüllte Bahre hinein gefahren wurde. „Des is abber keiner von uns", stellte er fest, „der muss von außerhalb komme, weil: des is e ganz anner Tuch."

Dank der medizinischen Künste der Ärztinnen und Ärzte der Urologie verlief die Operation problemlos und ohne größere Nachwirkungen: Den Tumor konnten sie entfernen. Einen Wermuttropfen gab es jedoch: In drei Monaten musste ich mich noch mal einem solchen Eingriff unterziehen, weil man dann feststellen wollte, ob das Gewebe jetzt tumorfrei sei. Dabei musste ich wiederum in ein Doppelzimmer einziehen und erlebte prompt eine erneute Variante von Realsatire: Ich erlebte fast wörtlich einen Sketch aus meinem ersten Kabarettprogramm, der das gedankenlose Geschwätz eines „Krankenbesuchers" satirisch schildert. Mein frisch operierter Bettnachbar sah sich nämlich eines Tages hilflos einer solchen Type ausgeliefert.

Sein Bekannter, ein waschechtes „Määnzer Schlappmaul", erzählte nur von schlimmen Krankheiten, die er selbst schon hatte, von missglückten Operationen in seiner Verwandtschaft und von schweren Erkrankungen im Freundeskreis. Da hörte man nur solche Sätze wie: „Der macht auch nit mehr lang!" – oder: „Den habbe se gleich wieder zunähe müsse!" oder: „Die is so derr worde, wenn die am Rhoi sitzt, dann komme die Ente und wolle sie füttern!"

Glücklicherweise klappte es diesmal mit einem Einzelzimmer, wodurch ich verschont blieb von Leichenzählern und makabren Krankengeschichten. Erschrocken war ich nur, als mir der leitende Oberarzt nach dem Eingriff mitteilte, die entnommene Gewebeprobe sei negativ. Oh Gott, was bedeutete das denn? Aber er beruhigte mich mit dem Hinweis: Die Diagnose negativ sei für mich positiv, weil ein positiver Befund negativ sei. Das verstehe einer!

Da er mir noch mitteilte, dass diese Art der Tumore rein statistisch auf starkes Rauchen zurückzuführen seien, hatte ich eine starke Motivation, nach mehreren vergeblichen Versuchen mit dem Nikotin nach einem halben Jahrhundert damit endlich Schluss zu machen. Trotz wochenlanger, äußerst unangenehmer Entzugserscheinungen (und anschließender erheblicher Gewichtszunahme!) ist es mir gelungen, bis zum heutigen Tag – toi,toi,toi! – kein Tabakerzeugnis mehr anzurühren. Frei nach Wilhelm Busch konnte ich sagen: „Seit fünfzig Jahr' nach Qualm er stank, jetzt raucht er nicht mehr – Gott sei dank!"

Eine sehr traurige Nachricht gab es dennoch in jener Zeit: Das Herz und die Seele des „unterhauses", Renate Fritz-Schillo, eine langjährige gute Freundin meiner Frau Bärbel und mir, war ihrer Krebskrankheit mit 65 Jahren erlegen. Sie war Mitbegründerin und neben ihren Kollegen Carl-Friedrich Krüger und Artur Bergk Geschäftsführerin der renommierten Mainzer Kleinkunstbühne. Ohne ihre tatkräftige Mithilfe wäre das „unterhaus" nicht das geworden, was es heute ist. Zweifellos ging mit ihr auch eine Ära zu Ende, denn wenige Tage zuvor hatte sie die geschäftsführende Leitung in jüngere Hände übergeben. Ein herzensguter Mensch hatte uns verlassen, wird aber im Geiste immer bei uns sein.

Nahe beisammen liegen in unserem Leben Entstehen und Vergehen. Unsere Familie hatte sich nochmals erweitert durch die Geburt unseres jüngsten Großneffen Tim, dem Sohn unserer Nichte Silke und ihres Mannes Klaus. Dafür überschritt der „Sippenälteste" mit etwas besorgter Miene die 70-Jahres-Grenze: Was würde mir das neue Jahrzehnt bringen? Die ominösen „Siebziger" bedeuten – rein statistisch gesehen – in den meisten Fällen das Ende für das Leben des männlichen Teils der Menschheit. Und

Das Organisatoren-Trio der „70-Jahr-Feier“: Mutter, Tochter und Sohn

in der Tat: Mein Opa Emil hat mit 74 das Zeitliche gesegnet und mein Vater Jupp mit 79.

Daher war mir nicht zum Feiern zumute, und ich bat die Familie, von einer größeren Fete abzusehen und lieber im Familienkreis gut essen zu gehen. Auf Geschenke wollte ich auch verzichten, und das Geld dafür lieber einem guten Zweck zuführen: zur Unterstützung der Paritätischen Psychiatrischen Institution, bei der meine Frau in ambulanter Behandlung war.

Der bewusste Tag kam und völlig ahnungslos ließ ich mich in die Stadt kutschieren, ohne zu wissen in welchem Restaurant uns eine kulinarische Schlemmerei erwarten würde. Groß war das Staunen, als wir vor dem „unterhaus“ hielten und das Entree betraten. Mit stehenden Ovationen empfing mich eine große Gästeschar: außer Familienangehörigen auch Freunde und Bekannte, darunter auch einige Akteure des GCV. Ich war – ausnahmsweise – minutenlang völlig sprachlos. Diese Überraschung hatte meine Frau ausgeheckt und zusammen mit meinen Kindern organisiert.

Wie das in unserer Familie üblich ist, gab es nach einem reichhaltigen Büffet ein noch reichhaltigeres Programm, gestaltet überwiegend von „Insidern“. Nach der Begrüßung von Bärbel („Wenn du Lampenfieber host, trinke einen Fernet – prost!“) übernahmen Tochter Ulrike und Sohn Michael die Moderation.

Enkel Lukas spielte spanische Gitarre, Michael erregte Aufsehen mit einem brillanten Klaviersolo und der berüchtigte „Gratulations-Chor" mit allen Familienmitgliedern nahm in launigen Versen den Jubilar aufs Korn. Enkelin Eva-Maria – bühnenerprobte GCV-Aktivistin – führte mit Christian Schier ein ironisches Interview über den neuen „70-er" und präsentierte dann mit vier anderen GCV-Aktiven eine urkomische Version meiner Parodie als „Stimmungsliedermacher" aus dem Jahre 1980 vor, und zwar alle einheitlich in meiner Maske und meinem Kostüm.

Die Programmbeiträge, darunter Vorträge der rhetorisch glänzenden Laudatoren Rüdiger Saul und Hans-Peter Betz, wurden umrahmt von Gesängen von Horst „Buddy" Becker, begleitet von zwei Musikantenkollegen, und der Gesangsgruppe „Aca & Pella" unter der Leitung von Tobias Mann. Sie übertrafen die Überraschungen dieses Abends noch mit einer eigens arrangierten Version meines Liedes „Ich möchte' ein Schloss aus Blumen bau'n".

Ich muss gestehen: Das trieb mir die Tränen in die Augen, nicht vor Lachen, vor Rührung. Mein Lied derart gefühlvoll und harmonisch von so einer hervorragenden Gruppe gesungen zu hören, das ist schon ein ganz bewegendes Ereignis. In meiner „Dankatio" zum Schluss sprach ich jedem Akteur dieses Abends meine Anerkennung und meinen Dank aus, betonte aber zum Schluss: „So schön das alles auch war, eins ist klar: Noch mal Siebzig möchte ich auf keinen Fall mehr werden!"

Jazz-Konzert mit Jux

Ende November 2003 ging endlich ein lang gehegter Wunsch von mir in Erfüllung: gemeinsam mit erfahrenen Musikanten ein Jazz-Konzert aufzuführen, das dem Publikum nicht tierisch ernst präsentiert werden sollte, sondern mit satirischen Moderationen und spaßigen, speziell für diesen Zweck arrangierten Musiktiteln. Für diese außergewöhnliche Idee konnte ich meinen alten Bühnenkollegen Horst „Buddy" Becker gewinnen, mit seinen langjährigen Musikerkollegen der Harry-Hach-Jazzformation. Überzeugt von der Attraktivität dieser Konzeption stellte uns Ludwig Jantzer für diese Art von „Unterhaltung der besonderen Art“ bereitwillig die Bühne vom „Frankfurter Hof“ zur Verfügung.

Wenn man dem Kritiker eines Organs der Lokalpresse glauben darf – nicht dem anderen, der zu dieser Art Musik so gut wie keinen Bezug hat – dann erfährt man unter anderem, dass die neun Musiker der Harry Hach-Jazzformation, eine kleine feine Big Band, mit vollem Bläsersatz und Rhythmusgruppe bestens besetzt, bei ihrem Streifzug durch die Jazzgeschichte Oldtime, Swing, Hardbop, Rhythm und Blues bestens beherrschten. Dazwischen glänzte Horst „Buddy“ Becker – der „Sinatra von Bretzenum“ – mit gelungenen Interpretationen, unter anderem von „The Lady is a Tramp“ und „Misty“. Für den Jux – zum Teil mitreißend swingend – sei ich zuständig gewesen und habe geglänzt mit klassischen und jazzigen Parodien am Flügel, in gelungenem „Cross Over“.

In der Tat wurde es ein Konzert der besonderen Art, das man so noch nie gehört hatte. Auch den Musikanten um Harry Hach und Horst „Buddy“ Becker hat das Ganze spürbar einen Riesenspaß gemacht. Dabei gab es eine wirklich einmalige Premiere: Horst und ich sangen im Duett die „Ballade vum Messers Mäxje“ in einer Määnzer Version. Das Publikum war offenbar so begeistert, dass insgesamt vier Zugaben gefordert und auch gewährt wurden. Zum Schluss präsentierte ich meinen Original „Määnzer Babbel-Blues“, und danach gab es – standesgemäß für unsere Heimatstadt – „Määnz bleibt Määnz“ zu hören, aber in einer rockenden, das Publikum von den Stühlen hochreißenden, Swing-Version. Sagen Sie doch mal selbst: Kann es für einen alten, leidenschaftlichen Musikanten wie mich einen schöneren Abschluss dieses Jahres mit all seinen Höhen und Tiefen geben? Ich glaube nicht.

Ehrenamtliche Engagements

Im Jahr 2004 gab es einige überraschende Engagements auf ehrenamtlicher Basis, nicht nur fastnachtlicher Art, sondern auch für Ereignisse im profanen Jahr. Zunächst erhielt ich das Angebot, erstmals nach meinem Ausscheiden 1983 aus der Fastnacht, nun beim GCV ganz offiziell in einer Sitzung mit einem Vortrag aufzutreten.

Der Grund für dieses ungewöhnliche Engagement war so verständlich wie schmerzlich, vor allem für den Protokoller Benno Hellmold, der sich beim Tennisspielen einen Riss in der Achillessehne zugezogen hatte. Für ihn sollte ich zu Beginn des nächsten Sitzungsprogramms einspringen. Seine Ärzte waren zuversichtlich, dass ihr Patient bei der nächsten Sitzung wieder einsatzbereit sei. Unter einer Bedingung sagte ich zu: Bei der nächsten Verletzung eines Aktiven müsse sich der GCV als Ersatz einen Anderen suchen.

Als der Fall bekannt wurde, wollte die lokale Presse gleich wissen, ob das mein „Comeback" in der Määnzer Fastnacht bedeute. Das wurde von mir natürlich vehement bestritten: Nicht im Traum sei daran zu denken. Ich wollte dem GCV nur in einem dringenden Notfall aus der Patsche helfen. Mein Vortrag sei daher einmalig – womit ich selbstverständlich nicht die Qualität gemeint habe. Und wie lauteten dann nach meinem Auftritt die Schlagzeilen in den Zeitungen? „Comeback von Bonewitz beim GCV"!

Als „greisenhafter Ersatzmann von der närrischen Rentnerbank" hielt ich eine satirische Eröffnungsrede mit vielen rhetorischen Spitzen auf die karnevalistischen Zunftgenossen und bezeichnete mich selbst als den „Heesters vom GCV". Es wurde ein stimmungsvoller Auftakt zur Sitzung, bereits gleich zu Beginn mit Ujuijuis und stehenden Ovationen.

Allerdings war das nicht mein einziger Beitrag in dieser Kampagne, denn ich hatte auch eine Eröffnungsszene für die GCV-Sitzungen geschrieben, in der ein „Prolog-Deklamator" bei seinen Versen von einem mürrischen Ehepaar mit quengelndem Sohn ständig gestört wurde, weil sie mit ihren Plätzen nicht zufrieden waren. Schließlich verzogen sich die Meckerer ab nachhause, da säßen sie beim Fernsehen bequem in der ersten Reihe, zumal der Wein dort nicht so teuer sei.

Außerdem hatte ich auf Bitten von Thomas Becker, dem Leiter der Gesangsgruppe „Schnorreswackler" die Entwürfe für ihre Masken und Kostümen übernommen, die sich in diesem Jahr für ihren Auftritt das Thema „Narren-Zirkus" gewählt hatten. Nach dem großen Erfolg der Gruppe in dieser Kampagne und aufgrund der begeisterten Pressekritiken zu ihrem originellen Erscheinungsbild sollte ich auch in Zukunft diese Aufgabe übernehmen, was ich gerne zusagte.

Große Ereignisse werfen ja immer etwas voraus, nicht nur ihren Schatten, sondern meist auch jede Menge Anfragen und Aufträge. Die Erinnerungen an zwei Ereignisse mussten für das Jahr 2005 den Anlässen entsprechend vorbereitet werden: Ein angenehmes war das 50-jährige Jubiläum der Mainzer Fernsehsitzung, und ein schlimmes war das Gedenken an die Zerstörung unserer Stadt vor 60 Jahren durch den verheerenden Bombenangriff am 27. Februar 1945.

Zu diesem Anlass brachte der Wartberg-Verlag einen Bildband heraus des Heimathistorikers Heinz Leiwig: „Der Tag, an dem Mainz unterging". Unter den noch wenigen noch lebenden Zeitzeugen, die darin ihre Erlebnisse schilderten, war auch ich mit einem Artikel „Flucht aus der Flammenhölle", in dem ich berichtete, wie meine Mutter und ich die Zerstörung unserer Stadt mit Mühe und Not überlebten.

Weitaus vielfältiger waren die Aufträge für publizistische Arbeiten zur Erinnerung an die erste Mainzer Fernsehsitzung 1955: in den „MAINZ"-Vierteljahresheften, im SWR-Intranet, in der MCV-Carnevalszeitung „Narrhalla", in der GCV-Vereinsbroschüre „Der Schnorreswackler", in einer Serie der Allgemeinen Zeitung Mainz. Dazu kamen noch Interviews in verschiedenen Zeitungen und in Rundfunksendern, allen voran mehrmals im SWR.

Der schwierigste Auftrag, weil am umfangreichsten und am kompliziertesten, kam von dem Sender, der nicht nur die allererste TV-Sitzung aus Mainz gesendet hatte, sondern der auch im nächsten Jahr zuständig war für die Übertragung: der SWR im Verbund der ARD. Auf Veranlassung des zuständigen leitenden Redakteurs Dr. Harald Kieffer und seines Kollegen Günther Dudek sollte ich dem Sender ein Konzept vorlegen, auf welche Art und Weise man dieses Ereignis gebührend würdigen und in die Jubiläumssitzung einbauen könne.

Nach Gesprächen mit den wenigen „Überlebenden" aus dieser Zeit und nach akribischer Vorbereitung erstellte ich dann ein entsprechendes Szenarium mit den dafür geeigneten Mitwirkenden. Das Ganze sollte originell und unterhaltsam, witzig und abwechslungsreich sein, thematisch problemlos in den Sitzungsablauf passen und nicht länger als zwanzig Minuten dauern. Dabei würde ich als „Uralt-Aktiver" eine satirische „Jubilaren-Ehrung" aufführen, mit einer Art „Mini-Revue in einer Traumsequenz", wobei einige Zeitzeugen in Kostüm und Maske aus früheren Zeiten mit einem für sie typischen Spruch erscheinen. Ein spezieller Entwurf für die Gestaltung des Bühnenbildes gehörte natürlich auch dazu. Den Abschluss sollte dann ein Überraschungsauftritt von Margit Sponheimer sein mit ihrem Lied vom „Rosenmontag" – zumal sie in diesem Jahr tatsächlich am Rosenmontag Geburtstag hatte –, womit man wiederum einen Bogen spannen würde zur Gegenwart.

Beide Redakteure waren mit dem Konzept einverstanden und fanden die Ideen gut. Daraufhin erteilten sie mir den Auftrag ein ausführliches Drehbuch zu schreiben: von den Texten der Ansage über den gesamten Auftritt bis hin zur Verabschiedung der Akteure. Und das tat ich dann

Zirkusdirektor = Herbert

Narrenkönig = Thomas

Musik-Clown = Severin

Harlekin

Charly Rivel

Hofsänger

Chaplin

Worscht-Athlet

auch. Ob das Ganze auch erfolgreich sein würde? „En gros"? Oder auch „en detail"? Nun, das blieb abzuwarten.

Und wieder wird „ge-benefizt"

Da ich so schlecht „nein" sagen kann, wenn es um eine gute Sache geht, gab es auch reichlich soziale Auftritte im Bereich „Benefiz". Hervorzu-

Columbine

Dummer August

Weiss-Clown

China Jongleur

Papageno

Mamagena

Entwürfe der Masken und Kostüme für den „Narren-Zirkus" der „Schnorres-wackler"

Vor dem Auftritt „Festival für Fans" mit Ute Nebel, Programmchefin vom „unterhaus", und dem Kabarettisten Volker Pispers

heben dabei ist zweifellos das Engagement des MCV auf diesem Sektor, dessen Präsident Werner Mundo – mein langjähriger Freund und ehemaliger Lerchen-Kumpel – einst den „Scheene Määnzer Nachmittag" im Schlossgarten eingeführt hatte, bei dem der Reinerlös zur Erhaltung des Kurfürstlichen Schlosses gestiftet wird.

Akteure aus allen Mainzer Vereinen und von außerhalb, nicht nur karnevalistische, stellen sich alljährlich als Mitwirkende zur Verfügung. Nicht etwa, dass es dort „Fassenacht im Sommer" gäbe, absolut nicht: Es gab Geschichten, Gedichte und Lieder mit humorvollen Bezügen zum ganz normalen – oder auch unnormalen – Alltag. Auf der Bühne im Schlosshof wurde traditionsgemäß eine „Gaadewertschaft" aufgebaut, in der die Mitwirkenden sitzen und dann bei ihrem Auftritt jeweils ans Mikrofon treten.

In diesem Jahr führte ich zum großen Gaudium des Publikums meinen Sketch als „Krankenbesucher" vor, den ich sozusagen als Realsatire bei meinem Klinikaufenthalt im vergangenen Jahr leibhaftig miterleben musste, als ein frisch operierter Patient einem Besucher mit seinen Horrorgeschichten hilflos ausgeliefert war. Gegen Ende des Sketches musste ich mich sehr beeilen, denn zu den Lachtränen der Zuhörer gesellten sich die ersten Regentropfen vom Himmel, sodass ein Umzug in den großen Saal des Schlosses nötig war.

Eine große Benefiz-Gala mit vielen prominenten Mitwirkenden aus der deutschen Kleinkunstszene fand im September unter dem Titel „Festival für Fans" in der Phönixhalle statt. Der Erlös sollte dem notorisch finanziell klammen „unterhaus" zugute kommen. Auf dem Programm standen unter anderem: Volker Pispers, Arnulf Rating, Erwin Grosche, Hannes Wader und Konstantin Wecker. Die Mainzer Szene wurde vertreten von Lars Reichow, „Aca & Pella" mit Tobias Mann und von mir. „Ein Feuerwerk aus Witz und Satire" schrieb die Presse, wozu ich als „krachenden Böller" meinen Sketch ins Spiel brachte über das Gespräch eines erbosten „schwangeren Großvaters" mit einem stupiden Sekretär im Vatikan.

Von der „Erika" zum Laptop

Im April des Jahres 2004 begann für mich ein neues Zeitalter: der Beginn der vollelektronischen Arbeitsweise. Bis zum Jahre 1984, dem Anfang meiner Tourneen als Profikabarettist, hatte ich noch meine geliebte „Erika". Das war nicht etwa eine Nebenbuhlerin meiner Gemahlsgattin, sondern eine kleine Reiseschreibmaschine, auf der ich bisher alle meine Texte geschrieben hatte: Das war allerdings äußerst umständlich und beschwerlich, denn geänderte Texte (und das war bei notwendigen Aktualisierungen und Verbesserungen fast jede Woche nötig) mussten von vorne bis hinten wieder neu geschrieben werden.

Mein Sohn hatte mir zwar schon 1984 geholfen bei der Umstellung auf eine moderne elektrische Schreibmaschine. Da ging die Arbeit zwar etwas flotter voran, und es konnten bis zu einem gewissen Umfang auch Texte gespeichert werden, aber mittlerweile hatte bereits die Elektronik die Büros erobert. Mit viel Mühe und Überredungskunst hatte er mir 1987 einen von ihm bereits ausrangierten Computer aufs Auge gedrückt (natürlich nur bildlich gesprochen). Aber er unterrichtete mich trotz meiner Bedenken im Gebrauch dieses für mich bedrohlich wirkenden Ungetüms, sodass ich nach einigen Anfangsschwierigkeiten mit Mühe und Not bald Texte schreiben, korrigieren und speichern konnte.

Es sind doch schon herrliche Zeiten, in denen wir leben, dank dieser modernen multi-medialen Technik. Ich verstehe ja nicht viel von all diesen elektronischen Neuheiten, aber meine Kinder und meine Enkel, die haben mich wenigstens einigermaßen aufgeklärt. Tja, so ändern sich die Zeiten: Früher war das grad umgekehrt gewesen.

Allerdings: Um auch weiterhin in meiner Arbeit mithalten zu können mit dem technischen Fortschritt, musste ich notgedrungen lernen mit so einem Computer umgehen zu können. Natürlich gab es auch in meiner früheren Firma schon eine „Elektronische Daten-Verarbeitung" – abgekürzt EDV. Aber weil es damit ständig Probleme gab, war EDV mitunter lediglich eine Abkürzung für „Elektronische Dauer-Verwirrung". Und dann diese ganzen Fachbegriffe: Unter einer Festplatte habe ich mir früher immer vorgestellt: ein großes Tablett mit lecker belegten Schnittchen. Mikrochips hielt ich für kleine gebackene Kartoffelscheiben, Speicherkapazität war das, was ein Dachboden alles an Gerümpel aufnehmen kann, und Mikroprozessoren hielt ich für Leute, die ständig vor Gericht ziehen.

Im Grunde ist so ein Computer nicht viel anders konstruiert als ein Mensch: ein simples Gehäuse mit ein paar Kilo überaus störanfälliger Innereien darin. Allerdings mit einem Unterschied: Irren ist menschlich, aber für das perfekte Chaos, dazu braucht man schon einen Computer.

Aber mein Sohn hat mich überzeugt, ich bräuchte doch gar keinen großen Computer, eine kleinere Version würde durchaus genügen: ein tragbarer „Personal-Computer", ein so genannter „Laptop". Scherzhaft meinte ich, es müsse doch eigentlich „Topplabbe" heißen. Aber natürlich ist das eher so eine Art „Flachmann" mit Tasten drauf. Besser jedoch ist die Bezeichnung „Notebook", denn mit dem „Book" hatte ich oft meine liebe Not.

Vor allem durch die Umstellung von meinem gewohnten, aber total altmodischen Schreibprogramms „F&A" auf die modernere Version von Windows. Aber mithilfe von Fachliteratur und mit Unterstützung von Kindern und Enkeln gelang es mir allmählich die Rolle eines versierten „Laptopers" zu übernehmen. Ich beherrschte bald Microsoft Word, lernte Scannen und Bilder bearbeiten, das Internet nutzen sowie Mailen und Surfen. Auch wenn ich öfter mal wütend wurde, weil der Computer nicht so wollte wie ich. Aber das geht ja nicht nur mir so. Gott hat einst aus dem Chaos die Schöpfung gemacht, beim Computer ist es gerade umgekehrt.

Gelebte Reime werden „Gereimtes Leben"

Goethe schrieb einst über seine Eltern: „Vom Vater hab´ ich die Natur, des Lebens ernstes Führen, vom Mütterchen die Frohnatur, die Lust zu

fabulieren." Bei uns zuhause jedoch war es genau umgekehrt: Mein Papa war der Humorvolle mit der Lust am Dichten, wobei er seine Reime selbstironisch „Kniddelversjer" nannte. Aber die ließ er sich gekonnt zu allen möglichen Gelegenheiten einfallen: zu runden Geburtstagen, Hochzeiten, und Jubiläen, nicht nur im Familienkreis, sondern auch bei allen Freunden und Bekannten war er bekannt für seine humorvollen gereimten Kommentare – „en gros" und „en detail".

Sein Beispiel und der Beifall, den er für seine dichterischen Ergüsse einheimste, war schon während meiner Schulzeit Anlass für mich, es ihm gleich zu tun und mich als kleiner Poet zu versuchen. Bei ihm hatte ich mir auch abgeschaut, dass man von allen seinen Werken immer einen Durchschlag in einem Ordner aufbewahren sollte. Vor allem weil man damit der Gefahr entgeht, jemand nach Jahren die gleichen Verse noch mal zu präsentieren.

Da ich ein sehr eifriger Reimer war, wurde meine so genannte „Dichtungsmappe" im Laufe der Jahre durch Gedichte und später auch durch Liedertexte zusehends immer dicker. Darunter gab es lustige und ernste, romantische und satirische, kuriose und politische über alle möglichen Aspekte des menschlichen Daseins und unseres Alltags. Einige davon habe ich später vertont und in meine Kabarettprogramme eingebaut.

Natürlich beruhten die Inhalte meist auf meinen Träumen und Enttäuschungen, auf eigenen Erlebnissen und Erfahrungen – kurz gesagt: Es waren alles gelebte Reime. Und so entstand nach einem halben Jahrhundert Sammeln meiner Dichtungen die Idee zu einem Gedichtband mit dem Titel „Gereimtes Leben". Den Anstoß dazu gab meine Frau Bärbel, denn ich hatte mich nie getraut, meine oft ganz privaten dichterischen Ergüsse zu veröffentlichen, um mich nicht allzu herber Kritik im Feuilleton auszusetzen. Sie aber sagte: „Na und? In deinem Alter kann dir das doch jetzt nicht mehr viel schaden."

Auch mein Sohn Michael plädierte überzeugend für die Publikation. Zunächst war er langjähriger Chefredakteur der „MAINZ"-Vierteljahres-

Autor (Vater) mit Verleger (Sohn) und Leserin (Tochter) bei der Buch-Präsentation

hefte und dann seit Anfang des Jahres auch Herausgeber und Verleger. Was lag da näher, als in seinem neu gegründeten Verlag als erstes Buch ein Werk seines Vaters herauszugeben. Auch die Gestaltung des Werkes am Computer hatte er übernommen, das der Autor zusätzlich noch mit skurrilen Zeichnungen illustriert hatte.

Die Präsentation fand im November im Proviantmagazin bei „Weck, Worscht unn Woi" statt: mit einer Einführung des Verlegers, mit einer verschmitzten Laudatio durch den Regierungssprecher Walter Schumacher („Ein Bonewitz mit ganz neuen Seiten!") und mit einigen Kostproben durch den Autor. Zwischen Scherz, Satire und Poesie angesiedelt sind die Themen, bei denen typisch Määnzerisches natürlich nicht fehlen darf, und das sind spaßige Dialektübersetzungen bekannter klassischer Balladen von Goethe und Schiller. Wer diesen Gedichtband nicht besitzt (inzwischen bereits vergriffen), der findet eine kleine Auswahl daraus im Anhang in der Rubrik „Zugaben".

Unter den Lesungen aus diesem Buch in verschiedenen Institutionen in Mainz sticht eine ganz besonders heraus: eine Nachtvorlesung in der Uniklinik Mainz. Die Einladung dazu kam von Professor Christian-Friedrich Vahl (ein naher Verwandter des ehemaligen Hamburger Volksschauspielers Henry Vahl), dem Chef der Herz-, Thorax- und Gefäßchirurgie und Initiator der alljährlichen Staffeln „Nachtvorlesungen für jedermann", in denen medizinische Themen einem interessierten Publikum allgemeinverständlich vermittelt werden.

Als humoristischer „Gastprofessor" referierte ich im überfüllten Hörsaal der Chirurgie auf satirische Weise über das vorgegebene Thema „Zugänge zum Herzen" und las aus meinem Gedichtband Lustiges und Nachdenkliches in vorweihnachtlicher Atmosphäre. Auch Professor Vahl trat in dem Programm auf: mit selbstverfassten Liedern zur Gitarre. Auch „Gutenberg" erschien persönlich und wortgewaltig, in der Gestalt von Ali

Lange. Umrahmt wurde die letzte Nachtvorlesung des Jahres vom Bläser-Ensemble des Theresianums.

Zwei Titel aus meinem Gedichteband haben die Sänger von „Aca & Pella“ in ihr Bühnenprogramm (und inzwischen auch auf CD und DVD) aufgenommen: das träumerische Romantiklied „Ich möchte' ein Schloss aus Blumen bau'n“ und den dialektparodistischen „Määnzer English Blues“. Dort heißt es zum Beispiel unter anderem:

„Die Dotzklicker sinn quelling eyes,
e Bruchbud broken house,
e Bambelschnuut hääßt very nice:
hanging down Swing-mouth.
Die Klumbewutz hääßt Monster-pig,
statt Zinke sagt mer Noosje,
unn's Heile Gänsje nennt mer schick:
Holy, holy goosje!“

Eine angenehme Überraschung gab es noch in diesem Jahr: der erste Vorsitzende vom „Verein Deutsche Sprache e.V.“, Professor Dr. Walter Krämer aus Dortmund, schrieb mir einen Brief und teilte mir mit, dass er meine Autobiografie „Zwischen allen Stilen“ gelesen habe. Da er gerne den dreiteiligen satirischen Cartoon daraus über den „Denglisch-Wahn“ in seinen „Sprachnachrichten“ veröffentlichen wolle, bat er um die Erlaubnis dazu. Außerdem sei er an einem Interview mit mir in der Vereinszeitung interessiert.

Zu meinem Erstaunen teilte er mir mit, dass er nicht nur wie ich das Schlossgymnasium besucht habe, sondern dass er auch mit der Mainzer Fastnacht aufgewachsen sei, dass er 1969 mit dem Rosenmontagszug mitgelaufen sei und dass er – genau wie ich – seine Frau auf einem Maskenball kennen gelernt habe.

Selbstverständlich erhielt er die Erlaubnis zur Veröffentlichung meines Cartoons und das gewünschte Interview über die sprachlichen Unsitten unserer Zeit. Und ich erhielt die Ernennung zum Ehrenmitglied, wobei ich mich in bester Gesellschaft befand, denn kurz vor mir erhielten diese Ehrung Max Adenauer und Didi Hallervorden. Na gut, hoffen wir, dass es der Verbesserung unserer Sprachkultur hilft.

Ein Jahr der Jubiläen

Wer kennt sie nicht, die Floskel, die man bei Jubiläen immer wieder hört: „Kinder, wie die Zeit vergeht!“ Einer Feststellung, der man schlecht widersprechen kann. Glücklicherweise vergeht die Zeit ständig, weil es sonst völligen Stillstand geben würde. Ein schwer vorstellbarer Zustand, den man allerhöchstens mal stellenweise in der Politik antrifft.

Wenn man das unverdiente Glück und das Wohlwollen vom lieben Gott hat, dann erreicht man ein Alter, das über der Grenze des statistisch errechneten „sozialverträglichen Frühablebens“ liegt. Immerhin habe ich inzwischen – das heißt: im Augenblick als ich dieses Buch schreibe – dieses Limit (bei Männern liegt es bei 74 Jahren) bereits um drei Jahre überschritten. Zwangsläufig mehren sich in diesem biblischen Alter die Anzahl der Ereignisse, deren Jahresdauer mit einer Null oder einer Fünf enden – im Dialekt auch „Jubiläumse“ genannt.

Im Jahr 2005 gab es einige Anlässe für Jubiläen, bei denen sowohl Freud als auch Leid gleichermaßen vertreten waren. Zum Beispiel konnte Mainz 05 (der „fußballspielende Karnevalsverein“) sein Hundertjähriges feiern, während vor 60 Jahren das „alte Mainz“ im Bombenhagel unterging und vor 50 Jahren die Määnzer Fernsehfastnacht das Licht dieser närrischen Welt erblickte.

Kurioserweise häuften sich bei mir solche „runden Ereignisse“ in fast verdächtigem Maße, so als hätte ich all meine ehemaligen „Premieren“ zeitlich so abgestimmt, dass sie sich später alle im gleichen Jahr „runden“ würden: Vor närrischen 5 x 11 Jahren hatte ich Premiere in der Mainzer Fastnacht am 11.11. beim GCV, vor 50 Jahren am 17. Februar meinen ersten Auftritt in der ersten Mainzer Fernsehsitzung, und vor 30 Jahren führte ich im „unterhaus“ mein erstes zweistündiges Kabarettprogramm auf: „Ein Narr packt aus“. Und da ich vor 10 Jahren meine erste Lesebrille bekam und vor 5 Jahren meinen ersten Bandscheibenvorfall wurde ich sozusagen zu einem „Fünffach-Jubilator“.

Ein Jubiläum ist stets eine günstige Gelegenheit, der vom profanen Alltag beherrschten Gegenwart einmal vorübergehend zu entfliehen und in die Vergangenheit einzutauchen – in die (oft zu Unrecht) viel gepriesene „gute, alte Zeit“. Allerdings muss man im fortgeschrittenen Greisenalter leider feststellen, dass immer mehr Weggefährten mittlerweile bereits verstorben sind oder infolge von Erkrankungen nicht mehr ansprechbar waren. Das merkte auch ich zu meinem Bedauern bei der Suche nach Zeitzeugen, die bei der ersten Fernsehübertragung einer Mainzer Fastnachtssitzung 1955 mitgewirkt hatten.

Und so konnten bei dem von mir geplanten „Nostalgie-Auftritt" bei der Jubiläums-TV-Sitzung als Jubilare außer mir nur eingesetzt werden: Otto Dürr (die „Fraa Babbisch") und Jean Arthur Becker (Sänger der damaligen „Dippelbrüder"). Der Vierte im Bunde, Rolf Braun, der stimmgewaltige Büttenstar, konnte krankheitshalber nur im Saal sitzen. Und so brachte ich kurzerhand noch zwei weitere bekannte „Altnarren" in das Szenarium ein: Rudi Zörns, der originelle Kokolores-Redner, und Willi Wohn, der größte Spaßvogel der Gonsbach-Lerchen.

Als überraschende „Zugabe" hatte ich Margit Sponheimer vorgesehen mit dem berühmten Lied von ihrer (angeblichen) „Rosenmontagsgeburt". Historisch genau betrachtet war ich es gewesen, der sie entdeckt hat: bei einem Auftritt anno 1960 im Lokal „Lenneberg". Damals sang sie Stimmungslieder und begleitete sich dabei selbst auf dem Akkordeon. Da mir ihr Vortrag gut gefiel, machte ich ihr den Vorschlag, sich doch nicht mit diesem voluminösen Instrument „zuzuhängen", sondern mit einer musikalischen Begleitung frei aufzutreten. Da sie nicht wusste mit wem, bot ich ihr die Rhythmusgruppe der Lerchen mit mir am Klavier an.

Das klappte auch sehr gut: Sie besang die „Cowboys von der Silberranch" – beim Neujahrskonzert des MCV und beim GCV –, und wir begleiteten sie im Cowboykostüm dabei. Aber bevor der GCV sie für seine Sitzungen vereinnahmen konnte, war der MCV schneller und holte sie kurz entschlossen nach Mainz, wo 1961 ihre große Karriere begann – als „Stimmungs-Ikone" für alle Fans karnevalistischen Liedguts.

Ehret die Alten

Bereits im Vorfeld berichtete die Presse ausführlich über die große „Geburtstagssitzung" zu Ehren der „Mutter aller Fernsehsitzungen". Es sollte der Höhepunkt der närrischen Kampagne werden oder auf neudeutsch: das „High-light der foolish Session". Die zuständigen TV-Experten vom übertragenden SWR, Dr. Harald Kieffer und Günther Dudek, verrieten trotz intensiver Nachfragen der Presse keine Einzelheiten des geplanten Überraschungsauftritts, nur dass es ein „50-Jahre-Special mit närrischen Altstars" sei.

Die „TV-Gruftis“ von links: Jean Arthur Becker, Otto Dürr, der „Urold-Aktive“, Margit Sponheimer, Willi Wohn und Rudi Zörns

Erstmals nach meinem letzten Auftritt in einer TV-Sitzung 1981 wanderte ich an Fastnacht wieder hinter den Kulissen der Schlossbühne herum, zog mich in der Garderobe zusammen mit den anderen Mitwirkenden um und begab mich in die kundigen Hände der Maskenbildner. Ein äußerst merkwürdiges Gefühl. Damals endete meine närrische TV-Ära im Unfrieden. Würde es heute nach fast einem Vierteljahrhundert anders sein? Das Einzige, was genau so war wie damals, das war das Lampenfieber – aber das gehört nun mal dazu.

Der große Tag war gekommen. Sitzungspräsident Werner Böttner sagte mich als „Uralt-Aktiven aus dem närrischen Altenheim“ an, der hier die Jubilarenehrung zur 50-jährigen Fernsehfastnacht vornehmen werde. Unter den Klängen des Marsches der „Alten Kameraden“ führten mich zwei Pfleger im weißen Kittel zum Pult. Nach einer trotteligen Begrüßung im Namen von „Gott Lokus“ zog ich in gewohnt spöttischer Art und Weise vom Leder.

Zuerst mussten die Herren Komiteter dran glauben, die „elf Eisheiligen“, und danach die im Saal „aufgebahrten“ Ehrengäste und Vereinsfunktionäre, die „VIPse“ – very impertinent persons. Überwiegend waren es noch genau dieselben wie damals bei meinem letzten Auftritt und mit den gleichen Reaktionen: mühsam lächelnd mit säuerlicher Miene, vor allem über meine Feststellung: „Lacht ein VIP mal ungeniert, hat er einen Witz kapiert.“

Träume auf „Wolke Elf"

Mit der Präsentation meiner närrischen Kollegen in der „Mini-Revue der Traumsequenz" und meiner satirischen Schlusspassage lief unser Auftritt problemlos durch bis zu meinem mahnenden, berühmt gewordenen Schluss-Satz: „Ehret die Alten, bevor sie erkalten!".

Danach gab ich meinen „letzten Wunsch" bekannt: noch einmal „es Margittsche" erleben dürfen mit ihrem Lied vom „Rosenmontag", und die tat das dann auch und riskierte sogar am Schluss noch ein Tänzchen mit mir.

Am Ende brach ein nicht endenwollender Jubel über uns herein. Einziger Nachteil: durch die lang anhaltenden „Appläuse" und die stehenden Ovationen des Publikums überzogen wir unser Zeitrahmen um einige Minuten. Was danach hinter den Kulissen und später (nicht von Seiten des SWR) noch zu einigem Ärger führen sollte, vor allem bei einigen „Platzhirschen", die dem „alten Bock" offenbar nicht gönnten, so viel mehr Beifall als sie selbst zu bekommen. Früher wurde ich mal heftig attackiert als „Nestbeschmutzer", heute dagegen als „Minuten-Klauer". So gesehen hat sich gegen damals nicht viel geändert. Nur Jürgen Dietz, der „Bote vom Bundestag", erwies sich als souverän-humorvoll, als er bei einer Veranstaltung des MCV augenzwinkernd empfahl, mich als „Nachwuchsredner" in der nächsten Kampagne einzusetzen.

Stapelweise Post von Fans traf in den Tagen danach bei mir ein, und in meinem Archivalbum füllten die begeisterten Pressekritiken über dieses närrische Spektakulum einige Dutzend Seiten. Es war wie früher. Nur ein paar Schlagzeilen als Beispiel: „Grandiose närrische Gruftis" – „Altstars räumen im Schloss ab" – „Comeback der TV-Legenden kam großartig an" – „Die TV-Stars von gestern sind auch die Lieblinge von heute."

Klaus Hafner, 05-Stadionsprecher bekannte in der Presse: „Vom Bonewitz-Auftritt zu Tränen gerührt".

Im Kölner Stadtanzeiger hieß es: „Ein köstlicher, aber viel zu kurzer Auftritt (!) des schamlosen Herbert Bonewitz, der nichts von seinem frechen Witz verloren hat." Und in der Frankfurter Allgemeinen Zeitung stand: „In einer Figur wie von Loriot ersonnen, nimmt er mit kunstfertigen Worten die organisierte Fastnacht auf die Schippe und sich selbst gleich mit."

Die Schwäbische Zeitung schrieb: „Als grauhaariger Zausel verdrehte der quicklebendige, geistreiche Narr die Worte schneller, als sie ein anderer gerade denken kann." Und so kam ich wieder mal zu einer neuen Rolle: als „Comebacker" der Fernsehfastnacht.

War sonst noch was? Ach ja, unsere fastnachtsbegeisterte Enkelin Eva-Maria hatte die Beine gewechselt, das heißt: Sie verließ das GCV-Ballett und tanzte ab jetzt im Garde-Ballett der Gonsenheimer Füsiliere. Und ich hatte dem GCV wieder einiges geliefert für die Kampagne: für die Vereinsbroschüre Artikel und Bilder über das Thema „Jubiläum der Fernsehfastnacht" – immerhin waren mit meinem Gesangstrio „Dippelbrüder" und mir vier Aktive des Vereins damals mit dabei –, und über meine Premiere auf der GCV-Bühne vor nunmehr 5 mal 11 Jahren. Als Eröffnungsszene schrieb ich einen närrischen Prolog. Für die Gesangsgruppe „Schnorreswackler" hatte ich wieder Masken und Kostüme entworfen, diesmal für ihren „Karneval der Tiere", die für ihren Auftritt einen AZ-Jokus erhielten.

Den krönenden Abschluss dieser für mich denkwürdigen Kampagne bildete ein Fernsehauftritt im Abendprogramm des SWR „Samstagabend – 50 Jahre Fernsehfastnacht". Moderator Markus Brock begrüßte im Studio

Baden-Baden: Margit Sponheimer, Dr. Rudi Henkel, Ehrenpräsident des MCV, und mich zu Gesprächen über Vorder- und Hintergründiges der Määnzer Fastnacht mit Einspielern von früheren Auftritten. Mir ist es äußerst unangenehm, wenn ich mich auf dem Bildschirm betrachten muss, denn ich meine immer: Die Gestik ist falsch, die Mimik ist nicht richtig, und hoffentlich vergesse ich jetzt meinen Text nicht. Glücklicherweise war das bei den Rückblicken nicht der Fall – weder „en gros", noch „en detail".

Meine zweite Geburt

Am 27. Februar jährte sich zum 60. Mal der Tag, als Mainz im Bombenhagel britischer Flugzeuge innerhalb von 20 Minuten zu 86% zerstört wurde, wobei 1.200 Menschen den Tod fanden. Als einer der wenigen noch lebenden Zeitzeugen schilderte ich meine dramatischen Erlebnisse an diesem Unglückstag für unsere Stadt bei vielen Anlässen des Gedenkens. Wie bereits berichtet in einem Bildband des Stadthistorikers Heinz Leiwig, mit einem Artikel in den „MAINZ"-Heften, in Interviews in der Presse und im

Das Elternhaus (links) am Neubrunnen vor der Zerstörung 1945 vom Autor gezeichnet

Rundfunk sowie in einer Gesprächsrunde in der Dompfarrei unter Leitung der Fernsehautorin Susanne Stenner.

Den Abschluss bildete erneut die Mitwirkung als Talkgast in der SWR-Sendung mit Markus Brock: „Samstagabend: 60 Jahre nach Kriegsende". Außer mir waren noch eingeladen die Historikerin Prof.Dr.Margarethe Dörr, die ein Buch über ihre Erlebnisse im Bombenkrieg geschrieben hatte, sowie der Ex-Bundespolitiker Heiner Geißler. Er war noch kurz vor Schluss als Jugendlicher zum Schanzdienst eingezogen worden und dann mit einem Schulkameraden nach Hause geflohen.

Ich erzählte, wie ich als Elfjähriger mit meiner Mutter im öffentlichen Luftschutzkeller des Neubrunnenhofs verschüttet wurde und sie gegen ihren Willen durch Mauerdurchbrüche zur Flucht nach draußen nötigte, bis nach Gonsenheim zu den Großeltern zu flüchten.

Damals endete meine Kindheit, und ich erlebte meine zweite Geburt. Glücklicherweise musste ich trotz aller Todesgefahr nicht daran glauben. Dafür glaubte ich nicht nur an einen Schutzengel, sondern sogar an mehrere, denn sonst wären wir nie diesem Inferno entkommen. Seitdem denke ich zwar nicht mehr oft an diesen dramatischen Tag zurück, aber ich bekomme jedes Mal Angstgefühle, sobald ich Flugzeuge am Himmel brummen höre oder wenn Sirenen heulen oder wenn ein laut krachendes Feuerwerk abgebrannt wird. Auch enge Räume, Keller und größere Menschenansammlungen bereiten mir äußerstes Unbehagen, zweifellos klaustrophobische Symptome, die auf dieses traumatische Kriegserlebnis zurückzuführen sind. Mein Fazit auf die Frage: Was können die Jungen aus all dem lernen? Dass wir so etwas nie, nie wieder zulassen dürfen. Deshalb: Traut diesen braunen Rattenfängern nicht, die hier und da wieder aus ihren Löchern kriechen.

Lerchen mit Video-Nostalgie

Im Dezember 2002 war der langjährige Bass-Solist und Showstar der Gonsbach-Lerchen Harald Lahr nach schwerer Krankheit gestorben. Er war der zweite aus unserem Kreis, der mittlerweile nicht mehr am Leben ist. 1993 mussten wir uns bereits von unserem „Sonnyboy" Rudi Gelsheimer für immer verabschieden. Nach Haralds Beerdigung trafen sich viele ehemalige Mitglieder der legendären Gesangsgruppe mit ihren Frauen im Saal eines Gonsenheimer Lokals zu einem Umtrunk. Dabei war ich mit Charly Steingötter, meinem Nachfolger am Piano, einig, dass wir tunlichst

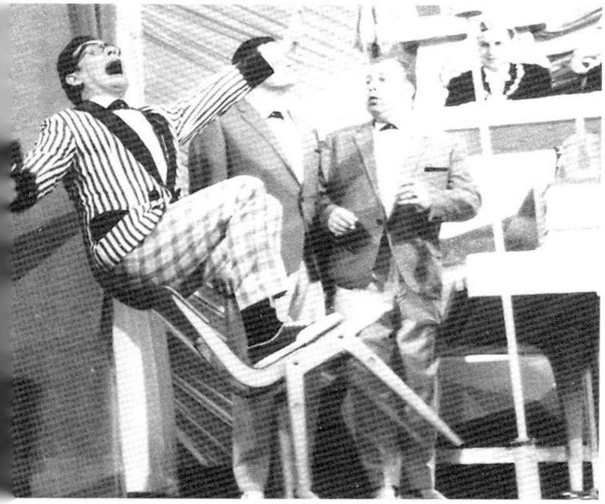

Umwerfende Komik bei „Musik aus Studio 11" der Gonsbach-Lerchen 1966

nicht auf die nächste Beerdigung warten sollten bis wir uns in dieser Runde wieder mal treffen würden.

Alle Anwesenden waren damit einverstanden, und so kamen wir seitdem einige Male zusammen in Lokalen, in Charlys Garten und im Wochenendhaus meines langjährigen Freundes Hans Becker. Es waren aber nicht nur die Lerchen dabei, die bis zum Schluss 1992 aktiv waren, sondern auch viele, die in früheren und sogar in frühesten Jahren mitgewirkt hatten und danach ausgeschieden waren.

Leider fehlte unser damaliger Kapitän und Texter Joe Ludwig, der sich auch in den folgenden Jahren bedauerlicherweise nicht dazu überreden ließ, an unseren Treffen teilzunehmen – was ich nicht so recht nachvollziehen kann. Immerhin hatten wir beide 32 Jahre lang erfolgreich zusammengearbeitet und dadurch eine ehemals singende Amateurgruppe zur vielseitigsten und beliebtesten Gesangs- und Showgruppe in der Mainzer Fastnacht gemacht.

In diesem Jahr trafen sich die „Ex-Lerchen" erstmals im großen Saal des GCV-Hauses am Hemel und präsentierten mittels eines Beamers auf einer großen Leinwand Videoaufzeichnungen unserer früheren Auftritte, die Willi Wohn und ich akribisch gesammelt und archiviert hatten. So führte ich der staunenden Ex-Lerchen-Schar mit ihren Frauen historisch hochinteressante Mitschnitte vor: von den Potpourris mit Parodien auf die „Halbstarken" (1957), mit „Musik aus Studio 11" (1966) und eine zwerchfellerschütternde „Betriebsfeier" (1968).

Es lässt sich schwer beschreiben, welche Gefühle beim Eintauchen in die ferne Vergangenheit und bei der Begegnung mit dem eigenen Ich stärker waren: Freude oder Wehmut, Stolz oder Traurigkeit? Wahrscheinlich von allem etwas. Der Journalist und Fastnachtsexperte Günter Schenk schrieb in seinem Buch „Mainz, wie es singt und lacht" – wie ich meine völlig zu Recht: „Die Gonsbach-Lerchen hinterließen eine Lücke, die seitdem von keiner Gesangsgruppe mehr gefüllt werden konnte."

Das kann ja heiter werden

Nach meinem diesjährigen Auftritt als „Uralt-Aktiver" zum Jubiläum der Fernsehsitzung hatte ich mich endgültig aus der offiziellen Fastnacht verabschiedet. Für das „unterhaus" jedoch stand ich nach wie vor zu besonderen Anlässen zur Verfügung. Deshalb war es für mich auch selbstverständlich, anlässlich meines 30-jährigen Kabarett-Jubiläums noch einmal die „Brettl"-Bretter der Kleinkunst zu betreten. Damit kehrte ich als 72-jähriger dorthin zurück, wo ich einst als 42-jähriger begonnen hatte: „Ein Narr packt aus" hieß das Programm damals. Seitdem hatte ich insgesamt 17 Kabarett-Programme geschrieben und im jeweils stets ausverkauften „unterhaus" aufgeführt.

Am 13.11. packte ich wieder mal aus, und zwar die originellsten Werke aus meiner „hausgemachten Bücherkiste". Es wurde eine sehr abwechslungsreiche kabarettistische Abendprogramm-Lesung: mal mit bissiger Gesellschaftskritik, mal mit spitzbübischen Mundartsketschen, mal mit ironischen Alltagssatiren, mal mit poetischen Träumereien. Eine Art „Best of" – wie man heute zu sagen pflegt – aus meinem aktuellen Gedichtband „Gereimtes Leben", aber auch aus meinen Glossen, die in den „MAINZ"-Heften erschienen sind und schließlich ein „Best of" aus einem zukünftigen, (hoffentlich) erfolgreichen Buch, das noch gar nicht erschienen ist.

Dem Programm hatte ich den Titel gegeben: „Das kann ja heiter werden", und den Reaktionen des Publikums im Laufe des ganzen Abends und mit wiederholten Zugabe-Forderungen zufolge, dürfte es offensichtlich auch eine überaus heitere Lesung gewesen sein. Oder wie es in einer Pressekritik hieß: „Das war wieder mal typisch Bonewitz!"

Aus Anlass des Jubiläumsauftritts hatte Reinhard Hippen, der Gründer des Deutschen Kabarettarchivs, im Anschluss an das Programm eine sehr persönliche Laudatio gehalten, und bezeichnete mich dabei als einen, „der dem Publikum auf lustige Weise vermittelt, dass es eigentlich nichts zu lachen gibt." Geschäftsführer Ewald Dietrich ließ jedem einzelnen Gast im ausverkauften Kellertheater im Namen des Hauses für einen „Jubiläums-Gedenk-Schluck" ein Glas mit meinem Leib- und Magengetränk servieren – und was war wohl? Richtig, natürlich ein Fernet – was sonst.

Konzert mit „sa-tierischem Karneval"

Das bisher ungewöhnlichste Angebot unterbreitete mir in diesem Jahr die „Sinfonietta", das Philharmonische Orchester Mainz: Es ging um die Präsentation von zwei Konzertstücken, bei denen ich als Texter und Erzähler mitwirken sollte, und ob ich mir das zutraue und ob ich dazu auch fähig sei. Da es viele Leute gibt, die mir alles zutrauen, und die meinen, ich sei zu allem fähig, sagte ich kurz entschlossen zu. Das ambitionierte Laienorchester wollte sich – zum wiederholten Male – mit diesem Konzert speziell an Jugendliche wenden, um sie für klassische Musik zu interessieren. Dazu wurden Kontakte geknüpft mit Mainzer Schulen und eine Vielzahl vorbereitender Aktivitäten mit den Schülern durchgeführt.

Das Konzert fand im vollbesetzten großen Saal des Kurfürstlichen Schlosses statt. Auf dem Programm standen Werke von Mozart, Benjamin Britten, am Dirigentenpult Michael Millard und an zwei Flügeln das Mainzer Klavierduo Daniela Ballek und Agathe Wanek. Jeweils im ersten und im zweiten Teil sollte ich den „Orchesterführer für junge Leute" von Benjamin Britten und den „Karneval der Tiere" von Camille Saint-Säens präsentieren.

Auf diese schwierige Aufgabe als „Konzert-Erzähler" hatte ich mich akribisch vorbereitet und mir – wegen der korrekten Einsätze zwischen den einzelnen musikalischen Parts – die dazugehörigen Partituren zum Studium geben lassen. Da ich für die Lerchen und die Kapelle-Begleitung jahrelang Partituren für meine Arrangements geschrieben hatte, war mir das Lesen von Orchesternoten vertraut. Ich brauchte dann nur noch die zu den Stücken passenden Texte zu schreiben, die dem Verständnis von Jugendlichen angepasst werden mussten, die aber auch für die anwesenden Erwachsenen noch interessant und unterhaltsam genug sein musste. Es versteht sich von selbst, dass ich mich dabei meiner gewohnten satirischen Formulierungen bediente

Im „Orchesterführer" ging es in meinem Kommentar um die Vorstellung der einzelnen Instrumenten-Arten eines Orchesters, die sich durch prägnante musikalische Passagen präsentierten und um die Erklärung ihrer eigenartigen Klangfarben und Einsetzbarkeit, um ihren Charakter und tonale Besonderheiten, sowie um ihr Zusammenwirken im Ganzen.

Dagegen erzählte ich im „Karneval der Tiere", wo in einzelnen Abschnitten bestimmte Tiere lautmalerisch und effektvoll musikalisch vor-

Der „Erzähler", Pianist Daniela Ballek und Dirigent Michael Millard

gestellt werden, anhand der einzelnen Musik-Parts die Legende von der Entstehung des „sa-tierischen" Karnevals. Dabei spielten auch närrische Tierarten ihre Rolle, wie zum Beispiel: das schwäbische Sparschwein, die rheinische Schnapsdrossel, der Finther Esel, die Gunsenumer Wildsau, die Wiesbadener Schnepfe, die Mopsfledermaus und der Berliner Breitmaulfrosch. Wer sich für diese Persiflage im Wortlaut interessiert: Im Anhang findet man den Text unter den „Zugaben".

Was sonst noch war – im Jubeljahr? Als ob das hier Geschilderte nicht gereicht hätte. Aufgrund meiner verschiedenen „Jubiläumse" wurde ich natürlich öfter interviewt als sonst, sowohl in der Presse als auch im SWR: in der „Landesschau" und in der „LandesArt".

Es gab auch wieder Benefiz-Auftritte, so auch im Schlossbiergarten beim „Scheene Määnzer Nachmittag", wo ich „Klassiker uff määnzerisch" vorstellte mit der Dialektübersetzung „Es Lied von de Glock vum Schillers-Fritz".

Meine Frau Bärbel als Botschafterin und mein Sohn Michael als Kommunikationsexperte feierten gemeinsam mit dem Regionalvorstand Manfred Herholz und seinen Mitarbeitern das fünfjährige Bestehen des Projekts „Ambulante Kinderkrankenpflege" der Johanniter Unfallhilfe. Auch die Gesangsgruppe „Aca & Pella" präsentierte aufgrund intensiver Bemü-

lometer ergeben würde. Das entspricht exakt der Strecke von Gonsenheim nach Finthen – und (schnellstens) wieder zurück.

Weniger positiv sei dagegen die Entwicklung der finanziellen Lage verlaufen und zwar genau wie bei der Stadt: mit vielen Miesen in der Kasse – mit einem Wort: „mieserabel". Im Gegensatz zur Stadt jedoch könne er wohlgesinnte Mäzene um Hilfe bitten, die sie ihm (stellenweise) auch gewähren, und er brauche auch keine fest angestellten Mitarbeiter zu bezahlen, da es gar keine gebe. Außerdem würden sich die Autoren mit einem bescheidenen, mehr symbolischen Honorar begnügen, sodass man fast von ehrenamtlicher Mitarbeit sprechen könne.

Da ich ebenfalls zu diesen zähle und dazu noch einer der wenigen Autoren der ersten Stunde war, erteilte er mir das Wort, was ich auch gerne annahm. Als einer der wenigen noch lebenden Zeitzeugen (schon wieder mal), konnte ich über den Start zur ersten Ausgabe der „MAINZ"-Hefte Ende 1980 berichten. Die Idee und Initiative dazu ging vom ehemaligen OB Jockel Fuchs aus, der einen erfahrenen Journalisten als Chefredakteur gewinnen konnte: Werner Hanfgarn. Ihn kannte ich gut durch die Radioübertragungen unserer Fastnachtssitzungen durch den SWF. Er bat mich um Mitarbeit durch regelmäßige Lieferungen von satirischen Texten und Zeichnungen, was ich gerne zusagte – und dabei ist es bis heute geblieben.

Ebenfalls geblieben ist das Befolgen des gedanklichen Konzepts von Jockel Fuchs, das er den „MAINZ"-Heften sozusagen als Verpflichtung

Das Redaktionsteam (von links): Birgit Lehr, der Vater, der Sohn und Dr. Matthias Dietz-Lenssen

auferlegte: „Immer mit Määnzer Herz!" Und das war auch sein ganz persönliches Lebensmotto gewesen, wobei er auch nicht vor manch „füchsischer" Umsetzung seiner Ideen zurückschreckte. Man denke nur an sein berühmtes „Mainzer Modell", eine große Allparteien-Koalition, wodurch vieles ermöglicht wurde, was an sich gar nicht möglich war. Bei Problemen pflegte er immer zu sagen: „Wenn's juristisch nit geht, ei, dann mache mer's halt politisch!"

Und wenn er noch leben würde, dann gäbe es auch keine finanziellen Probleme bei den „MAINZ"-Heften, denn als legendärer „Überredenskünstler" würde er die Spendengelder aus Industrie und Handel regelrecht „herbei babbele". Wollen wir hoffen, dass dieser unterhaltsamen und informativen Zeitschrift „made in and for Määnz" der finanzielle Saft nicht ausgeht, denn inhaltlich hat sie nach wie vor mehr Saft als genug.

Satire auf vier Rädern

Was hat Fastnacht mit Satire zu tun? Das fragen sich viele Karnevalskritiker innerhalb und außerhalb der Mauern unserer Stadt. Zugegeben, besonders weit verbreitet und häufig sind satirische Darbietungen nicht gerade im närrischen Geschehen in Stadt und Land. Man spricht in höheren Fastnachtskreisen zwar oft vom so genannten „politisch-literarischen" Karneval, aber geistreich und mit Niveau präsentiert wird er nur von einigen wenigen Rednern, meist die Protokoller ihrer Vereine. Aber wirklich satirisch, im Sinne von tabuverletzend und grenzwertig, sind ihre Texte jedoch nicht.

Was die Auswirkungen von Grenzüberschreitungen von Satire betrifft, da hatte ich in meiner aktiven Fastnachtszeit mehrfach einschlägige Erfahrungen sammeln können. Meine gesellschaftskritischen Vorträge in den Fernsehsitzungen der 70er und 80er Jahre wurden vom Publikum „draußen an den Bildschirmen" durchweg positiv aufgenommen. Aber zahlreiche verbiesterte Vereinsfunktionäre und selbsternannte Brauchtumshüter, die sich von meinen Satiren getroffen fühlten und das hehre Gut „Karneval" in den Schmutz gezogen sahen, machten mir damals das Leben ganz schön schwer.

Aber es gibt ja auch noch die Straßenfastnacht, und dort werden in den rheinischen Karnevalsmetropolen bei den traditionsreichen Rosenmontagszügen die – oft umstrittenen – Motivwagen präsentiert, die von MCV-Zugmarschall Ady Schmelz so getaufte „Rollende Satire".

Im Laufe der Zeit ist man mit einigen besonders heiklen Persiflagen bereits einige Male in gesellschaftliche Fettnäpfe geraten und sah sich dadurch herber Kritik ausgesetzt. Ich kann mich noch gut erinnern an einen für frömmelnde Philister anstößigen klerikal-kritischen Wagen, der aus Protest von ebenso frömmelnden (christlichen!) Fundamentalisten sogar angezündet wurde. Auch die Präsentation des unbekleideten Hinterteils eines amerikanischen Präsidenten erregte bei moralisierenden Muckern großes Ärgernis und sorgte für erregte Debatten in Presse, Radio und Fernsehen.

Diese Thematik war der Anlass für ein reich illustriertes Buch des MCV, dem Organisator der Rosenmontagszüge, unter dem Titel „Rollende Satire". Die Idee zu diesem Bildband, der sich mit der Geschichte der Motivwagen beschäftigt – und der unter anderem auch einen Artikel von mir enthält über das Thema: „Die Freiheit der Satire"–, stammt von Ady Schmelz, der auch die redaktionelle Gesamtleitung hatte.

Der Tod – ein Thema für Satire?

„Leicht beieinander wohnen die Gedanken, doch hart im Raume stoßen sich die Sachen." Dieses Zitat aus dem Wallenstein passt sehr gut zu dem nunmehr harten Themen-Übergang von der „Fastnacht" zum „Friedhof". Der Mainzer Vitruv-Verlag brachte 2006 einen attraktiven, umfangreichen Bildband mit Texten heraus über den Mainzer Hauptfriedhof unter dem Titel: „Ort der Stille – Von der Kraft der Endlichkeit".

Der Verleger Rupert Krömer hatte zahlreiche prominente Mainzer Persönlichkeiten um Beiträge für sein Werk gebeten, die sich auch dazu bereit erklärten, darunter Karl Kardinal Lehmann, OB Jens Beutel, Kulturdezernent Peter Krawietz, Dr. Anton Maria Keim und viele andere mehr. Auch ich wurde angesprochen und schrieb einen Artikel über das Thema „Satiren – rund um den Tod".

Geht denn das? Darf man so was schreiben? Verletzt das nicht Tabugrenzen? Und schon sind wir wieder beim Thema. Natürlich ist das erlaubt, sofern man nicht die Grenzen der Menschenwürde und der Pietät überschreitet. Denn das Sterben gehört zum Leben, und es betrifft schließlich jeden von uns ganz persönlich: Eines Tages wacht man auf – und ist tot. Und an einer Beerdigung muss jeder mal teilnehmen, und wenn's auch nur die eigene ist.

Vor dem Tod braucht sich eigentlich keiner zu fürchten, denn Milliarden von Menschen vor uns haben das schon hinter sich, und meines Wissens hat sich bis jetzt noch nie jemand darüber beschwert. Eins ist sicher: Wenn man erst mal im Sarg liegt, dann ist man garantiert zum letzten Mal hineingelegt worden. Und im Jenseits müsste eigentlich die absolute soziale Gerechtigkeit herrschen, denn die Menschen sind bekanntlich erst dann alle gleich, wenn sie verschieden sind.

„unterhaus" feiert 40. Geburtstag

Seit 40 Jahren schon läutet die „unterhaus"-Glocke jeden Abend die Vorstellung ein und kündigt damit an: „Aufgepasst! Es geht los – hier ist nichts angepasst!" Am 31. Januar 1966 erklang im ersten Programm des Ensem-

Doppelconference: der „Bühnenmeister" und die „unterhaus"-Programmchefin Ute Nebel

bles der „Poli(t)zisten" der Eröffnungssong: „Hier stehen wir, Spott helfe uns!" Es stammte aus der Feder des Gründungsvaters Ce-eff Krüger, der damals zusammen mit Renate Fritz-Schillo, der späteren Mit-Geschäftsführerin, auf der Bühne stand.

Am Abend der Geburtstagsfeier konnte er in der Phönixhalle rund 2.000 Gäste begrüßen, denen etwas Einmaliges geboten wurde: 40 hochkarätige, prominente Akteure aus der deutschen Kleinkunstszene gratulierten – jeweils auf ihre ganz spezielle Art und Weise – darunter unter anderem: Matthias Deutschmann, Reiner Kröhnert, Helmut Schleich, Anja Zink, Frank-Markus Sparwasser, Urban Priol und Georg Schramm. Aus Mainz waren „angereist": die Vokalgruppe „Aca & Pella" mit Tobias Mann, das Ensemble des Musicals „Feucht und Fröhlich" und ein Pärchen, das satirisch-humorvoll durchs Programm führte und sich die Ansagen teilte: die „unterhaus"-Programmchefin Ute Nebel und ein kauziger „Bühnenmeister" mit typischem Määnzer Mutterwitz – der nicht genannt zu werden braucht.

Hinter der Bühne bereitete ich mich auf meine jeweiligen Anmoderationen und kabarettistischen Kommentare wie gewohnt vor: nämlich schluckweise – mit Fernet, meinem gewohnt einzig wirksamen Medikament gegen „Schmetterlinge im Bauch" und zwar sorgfältig portioniert für meine insgesamt sechs Auftritte.

Womit ich jedoch nicht gerechnet hatte: Urban Priol war ebenfalls Anhänger dieser Therapie und sah mich in der Garderobe das Mittel einnehmen. Seine flehende Bitte um einen kleinen Gefälligkeitsschluck konnte ich natürlich nicht abschlagen. Als dann noch Georg Schramm erschien, ebenfalls ein leidenschaftlicher Anhänger dieser Medikation, und gleichfalls um medizinische Hilfe bat, waren beide voll Freude, dafür war mein Flachmann bald leer.

Kurz entschlossen wurde ein Mitarbeiter der Organisation gebeten, draußen an die Theke zu gehen und meinen Flachmann wieder aufzufüllen. Leider aber war dort dieses Spezialpräparat nicht aufzutreiben, und so musste er erst ins „unterhaus" fahren und dort Nachschub holen. Als er wieder kam, hatte er eine große Flasche dabei und zwar einen ganzen Liter. Meine Kollegen begrüßten das Eintreffen unserer Medikation mit Begeisterung, und sie beruhigten ihre Schmetterlinge nach und nach, bis sie bewusstlos waren (die Schmetterlinge!).

Meine Frau hatte glücklicherweise ihren Fotoapparat dabei und machte eine Aufnahme nach der anderen, um dieses originelle Ereignis für die Nachwelt im Bild festzuhalten. Und so wurde es in unserer Garderobe ein rundum fröhlicher Abend, und unsere Auftritte gegen Ende des Programms gerieten ausgesprochen stimmungs-voll. Ob danach noch etwas in der Flasche übrig blieb, vermag ich nicht zu sagen, denn mein Erinnerungsvermögen war infolge der ungewohnten Überdosierung meiner Auftrittsarznei doch reichlich getrübt.

Leider ist es jedoch nicht möglich, von diesen originellen Szenen hinter den Kulissen an dieser Stelle ein Foto zu veröffentlichen. Meine Frau hatte anfangs auf meine – wie üblich – alberne Frage: „Hast du denn auch einen Film drin?" zwar höhnisch gelacht, aber als sie später nach dem Rückspulen den Film herausholen wollte, verging ihr das Lachen: Die Kamera war leer.

Ein Stern der Satire

Als meine Frau und ich vor einem halben Jahr von Jürgen Kessler ins Kabarettarchiv eingeladen wurden, wussten wir noch nicht, was uns da erwarten würde. Völlig überraschend teilte uns der Geschäftsführer der Stiftung Deutsches Kabarettarchiv mit, dass ich als erster Mainzer den nächsten Stern der Satire erhalten würde. Das habe auf seine Initiative hin der Vorstand des Vereins „Sterne der Satire" beschlossen. Stifter der Auszeichnung sei die Stadt Mainz. Die Bronzetafel in Sternform mit meinem Namenszug soll auf dem „Walk of Fame" mit seinen mittlerweile 42 Sternen auf der Kabarettmeile zwischen „unterhaus" und Kabarettarchiv platziert werden, direkt vor dem Eingang zum „unterhaus". Damit soll die mehr als dreißigjährige erfolgreiche Verbindung zu „meiner" Mainzer Kleinkunstbühne zum Ausdruck gebracht werden.

Zunächst kam es bei mir zu einem spontanen Ausbruch von Frömmigkeit und ich rief: „Ach, du lieber Gott!" Nicht im Traum hätte ich an so etwas gedacht. Na ja, sagte ich mir, damit will man dir wohl die „letzte Ehre" erweisen. Zwar war es von jeher schon immer mein größter Wunsch gewesen, als echter Eingeborener dieser Stadt nach meinem Lebensende mal in Mainzer Erde gebettet zu werden. Allerdings hätte ich nie gedacht, dass dies schon so früh der Fall sein würde.

Aber das war noch nicht alles. Die Ehrung werde sogar noch verdoppelt, erklärte Jürgen Kessler, weil aus diesem Anlass im Rathaus-Foyer anschließend an die Enthüllung des Satire-Sterns eine Ausstellung über mein Lebenswerk eröffnet werde. Da musste ich erneut kräftig schlucken. Mir war das fast schon etwas zu viel der Ehre. „Das hast du aber auch verdient!", meinte jedoch meine Frau. Natürlich habe auch ich mich unheimlich gefreut, denn mit Preisen und Auszeichnungen bin ich im Laufe meiner Karriere wahrlich nicht überschüttet worden.

Originell ins Bild gesetzt von Sascha Kopp

Doch als ich zuhause in einer stillen Stunde noch mal nachgedacht habe, nachdem ich den ersten Schock verdaut hatte, stellte sich doch ein gewisses Gefühl der Beklemmung ein. Etwas unangenehm war mir das schon, so auffällig in den Mittelpunkt gestellt zu werden. Eine Ehrung hätte doch schon genügt, warum danach gleich noch mal eine? Ich weiß, dass mir das so recht keiner glauben will, aber wer mich genau kennt, der weiß, dass ich zwar gerne auf Bühnen gehe und dort etwas leiste, aber dass es sehr unerfreulich für mich ist – um nicht zu sagen etwas peinlich –, in aller Öffentlichkeit Lob und Ehrungen – ohne entsprechende Gegenleistung – entgegen zu nehmen.

Andererseits erfüllt es jemand doch mit Stolz, der viele Jahre wegen seiner satirisch-kritischen Auftritte an Fastnacht angefeindet und von den Kabarett-Puristen wegen dieser „anrüchigen" Herkunft nie anerkannt wurde, nun ganz offiziell und optisch präsent durch einen Stern der Satire sich in einer Reihe befindet mit den Klassikern des Kabaretts, wie Hanns Dieter Hüsch, Werner Finck, Dieter Hildebrandt und vielen anderen Größen des Genres.

Eins muss ich noch gestehen – auch wenn es dem Namensgeber nicht gefallen wird –, als echter Määnzer Bub klingt mir die Bezeichnung „Walk of Fame" etwas allzu sehr nach Hollywood. Mir würde da viel besser gefallen „Spötter-Allee" oder „Spottdrosselgass". Aber das ist natürlich Geschmackssache, und da schimmert bei mir vielleicht eine Spur zu sehr der alte Narr durch.

Als der große Tag kam, Freitag, der 7. Juli, war es sehr heiß. Nicht nur draußen die Luft, sondern auch innen – bei mir drin. Rund hundert Fans, Freunde und Weggefährten waren zu der kleinen, fröhlichen Feierstunde vor dem Eingang zum „unterhaus" gekommen. OB Jens Beutel eröffnete mit launigen Formulierungen den „Staatsakt von tief greifender Bedeutung", wie er die Enthüllung des Satire-Sterns augenzwinkernd nannte. Besonders habe es den Stadtrat und ihn sehr erfreut, dass erstmals ein gebürtiger Mainzer diese Auszeichnung erhält, was die Stadt spontan dazu veranlasst habe, trotz angespannter Finanzlage die Kosten dafür zu übernehmen.

Kulturdezernent Peter Krawietz zitierte ausführlich aus der Würdigung der Jury: „Herbert Bonewitz ist der listige in der revolutionären Tradition der demokratischen Fastnacht stehende Narr und satirische Spötter wider jede Obrigkeit. Als virtuoser Grenzgänger zwischen allen Stilen verkörpert er in seinen Fastnachtsrollen, wie auch seit 1975 in siebzehn Kabarettprogrammen, den volksnahen, aber nie volkstümlichen Fürsprecher der kleinen Leute, der reaktionäre Tendenzen und Borniertheit mit hintersinnigem Wortwitz und dialektischer Komik geißelt."

Kulturminister Jürgen Zöllner freute sich, Beutels „ersten gebürtigen Mainzer" auf dem „Walk of Fame" noch zu toppen, denn dieser sei auch der erste Rheinland-Pfälzer, dessen Stern nun unmittelbar vor dem „unterhaus" aufgehe. Gelächter erntete er für seine schelmische Feststellung: „Bonewitz gehört zu Mainz wie Gutenberg und der Dom."

Da dem Geehrten traditionsgemäß die letzten Worte gebühren, dankte ich zunächst allen umstehenden „Stern-Guckern" für ihr Kommen. Zu den Lobeshymnen der offiziellen Redner bemerkte ich: Das sei zwar alles nicht nötig gewesen wäre, aber durchaus angemessen – sowohl „en gros", als auch „en detail". Für mich sei das eine wahre „Stern-Stunde" in meinem Leben.

Besonders dankte ich Jürgen Kessler und dem Verein „Sterne der Satire", nicht nur für diesen hochkarätigen Ehrenplatz im Sternenhimmel des Kabaretts, sondern auch für den aufschlussreichen Begründungstext, aus dem ich einiges Interessantes über mich erfahren konnte, was ich bis jetzt selbst noch nicht wusste. Vor allem dankte ich der Stadt Mainz, die

Dank an die Laudatoren: OB Beutel, Jürgen Zöllner und Peter Krawietz

trotz leerer Kassen und akuter Finanznöte dieses bronzene Schmuckstück gestiftet hatte – hoffentlich nicht erst nach Aufnahme eines zusätzlichen Kredits.

Ich fügte noch hinzu: Zum Glück könne keiner behaupten, die Sache mit dem Stern für mich sei nicht genügend überdacht worden, denn der meinige vor dem „unterhaus"-Eingang sei der einzige von allen, der sogar vollkommen „überdacht" sei. Somit könne er bei jeder Witterung problemlos besichtigt werden. Außerdem dürfe in Zukunft jedermann auf mir herumtrampeln, ohne dass es mir etwas ausmacht.

Danach erklärte ich, wieso seine siebenstrahlige Form für mich voller symbolischer Bedeutungen ist: Ein Strahl zeigt zum Neubrunnenplatz, dem Ort meiner Kindheit. Einer weist nach Gonsenheim, wo ich mit meiner Frau Barbara lebe und wo ich vor 56 Jahren zum ersten Mal an Fastnacht aufgetreten bin. Ein dritter Strahl zeigt zum „unterhaus", wo ich vor 31 Jahren Premiere mit meinem ersten Kabarettprogramm hatte. Ein vierter deutet hinüber zum „Deutschen Kabarettarchiv", wo ich registriert, katalogisiert, dokumentiert und eines Tages mal endgültig abgelegt werde. Die restlichen Strahlen zeigen zu jenen Lokalitäten dieser Stadt, wo man sehr gut essen und trinken kann – nämlich in alle Richtungen.

Abschließend berief ich mich auf ein Zitat, das von einem der bedeutendsten deutschen Philosophen stammt, Lothar Matthäus, der mal gesagt hat: „Man soll niemand wichtiger machen, als wie er wichtig gemacht wird." Danach lüftete ich mein Hütchen, also das über der damit verdeckten Bronzeplatte unter dem Dach vom „unterhaus", unter freundlicher Assistenz der Laudatoren und unter dem Beifall der „Stern-Gucker". Nach einer Erfrischungspause zog dann eine heitere Karawane Richtung Rathaus zur Eröffnung der bereits angekündigten Ausstellung.

Heitere Eröffnung

Im vollbesetzten Ratssaal, der für alle an dem Ereignis Interessierten zugänglich war, versprach OB Jens Beutel bei der Ausstellungseröffnung, diese Veranstaltung werde garantiert amüsanter als eine Ratssitzung. Der Stiftung Deutsches Kabarettarchiv sprach er seinen Dank für die Präsentation dieser Ausstellung aus. Mich bezeichnete er als „einen waschechten Mainzer, der den so genannten kleinen Leuten sehr nahe ist, im wahrsten Sinne des Wortes ein Volkskabarettist". Für ihn bedeute „typisch Bonewitz" der Kampf eines engagierten Satirikers für eine bessere Welt, um die Darstellung des Menschlichen und Allzumenschlichen in all seiner Absurdität, gegen das Kleingeistige und Inhumane, mit viel Leidenschaft und einer Prise anarchistischer Kraft.

Kulturdezernent Peter Krawietz schilderte das erfolgreiche Künstlerleben des neuen „Stern-Besitzers" und meinte spaßhaft, man könne froh

Laudator Uwe-Karsten Heye (rechts) – hinter ihm: Tobias Mann (links) und Peter Krawietz (ganz rechts)

sein, dass der Geehrte das alles noch erleben kann, bevor er in Bronze gegossen zwischen Kabarettarchiv und Fastnachtsmuseum stünde und dadurch – wie üblich – leidenschaftliche Diskussionen auslöse. Er strich in seiner Laudatio besonders meine fastnachtliche Vergangenheit heraus, wo ich als satirisch-kritischer Narr Missstände in der eigenen Sippe offen und mutig beim Namen nannte. Selbst mit meinem vorjährigen Auftritt zum 50-jährigen Jubiläum der Fernsehfastnacht hätte ich den Kontrast zum heutigen Niveau sehr deutlich werden lassen, was mir wahrlich nicht nur Freunde gebracht hätte. Mir wünschte er, dass ich noch möglichst viel produzieren möge.

Schwager Uwe-Karsten Heye, ehemaliger Sprecher der Bundesregierung, nannte mich in seiner überwiegend familiär geprägten Rückschau einen „fröhlich-skeptischen Optimisten, Moralisten und Menschenfreund", und fügte unter anderem hinzu: „Er braucht die Maske und wenn es nur eine übergroße Brille oder eine Kopfbedeckung ist, denn als ‚Herbert allein' ist er viel zu schüchtern. Viele seiner Ideen, Texte und Lieder verdankt er gewiss meiner Schwester, die ihm Muse war und immer noch ist. Bevor er sich auf die Bühne wagt, sitzt er Tage und auch Nächte unter dem Dach in seiner spitzwegischen Poetenkammer und denkt sich Wortspiele und Melodien aus, und stellt inszenatorisch seine Programme zusammen." Seiner Meinung nach sei ich als „ewiger Narr" heute schon eine Legende meiner selbst.

Eine überaus humorvolle Laudatio hielt Tobias Mann seinem „Freund und Vorbild, dem Satirekünstler mit hoher sozialer Kompetenz". Er schilderte – ebenfalls mit vielen Talenten – meine Entwicklung als Musiker und Arrangeur, als Fastnachtsredner und Kabarettist. Viel habe er gelernt von Inhalt und Form meiner Vorträge und Sketche. Ich sei sein Idol, ein guter Ratgeber, Vermittler von Inspirationen und nicht zuletzt Seelenverwandter. Nicht zu vergessen sei dabei „die gute Seele im bonewitzigen Universum": Ehefrau Barbara in ihrer Eigenschaft als kompetente Kritikerin, Beraterin und Unterstützerin. Sie habe ebenfalls ihm und seinen Bühnenkollegen helfend und mit guten Ratschlägen zur Seite gestanden. Da wir uns selbst als seine „künstlerischen Großeltern" bezeichnet hätten, dankte er seinem „satirischen Opa" und seiner „hilfreichen Oma".

Zum Abschluss präsentierte er noch eine Überraschung: Seine Sängerkollegen von „Aca & Pella", mit denen meine Frau und ich seit Beginn ihrer Karriere freundschaftlich verbunden sind, sangen eines meiner poetischsten Lieder: „Ich möcht‘ ein Schloss aus Blumen bau’n“.

In meiner „Dankatio“ sprach ich den Laudatoren meinen Dank für ihre Lobeshymnen aus und bescheinigte ihnen, dass sie nicht nur erstaunlich gut informiert über mich seien, sondern auch äußerst glaubwürdig, und versicherte ihnen: Ich hätte es nicht besser machen können. Allerdings sei mir durchaus bewusst: „Lorbeer ist ein schnell welkendes Gemüse, und wer sich nur darauf ausruht, der trägt ihn an der falschen Stelle.“ Meine Hoffnung sei, dass ich auch weiterhin allen Menschen um mich herum Freude bereiten könne; ich meine damit wirklich alle, denn wenn ich Erfolg habe, freuen sich meine Freunde, und wenn ich mal keinen haben sollte, freuen sich meine Feinde.

Zum Abschluss spendete das Auditorium, das eine höchst unterhaltsame, niveauvolle Veranstaltung mit viel Geist und Witz erleben durfte, stehend Applaus. Danach begab man sich hinüber ins Foyer und konnte dort einen informativen Rundgang durch die Ausstellung unternehmen.

Cover für CD der „Sinfonietta“

Ausgestelltes Leben

In Zusammenarbeit mit dem Kulturdezernat der Stadt Mainz hatte das Deutsche Kabarettarchiv die Ausstellung zusammengestellt, die nach meinem ersten kabarettistischen Tourneeprogramm benannt wurde: „Typisch Bonewitz“ – Zwischen allen Stilen. Das Konzept, die Texte und die Gestaltung stammten von Jürgen Kessler, Matthias Thiel und Fiona Leùs, der Prospekt für die Einladung und das Plakat von Filius Michael Bonewitz. Besichtigt werden konnte im Foyer des Rathauses in der Zeit vom 10. Juli bis zum 25. August laut Ankündigung: „Ein bonewitziges Leben in 11 Kojen mit 222 Exponaten“ – gegliedert in die Bereiche: Kindheit, Familie, Musik, Fastnacht, Gonsbach-Lerchen, Grafiken, Kabarett und Publikationen.

Um eine möglichst vollständige Sammlung für diese „dreidimensionale Biografie" zusammenstellen zu können, besuchte der dafür zuständige Archivar Matthias Thiel mehrmals unser Reihenhaus in Gonsenheim und scheute sich nicht, meine Color-Grafiken von den Wänden abzuhängen, Requisiten und Utensilien aus meinem Fundus rauszusuchen und meine Archivalben zu plündern. Mit mehreren Fuhren wurde das Material ins Rathaus gebracht und dort zusammen mit weiteren Dokumenten aus dem Kabarettarchiv von ihm und Fiona Leús thematisch geordnet, mit erläuternden Beschilderungen versehen, attraktiv und übersichtlich in den dafür vorgesehen Bereichen platziert.

Dabei dürften manche Exponate amüsiertes Staunen beim Betrachter hervorgerufen haben, wie zum Beispiel das „Humorprüfungsgerät" oder die „Lebenszeitmaschine". In einem Glaskästchen war eine zerquetschte Kippe zu sehen und darunter stand: „Meine letzte Zigarette, ausgedrückt am Dienstag, den 24. Juni 2003 um 17.42 Uhr". Auch die aktuelle CD der „Sinfonietta" gehörte zu den Ausstellungsstücken: einmal mit dem von mir satirisch erzählten und vom Sinfonieorchester gespielten „Karneval der Tiere" und zum anderen mit „Peter und der Wolf", erzählt von Peter Krawietz. Cover und Booklet wurden von mir grafisch gestaltet und karikaturistisch illustriert.

Blick in eine Vitrine mit grafischen Werken

Zahlreiche historische Fotos und Dokumente, die in meinem „ausgestellten Leben“ zu besichtigen waren, sind auch hier in diesem Buch veröffentlicht, sodass man die Lektüre durchaus mit einem Spaziergang durch diese Ausstellung vergleichen könnte.

Meine Gefühle beim Betrachten all dieser Objekte, die einen großen Teil meines Daseins ausmachen, waren sehr zwiespältig. Einerseits machte mich die Präsentation verständlicherweise ein wenig stolz, andererseits war mir es jedoch auch etwas peinlich, mit allen Facetten meines Lebens der Öffentlichkeit preisgegeben zu sein. Vor allem fand ich es mitunter erschreckend, mich großformatig an den Wänden hängen zu sehen

In der FAZ schrieb Matthias Trautsch unter anderem: „Welche Wirkung der ‚Deserteur des Narrenmarktes' hatte, lässt sich an Zeitungsausschnitten ermessen, die dort gezeigt werden. Selbst der ‚Playboy' entdeckte den rebellischen Grenzgänger und kürte ihn zum ‚Mann des Monats'. Beim Kabarettpublikum hatte er es indes nicht immer leicht. Schon wegen seines Mainzer Zungenschlags sahen viele in ihm nur einen Fastnachter auf Abwegen.“ Als Beleg dafür, dass ich dies alles dennoch mit Humor und Selbstironie zu nehmen verstehe, zitierte er aus meinem Gedicht „Kleinkunst-Alptraum“ die Zeile: „Drauf war ich eine Weile stumm... da freute sich das Publikum.“ Eigentlich fehlte da – als Bilanz meines Lebenswerks – nur noch die allerletzte Zeile, wo es heißt: „Doch seien wir nicht ungerecht... im großen Ganzen war's nicht schlecht.“

Von Schmerzen und Scherzen

Kurz nach der Beendigung meiner regelmäßigen Kabarettauftritte im März 2001 kam es zu einem äußerst unangenehmen Vorfall und zwar der Bandscheibe. Zunächst waren es nur sehr unangenehme Schmerzen im Lendenwirbelbereich, die aber immer stärker wurden. Die Diagnosen waren unterschiedlich: War es ein Hexenschuss? Oder vielleicht Ischias? Oder doch ein Defekt in der Wirbelsäule?

Nach allerlei Untersuchungen mit den verschiedensten Methoden einigte man sich auf einen Bandscheibenvorfall. Eine Operation schien nicht nötig, daher unterzog ich mich einer mehrmonatigen Physiotherapie. Danach ging es mir tatsächlich besser, auch wenn es immer mal wieder zu mehr oder weniger starken Rückenschmerzen kam, die ich medikamentös zu lindern versuchte. Derartige Leiden sind nicht verwunderlich, bei der überwiegend sitzenden Tätigkeit eines Publizisten und eines die Bequemlichkeit eines Sessels vorziehenden Fernsehfans.

Fünf Jahre später jedoch halfen auch Tabletten nichts mehr. Ich konnte nur unter großen Schwierigkeiten laufen, die Schmerzen zogen sich bis in die Beine. Ich klagte bei meiner Frau, ich käme mir allmählich vor wie ein alter Großvater. Was mich denn dabei so erstaune, meinte sie, weil: Opa sei ich doch schon längere Zeit und mit 72 gelte man normalerweise auch nicht mehr als ausgesprochen jung. Was mir kein großer Trost war, ebenso wenig wie der ärztliche Rat, mich einer Kernspintomografie zu unterziehen. Und das bei meiner chronischen Klaustrophobie. In die enge Röhre gesteckt, konnte ich durchaus nachvollziehen, wie sich ein Hähnchen im Bratrohr fühlen muss.

Die Diagnose bestätigte einen Bandscheibenvorfall, der umgehend operiert werden musste. Der weit und breit bekannteste Spezialist auf diesem Gebiet war Dr. Kwesi Dei-Anang. Der 61-jährige gebürtige Ghanaer, der mit einer Deutschen verheiratet ist, hatte in Bonn Abitur gemacht und kam mit 20 Jahren nach Mainz, um Medizin zu studieren. Als Neurochirurg arbeitete er in der Uniklinik und wurde danach Chefarzt in der DRK-Schmerzklinik (auf dem Gelände des früheren Alice-Krankenhauses). Seine afrikanische Herkunft zeigt sich in den Motiven seiner Gemälde, denn als Ausgleich zu seiner medizinischen Arbeit pflegt er ein kreatives Hobby, die Malerei. Diese farbenfrohen Bilder zieren Gänge und Krankenzimmer in der Klinik.

Die Operation verlief ohne Probleme, gleich am nächsten Tag konnte ich schon aus dem Bett, denn der Eingriff erfolgte durch einen winzigen Schnitt an der Stelle der betroffenen Bandscheibe. Die Empfehlung einer Reha lehnte ich jedoch ab, denn ich glaubte, dass ich zuhause in der gewohnten Umgebung am schnellsten wieder auf die Beine käme. Und das war auch der Fall, allerdings nur durch den unermüdlichen, aufopfernden Einsatz meiner „Oberschwester" Bärbel und der aktiven Hilfe durch einen Physiotherapeuten. Als „ambulante Beraterin" besuchte mich regelmäßig unsere Tochter Ulrike, deren Hobby medizinische Probleme und deren Behandlung sind, und die im Familienkreis inzwischen bezeichnet wird als „Frau Doktor Unblutig".

Nach etwa drei Monaten war ich wieder schmerzfrei und führte zur Vermeidung weiterer körperlicher Beschwerden neue Gewohnheiten ein, die mir seither sehr gut bekommen sind: tägliches Rückentraining und wöchentlich drei- bis viermal mindestens zwanzig Minuten strammes Spazierengehen im nahe gelegenen Gonsenheimer Wald. Abends saß ich dann wieder – mit einer akribisch notierten Programmübersicht interessanter Sendungen auf dem Schoß – vor meinem überaus geschätzten Fernseher, was meine Frau zur der seltsamen Feststellung veranlasste, ich sei ein mythisches Wesen: halb Mensch, halb Sessel.

Hinter närrischen Kulissen...

Ein weiterer sehr unangenehmer Vorfall ereignete sich an völlig anderer, unvermuteter Stelle: im närrischen Bereich, allerdings nicht verbunden mit körperlichen Schmerzen, sondern eher mit seelischem Unbill. Seit 2002 half ich auf Bitten der Führungsspitze des GCV ehrenamtlich hinter den Kulissen als Berater und Gestalter für die optimale Präsentation des Vereins durch seine Akteure in den Sitzungen im Schloss und in der Gonsenheimer Turnhalle, sowie gegen Ende der Kampagne in der Fernsehsitzung. Auch in diesem Jahr hatte ich wieder die Idee und den Text geschrieben für die Eröffnungsszene, diesmal mit Helmut Grimm als „Hausmeister“ mit satirischen Verhaltensmaßregeln für obligatorische „Zu-spät-Kommer“, für notorische „Platz-Meckerer“, für arrogante „Ein-Hand-Klatscher“, für rücksichtslose „Dauernd-dazwische-Babbeler“ und für ungeduldige „Vor-de-Paus-enaus-Renner“.

Auch für die Gesangsgruppe „Schnorreswackler“ hatte ich wieder originelle Masken und Kostüme entworfen, diesmal für das Thema „Närrisches Gemüse“: So kamen sie auf die Bühne – verkleidet als Spargel, als Tomate, als Sellerie, als Pilz, als Kopfsalat, als Rettich und andere Gewächse. Für diesen Auftritt ernteten sie – wie schon in den vergangenen Jahren – nicht nur Applaus und gute Kritiken für ihre gesanglichen Leistungen, sondern auch für ihr einmaliges, urkomisches Erscheinungsbild.

Beim traditionellen Aktivenausflug ist es Sitte, dass der GCV-Programmchef und Sitzungspräsident Betz der Reihe nach allen Akteuren und Aktiven für ihre Arbeit vor und hinter den Kulissen ausdrücklich und namentlich dankt. Das war auch diesmal so – mit einer einzigen Ausnahme: Mein Name wurde dabei nicht genannt, trotz meiner verschiedenen Beiträge zum Programm. Na ja, kann ja mal passieren, dachte ich mir und bat am nächsten Tag den Programmchef um Aufklärung.

Seine Antwort verblüffte mich dann aber doch: Er habe meinen Namen auf einem Zettel notiert, ihn aber zuhause vergessen. Wie bitte? Ein alter Bühnenhase und erfahrener Programmchef, mit dem ich bei mehreren Sitzungen im Kreativteam Seite an Seite saß, der meine Texte gelesen und meine Entwürfe begutachtet hatte, soll das einfach vergessen haben? Das erschien mir nicht recht glaubhaft.

Diese Zweifel teilte ich ihm auch ganz offen und ehrlich per Mail mit und bat, künftig genau so behandelt zu werden wie alle anderen. Daraufhin erhielt ich ein offizielles Schreiben der Vereinsführung: Man bedauere, meine diesbezüglichen Wünsche nicht erfüllen zu können, ich sei aber jederzeit bei Veranstaltungen des GCV willkommen. Was wiederum eine süffisante Antwort von mir provozierte, in der ich meine Mitarbeit im Kreativteam aufkündigte, jedoch betonte, ich stehe nach wie vor für Einzelberatungen von Akteuren und als Ideengeber und Entwerfer für Masken und Kostüme der „Schnorreswackler“ zur Verfügung.

Wie bitte? – Ich sei zu sensibel? Viel zu empfindlich? Ja, natürlich bin ich das – zum Glück! Wer nicht sensibel genug ist, der kann auch keine künstlerische Leistungen erbringen, hat mal der Hüsch zu mir gesagt; ergänzend möchte ich noch hinzufügen: nicht „en gros“ und noch weniger „en detail“ – basta!

Übrigens, noch einer hat dem GCV den Rücken gekehrt, wenn auch aus ganz anderen Gründen: die Hauptattraktion der Sitzungen, der Allround-Könner Tobias Mann. Er tat genau das, was ich vor 23 Jahren riskiert hatte: den Ausstieg aus der Fastnacht und den Einstieg ins professionelle Kabarett. Gleichzeitig mit ihm fiel damit auch eine weitere Attraktion für den GCV aus: seine Kollegen der Show- und Gesangsgruppe „Aca & Pella“.

Was meine Situation betrifft, so muss ich notgedrungen meiner Frau recht geben, die mich immer gewarnt hat: „Bei den Fastnachtern ist es noch genau wie früher. Wenn sie dich brauchen, dann wissen sie, wo du wohnst. Aber wenn sie dich nicht mehr brauchen, dann bist du bald wieder im Abseits. Vor allem dann, wenn du durch deine vom Publikum stets umjubelten Auftritte öfter einem ‚allmächtigen Platzhirsch‘ in die Quere gekommen bist.“

Von wem stammt noch der Spruch: „Das kennt man seit langem schon: Undank ist der Narren Lohn!“ Na? – Ich glaube, der ist von mir.

Als „Nachtvorleser" im Hörsaal der Chirurgie in der Uniklinik

… und auf verschiedenen Bühnen

Einen außergewöhnlichen Gast-Auftritt hatte ich in der Premieren-Woche bei dem Musical „Feucht und Fröhlich", eine „unterhaus"-Produktion von Frank Golodkowski mit Hildegard Bachmann, Ulrike Neradt und Margit Sponheimer sowie Nick Benjamin, Heinz Meller und Norbert Roth. Bei einer „Casting-Szene" traten dort als Überraschungsgäste verschiedene Mainzer Prominente auf. Ich erschien mit einer umgehängten „ambulanten Bütt" als flexibler Redner, der blitzschnell Maske und Thema wechseln kann: von karnevalistisch über politisch bis kulturell.

Natürlich gab es auch wie gewohnt etliche Gratis-Lesungen in Pfarrgemeinden und sozialen Einrichtungen sowie Benefiz-Auftritte, so zum Beispiel beim „Scheene Määnzer Nachmittag", organisiert vom MCV-Ehrenpräsident Werner Mundo, wobei ich diesmal als Thema „Tipps für Verbalkosmetik" gewählt hatte. Beim traditionellen „Rheingau-Talk" in Oestrich-Winkel mit Ulrike Neradt und Wolfgang Junglas vom SWR klärte ich das Publikum in einem „satirischen Mitbringsel" auf, unter anderem auch über den Modetrend „Fit for Fun" – was die Älteren unter den Lesern sicher noch kennen unter der Bezeichnung „Kraft durch Freude".

Bei den „Ex-Lerchen" mit Damen fand zum dritten Mal die Vorführung von Video-Auftritten aus historischen Zeiten statt, diesmal mit spektakulären Auftritten aus den 60er Jahren. Und auch zur Nachtvorlesung war ich wieder von Professor Dr. Vahl eingeladen worden – diesmal über das Thema „Extreme Extremitäten", ebenfalls zum dritten Mal, was in Mainz bedeutet, dass es damit schon zur Tradition geworden ist.

„BoneWitziges Satirikum"

Als mein Sohn in seiner Eigenschaft als Verleger anfangs des Jahres fragte, ob es nicht an der Zeit sei, mein nächste Buch in Angriff zu nehmen, sagte ich leichtsinnigerweise zu, ohne zu ahnen, dass ich in der Endphase die Korrekturen von Texten und Layout in einem Klinikbett liegend durchführen musste. Das Konzept für das mittlerweile vierte Druckwerk klang recht einfach: Es sollte eine Sammlung meiner satirischen Glossen und Cartoons sein, wobei Texte und Reinzeichnungen bereits alle in verschiedenen Ordnern verteilt vorlagen. In der Praxis jedoch bedeutete das eine Heidenarbeit, bis alle Unterlagen druckfertig aufbereitet waren. Als Titel wählte ich eine etwas waghalsige Kombination der lateinischen Vokabel „satiricus" (satirisches) und „cumulatus" (gehäuftes) zu der Wortschöpfung „Satirikum", was entschieden eleganter klingt als „satirisch Gehäuftes".

Am Ende wurde es ein umfangreiches Werk von 208 Seiten mit rund 70 Glossen und 120 Zeichnungen: ein „BoneWitziges Satirikum" – mit scharfer Zunge und spitzer Feder. Ein spaßiger Bummel durch unsere Welt, wobei menschliche Torheiten und Narreteien aufgespießt und „pikant gewürzt" serviert werden. Die geschriebenen und gezeichneten Glossen behandeln Themen, die so vielfältig und unterschiedlich sind wie unser Leben: Alltägliches, Festliches, Gesellschaftliches, Kulturelles, Haustierliches, Absurdes und Kurioses. Hier nur einige Beispiele: die ganzjährige Hasenvermarktung, der Leichensimulator im Krimi, das Gespräch eines

„schwangeren Großvaters“ mit dem Vatikan, modische Angebote aus der Hundeboutique und die Ganzkörper-Werbung bei Mainz 05.

Aufschlussreich auch das Vorwort, das ein bundesweit bekannter Journalist, Autor und Publizist verfasst hat, in dem es unter anderem heißt: „Die Bitte diesen Prolog zu schreiben ehrt mich, um so mehr, da ich den Autor schon lange kenne, und er mich dennoch immer wieder überraschte mit neuen Seiten, die er für sich selbst aufschlug, oder mit neuen Einsichten oder nur Sichten auf das Leben, das um ihn herum tobt und auf das er mit ironischer Kennerschaft und menschenfreundlicher Geduld zu blicken pflegt. Gesegnet mit zahlreichen Talenten, voller Humor und der Fähigkeit wortakrobatisch das Leben auf die Schippe und sich selbst auf den Arm zu nehmen. Einer, der zuerst über sich selber lacht und andere zum Lachen bringt, die sich in ihm wieder entdecken. Dies ist ein gern verabreichtes Vorwort, mit Dank für manche schmunzelnde Erkenntnis, die ohne ihn nicht gewesen wäre.“

Auf solch eine kenntnisreiche Analyse und fundierte Betrachtung seiner Arbeit kann ein Autor zweifellos stolz sein, wird doch darin einiges erklärt, was ihm selbst noch nicht bewusst gewesen ist. Wie der Verfasser des Vorworts zu solch einer positiven Beurteilung kommt? Keine Ahnung, ich habe ihn weder beeinflusst, noch dazu überredet oder gar bestochen. Es könnte jedoch vielleicht auch ein wenig damit zu tun haben, dass es sich bei ihm um den Bruder meiner Frau Barbara, um meinen Schwager Uwe-Karsten Heye handelt.

Hochgefühle und Tiefschläge

Wenn ich Ihnen einen guten Rat geben darf: Sammeln Sie nie Fotos in einem alten Schuhkarton oder in der Schublade einer Kommode. Wie oft schon habe ich erlebt, dass Gäste bei uns zuhause mit staunender Bewunderung in meinen umfangreichen Archivalben blätterten und jammerten: „Ach, hätte ich meine Fotos doch auch immer gleich eingeklebt und die Seiten beschriftet, aber jetzt graust's mich vor dem ungeordneten Riesenhaufen daheim, zumal ich nicht mal mehr weiß, wann die Bilder aufgenommen wurden.“

Solche Klagen kenne ich zur Genüge, daher empfehle ich immer möglichst baldiges Archivieren nicht nur von Fotos, auch von Zeitungsartikeln und anderen Dokumenten. Diese Arbeitsweise hatte ich mir schon angewöhnt, seit ich 1950 den ersten Schritt auf die Bühne wagte. Daher verfüge ich über eine fast lückenlose Sammlung meiner kompletten Unterlagen in mittlerweile 50 Alben.

Gerade archiviere ich das Material über die Verleihung des „Sterns der Satire“ von 2006. Den Abschluss der Dokumentation bilden die Glückwunschbriefe von privaten und offiziellen Gratulanten. Darunter unter anderem: Ministerpräsident Kurt Beck („mein Landesbabba“), OB Jens Beutel, die Gonsenheimer Ortsvorsteherin Sabine Flegel, sowie die SPD und sogar die CDU Mainz. Von den Narrenvereinen gratulierten der MCV und die „Allerscheenste“ (Hildruth Schaubruch: „Der Stern vom Gonsbach glänzt schon seit 56 Jahren!“). Originell auch der Glückwunsch „von unserm Margitsche“, die einzige von mir entdeckte Stimmungssängerin, die mit einer meiner scherzhaften Bezeichnungen über sie unterzeichnete: „Deine Lattwersch-Callas“. Natürlich durfte auch mein „Uralt-Freund“ Gerold nicht fehlen („mit einem großen Fernet in der Hand“).

Der rührendste Brief jedoch kam von Leni Braun, der Ehefrau des leider viel zu früh verstorbenen Rolf Braun; sie schrieb unter anderem: „Als Rolf noch im Krankenhaus lag und die Einladung kam zur Vergabe des ‚Sterns der Satire‘ an Dich, hat er sich echt gefreut und mich gebeten, Dir zu gratulieren. Am 7.7. bekamst Du Deinen Stern und am 7.7. ging sein Weg zu den Sternen. Behalte ihn in guter Erinnerung, denn er mochte Dich sehr – glaube es mir!“

Ein Giftpfeil von hinten

Natürlich kann man nicht erwarten, dass man im Leben von jedem gemocht wird, das wäre ja auch schrecklich langweilig. Aber manchmal erlebt man doch einen Schock, wenn man von närrischen Kollegen aus dem eigenen Verein unerwartet „hinten herum“ attackiert wird. Wie in einem Interview, das der SWR während der Kampagne 2007 mit dem GCV-Sitzungspräsidenten Hans-Peter Betz führte, und in dem es über Tabu-Themen an Fastnacht ging (veröffentlicht im Internet unter www.swr.de). Dabei sagte er wörtlich: „Bonewitz war damals die absolute Ausnahme und hat schon einige Tabus gebrochen, obwohl das am Ende aus meiner Sicht dann leider nur noch eine Masche war.“

Wie bitte? Leider nur noch eine Masche? Meine Vorträge? Mit solch unterschiedlichen Figuren und verschiedensten Themen wie der „Büttenschieber“, oder der „Party-Professor“, oder „Prinz Bibi“, oder der „Psychologe", oder der „Dialektologe", oder der „Musikprofessor", oder der „Stimmungsliedermacher", oder der „Hofmatz mit seim Dibbsche"? Alles nur eine Masche? Wer zu einer solchen Beurteilung kommt, der muss schon erheblich „wahrnehmungsgestört" sein oder meine Vorträge gar nicht alle gehört haben. Und so ein abwertendes Urteil von jemand, der mich mit meinen Vorträgen in einem Presseinterview 2002 ausdrücklich als sein Vorbild bezeichnet hat. Also muss er logischerweise entweder damals geschwindelt haben oder heute.

Was aber besonders ärgerlich ist: Meine Anfrage an den Präsidenten und an einige Spitzenakteure, denen ich immer beratend zur Seite gestanden habe, was man davon halte, dass ein führender Funktionär des Vereins ein Ehrenmitglied und Ehrenaktiven derart öffentlich abqualifiziert, wurde leider von keinem Einzigen beantwortet.

Besonders verwundern kann so ein Verhalten eigentlich nicht, denn seit der heftigen Auseinandersetzung mit dem GCV-Programmchef wurde ich nicht nur von ihm mit Missachtung gestraft – einschließlich meiner Frau –, sondern die seitherigen guten Kontakte mit anderen maßgeblichen Akteuren wurden von deren Seite ebenfalls nicht mehr länger aufrecht erhalten. Was man aber auch verstehen kann, denn wenn eine solch schwere „atmosphärische Störung" herrscht, dann schart sich alles um die mächtigste Figur im Verein und vermeidet tunlichst, mit einem „Abtrünnigen" in Verbindung gebracht zu werden.

Nebenbei bemerkt: Eben jener war es auch, der sich – gleichfalls „hinten herum" – bei den Verantwortlichen des SWR nach der TV-Jubiläumssendung beschwert hatte, mein Auftritt als „Uralt-Aktiver" sei viel zu lang gewesen. Warum jemand so etwas macht? Darüber lässt sich trefflich spekulieren, ist mir aber letztendlich auch völlig Wurscht.

Auszeichnung für Masken und Kostüme

Aber es gab auch etwas überaus Erfreuliches in dieser Kampagne. Für die Gesangsgruppe „Schnorreswackler" mit ihrer „Närrischen Geisterstunde" hatte ich wieder die Masken, die Kostüme und das Bühnenbild entworfen. Dazu hieß es in der lokalen Presse unter anderem: „Nicht nur mit einer starken Gesangsdarbietung, sondern auch in tollen Kostümen eroberten die Schnorreswackler die Bühne" sowie „Phantasievolle Kostüme und hervorragende Stimmen zeichnete ihre ‚närrische Geisterstunde' aus."

Natürlich kamen sie mit dieser akustisch wie optisch spektakulären Darbietung nicht nur in die Fernsehsitzung, sondern wurden dafür auch ausgezeichnet: mit dem „Fernseh-Jokus" der AZ, weil sie bei einer Umfrage unter den Fernsehzuschauern den ersten Platz unter allen Mitwirkenden belegten. Leider wurde vom GCV – wie schon in den vergangenen Jahren – meine Urheberschaft für die Entwürfe nicht bekannt gegeben, sodass ich dies hiermit leider selbst nachholen muss. Das hat meines Erachtens mit Eitelkeit nichts zu tun, sondern ich halte das lediglich für Chronistenpflicht – aus berechtigtem Stolz, oder?

Die „närrische Geisterstunde" der „Schnorreswackler" 2007

Ein Narr über Narren

Dieses Gefühl hatte ich auch, als ich von Frau Dr. Isabella Fehle vom Landesmuseum Mainz und dem Kurator Gernot Frankhäuser eingeladen wurde, zum Start der Ausstellung „Der Narr – König der verkehrten Welt" die Eröffnungsrede unter einem ganz persönlichen Blickwinkel zu halten. Die 250 Gäste im vollbesetzten Vortragsraum begrüßte ich mit den Worten: „Wer sich freiwillig an einem schönen Sonntagnachmittag ins Museum setzt, um etwas über Narren zu hören, der kann nur selbst einer sein."

In einem umfassenden Streifzug durch die Geschichte sprach ich über die verschiedenen Definitionen für Narren und schilderte die Situation der mittelalterlichen Hofnarren, die sich bei ihren Herrschern häufig im wahrsten Sinne des Wortes „um Kopf und Kragen" redeten. Für die

Kurator Gernot Frankhäuser und Direktorin Dr. Isabella Fehle neben zwei Narren

Schalksnarren auf den Marktplätzen galt: Je rüpelhafter die Scherze, umso größer war der Jubel des gaffenden Volkes – was auch heutzutage immer noch festzustellen sei.

Dann schilderte ich die Entwicklung von den neuzeitlichen Karnevalsnarren von Anfang des 19. Jahrhunderts bis zu den heutigen Protagonisten, den „elektronischen Hofnarren" unserer Zeit. Zum Abschied resümierte ich: „Der wahre Narr steht jederzeit mit beiden Beinen... fest in der Luft. Eigentlich müsste es viel mehr Narren geben auf der Welt, denn die so genannten ‚Vernünftigen' haben schon weitaus mehr Unheil angerichtet als alle Narren zusammen. Sterblich ist nur der Narr, aber nicht die Narretei."

Vom Drechsler zum Kinobesitzer

Vor rund hundert Jahren wurden in Mainz die ersten Kinos eröffnet – damals noch etwas abschätzig „Kintopp" oder „Flimmerkisten" genannt. Es war die so genannte „gute, alte Zeit" – vor dem Ersten Weltkrieg. Das Interesse für das neue Medium Film und die Begeisterung über die bewegten Bilder war damals riesengroß – egal ob in der Stadt oder auf dem Lande.

Diese rasante Entwicklung beobachtete anfangs der 20er Jahre mit großem Interesse der 45-jährige Besitzer eines Tabakwarenladens in direkter Nachbarschaft der „Hansa-Lichtspiele" – dem späteren „Regina" – in einem Eckhaus am Neubrunnenplatz 3. Und da sein ältester Sohn den Tabakwarenladen übernehmen konnte, beschloss er ein Kino zu eröffnen, aber nicht in der Stadt, wo es bereits über ein Dutzend davon gab, sondern in einem noch „kinofreien" Vorort. Das hatte den großen Vorteil, dass sich die Einwohner den damals noch umständlichen und zeitraubenden Weg in die Stadt sparen und ganz bequem von ihrem Haus aus zu Fuß ins Kino gehen konnten. Heute würde man sagen: Er hat eine Marktlücke erkannt und genutzt. Und zwar in einem Ort, der wirtschaftlich die größten Chancen im Umfeld von Mainz bot.

Und so übergab der wagemutige Unternehmer 1924 sein Geschäft in Mainz an seinen Sohn und zog nach Gonsenheim, wo er – damals noch relativ preiswert – Ecke Waldstraße und Kaiserstraße (heute: Breite Straße) ein Haus mit einem dahinter liegenden Garten erwarb. Der Sohn war mein Vater Josef und der angehende Kinobesitzer mein Großvater Emil Bonewitz.

Dies war nicht sein erstes äußerst riskantes Unternehmen. Der gelernte Drechsler musste kurz vor der Jahrhundertwende aus seinem thüringischen Heimatort Förtha bei Eisenach fliehen, da er dort polizeilich gesucht wurde: als SPD-Aktivist und wegen „gefährlicher gewerkschaftlicher Umtriebe". Sein Weg führte ihn über Hasselbach im Taunus, wo er seine spätere Frau Maria kennen lernte, nach Schierstein. Dort heiratete er, und dort kam auch mein Vater Josef 1901 zur Welt.

Mein wagemutiger Opa Emil

Einen Arbeitsplatz fand mein Großvater in Mainz damals bei der Holz verarbeitenden Firma Gerster auf der Ingelheimer Aue. Aber da er sich auch dort für die Rechte der Arbeitnehmer engagierte und die Einsetzung eines Betriebsrates durchsetzen wollte, wurde ihm fristlos gekündigt und zwar mit der Begründung: Er sei ein „überaus aufrührerisches und gemeingefährliches Subjekt".

Kurz entschlossen machte sich das Subjekt selbstständig und mie-

Das „Lichtspielhaus" im Jahre 1939

tete 1906 einen kleinen Laden in der Mainzer Altstadt: in der Korbgasse, wo er nicht nur seine Pfeifen verkaufte, die er selbst gedrechselt hatte, sondern auch die dazugehörigen Tabake und Raucherutensilien. Das Geschäft lief so gut, dass er bald umziehen konnte an den Neubrunnenplatz, wo es mehr Laufkundschaft gab, und wo er auch sein Sortiment erheblich erweiterte. Als er es später meinem Vater übergab, war es ein florierendes Spezialgeschäft für Tabakwaren aller Art – wie bereits erwähnt: „en gros & en detail".

Durch das angenehme Wohnklima in Gonsenheim und die günstigen Verkehrsverbindungen kam es in den Zwanziger Jahren dort zu einem wahren Bauboom. Besonders wohlhabende Städter bauten sich am Waldrand auf großen Grundstücken Villen und schlossähnliche Gebäude. Weitaus weniger luxuriös, aber dafür praktisch und funktionell gestaltete sich der Bau des ersten Kinos in Gonsenheim in der Kaiserstraße 38 durch meinen wagemutigen Opa Emil, der dieses „Lichtspiel-Theater" hinter seinem Eckhaus auf dem dortigen Gartengrundstück errichten ließ.

In einer Werbeanzeige verkündete er: „Nach den modernsten Richtlinien gebaut – die Innen-Dekoration ist von dem Malermeister Philipp Werum, der dritte, und seinen Söhnen künstlerisch ausgeführt und mit allem Komfort der Neuzeit ausgestattet. Dadurch sind wir in der Lage dasselbe zu bieten wie das modernste Großstadttheater!"

Anfang 1925 war es endlich so weit: In den „Amtlichen Nachrichten" von Gonsenheim erschien ein Inserat über die „Eröffnung des neu erbauten modernen Lichtspiel-Theaters mit 500 Balkon- und Parterreplätzen am Samstag, den 7. Februar, nachmittags 14 Uhr". Auf dem Spielplan stand ein „Monumentalfilmwerk in 6 Prunkakten: Die Sklavenkönigin".

Im Gegensatz zu allen anderen Kinobesitzern in Deutschland – und vielleicht sogar weltweit – brauchte mein Opa Emil keinerlei Gagen zu zahlen für die musikalische Untermalung der in seinem „Lichtspiel-Theater“ aufgeführten Stummfilme. Mein Vater und seine Brüder Willy und Heini übernahmen diese Arbeit für „Kost und Logis“, bei Bedarf unterstützt von einem Freund und einem weitläufigen Vetter. Das habe ich bereits ausführlich geschildert im ersten Teil dieses Buches im Kapitel „Die faszinierende Macht des Kinofilms“.

Das Ende kam für das familiäre Kino-Orchester – wahrscheinlich zur großen Erleichterung für die Beteiligten – als der Tonfilm den Stummfilm ablöste. 1928 wurde in den USA der erste komplett vertonte Film in den Kinos aufgeführt und ein Jahr später auch in Deutschland.

Die Entwicklung des großelterlichen Kinos, das inzwischen den eindrucksvollen Namen „Filmbühne“ trug, habe ich in den Folgejahren ab etwa 1938 als kindlicher Zeitzeuge hautnah miterleben können. Später übertrug mein Opa die Leitung des Kinos in die Hände meines Vaters. Den Niedergang der Gonsenheimer Kinoszene erlebte er nicht mehr, denn er starb 1952 im Alter von 74 Jahren.

Das Flüchtlingsmädchen und der Eingeborene

Diese Überschrift hört sich an wie der reißerische Titel einer kitschigen Seifenoper. Aber sie ist keineswegs dem Hirn eines einschaltquoten-süchtigen Redakteurs entsprungen, sondern das ist „selbst erlebte Realität“. Und nicht etwa mit einem „Happy End“, sondern hoffentlich mit einem „Happy Open End“. Im Gegensatz zu mir (dem „Uralt-Määnzer“) ist meine Frau Bärbel keine Eingeborene. Sie stammt noch nicht mal aus Rheinland-Pfalz, sondern genau wie mein Opa Emil „von drüben“ – womit nicht etwa Wiesbaden gemeint ist. Das Schicksal hat sie auf abenteuerlichen Wegen vom Osten hierher

Bärbel, die 16-Jährige „von drüben“

verschlagen. Geboren wurde sie 1939 in Döbeln/Sachsen, ihre Kindheit verbrachte sie in Danzig. Am Ende des Krieges flüchtete ihre Familie vor den Russen, kam aber nicht weiter als bis nach Rostock.

Da es die regimekritisch eingestellte Mutter jedoch auf Dauer nicht länger in der DDR aushielt, floh die Familie erneut und landete diesmal in Hamburg. Als eine Freundin der Familie – eine renommierte Opernsängerin – ein Engagement am Mainzer Stadttheater erhielt, erfolgte – trotz heftiger Proteste von Bärbel und ihrem ein Jahr jüngeren Bruder Uwe – der Umzug in die Landeshauptstadt von Rheinland-Pfalz. Dort kam es – ausgerechnet an Fastnacht – schließlich zu dieser schicksalhaften Begegnung mit mir, die schwerwiegende Folgen haben sollte – unter anderem unsere Tochter Ulrike und unseren Sohn Michael.

Schon ein Jahr später heirateten wir – wie bereits im ersten Teil des Buches berichtet. Dabei hatte meine Frau mehrmals vor Zeugen feierlich beteuert: Nie im Leben würde sie einen Mainzer heiraten. Der Grund dafür war die damals oft ablehnende Haltung von vielen Einwohnern – in dieser angeblich so tolerant eingestellten Mainzer Bevölkerung – mit stellenweise äußerst diskriminierenden Äußerungen gegenüber Flüchtlingen.

Dennoch ist es mir mit viel Mühe und Not gelungen, meine Frau von ihren Vorbehalten – zumindest was meine Person betrifft – abbringen zu können. Und bis jetzt hat unsere Ehe erfreulicherweise – trotz der üblichen „Aufs und Abs“ – außerordentlich gut gehalten – sowohl „en gros“ als auch „en detail“. Und wenn nichts dazwischen kommt, dann können wir weiterhin hoffnungsfroh in die Zukunft blicken, wo uns zunächst mal in absehbarer Zeit was Besonderes droht: die „Goldene Hochzeit“.

Besonderes Glück hatten wir mit unserem Nachwuchs und deren Abkömmlingen. Vor allem bei den Enkelkindern scheinen sich meine Talente und Vorlieben breit gestreut vererbt zu haben: Die älteste Enkelin Julia arbeitet als Grafik-Designerin, und ihre Schwester Eva-Maria ist ein begeisterter Fastnachtsfan, allerdings für den Balletttanz hatte ich keinerlei Begabung. Enkelin Hannah ist eine fanatische Handballerin und spielt sogar – wie ich seinerzeit – im Tor, und für ihren Bruder Lukas gibt es nichts anderes als seine Musik – und zwar spanische Gitarre, mit der er sogar schon öffentlich aufgetreten ist.

Unsere Tochter Ulrike hat offensichtlich mein Organisationstalent geerbt, ist mir jedoch in puncto Kommunikationsfreudigkeit weit überlegen.

Die Sippe anno 2007 mit dem „Ahnherrn" in der Mitte – (vorne von links): Eva-Maria, Ulrike und Julia – (hinten von links): Sabine, Michael, Hannah, „Ahnfrau" Bärbel und Lukas

Im Familienkreis ist sie als „medizinische Beraterin" gefragt und arbeitet als allseits anerkannte Fachkraft in einem Steuerberatungsbüro. Leider hatte unsere Familie einen schweren Verlust zu verkraften: Ulrikes Ehemann, unser Schwiegersohn Matthias, ist 2006 mit 48 Jahren an einem Herzversagen gestorben.

Unsere Schwiegertochter Sabine, eine studierte Sozialpädagogin und gelernte Buchhändlerin, war seit 1997 zeitweise beim ZDF als Redakteurin für die Pressearbeit im Bereich Kinder und Jugend tätig und seit 2006 als Pressesprecherin und Projektmanagerin bei der Stiftung Lesen.

Mit unserem Sohn Michael arbeite ich sogar partnerschaftlich zusammen, bei der Gestaltung seiner „MAINZ"-Hefte und bei verschiedenen seiner und meiner Publikationen. Ein kleines Gemeinschaftswerk war die Gestaltung des Titelbildes für ein Buch mit dem Titel „Mainzer Kinderra(d)t" mit Kurzgeschichten von Mainzer Prominenten, das von der Polizeiseelsorge an trauernde Kinder verteilt werden wird.

Bei der 8. Mainzer Bücher-Messe im Mainzer Rathaus hieß der Themenschwerpunkt in diesem Jahr: „Musikstadt Mainz". Zu meiner Überraschung erhielt ich eine Einladung zu einem „Live-Talk" am Sonntagvormittag im Foyer. Dabei habe ich weder ein Buch über Musik geschrieben noch ein Gesangbuch. Aber der Journalist und Verleger, der mich interviewen wollte, interessierte sich nicht für mich als Kabarettist, auch nicht als Fastnachter, sondern als Erster aus seiner Zunft wollte er was wissen über mich als „Musiker“. Unter dem Titel „Mainzer Urgestein im Kreuz- und Querverhör“ stand ich ihm Rede und Antwort, schilderte meine musikalische Laufbahn und erzählte ein paar lustige Anekdoten aus meinem Musikanten-Leben, über die nicht nur das amüsierte Publikum lachen musste, sondern der Interviewer lachte selbst am meisten und am lautesten. Was mich doch einigermaßen verwunderte, denn schließlich handelte es sich bei ihm um meinen Sohn Michael.

Das hat grad noch gefehlt

Im April 2007 hatte ich im „unterhaus“ wieder mal eine Premiere der besonderen Art: Es handelte sich dabei um eine „audio-visuelle Lesung“, im modernen Designer-Deutsch auch „Multi-Media-Show” genannt. Das bedeutet, dass es nicht nur was zu hören, sondern auch was zu sehen gibt: Nicht nur mich als Vorleser, sondern – zur Ablenkung von meinem in 74 Jahren reichlich gefaltetem Antlitz – auch Zeichnungen von mir, die während des Programms an die Wand geworfen werden. Kunstkenner werden sicher sagen: „Völlig zu Recht!“. Da ich so eine technisch schwierige Form der Präsentation noch nie riskiert hatte, nannte ich das Programm selbstkritisch: „Das hat grad noch gefehlt!“

Da alle drei Tage – wie früher üblich – total ausverkauft waren, musste ich doch erstaunt feststellen, welch großes Interesse an so einer Lesung besteht. Das ist ja schließlich kein aktuelles politisches Kabarett, auch keine zwerchfellerschütternde Comedy, geschweige denn spektakuläre Fastnacht. Obwohl: Fastnacht oder Comedy? Inzwischen gibt es da ja keine sehr großen Unterschiede mehr. Manchmal ist sogar eins so schlimm wie das andere.

Erstmals bekam das Publikum gezeichnete Satiren von mir im „unterhaus“ zu sehen: Cartoons, Karikaturen und Illustrationen – teils auch extra für diese Vorlesung angefertigt und mittels eines so genannten „Beamers“ auf eine Leinwand projiziert. Diese Prozedur hatte mein „elektronischer“ Sohn Michael übernommen, in Zusammenarbeit mit dem „unterhaus“-Techniker Hans-Joachim Schultz. Außerdem wurden noch jeweils zu Be-

Erstmals wurden Teile des Inhalts einer Vorlesung im „unterhaus" auf eine Leinwand „gebeamt".

ginn und Ende der Programmteile auch einige Lieder von mir eingespielt. Da es sich demnach um eine kombinierte Präsentation akustisch-optischer Art handelte, war das nicht nur eine „Lesung", sondern auch eine „Hörung" und eine „Sehung" – also eine „Lese-Hör-Sehung".

Ebenfalls eine Premiere: Erstmals hatte ich auf meinem Lesetisch einen leibhaftigen Laptop stehen, den ich zu bedienen hatte: Durch einen einfachen Tastendruck erschien die nächste Zeichnung auf der Leinwand. Zum Beispiel ein Motiv, wie die moderne Technik den Mensch im Griff hat: eine Riesenfaust aus einem Computer, die ein kleines blau und rot angelaufenes Männlein zusammenquetscht. Auch die großen Fragen der Philosophie wurden nach drei Zugaben am Ende angesprochen: „Wo komme ich her? Wo gehe ich hin?" Meine Antwort bestand in einem Hinweis auf den Bühnenausgang: „Da komme ich her, und da gehe ich auch wieder hin."

Einen Monat später gab es im „unterhaus" eine entscheidende Wende: Meine beiden langjährigen Weggefährten, die Gründer Ce-eff Krüger und Artur Bergk, zogen sich nach mehr als vier Jahrzehnten als Gesellschafter zurück. Neuer Besitzer wurde eine Stiftung, die dafür sorgen wird, dass der Betrieb wie gewohnt weiter laufen kann. Geschäftsführer Ewald Dietrich hatte seit 2003 die technische Erneuerung und den Schuldenabbau des Hauses vorangetrieben und blickte hoffnungsvoll in die Zukunft. Dem schloss ich mich gerne an, denn wenn dieses renommierte Forum-Theater nicht weiter so erfolgreich bleiben würde wie bisher – das hätte dann grad noch gefehlt!

Allerhand aus Stadt und Land

An und für sich gehöre ich nicht zu diesen notorischen Lesebriefschreibern, die zu jedem und zu allem ihren oft unmaßgeblichen Senf geben müssen. Aber manchmal, da packt es mich dann doch, wenn ich etwas in der Zeitung lesen muss, was mir gegen den Strich geht. Diesmal war es eine Meldung über ein kulinarisches Event unter dem Titel „Taste-Tival", eine Wortschöpfung, die offenbar zeigen soll, wie international unsere Stadt ist. Und so schrieb ich eine leserbriefliche Glosse unter dem Titel „Määnz – very interneschenell" mit diesem Text:

Glücklicherweise wird unsere Stadt mehr und mehr von der Globalisierungswelle erfasst – zumindest verbal. Wer seinem Angebot eine herausgehobene Bedeutung auf höchstem Niveau verleihen will, der verwendet sinnigerweise nur noch englische Übersetzungen. Jüngstes Beispiel: die Mainzer Genießertage „Taste-Tival", die nach dem „Countdown" mit „Smoke & Dine" beginnen, und später verwandelt sich dann die „Lobby" in eine „Soul-Kitchen" mit „Live-Cooking-Stationen". Da empfiehlt sich doch auch, demnächst die bisher üblichen profanen Bezeichnungen „Määnzer Events" zeitgeistgemäß zu übersetzen – zum Beispiel: „Wine-Market" und „Johnnys Night", wo man „Live-Looking" beim „Around-Walking" machen kann und „Tasting" an zahlreichen „Drinking-Shops", dazu „Chicken-Eating" und „Pancake-Schmatzing". Zum Abschluss gibt es dann noch einen deftigen „Handcheese with music" – aber „very good through". In diesem Sinne: Alla dann – let's go weiter on the way to a real interneschenell town!

Mitunter lasse ich mich auch mal breitschlagen und sage zu, als Interview-Gast Rede und Antwort zu stehen, obwohl ich lieber auf einer Bühne mit einem eigenen Programm die Leute unterhalten möchte. Aber wenn die Lokalzeitung einlädt, dann sollte man lieber nicht nein sagen. Und so saß ich im VRM-Bistro im Verlagshaus der AZ auf dem Lerchenberg und ließ mich dort verbal in die Zange nehmen von Monika Paul, Chefin der Lokalredaktion, und Stefan Schröder, stellvertretender Chefredakteur.

Es wurde ein munteres Gespräch über die wichtigsten Stationen meines „zahlreichen" Lebens, natürlich reichlich gewürzt mit allerlei Schwänken aus meiner Jugendzeit und mit entsprechenden Pointen. Den größten Lacher beim Publikum gab es jedoch gleich am Anfang, als Monika Paul auf meinen Bekanntheitsgrad zu sprechen kam und meinte: „Bonewitz, den kennt in Mainz doch jeder!" Daraufhin schilderte ich meine Ankunft hier vor Ort, als ich ohne Eintrittskarte beinahe nicht eingelassen wurde, da der Pförtner nicht wusste, wer ich war.

„Visionen in die Tat umsetzen" – das war das Motto unseres ehemaligen Hausarztes, Dr. Rainer Roßkopf, als er vor zehn Jahren, im Sommer 1997, zusammen mit gleich gesinnten Gonsenheimer Bürgern den Verein „Schöneres Gonsenheim" e.V. gründete. Die Grundidee war, gemeinsam für den größten Mainzer Stadtteil etwas zu bewegen, um ihn noch schöner werden zu lassen, als er es ohnehin schon ist. Erstes großes Projekt war der Platz vor der großen Turnhalle, der umfassend neu gestaltet werden sollte. Zur Illustration eines Jubiläumsartikels in den „MAINZ"-Heften wurde ich vom Fotografen Sascha Kopp zwischen die beiden Fastnachtsfiguren Till und Komiteter platziert, für deren Gestaltung ich Idee und Entwurf geliefert hatte. Dadurch konnte man für einige Zeit ausnahmsweise mal gleich drei „schwergewichtige" Narren auf dem Turnhallen-Platz besichtigen.

Drei „schwergewichtige" Gonsenheimer Narren

Eine spektakuläre Aktion unternahm das SWR Fernsehen Ende 2007: Die Wahl der Reihenfolge unter den 100 größten Rheinland-Pfälzern. Die Liste der Kandidaten wurde in den Printmedien und im Internet bekannt gegeben. Sie enthielt so unterschiedliche Personen wie: Kaiser Barbarossa und Jürgen Klopp, Hildegard von Bingen und Margit Sponheimer, Karl Marx und Ernst Neger, Bonifatius und Horst Eckel. An der Wahl beteiligt hatten sich viele tausend Zeitungsleser und Fernsehzuschauer.

In einer großen TV-Gala-Show mit viel Talk, Interviews und Gesangseinlagen stellte das SWR-Moderatoren-Duo Beatrix Reis und Holger Wienpahl das Ergebnis dieser Wahl vor. Bei der Nennung der endgültigen Reihenfolge gab es so manche Überraschung, sowohl für das Publikum als auch für die Auserwählten. Die ersten drei Plätze belegten der Reihe nach: Johannes Gutenberg, Fritz Walter und Helmut Kohl. Weitere Spitzenplätze erreichten unter anderen Fritz Wunderlich, Heiner Geißler und Bruce Willis. Zu meinem größten Erstaunen landete ich im ersten Drittel: Bei Platz 33 fiel mein Name, was merkwürdigerweise nicht nur genau meinem Geburtsjahr entspricht, sondern auch mit 3x11 eine Narrenzahl ist. Gleich hinter mir landeten Johann Lafer, Ernst Neger und der Schinderhannes. Wer Platz 100 erringen konnte, möchte ich nicht verraten. Nur so viel: Er war mal ein ganz berühmter Radfahrer, im Land ein Ministerpräsident und im Bund ein Verteidigungsminister.

Wieder mal umsonst, aber nicht vergeblich

Nicht jede Veranstaltung, bei der ich aufgetreten bin, hat Benefiz-Charakter. Aber dann habe ich einfach die mir zugedachte Gage einem sozialen Zweck gespendet. Vor allem dann, wenn es sich um etwas Karnevalistisches handelt, denn in diesem Bereich habe ich mich noch nie bezahlen lassen. So auch nicht für einen satirischen Vortrag, den ich vor Beginn einer Fastnachtsveranstaltung der Landesbausparkasse im Kulturheim des Carneval-Clubs Weisenau gehalten habe mit dem Thema „Närrische Erinnerungen". Meine Spende ging an die Mainzer Tafel, deren ehrenamtlich tätigen Mitglieder in der Heidelbergerfaßgasse Lebensmittel an Bedürftige verteilen.

Einen Benefiz-Auftritt der besonderen Art hatte meine Frau Barbara wieder mal für die „Ambulante Kinderkrankenpflege" der Johanniter-Unfallhilfe organisiert: Es war ihr gelungen, zum Erstaunen aller Beteiligten, einen der berühmtesten Kabarettisten zum dritten Mal für einen Abend im Frankfurter Hof zu gewinnen: Urban Priol, den scharfzüngigen Meister des kritischen Wortes, mit seinem Markenzeichen: der „haarsträubenden" Sturmfrisur.

Auch beim zehnten „Scheene Määnzer Nachmittag" half ich wieder durch einen Auftritt mit, zur Renovierung des Kurfürstlichen Schlosses beizutragen. Mein Freund Werner Mundo, der diese Aktion ins Leben gerufen hatte, konnte den bisher zusammen gekommenen rund 100.000 Euro weitere 10.000 hinzufügen. Zwanzig Mitwirkende heizten im Biergarten bei herrlichem Sommerwetter dem Publikum noch mehr ein als die strahlende Sonne. Mein Vortrag befasste sich satirisch mit dem Älterwerden, was nichts sei für Feiglinge. Dennoch sollte man versuchen, das Beste aus der zunehmenden „Verrunzelung" zu machen. Wie es schon bei Goethe heißt: „Keine Kunst ist's, alt zu werden, es ist Kunst, es zu ertragen."

Der Geschäftsführer vom „unterhaus", Ewald Dietrich, setzt sich auch noch aktiv ein für „Human Help Network e.V.". In alter Verbundenheit sagte ich ihm zu, bei einer Benefiz-Veranstaltung für Ruanda aufzutreten, dem Partnerland von Rheinlad-Pfalz. Mit von der Partie im „Frankfurter Hof" waren die Chanson-Sängerin Nanette Scriba, Tobias Mann, Chako Habekost und die Gruppe Hotel Bossa Nova. Der Reinerlös war gedacht für Bildungsprojekte in Ruanda. Mein Sketch als Opa in der Rolle eines „Enkelsitters" stieß im Publikum auf verständnisvolles, zustimmendes Gelächter, denn nicht nur Großeltern, sondern auch Eltern kennen ihre kleinen Nervensägen, die kleinen „halslosen Ungeheuer", die „Sandkasten-Rambos", die kleine „Teufelsbrut"... pardon, natürlich die „lieben, süßen Engelchen".

Traditionell trat ich auch wieder in der Nachtvorlesung im Hörsaal der Chirurgie der Uniklink auf. Jedes Jahr hatte mir Professor Dr.Vahl thematisch einen anderen Bereich der menschlichen Anatomie zur satirischen Kommentierung vorgegeben: Zuerst war es das Herz, danach kam der Kopf, dann die Extremitäten, und diesmal war es der Bauch. Da die Anzahl der Gliedmaßen und Organe in unserem Körper glücklicherweise begrenzt ist, brauche ich wohl nicht zu befürchten, dass ich hier immer noch Vorlesungen halten muss, wenn ich mal so alt sein werde wie Johannes Heesters.

Das Thema lautete: „Gewichtiges – leicht gesagt". Als wandelndes Modell für eine gewisse Schwergewichtigkeit stellte sich 05-Stadionsprecher Klaus Hafner vor, ein geborener Entertainer. Glücklicherweise gehöre ich einer niedrigeren Gewichtsklasse an als er, dennoch bin ich laut Maßtabelle für meine Altersgruppe nicht etwa zu dick, aber für mein Gewicht leider nicht groß genug. Aber was soll ich machen? Ich kann essen so viel ich will: Ich werde einfach nicht größer. Dabei gibt es Zeitgenossen, die müssten dringend abnehmen, weil sie zu lange „Zeit" zu viel „genossen" haben. Darunter sind welche, bei denen kann man schon nicht mehr von einer Figur reden, sondern eher schon von einer „Massen-Demonstration".

Manche sind so dick, dass man meint, es gäbe sie zweimal. Ich kenne einen, der hat einen so umfangreichen Bauch, wenn der seine Aktentasche in die andere Hand nehmen will, dann muss er sie werfen. Doch soll man niemand verspotten, nur weil er dem modischen Schlankheitsideal nicht entspricht. So sollte man einen Dicken besser bezeichnen als „Allround-Mann". Und wenn zwei Dicke ein wildes Tänzchen wagen, dann sage man dazu „ausgelassenes Fett". Generell gilt: Übergewichtige darf man nicht diskriminieren, sondern man bezeichne sie besser als „Leute mit dem breitem Speck-drum".

Was es nicht alles gibt

Mainz gilt als eine der großen Metropolen des Karnevals, als eine Brutstelle des närrischen Frohsinns. Und die Offiziellen der Stadt betonen immer wieder – bei passenden und unpassenden Gelegenheiten – welch großen Stellenwert man der Fastnacht hier einräume. Nun steht auf der großen Grünanlage des Schillerplatzes – eine Attraktion für Touristen – nicht nur der originelle Fastnachtsbrunnen, sondern auch eine Bajazz-Skulptur, das Symbol des MCV, und gegenüber ein Trommler aus Bronze, das Symbol der Prinzengarde. Obwohl dieses Ensemble den Mainzern mittlerweile ans Herz gewachsen ist, und obwohl die Fastnacht ein Ausdruck der Lebensfreude und des Humors sein soll, ist im Januar 2008 ein Streit darüber ausgebrochen, ob dieser Platz der richtige Ort sei für die Narrenfiguren oder ob sie nicht besser an den Stadtrand, etwa auf den Europakreisel, verbannt werden sollten.

Ausgelöst wurde die Debatte ausgerechnet vom Mainzer Kunstbeirat, der allen Ernstes behauptete, auf dem Schillerplatz herrsche eine „skulpturelle Überfüllung". Zur öffentlichen Diskussion über die Argumente lud Beatrix Reiss, Moderatorin der SWR-Sendereihe „Reiss und Leute", Befürworter und Gegner der Narrenfiguren-Verbannung zum Fastnachtsbrunnen ein, damit sie vor Kameras und Mikrofonen Rede und Antwort stehen konnten. Für die Gegenseite meinte ein früherer Stadtbildpfleger: Das Ansehen des Schillerdenkmals und des Narrenbrunnens würden durch die beiden Fastnachtssymbole beschädigt. Eine Dame von der SPD-Stadtratsfraktion befürchtete in Zukunft gar eine „Invasion zahlreicher närrischer Skulpturen".

Johannes Gerster von der Ranzengarde hätte nichts dagegen, wenn diese dann in Nischen auf der Grünanlage aufgestellt würden, und Peter

Müller von der Kleppergarde konnte keine Beschädigung der Denkmäler durch die Narrenfiguren erkennen. Ich bezeichnete die Verbannung der Narrenfiguren an den Stadtrand als eine ausgesprochene Schnapsidee. Außerdem: Wer bei zwei Skulpturen schon von einer „Überfüllung" spreche, der könne selber nur eine närrische Figur sein. Übrigens: Vom Mainzer Kunstbeirat, dem Auslöser des Streits, war keiner erschienen – offenbar scheute man die Öffentlichkeit. Was aus den Figuren wurde? Bis heute stehen sie immer noch am selben Platz – typisch Määnz.

Von der Stasi bespitzelt

Und noch so ein Kuriosum: Nie hätte ich gedacht, dass ich – in meiner Eigenschaft als Narr – jemals mit der Stasi in Verbindung gebracht werden könnte. Aber ein Mitarbeiter der SWR-Landeskulturredaktion, Jochen Hubmacher, stieß im Rahmen seiner Recherchen für ein Radio-Feature zu meinem 75. Geburtstag auf einen Briefkontakt in den 1970er Jahren zwischen mir und Manfred Haertel, einem Büttenredner aus der ehemals „drübigen" DDR über die Fastnachtszene in Ost und West. Ich wunderte mich damals nur, als ich plötzlich keine Briefe mehr von ihm erhielt und nahm an, er habe kein Interesse mehr an unserem Meinungsaustausch.

Erst jetzt kam heraus, dass die Briefe von der Stasi abgefangen wurden. Der DDR-Staatssicherheitsdienst observierte Manfred Haertel schon längere Zeit, da er sich als Gegner des Regimes verdächtig gemacht hatte. 1978 bekam er als Büttenredner Auftrittsverbot wegen regimekritischer Äußerungen und brisanter Veröffentlichungen zum Thema DDR-Jugendwerkhöfe. Insgesamt sollen zwölf inoffizielle Mitarbeiter der Stasi auf ihn angesetzt worden sein. Bei der Bundesbehörde für die Stasi-Unterlagen befand sich im Rahmen der Observierungsmaßnahmen auch ein „Suchauftrag nach Herbert Bonewitz", versehen mit dem Stempel „streng geheim". Man interessierte sich laut diesen Unterlagen für meine Aktivitäten als Fastnachter und Kabarettist. Davon wusste ich bis dahin nichts, war aber ein wenig stolz darauf, dass mich die DDR-Sicherheitskräfte offenbar für staatsgefährdend hielten.

In der Presse fand diese kuriose Episode aus dem Ost-West-Konflikt ein großes Echo mit Schlagzeilen wie: „Bonewitz im Visier der Stasi", oder „Stasi bespitzelte Mainzer Büttenstar" oder „Was wollte die Stasi von Prinz Bibi"? Manfred Haertel hat sich nach dem Ergebnis der SWR-Re-

Manfred Haertel (Mitte), seine Frau Karla (links) und der „Aufdecker der Stasi-Affäre" Jochen Hubmacher (rechts)

cherchen wieder bei mir gemeldet, und wir hatten unsere Briefkontakte wieder aufgenommen. Am 4. August 2008 kam es dann in Mainz zu einem historischen Freundschaftstreffen zwischen West und Ost im „Haus des Deutschen Weins", an dem außer den beiden Stasi-Bespitzelten seine Ehefrau Karla und meine Frau Bärbel teilnahmen, sowie der für die Enthüllung dieser „Staatsaffäre" verantwortliche SWR-Mitarbeiter Jochen Hubmacher. Manfred Haertel sagte: Ich hätte ihm damals Mut gemacht, und es sei mit mein Verdienst gewesen, dass er dachte, was ich mir hier an Gesellschaftskritik erlaubt hätte, könne er auch in der DDR wagen. Dass dies ein Irrtum war, sei ihm leider zu spät aufgegangen. Aber dafür ist die DDR – dem Volk sei Dank – untergegangen.

Auf einem Elefanten nach Finthen

„Und wem ist es zu verdanken, dass Sie beide nun Goldene Hochzeit feiern können?", fragte der Reporter. „In erster Linie der Tatsache", sagte ich, „dass wir 1958 geheiratet hatten." Nachdem er pflichtschuldig gelacht hat über diesen Scherz mit Bart, erzählte ich ihm die wahre Geschichte über unsere 50-jährige Zweisamkeit (siehe Kapitel „Das Flüchtlingsmädchen und der Eingeborene"). Es gab viele Interviews und Presseberichte zu diesem Ereignis, wobei wir auch freimütig das Geheimnis unserer glücklichen Ehe verrieten: Humor, Toleranz, Respekt voreinander und – in erster Linie

Ein frisch getrautes Paar

– Liebe. Und wir gaben auch gleich bekannt, dass wir keine Geschenke wollten, sondern lieber Spenden für den Brotkorb Gonsenheim.

Am Tag des Jubiläums war die Tür unseres Hauses offen für unsere Bekannten und Sympathisanten, die gratulieren wollten. Allerdings nur bis zum späten Nachmittag, denn dann wollten wir mit unserer Familie und einigen Freundespaaren gemeinsam zum Abendessen nach Finthen ins Restaurant „Andante" im Atrium-Hotel. Als wir das Haus verlassen wollten, erwartete uns eine Riesenüberraschung, wobei ich meine Frau zum ersten Mal in unserem Leben sprachlos erlebte: Vor der Tür stand ein riesengroßer Elefant!

Zur Vorgeschichte: Unsere Schwiegertochter Sabine hatte aus einer Laune heraus meiner Frau, die ein Faible für die grauen Dickhäuter hat, versprochen, ihren größten Wunsch zu erfüllen, nämlich zur Goldenen Hochzeit auf einem Elefanten durch Gonsenheim reiten zu können. Allerdings hatte es trotz intensiver Bemühungen für einen echten Elefanten leider nicht gereicht. Aber Dieter Wenger, der Wagenbauer des Rosenmontagszuges, wusste Rat und verwies an die Mombacher Eulenspiegel vom Carneval-Club Mombach, die einen großen Zugwagen besitzen, gestaltet mit exotischen Tieren und mit einem Elefanten an der Spitze. Die Eulenspiegel stellten großzügig den Wagen samt Original-Fahrer vom Rosenmontagszug zur Verfügung, denn: „Nicht jeder kann einen Elefanten fahren", meinte CCM-Präsident Friedhelm Krost, der persönlich den Zug eskortierte.

Und so fuhr die Hochzeitsgesellschaft durch die Straßen von Gonsenheim bis nach Finthen, gezogen von einem imponierenden Elefanten und gelegentlich begleitet von vereinzelten Helau-Rufen von verblüfften Passanten. Mancher Autofahrer konnte bei diesem exotischen Anblick nur mühsam einen Auffahrunfall vermeiden. Wir, die wir hoch oben auf dem

Auf einem Elefanten durch Gonsenheim nach Finthen

Wagen in die Zimmer der ersten Stockwerke blicken konnten, sahen teils fassungslose, teils amüsierte Gesichter.

Als wir vor dem „Atrium" ankamen, gestand uns Küchenchefin Eva Eppard: „Erst dachte ich, ich hätte Halluzinationen!" Wir bedankten uns bei Friedhelm Krost, und als ich auch dem Fahrer die Hand schüttelte, stellte der sich vor mit einem Satz, bei dem ich eine Gänsehaut bekam: „Ich kümmer mich um Ihr Grab!", erklärte er arglos. Erst als er sagte, sein Name sei Scholles, dämmerte es mir: Seine Gärtnerei hat die Pflege übernommen für die Bepflanzung der Grabstätte der Familie Bonewitz.

Nach dem Abendessen im Restaurant gab es ein kleines Programm, nach alter Tradition wiederum erdacht und vorgeführt von unseren Familienmitgliedern. Enkelin Julia hielt das ganze Geschehen als „Dokumentarfilmerin" mit ihrer Videokamera fest. Launige Worte fanden Tochter Ulrike und Sohn Michael, der Schlagzeilen über unsere Gold-Hochzeit aus der internationalen Presse „im Original" präsentierte (gescannt und präpariert) – wie zum Beispiel: den „Spiegel", die „New York Times", oder die „Peking-Rundschau" und viele andere. Als Geschenk erhielten wir von unserer Familie einen Gutschein für ein Schlemmer- und Erlebnis-Wochenende in Trier.

Enkel Lukas spielte auf seiner Gitarre zusammen mit seinem Lehrer Bernd Kuretitsch spanische Weisen. Schwager Uwe, in seiner Eigenschaft als langjähriger „Braut-Bruder“ und damaliger „Tatort-Zeuge“ an unserem „Kennenlern-Tag“, hielt eine köstliche Laudatio, gespickt mit vielen originellen Erinnerungen an gemeinsame alte Zeiten. Anschließend sang, ebenfalls wieder traditionell, der Familienchor, diesmal aber mit einer äußerst schwierigen Interpretation das Lieblingslied meiner Bärbel: „Ich möcht' ein Schloß aus Blumen bau'n“. Ob ihre Tränen dabei aus Rührung flossen oder als Reaktion auf die oft harmonisch gewöhnungsbedürftigen Passagen, war nicht festzustellen.

In meiner Dankesrede stellte ich fest, dass so ein „güldenes Ehejubiläum“ natürlich etwas sehr Schönes sei, aber dass uns von nun solche Gedenkfeiern in Zukunft alle fünf Jahre drohten. Mit dieser merkwürdigen Sitte wolle man offenbar die Chancen erhöhen, von dem immer hinfälliger werdenden Ehepaar möglichst noch zu deren Lebzeiten dazu eingeladen zu werden. Ein Patentrezept für langlebige Ehen gebe es natürlich nicht, höchstens ein guter Rat: Man sollte als Ehemann bei Streitigkeiten Widerspruch nur dann riskieren, wenn es sich um eine lebensbedrohliche Situation handelte.

Der wichtigste Garant für eine langjährige gute Ehe sei zweifellos der gleiche Sinn für Humor. Und bei all den zahlreichen Schrullen, Macken und Marotten, die ich habe, müsse meine Frau sogar überdurchschnittlich viel Humor besitzen. Zwar sei nichts im Leben sicher, nur eines sei ganz gewiss: Goldene Hochzeit werden wir so schnell nicht mehr feiern. Aber hoffentlich noch einige weitere Ehejubiläen, und wenn es am Ende die „gusseiserne“ Hochzeit sein sollte. Danach werden wird vielleicht im Naturwissenschaftlichen Museum ausgestellt: als Fossilien aus der Beziehungskisten-Ära.

Ach ja, noch was – beinahe hätte ich's vergessen: Im Vorfeld dieses Ehejubiläums hat man uns unter anderem vorgeschlagen: Es sei üblich, sich in der Kirche noch mal trauen zu lassen. Natürlich waren wir beide total begeistert... dass dies nicht möglich war. Denn wir sind schon vor Jahren aus der Kirche ausgetreten, und wir wollten nicht extra deswegen wieder eintreten – noch nicht mal vorübergehend. Außerdem wären wir gar nicht mehr in der Lage dazu, die Ringe zu tauschen – aus dem einfachen Grund: Wir hatten sie nicht mehr. Sie sind uns beiden bereits wenige Jahre nach unsrer Hochzeit abhanden gekommen.

Bärbel hat ihren Ring verloren beim Beaufsichtigen der Kinder in einem Sandkasten auf dem Hartenberg, und meinen Ring hatte ich beim Handballspielen verloren auf dem Gonsenheimer Sportplatz. Damit wir dennoch unser damaliges Eheversprechen hier und heute nach 50 Jahren nochmals wiederholen können, wenn schon nicht in der Kirche, dann wenigstens mit dem Anstecken der Trauringe, hatte ich die Verantwortlichen der Wohnbau und des SV Gonsenheim gebeten, doch noch mal genauer an den besagten Stellen nachzusehen, und siehe da: Nach wochenlangen, umfangreichen Grabungsarbeiten sind sie endlich fündig geworden.

An dieser Stelle nahm ich zwei Ringe aus dem Etui – die ich mit meiner Tochter Ulrike heimlich besorgt hatte – und steckte einen davon der (heute bereits zum zweiten Mal) völlig perplexen Bärbel an den Ringfinger. Und während sie mir den anderen ansteckte, sagte ich: „Liebe Bärbel, hiermit wollen wir unser damaliges Eheversprechen von vor fünfzig Jahren erneuern und uns gegenseitig versichern, in guten wie in schlechten Tagen, auch weiterhin in Liebe und Treue zusammenzuhalten – wie schon seit Jahren erfolgreich praktiziert – und vor allem: in Zukunft auf unsre Ringe besser aufzupassen!“ Damit war die Zeremonie beendet und nach einem sehr gewagten Tanz mit der Jubelbraut war nicht nur ich völlig außer Atem, sondern auch der schöne Abend zu Ende.

Gratulanten aus der Anstalt

Und noch ein Jubiläum drohte in diesem Jahr: mein 75. Geburtstag. Die letzten Wochen vor diesem Datum waren so hektisch gewesen wie schon seit Jahren nicht mehr. Viele Male musste ich Rede und Antwort stehen in zahlreichen Interviews für Presse, Funk und Fernsehen. Wahrscheinlich zeigte man in den Medien deshalb ein so großes Interesse an mir, weil man sicher dachte, dies könnte möglicherweise die letzte Gelegenheit sein. Kein Wunder, denn dieses Alter erreicht nicht jeder, denn statistisch gesehen wäre schon vor zwei Jahren endgültig Feierabend gewesen.

Eins ist mir jedenfalls klar: Mit 75 sollte man tunlichst nicht mehr auf Jahre hinaus planen, höchstens noch quartalsweise. Zumal man im fortgeschrittenen Alter ständig konfrontiert wird mit der zunehmenden Gefährdung der Gesundheit und mit der Vergänglichkeit des Lebens – nicht nur bei der Lektüre der „Apotheker-Rundschau“, auch bei anderen Gelegenheiten – sowohl „en gros“, als auch „en detail.

So hatte ich beispielsweise über meine Bank mit einer Versicherung einen Rentenvertrag abgeschlossen, und die fordert alle drei Monate eine offiziell beglaubigte Bestätigung, dass ich noch am Leben bin. Bis jetzt hat meine Bank die problemlos erteilt. Erst wenn dies mal nicht mehr der Fall sein sollte, ist es Zeit zur Besorgnis.

Der Tag meines „Gnadenjubiläums" verlief zwanglos, genau wie bei unserer Goldenen Hochzeit: Unsere Tür stand jedem Gratulanten offen. In meinen Presseinterviews hatte ich in weiser Voraussicht schon darauf hingewiesen, dass ich auf Geschenke verzichten möchte und lieber um Spenden bitte für ein Projekt des Vereins „Schöneres Gonsenheim".

Selbst der GCV-Präsident Horst Ernerth gab sich nicht nur die Ehre, sondern auch mir einen Korb mit 75 Mini-Fernets. Außerdem überreichte er mir noch eine Urkunde vom „Bund Deutscher Karneval" mit dessen höchsten Auszeichnung: die Plakette mit Brillanten. Oh, Gott Jokus, womit hab ich das nur verdient?

Am späten Nachmittag wurde unsere Haustür geschlossen, und die ganze Familie zog ins Entree vom „unterhaus", das uns Geschäftsführer Ewald Dietrich kostenlos für unsere Geburtstagsfeier zur Verfügung gestellt hatte. Die Einladung dazu hatte unsere Enkelin Julia auf originelle Art und Weise „designed".

Nachdem sich die rund 75 geladenen Gäste an einem rustikalen Büffet gestärkt hatten, kündigte meine Frau Barbara ein buntes Programm an, das sie – wie auch den ganzen Abend – gemeinsam mit Tochter Ulrike und Sohn Michael erdacht, gestaltet und organisiert hatte. Das Publikum erlebte eine Reihe unterhaltsamer Darbietungen: Enkelin Hannah mit einem Klaviervortrag, ihr Bruder Lukas mit Bravourstücken auf seiner klassisch-spanischen Gitarre, Christian Schier, der Freund von Julia, mit einer beeindruckenden Elvis-Parodie, Horst „Buddy" Becker mit bemerkenswerten Interpretationen von Sinatra-Songs und zum Schluss der quirlige Tobias Mann mit seiner „Aca & Pella"-Truppe.

Völlig überrascht waren alle, als Moderator Michael die Gäste bat, ins „Große Haus" nebenan „umzusiedeln". Als sie auf den Stühlen Platz genommen hatten, erlebten sie auf einer großen Leinwand eine bis dahin geheim gehaltene Video-Botschaft. Zwei Kollegen des Jubilars, die beiden Star-Kabarettisten Urban Priol und Georg Schramm, hatten eine Pause während der Dreharbeiten zur ZDF-Sendung „Neues aus der Anstalt" ge-

Originelle Gratulation per Video durch Georg Schramm und Urban Priol

nutzt und gratulierten in Original-Kostümen „ihrem Herbert", der (vorübergehend) völlig sprachlos war, mit einem fünfminütigen improvisierten Sketch, der wahre Lachsalven im Publikum auslöste. „Am beste hat er mir gefalle", witzelte Schramm in seiner Rolle als hessische Genosse, „wenn er mit em Urban zusamme als Frau Babbisch und Frau Strubbelich uffgetrete is, und's dene Schwarze im Saal so rischtisch gebbe hot."

Priol, dem sichtbar die Haare zu Berg standen, füllte zwei Gläser aus einer Flasche mit Fernet, der erstbesten Hilfe gegen Lampenfieber, und stieß mit seinem Kollegen auf das Wohl des Jubilars an – eine Reminiszenz an unsere „Fernet-Erlebnisse" beim 40. Jubiläum vom „unterhaus". Damals hatte Georg Schramm mich mit einem Bekenntnis überrascht: In meiner Rolle als „rebellischer Hofnarr" in der Fernsehfastnacht sei ich sein großes Vorbild gewesen.

Zurück im Entree dankte ich sowohl allen Akteuren des fantastischen Abendprogramms für ihre gelungenen Beiträge, als auch den Mitarbeitern vom „unterhaus" für ihre Mithilfe: der Programmchefin Ute Nebel, die mich trotz meines greisenhaften Alters immer wieder zu engagieren wagt

– von mir liebevoll genannt „mein Nebelchen“ – im Dialekt: „die Nebbelsen“, dem Haustechniker, meinem langjährigen Betreuer Hans Joachim Schultz, und Signore Luca Caso, dem guten Geist des Hauses, der für das leibliche Wohl sorgte.

Zu diesen Weggenossen zählt auch mein jahrzehntelanger Hausarzt Dr. Rainer Roßkopf, der mich wie kein anderer „von innen und von außen“ kennt. Auch mit ihm habe ich schon einige Male zusammen auf der Bühne gestanden – aus „benefizigen“ Anlässen. Mit ihm teile ich auch das begeisterte Engagement für unseren schönen Wohnort Gonsenheim, um ihn noch schöner zu machen, als er es ohnehin schon ist. Aus diesem Grunde hatte ich beschlossen, den Betrag für den Start eines gemeinnützigen Projekts vom Verein „Schöneres Gonsenheim“, der durch die großzügigen Spenden der Gäste bis jetzt zusammengekommen war, zusätzlich noch um eine größere Summe zu erhöhen. Und zwar hatte ich mich dazu bereit erklärt, in absehbarer Zeit bei einer Benefizveranstaltung in Gonsenheim mit einer satirischen Abendprogramm-Lesung aufzutreten, wobei der Reinerlös zur Finanzierung dieses Projekt verwendet werden sollte.

Übrigens: Den Spendenbetrag, der an diesem Abend sozusagen als erste Rate zusammenkam, hatte ich danach noch aufgerundet auf insgesamt 1.333 Euro. Diese krumme Summe ist eine Kombination meiner Glückszahl 13 mit meinem Geburtsjahr 33.

Für den Verein „Schöneres Gonsenheim“ nimmt Dr. Rainer Roßkopf die „75-jährige Geburtstags-Spende“ entgegen.

Es gab im Rahmen meines „Gnadenjubiläums“ noch weitere Gratulanten aus einer Anstalt, diesmal jedoch öffentlich-rechtlicher Natur. Der SWR drehte einen 30-minütigen Porträtfilm über mich unter dem Titel „Ehret die Alten, bevor sie erkalten“, in dem die zuständige Redakteurin und Moderatorin Julia Melan außer mir sowohl meine Gemahlsgattin Barbara interviewte, als auch unsere beiden Kinder.

Aber auch im Radio gab es Gratulationen: Monika Gratz und Jochen Hubmacher vom SWR 2 hatten für die Sendung „Aus dem Land" nach dem Motto: „Dem Volk aufs Maul geschaut" ein einstündiges Feature zusammengestellt über meine langjährigen Aktivitäten unter dem Titel „Der Wortkaskadenverschwender".

In die TV-Sendung „Fröhlicher Weinberg" im SWR-Abendprogramm wurde ich eingeladen als Ehrengast und agierte an der Seite des Moderators Marc Marshall in der gesamten Sendezeit: von einem humorigen Prolog am Anfang über satirische Kommentare und mit einem Sketch: „Winzer besucht kranken Kollegen" bis zum Finale am Flügel mit einer Kombination von „Heile Gänsje" und Mozarts „Kleiner Nachtmusik".

Zum Jahresschluss wurde ich auch wieder mal eingeladen zur SWR-Fernsehsendung „Menschen des Jahres in Rheinland-Pfalz", diesmal als Talkgast auf der Couch neben der Jazzsängerin Joy Fleming und Ministerpräsident Kurt Beck („moim Landesbabba"). Zur Sprache kam dabei nicht nur die originelle Gratulation meiner zwei Kollegen „aus der Anstalt", sondern auch unsere überaus bemerkenswerte Safari nach Finthen auf dem Elefanten bei unserer Goldenen Hochzeit.

Aber damit war auch endlich Schluss mit diesem – wie lautet der zeitgeistliche Ausdruck? Richtig, mit diesem „Medien-Hype", in seinem Umfang und Ausmaß nur noch vergleichbar mit dem großen Wirbel in der Öffentlichkeit nach meinem damaligen Ausstieg aus der Fastnacht und meinem Einstieg ins Lager der Profikabarettisten – sowohl „en gros", als auch „en detail".

Ein Menü aus historischen Zutaten

„Na, Babbasche, meinst du nicht, es wäre an der Zeit für dein nächstes Buch?", fragte mein „stammhaltender" Verleger. Ich wandte ein, dass ich nicht wüsste, mit welchem Inhalt, denn im vorletzten Buch wurden meine Lieder und Gedichte und im letzten meine Glossen und satirischen Kommentare veröffentlicht. „Kein Problem, dann sind halt jetzt die Texte aus deinen Kabarettprogrammen dran", schlug er vor, und ich schlug es nicht ab. Um einen zugkräftigen

Titel zu finden, fragte ich ihn, was zurzeit am meisten gefragt sei in den Buchhandlungen. „Ganz einfach," meinte er, „Kochbücher." Und damit hatte ich den Titel: „Mein Kabarett-Menü – Pikante Leckereien und regionale Spezialitäten".

In wochenlanger mühsamer Arbeit trug ich die originellsten Texte aus meinen Kabarettprogramm-Ordnern und die entsprechenden Auftrittsfotos zur Illustration aus meinen Archivalben zusammen. Am Computer wurde das Material von mir bearbeitet und auf 224 Seiten in den Verlag transferiert, dort von meinem Sohn druckfertig gestaltet, von seiner Mitarbeiterin Fiona Lenssen layoutet und korrigiert (sie hat auch das originelle Titelbild gestaltet) und dann in die Produktion gegeben.

Standesgemäß fand die Präsentation im „unterhaus" statt, wo einstmals die Inhalte meines nunmehr fünften Buches innerhalb eines Vierteljahrhunderts das Licht der Kleinkunst-Welt erblickt hatte. Thematisch dazu passend wurde den anwesenden Vertretern von Presse, Funk und Fernsehen das „Määnzer Traditionsmenü de lüxe" serviert: „Weck, Worscht unn Woi".

Nach der Begrüßung durch Geschäftsführer Ewald Dietrich und Programmchefin Ute Nebel, stellte als Laudator Walter Schumacher, der Regierungssprecher von Rheinland-Pfalz, den Inhalt des Buches vor und sagte unter anderem: „Es ist ein schönes Buch geworden, schön anzuschauen, man hat´s gern in der Hand, es ist opulent gestaltet. Es ist nicht nur gut zu lesen, es ist auch gut zu verschenken. Zum Verleihen ist es zu schade – man sollte es kaufen. Die Fülle von Texten, Szenen, Versen, Persiflagen ist garniert mit Fotos aus dem Privatarchiv und mit Zeichnungen vom Autor. Es ist Kabarett für alle Sinne: Tiefsinn, Frohsinn, Hintersinn, Unsinn, Sinn. Und für den ganzen Menschen. Ein menschliches, mitmenschliches, menschenfreundliches Kabarett, das an das Gute glaubt und es vermisst. Gewidmet hat Herbert das Buch seiner Gemahlsgattin, seiner geliebten Bärbel. Die beiden sind eins der großen Liebespaare der Geschichte: Adam und Eva, Philemon und Baucis, Romeo und Julia, Cindy und Bert, Herkules und Fraukules... (pardon!). Auf das Kabarett von Herbert Bonewitz muss man nicht verzichten: seit heute ganz und gar nicht, dafür gibt´s jetzt dieses Buch. Das letzte – bis zum nächsten!"

Bei der Vorstellung eines solchen Projekts wird oft von Kritikern die Frage gestellt: „Was haben Sie sich denn dabei eigentlich gedacht?" In Abwandlung eines albernen Spruches pflege ich dann zu sagen: „Wie kann ich denn wissen, was ich mir dachte, bevor ich lese, was ich geschrieben habe?“ Ganz einfach gesagt: Ich fand es an der Zeit, wenigstens eine kleine Auswahl von meinen mit viel Schweiß und Herzblut in 25 Jahren geschriebenen Texten zu veröffentlichen, bevor sie eines Tages – nach meinem absehbaren Lebensende – mal im Hausmüll enden. Ausgesucht dafür hatte ich all die Texte, deren Wirkung nicht nur überwiegend von ihrer Präsentation auf der Bühne abhängt, sondern die auch heute noch aufgrund der Zeitlosigkeit ihrer Thematik – mitunter sogar erschreckend – aktuell sind.

Das Ziel meiner Art Kabarett zu machen war stets die Unterhaltung des Publikums: Die Darbietungen mussten abwechslungsreich sein: mal komisch und mal kritisch, mal polemisch, mal unverblümt, auch mal poetisch – nur eins durften sie nie sein: langweilig. Dabei habe ich mich immer bemüht, Kritisches auf den Punkt und Widersprüchliches auf einen Nenner zu bringen – und zwar in der Sprache des Volkes: meist im Dialekt. Mir ging es darum, alltägliche Wirklichkeit mit Verdichtung und Verdeutlichung satirisch auf die Bühne zu bringen, einerseits mit Erkenntnislachern, andererseits aber durchaus auch mit Kaulauerfreuden.

Immer wieder bin ich zu Felde gezogen gegen große Skandale und kleine Missstände, reaktionäre Gesinnungen wurden attackiert, modisches Getue aufs Korn genommen und menschliche Torheiten bloßgestellt. Und alles präsentiert mit möglichst viel Witz, Esprit und Musikalität, niemals mit erhobenem Zeigefinger oder gar unter der Gürtellinie – wie das heute stellenweise in der Comedy-Szene üblich ist –, sondern im Gegenteil über ihr, in der Nähe des Kopfes. Und wenn es dann auch noch gelingt, die Menschen zum Lachen zu bringen, dann müssen sie dazu ihren Mund weit aufmachen, und erst dann hat man einen direkten Zugang zum Gehirn und kann die Menschen zum Nachdenken bringen. Das ist die große Kunst der Kleinkunst, und darum habe ich mich stets bemüht.

Satirische Auftritte von Fastnacht bis Weihnachten

Das Jahr begann wie üblich mit der Kampagne und mit einem großen Ereignis bei meinem Lieblingsverein, bei den Stammtisch-Fastnachtern „Die Allerscheenste“. Seit zwölf Jahren küren die Vertreter der traditionellen „Wertschaftsfassenacht“ in ihrer jeweils letzten Kappesitzung eine herausragende Persönlichkeit der Mainzer Karnevalsszene zum „Aller-Allerscheenste". Diesmal war ein singender und schauspielernder Musikant auserwählt: Klaus Koop, der seit 1995 in der Figur des legendären Mombacher Originals „es Geiger-Fränzje" die Narrenscharen überall begeisterte. Als Laudatoren priesen seine Vorgänger, Zugmarschall Ady Schmelz und Ranzengarden-Generalfeldmarschall Johannes Gerster seine Vorzüge und Verdienste.

Danach verlas ich einen Brief, der mir angeblich vom Himmel vor die Füße gefallen war, und den besagtes „Geiger-Fränzje" – mit bürgerlichem Namen Franz Joseph Schneider – an seinen Doppelgänger geschrieben habe, in dem es unter anderem hieß: „Wohnhaft zur Zeit im ökumenische Paradies uff Wolke elf, in eme Penthaus, wo mer himmlisch pennt. Ich war ja zu meine Lebzeite der einzigste Violin-Virtuose weit und breit gewese, der wo außer mit de Finger gespielt, auch noch mit em Mund dadezu gesunge hatt. Unn mir hat ja auch eine einzige Saite genügt uff meiner Geich, selbst für die schwierigste Musiksticker. Dademit hab ich die Menschheit begeistert, genau so wie ganz früher dieser berühmte italienische Deibelsgeicher. Deshalb nannte man mich in Fachkreise: de Paganini vun Mumbach. Ich möcht mich abber auch bei dir bedanke, dass du mittlerweile schon Jahrzehnte lang ufftrittst... als ich. Dann vergesse mich nämlich die Leut aach nit so schnell. Ääns abber muss ich dir noch sage: So richtig gut falsch spiele wie ich, des schaffst du nie!"

Einen Ort möchte ich hier auch noch mal erwähnen, wo ich schon seit 1988 mit Lesungen in bestimmten Abständen auftrete, das ist die Begegnungsstätte St. Peter, wo regelmäßig ein Seniorenkreis tagt. Organisiert wird das Jahresprogramm von einer unermüdlich aktiven, ehrenamtlich tätigen Dame: Hildegard Pooth, unterstützt von Herrn Münzenberger, einem Hobbyfotografen. Dort wird den Teilnehmern viel Abwechslungsreiches geboten: Ausflüge, Besichtigungen, Vorträge, Festivitäten, Wanderungen und Lesungen. Dafür an dieser Stelle meine Bewunderung und Respekt!

Es gab auch wieder eine Benefiz-Veranstaltung des MCV: Der Erlös vom traditionellen „scheene Määnzer Nachmittag" kam in diesem Jahr nicht mehr der Renovierung des Schlosses zugute – dafür hatte man insgesamt über 100.000 Euro bereits gespendet – sondern diesmal zwei karitativen Institutionen: der „Mainzer Tafel" und dem „Brotkorb" Weisenau. Allerdings fand die Veranstaltung ausnahmsweise nicht draußen im Bier-

Lesung bei der Mainzer Büchermesse 2008

garten statt, sondern Petrus hatte bereits im Vorfeld so viel Lachtränen vergossen, dass ein Umzug ins Innere, in den großen Saal nötig wurde. Es gab wieder ein unterhaltsames Programm, wo für jeden etwas dabei war. Ich berichtete unter dem zustimmenden Nicken des Publikums über meinen Kampf mit den Tücken der modernen digitalen Technik.

Im November fand die 9. Mainzer Büchermesse statt, diesmal mit dem Themen-Schwerpunkt „Das literarische Mainz" mit Vorträgen, Lesungen und Talks. Zahlreiche Mainzer Verlage präsentierten ihre Angebote, darunter auch ein mir nicht ganz unbekannter Verleger aus Bodenheim. Er lud mich auch dazu ein, mit meinem neuesten Buch „Mein Kabarett-Menü" im Haifa-Raum eine Lesung abzuhalten.

Vor vollbesetzten Stuhlreihen präsentierte ich ein paar Appetithäppchen aus meinem kulinarisch-satirischen „Kochbuch": beginnend mit einem „amuse gueule" – auf deutsch „Maul-Spaß" oder määnzerisch „Schnabbel-Jux", dann ein paar scharf gewürzte Satiren, eine deftige „Dialekt-Spezialität", einen pikant angerichteten „Wörter-Salat" und ein „Persiflage-Dessert". Zum Abschluss erklärte ich mich bereit, anschließend auf Wunsch alle Bücher zu signieren, die man mir vorlegen würde, vorausgesetzt, es seien auch meine eigenen.

Die jüngste Staffel der traditionellen Nachtvorlesungen in der Uniklinik beschäftigte sich diesmal mit dem Thema „Schmerzen". Das war auch die Aufgabe, die mir im 5. Jahr wiederum zum Einstieg in meine Lesung vom Organisator der Veranstaltungen, Prof. Dr. Christian-Friedrich Vahl, zur satirischen Aufbereitung und Verarbeitung gestellt wurde. Kurz vor

Weihnachten denkt man eigentlich, die Leute haben was Besseres zu tun, als sich in die engen Bänke eines Hörsaals zu zwängen, um sich anzuhören, was ein älterer Herr aus einem Buch vorliest. Aber in diesem Jahr war der Raum wieder so überfüllt, dass sogar die Gänge zwischen den Bänken besetzt waren. Selbst draußen, wo man die Veranstaltung auf Fernseh-Monitoren verfolgen konnte, standen die Menschen dicht an dicht.

In meinen Ausführungen zum Thema „Schmerzen" sagte ich unter anderem: „Wie soll man das eigentlich definieren – als medizinischer Laie? Was ist Schmerz? Also, Schmerz, das ist... ääh... wenn's weh tut. Allerdings gibt es eine gar sonderbare Krankheit, unter der leidet der Kranke niemals selbst: Das ist die Dummheit. Nur allen anderen tut es weh. Dagegen ist für die meisten Menschen das Schönste am Schmerz, wenn er nachlässt. Oder wie es Wilhelm Busch mal formulierte: ‚Das Leid zu mögen, liegt mir fern: Gehabte Schmerzen hab ich gern!' Schmerzen werden ja auch äußerst unterschiedlich empfunden. So ist zum Beispiel bei einem familiären Trauerfall der Schmerz des Hausfreundes oft größer als der des Witwers.

Aber Schmerzen müssen auch nicht unbedingt nur körperlicher Natur sein. So können satirische Texte oft schmerzhaft sein, nicht nur für die davon Betroffenen, denn gerade wer sich betroffen fühlt, der ist auch gemeint, nein, auch für Kabarettisten können sie schmerzhaft sein, wenn sich zum Beispiel eine Pointe auf die Reise begibt durch den Raum und völlig unbelästigt von Reaktionen wieder zu ihm zurückkommt. Dabei kann man im Kabarett die Wenigsten treffen mit satirischen Attacken. Entweder weil die Betreffenden gar nicht da sind, oder aber weil sie kein Mensch auf sich selbst bezieht – obwohl er gemeint ist."

Ein Skorpion im Zeichen des Krebses

Dies wird gewiss kein angenehmes Kapitel – weder für die Leser, noch für den Autor. Es könnte sogar das bisher unangenehmste sein – sowohl „en gros", als auch „en detail". Denn die Erinnerungen an das Jahr 2009 sind überschattet von tückischen Erkrankungen, die meine Lebensqualität entscheidend gemindert haben. Von Horoskopen halte ich gar nichts, weiß aber, dass mein Sternzeichen der Skorpion ist und mein Aszendent der Krebs. Ich hielt es daher für eine üble Pointe des Schicksals, dass ich als Skorpion auf einmal tatsächlich Krebs kriegen sollte. Das einzig Gute daran war, dass ich in jener Zeit keine direkten Schmerzen an den betroffenen

Organen hatte, sondern nur solche, die seelischer Art waren. Erst später traten auch körperliche Schmerzen auf, an den operierten Stellen.

Ich will hier weder herumjammern, noch meine Leser mit ausführlichen Schilderungen medizinischer Einzelheiten langweilen. Aber weil dadurch mein Leben entscheidend beeinflusst wurde, was auch Auswirkungen auf meine Zukunft haben wird, komme ich nicht umhin, wenigstens die wichtigsten Stationen meiner Krankengeschichte zu nennen. Nach der Entfernung eines Blasentumors im Jahre 2003 habe ich regelmäßig jeweils zweimal im Jahr bei meinem Urologen eine Blasenspiegelung machen lassen. Bei der vorletzten meinte er, nach sechs Jahren könne man nach der Statistik davon ausgehen, dass kein Tumor mehr entstehe. Aber bei der letzten Kontrolle im Dezember 2008 entdeckte er dennoch eine verdächtige Stelle, die in der Klinik genau untersucht werden sollte.

Im Januar zog ich also in die Urologie der Uniklinik ein, wo man mit einem operativen Eingriff eine Gewebeprobe aus Blase und Prostata entnahm und zur Untersuchung einschickte. Das Ergebnis war ein Schock: Es war positiv – also negativ für mich: eindeutig Krebszellen. In einem Informationsgespräch empfahl mir der Chefarzt, Professor Dr. Thüroff, aufgrund des Befundes die Entfernung der beiden Organe und die Anlage eines so genannten Urostomas. Eine niederschmetternde Diagnose, aber es gab keine Alternative.

Im März wurde die Operation ohne Komplikationen wie besprochen durchgeführt. Eine anschließende Reha außerhalb lehnte ich ab, ich glaubte zuhause in meinem vertrauten Umfeld am schnellsten wieder auf die Füße zu kommen. Nicht zuletzt aufgrund der fabelhaften Kochkünste und der fürsorglichen Pflege durch meine Frau Barbara, die eine gelernte Arzthelferin war. Darüber hinaus stand mir natürlich auch noch unsere Tochter Ulrike („Frau Dr. Unblutig") zur Seite. Mein Sohn, in medizinischen Dingen völlig unbegabt, unterstützte mich mehr moralisch – ebenso wie alle anderen Familienangehörigen.

Zwischen den beiden Klinikaufenthalten hielt ich noch einen Vortrag im Augustinerkeller bei den „Allerscheensten" – die voriges Jahr ihr 2x11. Jubiläum feiern konnten – anlässlich der Ernennung meines langjährigen Freundes Horst „Buddy" Becker zum „Aller-Allerscheensten". In der Rolle eines phrasendreschenden Kulturpolitikers verkündete ich unter anderem: „Die Basis der Stammtischfassenacht ist immer noch die einzige Grundlage des Fundaments, auf dessen Boden die großen Karnevalsgesellschaften alle stehen geblieben sind. Die heutige Ehrung trifft keinen Falschen, sondern vielmehr einen Richtigen, einen mehrfachen Fastnachter, der bereits aktiv war im vorigen Jahrtausend und der schon in allen Sätteln des Karnevals geritten ist, vor allem als Stimmungssänger: Unübertroffen seine Hits, die nicht nur musikalisch begeistern, sondern vor allem textlich, durch ihre hohe literarische Simplizität. Als singender Brezelmann hat er einen großen Beitrag geleistet zur Stabilisierung der hiesigen Wirtschaft, denn ohne seine jahrzehntelange Werbung für die Firma Ditsch wäre die höchstwahrscheinlich schon längst pleite gegangen."

Da die Genesungszeit nach der schwierigen Operation etwa ein halbes Jahr dauern sollte, stand mir etwas äußerst Unangenehmes bevor: Ich musste leider mehrere Auftrittstermine, die ich bereits im vergangenen Jahr vereinbart hatte, zu meinem größten Bedauern absagen, und das zum ersten Mal seit ich mit Auftritten begonnen hatte. Der schlimmste Ausfall betraf meine Abendprogramm-Lesung aus meinem neuen Buch im „unterhaus", wo ich – auf Wunsch meiner Frau – seit acht Jahren erstmals auch wieder am Flügel Lieder vortragen wollte. Auch einige Benefiz-Auftritte und andere ehrenamtliche Verpflichtungen mussten abgesagt werden. Die Veranstaltung im „unterhaus" wurde auf den Oktober verschoben.

Hochzeit auf dem Lenneberg

Das zweite Halbjahr begann mit einem erfreulichen Ereignis: Unsere älteste Enkelin Julia heiratete ihren „kurzzeitigen" Verlobten Christian Schier, ein begabter Fastnachter vom GCV, der im Duett mit seinem Kollegen Martin Heininger schon mehrmals in der Fernsehsitzung aufgetreten war. Besonders schick gestaltet war die Einladung zur Hochzeit, was kein Wunder war, denn hier hatte die Braut persönlich die Hand im Spiel. „Wir alle sind Engel mit einem einzigen Flügel, und gemeinsam können wir fliegen!", so das Motto des Brautpaars, das sich am 12. Juni auf dem Standesamt das Ja-Wort gab, sozusagen „standrechtlich", und am 4. Juli (wahrscheinlich sicherheitshalber) noch mal, diesmal kirchlich in der Maria Ward-Kapelle.

Gefeiert wurde mit einer stattlichen Anzahl von Verwandten und Gästen auf dem Lenneberg, wo bereits Bärbel und ich vor über 50 Jahren ebenfalls Hochzeit gefeiert hatten. Unter anderem stellte ich als Braut-

Frisch vermählt: Enkelin Julia und „Schwiegerenkel" Christian

Opa in meiner Tischrede fest, dass unsere dienstälteste Enkelin nun als Erste „in fremde Hände" geraten sei. Damit habe jetzt ihr frischgebackener Gatte Christian, unser erster „neugeborener Schwiegerenkel", ab jetzt lebenslänglich die Aufgabe, seine holde Ehefrau auf eben diesen Händen zu tragen. Dazu rief ich ihm abschließend zu: „Na denn, viel Vergnügen und toi-toi-toi!"

Leider konnte ich das danach folgende Unterhaltungsprogramm, das von Freunden und Bekannten gestaltet wurde, nicht mehr verfolgen, denn dazu reichte meine Konstitution nicht mehr aus. Die schwierige Operation hatte ihre Spuren hinterlassen. Trotz häuslicher Reha und energischer Eigeninitiative während der allmählichen Genesung musste ich leider feststellen: Meine körperliche Verfassung ließ doch noch viel zu wünschen übrig. Besonders machte sich das bemerkbar beim Auf- und Abstieg in mein Arbeitszimmer, das sich im Dachgeschoss unseres Reihenhauses befindet. Dazu sind zwei Stockwerke zu überwinden und zwar täglich mindestens zweimal: morgens und nachmittags.

Derzeit allerdings reichte die Kraft höchstens für zwei Stunden Arbeit, die dringend notwendig war zur Vorbereitung meiner für Oktober vorgesehenen Abendprogramm-Lesung – einschließlich Klavier üben. Das gleiche Handicap galt auch für abendliche Treffen mit Verwandten, Freunden oder Bekannten zum Essen, bei dem ich mich oft noch vor dem Nachtisch verabschieden musste. Was ja nicht schlecht war für die Linie. „Ich komme mir vor wie ein alter Mann", beklagte ich mich wiederholt deshalb bei meiner Frau. Daraufhin klärte sie mich jedes Mal wieder darüber auf, dass man das mit 75 Jahren schließlich auch sei. Damit habe ich mich dann auch abgefunden.

Erneuter schwerer Rückschlag

Die Kontrolluntersuchungen waren bisher erfolgreich verlaufen, ohne Anzeichen von Komplikationen. Als jedoch im September, wie vorgesehen, eine Untersuchung durch Röntgen und Computertomografie (CT) stattfand, versetzte mir das Schicksal den nächsten schweren Schlag, und das innerhalb von nur einem halben Jahr. Zwar war der Befund im operierten Bauchbereich negativ – also positiv für mich, aber dagegen an der Lunge positiv – also für mich negativ. Eine beim Röntgen der Lunge entdeckte verdächtige Stelle hatte sich nach einer genauen Analyse durch CT als Tumor herausgestellt – Diagnose: Lungenkrebs. Angst! Schock! Panik! – in dieser Reihenfolge. Notwendig sei eine baldige Operation, nachdem durch eine so genannte Bronchoskopie die genaue Position des Tumors festgestellt worden wäre.

Da mir zur Durchführung dieser Prozedur das Hildegardis-Krankenhaus des Katholischen Klinikums empfohlen wurde, meldete ich mich zu einem vorstationären Informationsgespräch. Dabei wurde mir der Ablauf erklärt, aber auch die möglichen Folgen dieses Eingriffs durch die Luftröhre: Reizung der Stimmbänder und eventuelle Heiserkeit. Das aber wollte ich nicht riskieren, so kurz vor meiner – bereits schon mal verschobenen – Abendprogramm-Lesung Ende Oktober im „unterhaus". Nach einigem Zögern hatte der zuständige Arzt keine entscheidenden Einwände gegen eine Verschiebung des Eingriffs auf die Woche danach.

Es kostete erhebliche Überwindung und Kraftanstrengung, mich unter dieser belastenden psychischen Hypothek auf die Vorbereitung und Durchführung dieser Auftritte zu konzentrieren. Das Programm nannte ich „Ein Kabarettist tischt auf", und ich präsentierte darin unter anderem auch etliche satirische Kommentare aus meinen Kabarettprogrammen der letzten 25 Jahre, die stellenweise sogar noch erschreckend aktuell wirkten. Erstmals nach acht Jahren wechselte ich auch mitunter von meinem Lesetisch zu einem Lied an den Flügel mit der Bemerkung: „Den kurzen Gang schaffe ich in meinem Alter grad noch" (was noch nicht mal übertrieben war). Einige Sketche hatten einen gewissen Bezug zu meiner derzeitigen Situation, ohne dass es das Publikum ahnte – zum Beispiel: „Der Wartezimmerschwätzer" oder „Das Videotestament" oder „Der Friedhofsstammgast" oder „Die Rede auf ein verstorbenes Vereinsmitglied".

Vom „Määnzer Liesje", einem langjährigen Fan, fotografiert: Bärbel und Herbert mit Holger Wienpahl beim Interview in der SWR-Landesschau (Foto: Liesel Block)

In den Presseberichten spiegelte sich dieses makabre Flair wieder, denn der Journalist Gerd Blase schrieb in der Mainzer Rheinzeitung: „In seinem Programm geht es immer wieder um Alter und Tod. Durch den selbstironischen Umgang mit der Sterblichkeit wird der Auftritt zu etwas besonderem. Wegen Krankheit musste Bonewitz die Premiere schon einmal verschieben. Nun aber steht ein vor Anstrengung schwitzender Vollblutkünstler dort oben auf der Bühne und erzählt lächelnd von seinen Gängen über den Gunsenumer Waldfriedhof: ‚Man soll sich schon beizeiten an die Umgebung gewöhnen, solang mer noch selber hingehen kann'. Wenn es nach den Gästen im ausverkauften Unterhaus geht, sind diese Zeiten noch lange nicht gekommen."

Einer seiner Kollegen, Christopher Schulz, schrieb in der Allgemeinen Zeitung Mainz: „Abschied nehmen fällt ihm schwer, denn sein Publikum lässt ihn nicht gerne gehen. Und wenn er auch ordentlich verschwitzt ist und zeitweise etwas schwerer atmet, der selbsternannte ‚Satire-Saurier' lässt er es sich nicht nehmen, das Dessert auszudehnen und immer noch ein weiteres Häppchen zu servieren – bis die Einsicht in ihm reift: ‚Irgendwann muss ja endlich mal Schluss sein – wenn möglich noch zu meinen Lebzeiten.' Seine Grabinschrift hat er schon gewählt: Hier ruhen meine Gebeine, ich wollt, es wären deine."

Danach war „Schluss mit lustig", wie man heute zu sagen pflegt, denn ein paar Tage später begann eine die Nerven strapazierende Rundreise durch die verschiedensten Klinikeinrichtungen mit stundenlangen Wartezeiten dazwischen. Zuerst die (äußerst unangenehme) Bronchoskopie in der Pneumologie von Professor Dr. Kortsik, dann nach allen möglichen medizinischen Voruntersuchungen als „human-biologisches Objekt" durch diverse diagnostische Geräte geschoben: von der MRT in die SPECT, und nach einer Fahrt in die Frankfurter Uniklinik noch in ein PET-CT. Ergebnis: Im Bauchbereich, im Kopf und an allen anderen Organen war alles in Ordnung, nur der rechte Lungenflügel war von Krebszellen befallen.

Nachdem alle medizinischen Ergebnisse vorlagen, kam es zu einem abschließenden Gespräch mit dem Chefarzt der Thorax-Chirurgie im Hildegardis-Krankenhaus, Professor Dr. Mayer, der die Operation an der Lunge durchführen würde: eine „Manschettenresektion" – und zwar am 1. Dezember. Bis dahin gab es jedoch noch zwei Termine für mich: eine bereits zugesagt Benefiz-Lesung im Zollhaus von Nackenheim, und das Allerwichtigste: die Feier zum 50. Geburtstag unserer Tochter Ulrike.

Runde Geburtstage mit Hindernissen

Zum 70. Geburtstag von Bärbel am 19. November hatte ich uns ein paar Wellness-Tage gebucht im „Atrium" in Finthen. Und ausgerechnet in diese Zeit fielen all diese medizinischen Untersuchungen, zu denen sie mich immer treu und brav begleitete. (Ich fahre nämlich schon seit einigen Jahren kein Auto mehr.) So musste die „Wellness" leider abgesagt werden, und ihre Feier wurde später im Familienkreis bei einem Abendessen nachgeholt. Aber wenigstens in der Presse wurde dieses Ehrentages meiner „langlebigen Gemahlsgattin und Jubilateuse" gedacht, wo sie in einem Bericht unter anderem charakterisiert wurde: als „temperamentvolle Blondine, der man die 70 nicht ansieht", als „liebevolle Ansprechpartnerin für die Familie", als „unverzichtbare Botschafterin für die Johanniter", als „kreative Organisatorin von Benefizveranstaltungen für die ambulante Kinderkrankenpflege" und nicht zuletzt als „wichtige Vollblut-Assistentin ihres Mannes, aber auch als seine fürsorgliche Kritikerin und als sein wichtigster Rückhalt in schweren Zeiten". Mit all diesen Lobeshymnen ist ihr dankbarer Gatte voll und ganz einverstanden.

Leider zwang sie eine schwere Erkältung ins Bett, sodass sie zu ihrem größten Leidwesen nicht an der Geburtstagsfeier unserer Tochter Ulrike teilnehmen konnte. Sie feierte ihren 50. Geburtstag mit Familie, Freunden und Bekannten in einem Mainzer Weinhaus, wo nach dem Essen ein kleines Unterhaltungsprogramm vorgesehen war. Eigentlich hatten meine Frau, mein Sohn Michael und ich einen kleinen Sketch einstudiert, ein si-

Die strahlende Jubilarin Bärbel

muliertes Streitgespräch mit einem lustigen Schlusslied, wobei wir humorvoll und ironisch ihren Lebensweg schildern wollten. So aber musste ich in einer improvisierten Laudatio all die Gags und Pointen erzählen, die wir für sie ausgedacht hatten.

Eine besondere Überraschung aus dem Familienkreis: ihr Schwiegersohn Christian sang Lieder von Elvis und Sinatra, einfühlsam begleitet – man hörte und staunte – von ihrem Neffen Lukas auf seiner Gitarre. Er bewies – zur großen Verblüffung seines Großvaters – dass er diese Schlager auswendig und mit jazzigen Harmonien spielen konnte, obwohl er ansonsten auf spanische Weisen spezialisiert war.

Sehr zu Herzen ging auch das gereimte „Loblied auf unsre Mutter" von ihren Töchtern Julia und Eva-Maria, wobei unsere Jubilarin, die zutiefst gerührt zuhörte, einige Tränchen verdrücken musste. Zwei gewaltige „Massenchöre" rundeten die Feier ab: der Kegelclub „Hechtsheimer T(e)iger" und der „Gießkannenzotten-Verein", bei denen Ulrike zusammen mit ihrem Lebensgefährten Harald Tolksdorf viele frohe Stunden erlebt hatte.

Zwei Tage später wurde es ernst für mich, ich rückte ein: in die Thorax-Chirurgie vom Hildegardis und begab mich vertrauensvoll in die Hände von Professor Dr. Mayer, sowie in die Obhut seiner Kolleginnen und Kollegen mitsamt dem fürsorglichen Pflegepersonal. Die Operation verlief erfolgreich, nur ein Teil des rechten Lungenflügels musste entfernt werden, und ich konnte relativ rasch von der Intensivstation wieder auf die Krankenstation verlegt werden.

Die Genesung machte Fortschritte, sodass ich nach zwölf Tagen entlassen werden konnte. Eine Reha außerhalb lehnte ich ab und vertraute darauf, dass die häusliche Umgebung wiederum den gleichen positiven Effekt haben würde wie im Frühjahr. Ebenso lehnte ich eine von den Ärz-

Die „Jubilateuse" Ulrike mit ihrem Babba – im Hintergrund: Enkel Lukas dokumentiert das Geschehen mit der Kamera.

ten empfohlene Chemotherapie ab, denn diese Strapazen wollte ich in meinem fortgeschrittenen Alter und meinem nach zwei schweren Operationen geschwächten Organismus nicht mehr zumuten. Zumal ich mich in Fachkreisen kundig gemacht hatte, dass dabei lediglich eine etwa fünfprozentige Erfolgschance zu erwarten sei. So bleibt halt nur der Glaube, dass alles gut gehen möge und die Hoffnung, die – wie behauptet wird – zuletzt stirbt.

Das Ende einer Zeitreise

Tja, nun ist es so weit: Wir sind in der Gegenwart angekommen, im Jahre 2010. Damit ist die Zeitreise in die Vergangenheit beendet. Das hier ist also das letzte Kapitel meiner Erinnerungen an die letzten zehn Jahre, die äußerst ereignisreich waren, im Positiven wie im Negativen. So angenehm wie die Ereignisse in den früheren Jahre zum größten Teil auch waren, so unangenehm war gerade das vergangene Jahr gewesen, was tiefe Spuren bei mir hinterlassen hat, sowohl körperliche als auch seelische. Zwei sehr schwierige, komplizierte Operationen, verbunden mit wochenlangen Aufenthalten in Krankenhäusern, und mit jeweils monatelangen Genesungsperioden steckt man als 76-Jähriger nicht mehr so leicht weg. Dazu kommt der Verlust der Unbefangenheit, des Urvertrauens gegenüber einem immerhin 70 Jahre lang reibungslos funktionierenden Organismus, denn es droht jederzeit eine Rückkehr der tückischen Krankheit. Diesen Zustand beschreibt sehr treffend der Name der österreichischen Pop-Rock-Band: „Die erste allgemeine Verunsicherung".

Noch nie zuvor war mir die Endlichkeit meines Lebens so bewusst geworden wie jetzt. Planungen über längere Zeiträume traue ich mich nicht mehr zu riskieren. Waren es früher Monate oder gar Jahre im Voraus, schrumpft das jetzt nur noch auf Wochen zusammen. Das Motto: „Carpe diem!", den Tag zu nutzen, hat eine weitaus größere Bedeutung gewonnen als früher.

Ohne in Selbstmitleid zu zerfließen muss ich gestehen, die Lebensqualität hat sich doch spürbar vermindert. Da meine Konstitution naturgemäß schwächer geworden ist, manchmal schnaufe ich wie ein altes Walross bei größeren Anstrengungen – bedingt durch meine chronische Bronchitis und die „gestutzte" Lunge – verlasse ich nur noch höchst ungern das Haus.

Am sichersten und am wohlsten fühle ich mich in meinem rückenfreundlichen Spezialsessel, drehbar und mit Kippeffekt, und lese oder löse Rätsel, oder spiele am Computer Schach und Patiencen, oder schreibe, oder zeichne was, oder schaue Fernsehen, aber nur nach einem vorher penibel geplanten, speziellen Programmablauf. Infolge „seniler Bettflucht" – mit einem höchstens sechsstündigen Schlafbedarf – gehe ich auch selten vor zwei Uhr nachts schlafen.

Nach meinen Krankenhausaufenthalten kam ich mit erfreulichen zehn Kilo weniger auf den Rippen nach Hause. Zunächst dachte ich, das sei der teilweisen Entfernung der verschiedenen Organe zu verdanken, denn dadurch hatte ich mich ja bereits schon „stückweise" aus diesem Leben verabschiedet. Aber leider war dadurch kein messbarer Effekt auf meinem Body-Maß-Index festzustellen.

Inzwischen habe ich mein ursprüngliches Gewicht wieder erreicht, da der Genuss von leckerem Essen (vor allem das von meiner Frau) und von gutem Wein (täglich je ein Glas Roten und Weißen plus einem Schnäpschen) als einzigen Wonnen des Alters übrig geblieben sind. In Schwimmbädern oder an Stränden kann ich mich ohnehin nicht mehr sehen lassen, denn mit den großen Narben durch die großzügig durchgeführten chirurgischen Schnitte sieht es auf meinem Bauch und auf meinem Rücken aus wie nach einer Säbelattacke von Kosaken.

Die Zeit der Rehabilitation habe ich genutzt, indem ich meine Archivalben wieder aktualisiert habe, denn infolge der vergangenen turbulenten Jahre ist viel liegen geblieben. Aber die Arbeit hatte sich gelohnt, denn nachdem mein Sohn und ich beschlossen hatten, nicht nur meine Autobiografie von 2000 noch mal für eine Neuauflage erheblich zu erweitern, sondern zusätzlich noch meine Erinnerungen an die Folgejahre bis heute in einem zweiten Teil niederzuschreiben, konnte ich nun problemlos auf die erforderlichen Zeitdokumente zurückgreifen.

Im April hatte ich mit der Erweiterung des ersten Teils begonnen und im Mai mit der Niederschrift des zweiten Teils. Ende Juli sollte ich damit fertig sein, einschließlich der Auswahl und der digitalen Bereitstellung der Abbildungen, und dann sollten noch als Anhang die „Zugaben" und „Stimmen von draußen" druckfertig gemacht sein. Danach wird mein Sohn mit den Mitarbeitern seines Verlags – hauptsächlich Birgit Lehr – die weitere Gestaltung und Bearbeitung dieses Buches bis zum Druck und zur vorgesehenen Veröffentlichung im November übernehmen.

Worüber ich zurzeit also noch berichten kann, das sind lediglich die Ereignisse im ersten Halbjahr. Erfreulicherweise erbrachten sämtliche Kontrolluntersuchungen durch den Urologen und den Lungenfacharzt – den Umständen entsprechende – zufriedenstellende Ergebnisse. Weniger erfreulich war dagegen die körperliche Verfassung meiner Frau. Die Ereignisse des vergangenen Jahres – die Sorgen um mich und die anschließende Pflege – hatten bei ihr physisch und psychisch Spuren hinterlassen. Ihr Immunsystem war so geschwächt, dass sie hintereinander einen grippalen Infekt bekam und eine Viruserkrankung im Magen- und Darm-Bereich.

Leider bin ich infolge mangelnder Begabung auf diesem Gebiet nur ein wenig hilfreicher Pfleger, dafür aber liebevoll bemüht. Doch Bärbel hat glücklicherweise eine zähe Natur, ein echtes „Steh-auf-Frauchen" (pardon!), und überwand diese Attacken auf ihre Konstitution. Bedauerlicherweise ist ihre Arthrose, die sie schon seit langem plagt, schlimmer geworden. Trotz zahlreicher Untersuchungen durch verschiedene Ärzte, vom Uniklinik-Professor bis zum Heilpraktiker, konnte bis jetzt kein wirksames Heilmittel dagegen gefunden werden. Einzige Übereinstimmung in allen Diagnosen: „Alles nur altersbedingt!"

Meine Projekte – abgesehen von den monatelangen Schreibarbeiten für dieses Buch – waren naturgemäß zahlenmäßig überschaubar geworden: einige Beiträge, Texte und Cartoons für die „Mainz"-Hefte, eine Lesung für den Seniorenkreis in der Begegnungsstätte St.Peter und eine Lesung im „Café 7°", wo der Kulturmanager Dominic Schreiner ein Projekt mit Lesungen von bekannten Autoren gestartet hat – und das war's auch schon. Eine Wiederholung meiner Abendprogramm-Lesung „Ein Kabarettist tischt auf" im „unterhaus" mit zweistündigen Auftrittsstrapazen wollte ich in diesem Jahr (noch) nicht riskieren. Vielleicht – sofern die Konstitution es gestattet – eine Benefiz-Lesung für den Verein „Schöneres Gonsenheim", die ich vor zwei Jahren bei meinem 75. Geburtstag meinem Freund, Dr. Rainer Roßkopf, versprochen hatte.

„Bonewitze" im Blickpunkt der Öffentlichkeit

Zwar tauchte mein Name im Vergleich zu den vorhergegangenen Jahren in der Presse kaum noch auf, dafür aber traten andere „Bonewitze" mehr und mehr ins Licht der Öffentlichkeit. Mein Sohn Michael hatte ja durch seine Agentur und seinen Verlag schon längere Zeit eine größere Medienpräsenz zu verzeichnen. Aber auch seine verschiedenen ehrenamtlichen Engagements förderten seinen Bekanntheitsgrad, ob im Dombauverein,

Zeitmaschine anlässlich 111 Jahre MCC – eine Idee von Sohn Michael

bei der Schlossrenovierung, bei den Johannitern oder beim Förderverein des Gutenberg-Museums.

Hinzu kam jüngst eine regelmäßige Kolumne in der AZ, in der er als „Wirtschaftsprüfer“ interessante Lokale in Mainz und Umgebung besucht, die Inhaber interviewt und über seine Erfahrungen mit Speisen und Getränken informiert. Neuerdings lässt er das sogar auf Video aufnehmen, das dann im Internet online anzuschauen ist. Sogar im Umfeld der Mainzer Fastnacht wurde er aktiv: als Autor und Mitglied der Redaktion für die Zeitschrift des MCV, „Narrhalla“, sowie als Ideengeber und Verfasser einer „fantastischen Zeitreise-Revue“ – gemeinsam mit Dr. Matthias Dietz-Lenssen – für eine Matinee in der Rheingoldhalle anlässlich des 111-jährigen Jubiläums des MCC.

Noch ein Bonewitz, der zunehmend ins Blickfeld der Öffentlichkeit trat, ist unser Enkel Lukas. Das vielseitig begabte 19-jährige Musiktalent war bereits vor zehn Jahren im Programm zum 60. Geburtstag seiner Oma Bärbel als Gitarrist aufgetreten, damals auf der Gitarre begleitet von seinem Vater. Am 26. November 2009 gab er sein erstes öffentliches Konzert in der „Martinsstube“ in Mainz, musikalisch unterstützt von seinem Gitarrenlehrer Bernd Kuretitsch. Das Programm umfasste klassische spanische Weisen, Samba, Rumba und Bossa Nova und wurde kulinarisch gewürzt mit reichlich „Tapas variadas“.

Bei einer der Wiederholungen dieses Konzerts im April dieses Jahres konnte ich mich selbst von dem hohen Können dieses Gitarren-Duos mit dem exotischen Namen „Los Saleros“ überzeugen. Besonders beeindruckt hat mich dabei das perfekte Rhythmusgefühl unseres Enkels Lukas, seine sicheren harmonischen Akkorde und sein einfühlsames Melodienspiel.

Jetzt fehlte eigentlich nur noch eine für die Öffentlichkeit inter-

Enkel Lukas und sein Gitarrenlehrer Bernd Kuretitsch (Foto: Werner Feldmann)

Bärbel als „Bobbelsche"...

... und als „Sonnenscheinchen"...

essante Meldung über unsere Sippenälteste: Barbara Bonewitz. Und die kam im September 2009, da wurde die Sensation bekannt gemacht: Ihre Familiengeschichte wird vom ZDF verfilmt. Die Dreharbeiten zu einer der größten aktuellen Produktionen des Mainzer Senders, deren Premiere im Frühjahr 2011 sein soll, haben bereits begonnen.

Für das historische Drama, als Zweiteiler geplant, dient das Buch ihres Bruders Uwe-Karsten Heye „Vom Glück nur ein Schatten" als Vorlage. Er hatte seiner Mutter Ursula Heye – und damit auch anderen Frauen in den Zeiten des Krieges und danach – ein Denkmal setzen wollen. Dafür hatte ihm meine Frau als Grundlage nicht nur ihr sagenhaftes Erinnerungsvermögen, sondern auch einen großen Teil ihres Familienarchivs zur Verfügung gestellt.

Die Hauptrolle als Bärbels Mutter übernimmt Maria Furtwängler in diesem dramatisierten Geschehen, ihren Großvater spielt Günther Maria Halmer. Meine Frau wird in dem Film natürlich auch erscheinen und das sogar als „fünffache Bärbel" – dargestellt in unterschiedlichen Lebenssituationen von fünf verschiedenen Akteurinnen. Auf diese Konfrontation

... und immer noch frohgemut

mit meinem „gefilmten Bärbelchen" bin ich mal sehr gespannt. Allerdings wird sie auch im Original zu sehen sein, und zwar in der dem Film nachfolgenden ZDF-Dokumentation über die historischen Hintergründe dieser Geschichte.

Hilfreiche Genesungswünsche

Was mir in den schlimmen Zeiten viel Hoffnung gab und Kraft zum Durchhalten, das waren – abgesehen von der persönlichen Fürsorge durch alle Familienmitglieder – die zahlreichen Zeichen der Anteilnahme aus dem großen Kreis der Freunde, Bekannten und Fans. An der Spitze die langjährige „Hausfreundin" unserer Familie Irene Zeuner und meine „Hausfriseuse" Rosi Gebhard, die von Zeit zu Zeit meine spärlichen Haarüberreste geschickt drapierend zurechtzustutzen wusste. Und natürlich auch mein alter Freund und Seelenbruder Gerold Volz aus dem fernen Frankenland (Prost mit Fernet!).

Besonders liebevoll geschriebene und originell gestaltete Genesungswünsche kamen von nah und fern: von einfachen Bürgern wie das „Meenzer Liesje" Liesel Block bis zum Ministerpräsidenten Kurt Beck. Natürlich auch von allen „unterhäuslern" und von meinen „Kame(l)len", einem Stammtisch von Sympathisanten des „unterhauses". Auch Genesungswunschkarten mit gesammelten Unterschriften waren dabei: von einem Treff der ehemaligen Gonsbach-Lerchen, organisiert von Charly Steingötter, und vom Seniorenkreis St. Peter, organisiert von Hildegard Pooth.

Ganz besonders gekümmert hat sich um mein Wohlergehen außer unserem jetzigen Hausarzt Dr. Marcel Schorrlepp auch unser früherer Hausarzt Dr. Rainer Roßkopf und mein Freund und ehemaliger Klassenkamerad Professor Dr. Werner Ohler. Auch die Vereine, bei denen ich aktiv tätig gewesen war, schlossen sich diesen guten Wünschen an: der MCV,

Ein historisches „segensreiches" Dokument

die Füsiliergarde Gonsenheim (die mich für 50-jährige Mitgliedschaft besonders ehrte) und natürlich die „Allerscheenste" mit Hildruth und Erhard Schaubruch an der Spitze.

Der Clou all dieser hilfreichen Wünsche kam jedoch von einer ganz anderen Seite: Mein Sohn hatte mir auf meine Bitten hin ein Autogramm besorgt und zwar auf dem Titelbild des „MAINZ"-Heftes vom 4. Quartal 2009, wo ein originelles Porträt unseres schmunzelnden Kardinals Lehmann zu sehen war. Ich hatte mir gedacht: Wenn ich schon in einer katholischen Klinik stationiert werde, dann kann auf dem Nachtisch ein Bild mit Widmung vom Mainzer Oberhirten bestimmt sehr hilfreich sein.

Und tatsächlich wurde mein Wunsch erfüllt mit dem Text: „Für Herbert Bonewitz Gruß, Dank und Gottes Segen! Karl Kardinal Lehmann, Bischof von Mainz, 26. November 2009". Und ob Sie gläubig sind oder nicht, das Beispiel meiner Genesung mag für Sie vielleicht kein Wunder sein, aber können Sie ausschließen, dass dieser Segenswunsch nicht letzten Endes doch geholfen hat?

Bekenntnisse zu sich selbst

Es gab mal eine Zeit in meinem Leben, da war der Begriff „Selbstverwirklichung" hochmodern, oder wie man heute sagt „total in". Mittlerweile muss die Mehrheit unserer Bevölkerung offenbar längst „selbst verwirklicht" sein, denn dieser Ausdruck ist inzwischen fast aus dem Blickfeld der Öffentlichkeit verschwunden. In welchem Maße ich mich persönlich selbst verwirklicht habe, das konnten die aufmerksamen Leser bei der Lektüre dieses Buches erfahren. Doch jetzt am Schluss wäre es vielleicht angebracht, wenn ich mich in einer Art Bilanz auch mal zu mir selbst bekenne: Wenn ich noch mal von vorne anfangen könnte, ich würde alles noch mal genau so machen – allerdings nur „en gros", nicht immer „en detail".

Das größte Kompliment, das man mir mal gemacht hat, stammt von einem eingefleischten Kabarett-Fundamentalisten, der nach der Premiere meines ersten Kabarettprogramms „Ein Narr packt aus" zu meinem „Entdecker" Ce-eff Krüger gesagt hatte: „Die Texte kann der doch gar nicht selbst geschrieben haben, die sind garantiert vom Hüsch!"

Über mein Schicksal als reichlich gebeutelter Spätsenior will ich nicht jammern und nicht behaupten, ich sei eine „wandelnde Altersdeformation", sondern mich lieber poetisch ausdrücken: „Der Jahre Fülle ist's, die auf mir lastet." Den zunehmenden körperlichen Verfall möchte ich auch besser bezeichnen als „irreparable Materialermüdung" mit Aussicht auf „baldige Verschrottung".

Jetzt im fortgeschrittenen Alterungsprozess kann ich nicht nur mit Fug, sondern auch mit Recht sagen: Früher, da war die Zukunft mal viel besser gewesen. Das Schönste gegen Ende eines bewegten Lebens ist: Man braucht keine Karriere mehr zu machen. Das Einzige, was man noch erreichen kann, das ist – wenn man viel Glück hat – ein hohes Alter in guter Gesundheit. Aber wann ich wirklich mal endgültig abtreten muss, das weiß nur der liebe Gott, und der verrät ja nichts im Voraus – zum Glück. Nur eins weiß ich mit Sicherheit: Wenn ich mal nicht mehr lebe, dann werde ich mir doch sehr fehlen.

Was aber kann man eigentlich nach einem solch langlebigen Erdendasein an seine Nachkommen weitergeben – außer ein paar materiellen Dingen? Höchstens ein paar Lebensweisheiten, wie zum Beispiel mein Arbeitsmotto in meiner Jugendzeit, das lautete: „Verrichte alle Angelegenheiten so, als ob es deine letzten wären und plane so, als ob du unsterblich wärst."

Ansonsten sollte man sich stets möglichst viel sportlich bewegen, wobei die schwierigste akrobatische Übung ist: sich selbst auf den Arm zu nehmen. Aber am glücklichsten ist nun mal der Mensch, der über sich selbst am meisten lachen kann, denn er hat einen unschätzbaren Vorteil: Der Stoff geht ihm niemals aus.

Was die Ansprüche an das Leben betrifft, so sollte man sich an die Devise halten von August Lämmle, ein schwäbischer Heimatdichter und Vetter meines väterlichen Freundes Hans Klenk, der sagte: „Ich habe immer mehr als ich brauche, weil ich niemals mehr brauche als ich habe." Eine weitere Empfehlung, an die ich mich stets zu halten bemühte, und die ich auch meinen Lesern ans Herz legen möchte, das ist der Rat eines in Ehren ergrauten alten Mainzer Urgesteins: „Positiv denke und öfters mal lache, nemme, wie's kommt und's Beste draus mache!"

Es gibt ein kleines Gedicht aus dem Jahre 1988, das sehr gut zum Abschluss dieser Erinnerungen passt: Es befasst sich mit meinen aus Erfahrung gespeisten Ängsten auf der Bühne und entstand einst in der Nacht vor einer Kabarett-Premiere.

Der Kleinkunst-Alptraum

Erst hab ich einen Scherz gemacht,
da haben nur ein paar gelacht.
Dann hab ich einen Witz erzählt
da lachte einer... haha... ganz gequält.
Drauf hab' Satire ich probiert,
da schwiegen alle... höchst pikiert.
Dann über Politik gesprochen,
da sind die ersten rausgekrochen.
Als ich dann einen „Roim gedüchtet",
da sind noch weitere geflüchtet.
Drauf war ich eine Weile stumm...
da freute sich das Publikum.
Jedoch als ich ein Lied gesungen,
da sind die letzten auch entsprungen.
Doch seien wir nicht ungerecht:
im großen Ganzen...
war's nicht schlecht.

So, und das war's dann auch endlich! Was meine Zukunft betrifft, da kann ich nur sagen: Karriere brauche ich glücklicherweise keine mehr zu machen – die bisherigen reichen mir vollauf. Und welche weiteren Rollen „zwischen allen Stilen" mir das Schicksal noch zugedacht hat, das wird sich noch weisen.

Es ist am Ende eines literarischen Werkes immer gut, wenn der Autor ein passendes Zitat von Goethe zur Hand hat. Das steigert das Niveau, was sehr wichtig ist, besonders am Schluss. Und ich habe auch ein passendes gefunden, um dessen Verwirklichung ich mich stets bemüht habe und auch weiter bemühen werde bis zu meinem eigenen Ende:

„Willst Du glücklich sein im Leben, trage bei zu andrer Glück,
denn die Freude, die wir geben, kehrt ins eigne Herz zurück."

Auf der Bühne würde ich mich jetzt tief verbeugen und dankbar den (hoffentlich) aufbrandenden Applaus entgegennehmen. Und mir sofort Gedanken darüber machen: Was bringe ich denn jetzt noch als Zugabe?

Auch wenn Sie es nicht sehen können: Im Moment habe ich mich gerade vor Ihnen verbeugt – dankbar für die mir erwiesene Aufmerksamkeit und Geduld Ihrerseits.

Und nun zu den Zugaben: Sie finden Sie im Anhang auf den nächsten Seiten. Selbst wenn Sie jetzt keine Lust mehr darauf haben sollten – das macht gar nichts. Die laufen Ihnen nicht weg. Hauptsache, Sie haben wenigstens bis hierher durchgehalten.

Dafür meinen Respekt und allerherzlichsten Dank!

Die Zugaben

Schreiben ist der einzige Beruf,
mit dem man, ohne lächerlich zu wirken,
kein Geld verdienen kann.
(Jules Renard)

Kurioses aus dem Lerchen-Leben

Die 33 Jahre, die ich bei den Gonsbach-Lerchen erlebte, waren voll von kuriosen Ereignissen hinter den Kulissen und auf der Bühne, sodass deren Schilderungen ein ganzes Buch füllen würden. Natürlich gerät das meiste im Laufe der Zeit in Vergessenheit, immerhin liegt das Geschehene mittlerweile drei Jahrzehnte zurück. Aus der Fülle der Anekdoten, an die ich mich heute noch mit Vergnügen erinnern kann, habe ich einige besonders originelle ausgewählt und hoffe, dass Sie sich über diese „Histörchen" genau so amüsieren werden.

Piraten im Gewitter

Mit den Gonsbach-Lerchen gab es von Zeit zu Zeit auch mal Auftritte in Festzelten. Die waren von uns geradezu gefürchtet, denn solche meist äußerst rustikalen Events haben ihre Tücken. Selten war dort eine Garderobe, und wir mussten uns dann im Freien oder in unserem Bus umziehen. Die Bühne bestand in den meisten Fällen aus wackeligen Brettern, was unseren Akrobaten bei ihren Absprüngen und Landungen erhebliche Probleme bereitete.

Auch die meist niedrige Bühnenhöhe galt es zu beachten. Eines Abends schleuderte unser athletischer Werfer Adolar Spoth bei einem Wurfsalto

unseren Lerchen-Clown Willi Wohn ein klein wenig zu hoch und schon riss der mit seinen Füßen die oben hängende Lichterkette herunter. Das Peinliche daran war: Da die gesamte Zeltbeleuchtung mit dieser Leitung verbunden war, mussten das Publikum und wir so lange im Finsteren ausharren, bis der Schaden wieder behoben war.

Am spektakulärsten war ein Auftritt, bei dem wir eine wilde Piraten-Parodie auf die Bretter legten. Auf dem Höhepunkt der Show brach ein heftiges Gewitter los. Noch nie zuvor hatten unsere wilden Seeräuber-Gesänge einen derart passenden akustischen Background gehabt. Unser Bariton-Solist Herbert Gebhard wagte es allerdings nicht, seinen Säbel wie üblich senkrecht in die Höhe zu halten, weil er befürchtete, der Blitz könnte in die Spitze einschlagen. Dafür suchte sich dieser eine andere Entladungsstelle und schlug in das Metallgestänge des Zeltes ein. Dadurch geriet auch das Bühnengeländer, an dem einige unserer Piraten lehnten, unter Strom. Das anschließende Geschrei und Gehoppse stand zwar nicht im Programm, animierte jedoch das staunende Publikum zu anerkennendem Zwischenapplaus.

Doch nicht genug damit. Bei unserem Schlusslied erhoben sich nach und nach sämtliche Zuschauer von ihren Plätzen: zuerst die ganz hinten, dann die in der Mitte und schließlich auch die in den vorderen Reihen. Sie stiegen sogar auf die Bänke und von da auf die Tische. Wir interpretierten diesen „Volksaufstand“ zunächst voller Stolz als eine Form der Anerkennung für unsere künstlerischen Leistungen, mussten dann aber leider feststellen: Der Grund dafür war ein ganz anderer, denn Ströme von Regenwasser überschwemmten nach und nach den gesamten Boden des Zeltes. So kann man sich irren.

Wo kriegt man ein Klavier her?

Als wir zu einem Auftritt erst in letzter Minute eintrafen – wir waren durch einen Stau aufgehalten worden – hatten wir keine Zeit mehr, wie üblich vorher einen Bühnen-Check durchzuführen. Schnell zogen wir uns um, ich schminkte die Akteure im Eiltempo und schon intonierte die Kapelle unser Auftrittslied. Auf der Bühne angekommen, mussten wir mit Entsetzen feststellen: Es war kein Klavier da! Trotz detaillierter schriftlicher Bühnenanweisung hatte der Veranstalter schlicht und einfach vergessen eins zu besorgen. Die Kapelle konnte uns auch nicht helfen: Es war ein Blasorchester.

Spontan ging ich ans Mikrofon und fragte: „Hat jemand zufällig ein Klavier dabei?“ Großes Gelächter im Publikum, dafür aber noch größere Panik bei den Verantwortlichen. Hektische Betriebsamkeit brach aus, hitzige Debatten folgten, wilde Spekulationen über eine Lösung des Problems. Wir baten die zuständigen Herren auf die Bühne, damit auch das Publikum davon etwas mitbekommen konnte.

Es stellte sich heraus, dass ein Herr des Vereinsvorstands, der in der Nachbarschaft wohnte, zuhause ein Klavier hatte und es gerne zur Verfügung stellen wollte. Nur: Wer sollte es hertransportieren? Einzige Möglichkeit: die freiwillige Feuerwehr. Gesagt, getan! Die Aktion „Klavier-Beschaffung“ lief an. Währenddessen unterhielten wir das Publikum mit lustigen Geschichten und Liedern, die alle mitsingen konnten, bis endlich hinten am Saaleingang die Tür aufging, und die Feuerwehrmannschaft unter den Klängen von „Siehste nit, da kimmt er“ einmarschierte, auf den Schultern ein Klavier schleppend.

Später erfuhren wir, dass es noch eine weitere Komplikation gegeben hatte: Das sperrige Piano ließ sich nicht durch das enge Treppenhaus bugsieren. Es musste mithilfe der Drehleiter auf dem Einsatzwagen von außen durchs Fenster und auf die Straße hinunter gehievt werden. Obwohl das arg strapazierte Instrument danach total verstimmt war, tat dies der Stimmung im Saal keinen Abbruch. Auf welche Weise der großzügige Spender später sein kostbares Stück wieder ins heimische Wohnzimmer bekam, haben wir leider nicht mehr erfahren.

Die verhängnisvolle Klaviertaste

Es gab noch eine kuriose Begebenheit mit einem Klavier. Bei einem Fastnachtsauftritt im Kurfürstlichen Schloss – in Kostüm und Maske von „Ganoven“ – hatten unsere Akrobaten eine Kneipen-Schlägerei einstudiert, bei der als Höhepunkt ein auf der Bühne stehendes Klavier total zertrümmert werden sollte. Natürlich konnten wir dafür kein echtes verwenden, sondern ließen uns von einem Instrumentenbauer ein altes Piano entsprechend umfunktionieren.

Von allen Innereien befreit, bestand es am Ende nur noch aus der Wandumkleidung und aus der Tastatur. Im Inneren hatte der findige Handwerksmeister eine raffinierte Gummizug-Konstruktion angebracht, die durch den Druck auf eine bestimmte Auslösetaste entriegelt wurde, worauf das Instrument in seine einzelnen Bestandteile total auseinanderbrach. Das Wiederzusammensetzen dauerte normalerweise etwa eine halbe Stunde.

Als wir am Abend der Sitzung hinter der Bühne auf unseren Auftritt warteten, kam ein Gast vorbei, der gerade die Garderoben-Toilette aufgesucht hatte. Belustigt musterte er unsere Klavierattrappe und fragte: „Na, kann man denn darauf auch spielen?" Dabei drückte er auf eine Taste – ausgerechnet auf diese eine spezielle, die den Zusammenbruch-Effekt auslöst. Es tat einen lauten Schlag, und mit lautem Krachen zerbrach das Piano in seine einzelnen Bestandteile, die sich malerisch über den Boden verteilten.

Der Mann wurde kreidebleich, schnappte nach Luft und taumelte auf einen in der Nähe stehenden Stuhl. Ein Sanitäter eilte herbei und leistete Erste Hilfe. Wir dagegen mussten einen neuen „Wiederaufbau-Rekord" aufstellen, denn in einer Viertelstunde waren wir dran. Der geschockte Gast jedoch wird wahrscheinlich nie wieder in seinem Leben eine Taste auf einem ihm unbekannten Klavier berühren.

Närrische Rückblicke

Es war Tradition in den 1960er Jahren, dass der MCV mit all seinen Akteuren und mit sämtlichen Utensilien in einem Sonderzug ins ferne Schwabenland fuhr, um an einem Wochenende in der Kampagne in der Ludwigsburger Stadthalle an zwei Tagen seine aktuellen Prunkfremdensitzungen aufzuführen. Vermittelt hatte diesen närrischen Ausflug das Mitglied des Großen Rates des MCV und Chef der Hakle-Werke Mainz, Generalkonsul Hans Klenk.

Die Besetzung der verschiedenen Abteile in diesem Zug entsprach der Hierarchie, die damals beim MCV unter der strengen Regentschaft von Präsident Karl Moerlé noch herrschte. Ähnlich wie sein närrischer Kollege Jakob Wucher, der Präsident des MCC, regierte er wie ein absolutistischer Monarch. Daher war es selbstverständlich, dass er mit seinem Präsidium und den Komiteter auf den besten Plätzen in der ersten Klasse residierte, wo keiner der unteren Chargen Zutritt hatte, mit Ausnahme der Mädels vom Ballett. In der zweiten Klasse waren die Redner, das Ballett und die Hofsänger untergebracht, während die Gonsbach-Lerchen vorlieb nehmen mussten mit den unbequemen Plätzen in der dritten Klasse (die es damals noch gab), direkt vor den Gepäckwagen.

Schwäbischer Humor

Es war Vorschrift, dass nach Ankunft am Ludwigsburger Bahnhof alle Aktiven im vollen Ornat, mit Orden und MCV-Kappen, sich zu einem Zug formieren mussten, um dann zum Begrüßungsempfang auf den großen Marktplatz zu marschieren. Damit das schwäbische Volk am Straßenrand auch tief genug beeindruckt sein sollte von der närrischen Invasion aus Mainz, gab man uns vierfarbbunte Fahnen und Stangen mit den MCV-Symbolen sowie mit überdimensionalen Darstellungen von „Weck, Worscht unn Woi" in die Hand. Nicht gerade frohgemut trotteten wir durch die fast leeren Ludwigsburger Straßen, vorbei an ein paar gaffenden Eingeborenen.

Einer von denen wollte offenbar zeigen, dass es auch unter Schwaben talentierte Scherzbolde gab und rief uns zu: „Ihr seid doch Meenzer? Dann macht doch emol en Witz!" Im Gegensatz zu uns, wollte er sich danach schier ausschütten vor Lachen. Als wir auf einmal am Straßenrand drei hübsche Schwabenmädels entdeckten, wurden wir schlagartig munter, und einige Lerchen versuchten mit charmantem Lächeln, Augenzwinkern und aufmunterndem Winken die Aufmerksamkeit der holden Weiblichkeit zu erregen. Gerade wollte der Mutigste mit einem kecken Spruch direkten Kontakt aufnehmen, da deutete eine fesche Blondine auf uns und rief laut lachend: „Ha noi, do kemmet se, die Kaschperles aus Mainz!" Mit hochroten Köpfen suchten wir schleunigst das Weite.

Attacken von unten

In der Stadthalle befanden sich die Garderoben direkt unterhalb der Bühne, die aus einem etwas altersschwachen Bretterboden bestand. Es gab kleine Astlöcher, Ritzen und Spalten, durch die man etwas Durchblick nach oben hatte, was vor allem von den stets zu Streichen aufgelegten Lerchen beim stundenlangen Warten bis zum Auftritt für Abwechslung sorgte – es war sozusagen „Fernsehen von unten". Einzige Ausnahme: Beim Ballett achtete die wachsame Garderobiere streng darauf, dass bei deren Tänzen niemand den Blick länger nach oben richtete, als es die Sittsamkeit erlaubte.

Ansonsten aber interessierte sich keiner dafür, was wir uns bei anderen Akteuren alles einfallen ließen. So traf es zum Beispiel auch Dr. Friedel Panitz, den originellsten Kokolores-Redner seiner Zeit. In seiner Rolle als

„Pedell" (gell!) stand er auf einmal zu seinem großen Erstaunen in einer großen Wasserlache, die wir mithilfe von Strohhalmen und Sprudel unter seinen Füßen erzeugt hatten. Vom Saal aus konnte keiner die Pfütze oben auf der Bühne sehen, umso verblüffter war das Publikum, als der „Pedell" plötzlich mit beiden Beinen hochsprang und bei der Landung das Wasser nach allen Seiten spritzen ließ, wobei er seinen berühmt gewordenen Nonsenssatz ausrief: „Das ist eine echte pipimotive Sakazität!"

Unser prominentestes Opfer jedoch war der singende Dachdeckermeister Ernst Neger. Als er eines seiner besinnlichen Lieder zu Gehör brachte, wuchsen plötzlich rings um ihn herum Blumen aus dem Boden. Aber der alte Bühnenhase ließ sich durch dieses außergewöhnliche botanische Wunder keineswegs aus der Ruhe bringen. Er holte sich ein Schoppenglas voll Wein, ging zum Tatort und goss seelenruhig den Inhalt darüber aus. Die „Blumenschieber", die das Geschehen feixend von unten betrachtet hatten, wurden von Kopf bis Fuß pudelnass.

Merkwürdige Phänomene

Es geschah bei unserem Auftritt am nächsten Tag. Willi Wohn, unser Spaßvogel vom Dienst, saß nichts Böses ahnend am Schlagzeug, als er plötzlich einen Stoß ins verlängerte Rückgrat erhielt. Erst dachte er, einer von seinen Lerchen-Kumpels habe ihm einen Tritt versetzt, aber die standen alle vollzählig vorne an den Mikrofonen. Schon glaubte er an Halluzinationen oder an die Folgen übermäßigen Alkoholgenusses, als er nach weiteren hinterhältigen Attacken blitzartig zugriff und plötzlich einen Besenstiel in der Hand hielt. Als er daran zog, war das seltsame Rätsel gelöst: Aus den Kulissen tauchte ein daran befindlicher Ernst Neger auf, der sofort wieder grinsend verschwand und dabei rief: „Rache ist süß!"

Böse Zungen behaupteten damals steif und fest, die Lerchen seien auch an so manchen anderen unerklärlichen Ereignissen schuld gewesen. So erblickte das erstaunte Publikum einmal zu Beginn einer Sitzung ein merkwürdiges Phänomen: Der überdimensionale Bajazz, der mit Spiegel und Laterne in der Hand auf einem Podest über den gravitätisch darunter sitzenden Komitetern stand, hielt statt der Laterne einen großen Hering in der Hand. Selbst erfahrene Brauchtumshüter hatten für diese seltsame Symbolik keine Erklärung. Nur wer hinter dieser abscheulichen Entweihung stehen könnte, das war nicht schwer zu erraten.

Genau wie die Urheber einer allgemeinen Konfusion, als eines Abends beim Auszug des Komitees am Schluss der Sitzung beim Aufstehen ein heilloses Durcheinander entstand: Stolpern, Poltern, Fluchen, Chaos! Was war geschehen? Interne Untersuchungen ergaben: Ruchlose Bubenhände hatten die Frackschwänze mehrerer Komiteter an den Beinen ihrer Stühle fest verknotet.

Hallo, Maulwurf – bitte melden!

Unter den zahlreichen „Scheierborzlern", die den närrischen Tross nach Ludwigsburg begleiteten, befand sich auch unser Fan und technischer Unterstützer Wilhelm Glückert, der Sohn des berühmten MCV-Redners Seppel Glückert. Er war in jenen Jahren Weltmeister der „Tonbandjäger" geworden und bereicherte unsere Auftritte im Hintergrund mit akustischen Gags durch allerlei passende und unpassende Geräusche. Als leidenschaftlicher Bastler und Funkamateur hatte er sich ein Fernsprechgerät zusammengebaut. Es bestand aus einem tragbaren Sender, in den er hineinsprechen konnte, und einem stationären Empfänger, an dem im Keller der Stadthalle ein Freund von ihm saß. Mit ihm versuchte er fernmündlich Kontakt aufzunehmen und wollte dabei die Reichweite seiner Konstruktion testen. Dem Empfänger hatte er das Codewort „Maulwurf" zugeteilt und sich selbst „Eichhörnchen".

Als die Sitzung begonnen hatte, begab sich unser Technikfreak Wilhelm ins Freie, umrundete die Stadthalle, wobei er ständig lauthals Meldungen durchgab. Auf der Bühne war der vielumjubelte Protokoller Hans Halama gerade bei seinem pathetischen Schlussvers angelangt und verkündete: „Bis nächst' Jahr lasst mer jetz moi Ruh, ich ruf zum Schluss euch allen zu..." – „Hallo, Maulwurf, bitte melden!" tönte es da aus allen Lautsprechern im Saal, „hier Eichhörnchen! – Ende!" Allgemeines Entsetzen auf der Bühne und im Saal. Einzig der Hofkapellmeister Jakob Schneider behielt die Nerven und ließ sofort lautstark einen dreifachen Tusch spielen. Der verantwortliche Tonmeister jedoch litt bestimmt noch tagelang unter den Nachwirkungen dieser Mystifikation, die er sich nicht erklären konnte, was ich aber ganz gut verstand. Wie diese Panne technisch überhaupt möglich war, hat mir der durch dieses Ereignis mehr als peinlich berührte Wilhelm dagegen genau erklären können, was ich jedoch leider nicht ganz verstand.

Ein Fall für zwei

Es war beim Rosenmontagszug 1957. Auf dem Lerchen-Wagen herrschte wie immer ausgelassene Stimmung. Als Motiv wurde nach meinen Entwürfen mit satirischen Attacken der deutsche Film aufs Korn genommen: Heimatschnulzen, Liebesschmachtfetzen, Historienschinken, Schauerkrimis und zwar gedreht von einer ominösen „Bruch-Film AG", der – wie vielen anderen Produzenten – der Profit wichtiger war als die Qualität. Auf der hinteren Seite des Wagens hatten wir eine Art Hütte platziert, die offiziell als „Kino" bezeichnet wurde – mit ein paar prallvollen Geldsäcken auf dem Dach und Filmplakaten an den Wänden. Inoffiziell jedoch diente sie hygienischen Zwecken, denn es war eine „Entsorgungszelle" mit einem großen Eimer voller Sägespäne.

Gegen Ende des Zuges, als unsere Bonbon-Kästen leer waren und wir dafür umso voller, kletterte unser langer Bassist Harald Lahr im Überschwang der Freude hinauf auf das Dach des viereckigen Gebildes und winkte von dort aus huldvoll der jubelnden Menge zu. Im Inneren der Bretterbude hatte – dem Zwang seiner Bedürfnisse folgend – eine weitere Lerche, dessen Namen hier aus Datenschutzgründen verschwiegen werden soll, auf dem Eimer Platz genommen und war infolge vorzeitiger Ermüdung eingeschlafen.

Als unser Traktor eine Kurve etwas allzu rasant anging, geriet der Bau ins Wanken: einerseits durch unseren Bassisten, der in luftiger Höhe begonnen hatte zum Klang einer Musikkapelle zu schunkeln, andererseits durch die Fliehkräfte, die das Gesamtkunstwerk ins Kippen brachte. Da es nur lose aufgestellt war und nicht im Boden verankert, fiel es. Im Zeitlupentempo nach hinten um, durchbrach die Rückwand und stürzte auf die Straße. Unser Luftikus klammerte sich geistesgegenwärtig fest und begleitete seinen Wohnsitz nach unten, überstand den Sturz aber wie durch ein Wunder völlig unversehrt.

Durch diesen Fall kam jedoch jetzt die zweite Lerche aus dem Inneren des ehemaligen „Kinos“ ans Tageslicht, wachte auf und blinzelte verdutzt in die jubelnde Menge am Wegesrand. Wahrscheinlich dachten die Zuschauer, dies sei wieder mal ein akrobatisches Meisterstück der Lerchen gewesen, das wir extra einstudiert hätten. Geistesgegenwärtig deckten wir unseren Kameraden in dieser peinlichen Situation mit unseren Körpern ab, bis er sein Beinkleid wieder in Ordnung gebracht hatte. Dann halfen wir unserem Luftikus aus den Trümmern der Hütte heraus und hoben ihn wieder auf den Wagen. Bleich wie ein Betttuch, aber lässig winkte er der applaudierenden Menge zu, als würde er solche Fallkunststücke jeden Tag machen. Was aus den Bestandteilen unseres „Kinos“ wurde, entzieht sich meiner Kenntnis. Wir hatten seitdem auch nie mehr so ein Machwerk ohne feste Verankerung am Wagenboden aufstellen lassen.

Gereimtes und Ungereimtes

Sei ein Narr

Sei ein Narr und denk dir einen Ast,
setz dich drauf, solange es dir passt,
sei ein Narr und fühle wie ein Kind,
zieh deine Seele aus und häng sie in den Wind.

Zeige der Macht und der Dummheit die Zähne
streichle behutsam und sanft jede Träne,
pfeif doch auf Ehre, auf Ruhm und Applaus,
nimm dich nicht ernst, sondern lache dich aus!

Sei ein Narr und denk dir einen Ast,
setz dich drauf, solange es dir passt,
sei ein Narr und fühle wie ein Kind,
zieh deine Seele aus und häng sie in den Wind.

Fang dir ein Lächeln und lausch in die Ferne,
hol dir vom Spiegel des Meers ein paar Sterne,
träum dir eine Wolke und lege dich drauf,
setz dem Verstand eine rote Nase auf

Sei ein Narr und denk dir einen Ast,
setz dich drauf, solange es dir passt,
sei ein Narr und fühle wie ein Kind,
zieh deine Seele aus und häng sie in den Wind.

Das erste Lied aus meinem ersten Kabarettprogramm 1975

Heimat – was ist das?

Heimat, das heißt nicht Nation, auch nicht Vaterland.
Heimat heißt nicht Tradition, auch nicht Herz und Hand.
Heimat, das ist unser Haus, wo ich aufgewachsen bin,
dort die Straße, hinten raus, führt zur alten Schule hin.
Heimat heißt auch Glockenläuten früh am Morgen übers Land,
streich entlang ich an Gebäuden, wo mir jeder Fleck bekannt.

Heimat heißt nicht Stolz und Ehre, auch nicht Treu und Pflicht.
Heimat heißt nicht Trutz und Wehre, Blut und Boden nicht.
Heimat, das ist eine Wiese an dem Weg zum Waldesrand,
wo ich meinem Schatz Luise Veilchen an die Zöpfe band.
Heimat heißt auch Teer zu riechen an dem Fluß von einem Boot,
über Ufersteine kriechen, Enten füttern mit alt Brot.

Heimat heißt auch Muttersprache, wo mer babbelt, wie's nur geht,
wo die Leit nit nur was saache, sondern wo mer's aach versteht.
Heimat heißt: Mer kennt soi Leit, ääner lacht, de anner schennt,
mer muss nur zu jeder Zeit jeden grüße, den mer kennt.

Heimat, das heißt: integrieren, Fremde sollen heimisch sein.
Und das Volk soll mitregieren, nicht die Mächtigen allein.
Heimat heißt auch: sich ergrimmen, wenn man sie brutal zerstört,
zur Erhaltung mitbestimmen, weil sie allen uns gehört.

Heimat, das heißt: heimzukehren, woher einst man zog hinaus,
und der Rührung nicht zu wehren, wenn man sagt: Ich bin zuhaus.

Wie bitte? – Zu wenig sei das? – Zu privat?
Heimat sehr viel höher stände? – Ihr Wert sei größer in der Tat?
Wie provinziell man all das fände?
Ach, wissen Sie, mein Wunsch,
der sich damit verbindet:
Wär doch die Erde so bestellt
dass jeder seine Heimat findet,
wo es auch sei auf dieser Welt.

Eines meiner Lieblingslieder

Die Hochzeit von Kana

(Predigt im Dialekt gehalten in der St. Johannis-Kirche, Mainz, am 1. Juli 2000)

E schö Hochzeit war schun immer e gut Gelechenheit gewese fer all die Schnorrer... Schmarotzer... staabische Brieder... sich uff annern Leit's Koste mal so richtig de Wanst vollzuschlage... unn sich die Huck vollzupumpe. Das ist selbst Pfarrern bekannt... aus eigener Erfahrung!

Und so geschah es auch vor langer Zeit... in Galiläa... da wurd so e Hochzeit gefeiert... und zwar in Kana... des is so e klää Kaff... ganz in de Näh von Nazareth. Und dort war alles versammelt... was Rang und Name hatt... also die ganz örtlich Hott-Vollee!

Auch unser Herr Jesus war eingelade... soi Mudder... und soi Jünger. Die warn zufällig zwei Tag vorher schon in dere Gegend gewese... und am dritte Tag sinn se da hie gemacht.

De Bräutigam als Gastgeber war ganz stolz da druff gewese hat sich in die Brust geschmisse... wie en Spatz in die Kniddele. Abber in Werklichkeit hat wahrscheinlich dem soin Vadder den ganze Kram bezahle müsse. Offenbar en sehr reiche Kerl... der sich's leiste konnt... so viel Gäst einzulade. Und der hatt auch en Haufe Dienstpersonal gehabt... von dene de Obberste zuständig war für die Verpflegung unn für de Nachschub: so e Art „Obbermatschores".

Leut aus sämtliche Nachbarorte warn dort zusamme komme... aber nit nur die Verwandtschaft... nein... auch anständige Gäst... von weit außerhalb. Und die habbe all schwer ääner druffgemacht... und gefuttert... und geschlemmt: Herz... was begehrste!

Es gab aach en gute Woi... obwohl... was heißt gut... des war mehr so en Dorchgegorene für Diabetiker... so en richtige Schütteler... en geschweffelte Sauerampfer... Marke „Bahndamm Nordlage".

Abber dene Gäst hat des nix ausgemacht... die habbe geschluckt wie die Ente... nix wie enoi demit... obwohl's ihne sämtliche Löcher in de Socke zusammegezoge hatt. Aber es is ja auch klar: Wenn's nix kost... dann trinke die Leit alles!

Aber dieser ausgekochte Ober-Matschores... des muß so en richtige Pennigsfuchser gewese soi... so e Truckebrootche... ein geiziger Mensch.

Der hat nämlich nit genug Woi besorgt... sicher hat er gedacht: „Die Leit solle mehr Wasser saufe... des is viel gesünder... und vorallem billiger!" Abber die Leit habbe sich gesagt: „Was soll's? – So en schlechte Woi... der muss ääfach eweg!"

Und so kam's... wie's komme musst: um zehn Uhr schon... da war de Woi all...nix mehr da. Die Mudder von unserm Herrn Jesus... die hat des alles genau beobacht... die hat auch nur e ganz klää Schlückche von dem Woi getrunke... des hat ihr wahrscheinlich vollauf gereicht... und da hat se zu ihrm Sohn gesagt: „Du... Bub... guck emal! – Ich glaab als... de Woi is all! – Kannste da nit was mache?"

Aber er hat nur de Kopp geschüttelt und gemeint: „Wart doch erst emal ab! – Vielleicht habbe die Leut genug von der sauer Brüh... und wolle garnix mehr trinke!"

Von wege! – Mittlerweile war de Deibel los... en Mordsspektakel! – Die Gäst habbe geschennt...wie die Rohrspatze: „Was issen des für'n Lade hier? – Will mer uns hier all verdorschte losse? – Da macht ääm ja die ganz Hochzeit kään Spaß mehr!"

Die arme Diener warn ganz neber de Kapp... unn sinn beschwichtigend da erumgerennt... nervös wie narrische Hinkel. Da hat unsern Herr Jesus Mitleid krieht... und hat heimlich zu ihne gesagt: „Kommt emal her! – Lasst Eich nit verrickt mache! – Da hinne in de Eck stehn sechs große Fässer... die macht Ihr jetzt emal voll mit Wasser... abber e bisje dalli-dalli... allez-hopp!"

Und da sinn se eifrig hingewetzt... die Fässer geschnappt... zum Wasserkrane... und bis zum Rand vollaufe losse... e Mordsarbeit... immerhin warn des insgesamt sechs mal hundert Liter!

Dann habbe se die all beigeschleppt und gefragt: „Und jetzt... Meister?" – „... und jetzt... und jetzt...", hat unsern Herr Jesus gesagt, „Ihr seid mir vielleicht e paar Tranfunzele! – Jetzt schenkt dene arme Leit da endlich emal was oi... sonst haue die uns am End noch ab... in die nächst Wertschaft!"

Dene Diener sinn bald die Aage aus em Kopp gefalle... sooo Dotzklicker habbe se krieht... wie geschälte Eier...unn habbe gejammert: „Ei, des könne mer doch nit mache! – De Leit Wasser oischenke...die meine vielleicht... mir wollte se vergifte! – Des geht doch nit! – Abber wenn Sie määne... na gut... uff Ihne Ihr Verantwortung!"

Abber da is der Obbermatschores angerennt komme... und hat gesagt: „Moment emal! – Des muß ich erst emal probiern!" Hat sich e Glas geschnappt... ins Fass gedunkt... vollgemacht... mißtrauisch geschnuppert... dann ganz vorsichtig probiert... unn da war er abber baff! – Aus dem labberische Wasser war tatsächlich de beste Woi worrn! – Abber diesmal en ganz edle Troppe... so en richtige Maultapezierer... die reinste Trockenbeeren-Frostschutz-Auslese!

Und der hat geschmeckt... als hätt ääm e Engelche uff die Zung gepinkelt... pardong... ein Himmelswesen auf die Geschmacksknospen gepieselt!

Da konnt der die Welt nit mehr verstehe... unn er hat dem Bräutigam die größe Vorwürf gemacht: „Warum weiß ich dadevon nix? – So en edle Troppe... der is ja noch viel zu schad zum Selbertrinke! – Von so eim schenkt mer vielleicht ganz am Anfang so e klää bisje was ein... nur um Eindruck zu schinde! – Abber danach... wenn die Gäst immer voller werrn... dann genügt doch so en ganz billige Rambass! – Und jetz saufe die uns diesen wunderbare Woi hier weg! – Und mir habbe doch nur 600 Liter dadevon! – Wie kammer bloß so verschwenderisch soi!"

Die Diener habbe sich ääns gegrinst... weil: Im Gegesatz zu ihrm Chef habbe die ja genau gewußt... wo dieser wunderbare Woi herkomme is. Und sie sinn eifrig erum gewetzt... unn habbe de Leut die Gläser vollgeschenkt... abber bis übber de Eichstrich... auch selber mal e Schlückche devon probiert. Unn alles hat jubiliert... und sich gefreut... unn gefeiert... unn geschluckt habbe se... bis es ihne bald aus de Ohrn eraus komme is.

Tja... und dademit war die Hochzeitsfeier gerettet... die Gäst warn all voll zufridde... die meiste sogar vollgesoffe. Aber mir hätte des alles ja nie erfahrn... wenn de Herr Johannes nit so nüchtern gebliebe wär... und hätt des alles gleich in soim Evangelium notiert... unn mir könne des jetzt nachlese.

Übrigens: Zur Erinnerung an diese Wundertat von unserm Herr Jesus... wird seitdem diese wundersame Verwandlung von Wasser in Wein... alljährlich feierlich nachvollzogen... von all den frommen Winzern im Lande!

Klassentreffen-Jubiläum

(frei nach Goethes „Faust“)

Ihr naht euch wieder, schwankende Gestalten,
die einstmals sich so jugendlich gezeigt.
Gelingt es noch, allein euch festzuhalten?
Seid ihr durch Altersbürde gar geneigt?

Mögt ihr einander wohl behagen,
wie man heut lebt und leben lässt.
Die Stühle sind, die Tische aufgeschlagen,
und jedermann erwartet sich ein Fest.

Drum seid recht cool und zeigt euch meisterhaft,
lasst Nostalgie mit allen ihren Chören:
Gefühl, Erinnerungen, Leidenschaft,
doch (wohlgemerkt) nicht ohne Narrheit hören!

So wie ihr fühlt, so solltet ihr euch geben,
erzählt von einst – nicht jedem ist‘s bekannt.
Greift nur hinein ins volle Menschenleben,
denn wo ihr‘s packt, da ist es interessant.

Es sollte niemand sich zu etwas zwingen.
Sucht, was ihr wollt, euch selber aus.
So wird der Jubilaren-Treff gelingen,
und jeder schwankt zufrieden dann nach Haus.

Das Leid mit dem Laptop

(frei nach Schillers „Lied von der Glocke")

Festgemauert wie in Steinen
steht das Ding hier auf dem Tisch.
Heut' noch muss der Text erscheinen:
Sei zur Hand, oh Laptop, frisch!
Von der Stirne heiß
rinnen muss der Schweiß,
soll das Werk den Meister loben,
muss der Bildschirm erst nach oben.

Langsam kommt man nur auf Touren:
Gebrauchsanweisung? – Jetzt geht's fix.
Errötend folg ich ihren Spuren:
Gelesen? – Alles! – Verstanden? – Nix!
Datenmassen... nicht zu fassen!
Auf was hab ich mich eingelassen?
Drum prüfe, wer sich technisch bindet,
ob sich der In- zum Out-Put findet.

Denn mit des Geschickes Mächten
ist kein ew'ger Bund zu flechten,
und das ist in seiner Art schwer:
wenn die „Softwär"... nicht so hart wär.
Gefährlich ist's den Strom zu wecken,
verderblich ist der Schalter Stamm,
doch der Schrecklichste der Schrecken
ist ein Fehler im Programm.

Ungehemmt draufgestemmt...
bis die Tastatur verklemmt.

Kritisch checkt man unter Fluchen:
Punkt für Point... und Step for Schritt...
flehend stöhnt der Mensch beim Suchen:
„Bitte, bitte... nur ein Bit!"

Und man schaltet... tastet... sichtet,
und durchwühlt die ganze Stätte,
taghell ist der Schirm belichtet,
doch wo steckt die Scheiß-Diskette?

Heil'ge Ordnung, segensreiche,
schaut man in das Handbuch rein:
Escape... Back-up... ich erbleiche...
das versteht noch nicht mal'n Schwein!

Riesengroß... hoffnungslos...
rasend wächst der Daten-Stoß.

Ach, da kommen dir die Tränen...
Impulse stürzen speicherwärts,
Module werden zu Hyänen
und treiben mit Entsetzen Scherz.
Wehe, wenn sie losgelassen,
löschen einfach alles weg.
Nichts mehr da... ist nicht zu fassen...
Satan, weiche! – Sssst...
Ab ins Eck! – Peng... bumm... klirr!

Drähte rauchen, Spulen fauchen,
der Rest ist nicht mehr zu gebrauchen.

Wo rohe Kräfte sinnlos walten
da bleibt am Ende nur der Frust.
Die Gattin legt die Stirn in Falten
und sagt: „Das hab ich gleich gewusst!"

Leergebrannt ist jetzt der Speicher,
und nur Trümmer sind zu schaun,
bist um die Erfahrung reicher:
Der Technik soll man niemals traun.
Trotz Handbuch und Anwendungsfibel
bist du bei all dem Fortschritts-Terror
für diese Welt nicht kompatibel...
Mensch... du bist der größte...
ERROR!

Musenkuss auf der Zitadelle

Es war ein sonniger Frühsommertag am 7. Juni 1976, dem Pfingstmontag. Seit drei Tagen waren meine Frau Bärbel und ich von morgens bis spät in der Nacht Dauergäste beim 2. Open Ohr Festival auf der Zitadelle. Das Motto der Veranstaltung lautete: „Arbeit, Liebe, Traum". Es war gerade mal ein halbes Jahr her, seit eine entscheidende Wende in meinem Leben erfolgt war. Ich hatte es gewagt, den großen Schritt vom Fastnachtspodium auf die renommierte Bühne im Keller des Mainzer Kleinkunsttheaters „unterhaus" zu riskieren. Der Titel meines zweistündigen Kabarettprogramms war sehr vielversprechend: „Ein Narr packt aus".

Eigentlich hätte es nur ein einmaliges Gastspiel werden sollen. Und es wurde auch eines. Einmalig, was die Resonanz beim Publikum betraf: wochenlang nur ausverkaufte Vorstellungen. Die Leute dachten tatsächlich, ich würde „auspacken"... über die Affären hinter den Kulissen des Mainzer Karnevals. Was ich natürlich nicht tat. Das Programm war zwar ein „närrisches", aber mehr ein gesellschaftskritisches. Aber aus diesem „einmaligen" Programm wurden im Lauf der Jahre an die 20. Und aus dem Amateur-

Kabarettist wurde schließlich ein Profi, der sich – zusammen mit seiner Frau Bärbel – bis 2001 auf Tournee durch die Bundesrepublik begab.

Das alles konnte ich damals natürlich nicht ahnen. Ich war froh und stolz, als ich eine Einladung bekam vom Projektausschuss des Open Ohr Festivals, vertreten durch Reinhard Hippen, dem Gründer des „Deutschen Kabarettarchivs", den ich im „unterhaus" kennen gelernt hatte. Ich sollte beim Abschlusskonzert auftreten: am Pfingstmontag, an dem ein so genannter „Mainzer Abend" als Höhepunkt des Festivals geplant war.

Dabei sollten ausschließlich „Alt- und Neu-Mainzer Bürger" auftreten: außer mir noch Hanns Dieter Hüsch, Jürgen Schöntges, Manolo Lohnes und Michael Bauer. Mit dieser Idee wollte man erreichen, dass auch die Mainzer Bevölkerung – vor allem auch Ältere – den Weg zur Zitadelle finden sollte, um dort mit dem überwiegend jugendlichen Publikum zusammen zu kommen – sozusagen in einem „Dialog der Generationen".

Am Nachmittag dieses letzten Tages zog ich mich zurück, um nochmals meine Texte und Lieder zu memorieren, die ich zum Teil speziell für diesen Auftritt geschrieben hatte. Weitab vom Festivalgetümmel suchte ich mir ein ruhiges Plätzchen auf einer Wiese, wo ich mich ins weiche Gras legte und in die Sonne blinzelte. Dabei fielen mir die Anfangszeilen des Gedichts aus „Reinecke Fuchs" von Johann Wolfgang von Goethe ein, wo es heißt:

„Pfingsten, das liebliche Fest, war gekommen; es grünten und blühten Feld und Wald, auf Hügeln und Höhn, in Büschen und Hecken... jede Wiese sprosste von Blumen und duftenden Gründen..."

Als ich gerade dabei war einzuschlafen, musste unvermutet eine Muse aus dem Gebüsch zu mir geschwebt sein: vermutlich Euterpe, die Muse der lyrischen Dichtung. Ohne groß um Erlaubnis zu bitten, hatte sie mir offenbar einen oder gar mehrere Küsse verabreicht, denn auf einmal fielen mir liedhafte Verse ein, die ich sofort in meinen stets griffbereiten Notizblock schrieb.

In einem Zug entstand so innerhalb kurzer Zeit der Text eines Gedichts mit dem Titel „Ich möcht' ein Schloss aus Blumen bau'n". Das habe ich dann in den folgenden Tagen vertont mit einer ausdrucksvollen Melodie. So entstand ein überaus poetisches Lied, das ich in mein nächstes Programm aufnahm. Außerdem hatte ich noch mit der Tuschfeder die Impression dieses utopischen „Blumenschlosses" festgehalten.

Im Laufe der Jahre verschwand das Lied allerdings in meinem umfangreichen Repertoire-Archiv. Bis eines Tages meine Frau Bärbel, deren Lieblingslied das war, auf eine großartige Idee kam. Sie holte sich unbemerkt Text und Noten aus meinem Ordner und gab sie Tobias Mann, damit er das Werk für seine Gesangsgruppe „Aca & Pella" arrangieren konnte. Dann sollte das „Schloss aus Blumen" bei einer kleinen Familienfeier zu meinem 70. Geburtstag von ihnen vorgetragen werden.

Und wie es sich meine Frau ausgedacht hatte, so geschah es auch. Nicht nur Bärbel, sondern auch die Gäste waren hellauf begeistert, und diese hervorragende Interpretation meines Liedes wurde mein schönstes Geburtstagsgeschenk. Auch den Sängern von „Aca & Pella" gefiel das Werk so gut, dass sie es spontan in ihr laufendes Programm und damit in ihr Repertoire aufnahmen.

Im Grunde verdanke ich das alles nur den Küssen jener ominösen Muse von der Zitadelle (ehrlich, Bärbel, es war tatsächlich nur ein ätherisches Wesen mit Astralleib), die am Pfingstmontag anno 1976 offenbar nichts Besseres zu tun hatte. Vielen Dank!

Ein Schloss aus Blumen

Ich möcht' ein Schloss aus Blumen bau'n
in einem Park voll Träume,
aus Blütenblättern wär' das Dach,
die Mauern wären Bäume.

Die Türme sollten Knospen sein,
die Zinnen Efeulaub,
der Boden wäre weiches Gras,
der Teppich Blütenstaub.

Der Wind spielt die Musik dazu,
das Licht wär' Sonnenschein
und durch das Tor aus frischem Moos
dürft' jeder aus und ein.

Dort könnte man in Frieden leben
und in Harmonie.
Ich möcht' ein Schloss aus Blumen bau'n,
ich weiß nur noch nicht wie.

Der Eigennutz bleibt vor der Tür
und die Verlogenheit.
Die Habgier kommt mir nicht hinein
und nicht die Eitelkeit.
Die Liebe nur allein
soll stets willkommen sein.

Ich möcht' ein Schloss aus Blumen bau'n,
ich weiß nur noch nicht...
wie.

Der Määnzer Babbel-Blues

En Määnzer babbelt immer,
wie ihm de Schnabbel steht,
jetzt basst emal uff,
ob Ihr die ganze Ausdrück aach versteht:

Scheene Leit gibt's hier in Masse,
Schlappohrn, groß wie Kaffeetasse,
Blotschnose unn Bambelschnute,
Plattkepp, Zinke, Kupperdute,
Dotzklicher wie Hoseknepp,
Dickworz-Eckstäähaubeköpp,
so babbelt mer bei uns in Määnz – o yeah!

Rotznose unn Bube, beese,
Bobbelcher in Kinnerscheese,
Spitzklicker unn Kribbelbisser,
Penningsfuchser, Plasterschisser,
Butzebeebel, Gaaberlätzjer,
große Pissser, klääne Spätzjer,
so geht der Määnzer Babbel-Blues – o yeah!

Ringele, ringele, Rose,
die Bube trage Hose,
die Meedcher trage Röckelcher
und die falle so gern in die Eckelcher!

Foine Leit sinn Hottvolee,
Aagebber mit Kanapee,
oigebild Gesockse-Zores,
Spuckeskrempel, Kokolores,
Fleebutz, die wo struntze gern,
vornehm Bloos mit Ferz im Herrn,
so babbelt mer bei uns in Määnz – o yeah!

Äußerst vornehm spricht mer da:
Andau, Monder unn Trottoir,
Potschamber unn Söllerie,
Schääselong, fromaasch die Brieh,
Büffee, Vertiko, Bagaasch,
oh, leck mich doch am... Amberaasch!
so geht der Määnzer Babbel-Blues – o yeah!

Ich will Euch was verzehle
von de alte Behle:
wann se kää Kartoffele hat
dann kann se aach kää scheele!

Meedcher nennt mer Klumbewutzje,
Dreckmensch odder babbisch Guudsje,
Dibbeguckern, Breebeldippche,
dabbisch Hinkel, Dunsel, Schlippche,
Pefferbix, Gewitteroos,
Buberollsern, doll Schinoos,
so babbelt mer bei uns in Määnz – o yeah!

Bubcher nennt mer Simbel, bleede,
Hoseschisser, Worschtathlete,
Lattwerschdabbscher, Puddeltreter,
Nervesääche, Knoddelpeter,
Duddel, Fettwatz, Scheesegaul,
Babbsack, Bleedmann, Labbemaul,
so geht der Määnzer Babbel-Blues – o yeah!

So babbelt mer bei uns in Määnz,
mir mache nit viel Schmuß,
mer merkt's am Määnzer Babbel-Blu-hu-hu-hu-huus,
an diesem Määnzer Babbel-Blues –
o yeah!

Der Karneval der Tiere

(Zur Musik von Camille Saint Saëns:
„Le carnaval des animaux" / „Carnival of the animals")

Eine Karnevalssitzung für Tiere

Es war einmal, vor vielen, vielen Jahren, in grauer Vorzeit, da lebten alle Tiere der Erde auf einem einzigen riesigen Kontinent. Es war das reinste Paradies, denn es gab noch keine Menschen, von denen sie gejagt oder gar ausgerottet werden konnten. Ungestört durften sie sich vermehren, ohne Züchtungszwänge und ungeklont, und sie hatten auch nichts dagegen einzuwenden, dass sie selbst Teil der natürlichen Nahrungskette waren und damit das Überleben ihrer Arten garantierten.

An einem schönen Abend sitzen ein paar Tiere fröhlich beisammen, nicht weit von hier, am Ufer des Rheins, an ihrem Baumstammtisch und trinken vergorenen Most. Da ruft auf einmal ein alter Schluckspecht: „Bei uns hier am Rhoi, da herrscht doch immer die absolute Fröhlichkeit. Warum sollte nit auch alle annern Viecher dadran teilhabe?" – „Prima Idee!", sagt die Eule, „lasst uns doch alle Tiere einladen, hierher zu einer großen Karnevals-Prunksitzung." „Aber mit viiiiel Stimmung, Jux und Tollerei", wiehert das Pony. „Und mit Jubel, Trubel, Ha-Ha-Heiterkeit", kichert die Lachmöwe. „Aber bitte alles nur mit Niveau!", mahnt der weise Marabu.

„Die Organisation übernemme mir." ruft der Hammel, „und ich erkläre mich freiwillich dezu bereit, euern Leithammel zu soi." Erwartungs-

voll fragt das arrogante Kamel: „Und wen machen wir zum Präsidenten?" – „Na, wen schon!" knurrt grimmig der Uhu, „den da natürlich", und er zeigt auf das dösende Faultier. „Krieche mir aach Geld fer unser Arbeit?" fragt gierig die Kröte. „Mir habbet nix unn mir gebbet nix", entgegnet voll Empörung das schwäbische Sparschwein. „Ich sorch für die Verpflegung." erklärt der fette Hamster aus Weisenau. „Und ich schreib es Programm", grunzt die Wildsau aus Gunsenumm. „Unn ich häng's an die Wand!" schreit der Esel aus Finthen.

Schon am nächsten Tag geht's los: Tintenfische und Pelikane schreiben eifrig Einladungen, und Brieftauben bringen sie zu den Empfängern. Nach elf Wochen, genau am elften Tag des elften Monats, um 11 Uhr 11 kommen alle Tiere bunt kostümiert hier zusammen. Man nimmt die Plätze ein und blickt erwartungsvoll auf die närrisch dekorierte Waldbühne. Ein Storch als Oberhofkapellmeister hebt zum Auftakt den Schnabel und die närrische Hoftierkapelle intoniert die Ouvertüre. Unter deren Klängen zieht feierlich das tierische Komitee ein, prunkvoll kostümiert als majestätisch einher schreitende Löwen.

(Einleitung und königlicher Marsch der Löwen)

Die Begrüßung der Delegationen

Nach dem Einmarsch erhebt sich der Sitzungspräsident – ein ordensgeschmückter Pavian – und beginnt mit der Begrüßung der Delegationen sämtlicher Tiergattungen, was alles in allem eine ganze halbe Stunde in Anspruch nimmt. Kein Wunder, dass die Aufmerksamkeit spürbar nachlässt ,und sich mehr und mehr Unruhe im Publikum bemerkbar macht: Die Hühner gackern, die Puten kollern, die Gänse schnattern, und alle schwatzen wild durcheinander, sodass von der Rede des Sitzungspräsidenten nichts mehr zu hören ist, was von sämtlichen Tieren mit Zufriedenheit registriert wird.

(Hühner und Hähne)

Versorgung mit Getränken

Plötzlich hört man lautstarke Proteste aus dem Publikum: „Warum gibt's denn hier nix zum Trinken? – Wir haben Durst!" Daraufhin scheucht man den dafür zuständigen Hamster auf, der gerade damit beschäftigt ist, ausgiebig die Güte aller Getränke mit eigener Zunge zu prüfen. Eiligst ruft er das Bedienungspersonal zu sich, bestehend aus: vier Schnapsdrosseln, drei Bierlachsen und zwölf Weinbergschnecken, übergibt ihnen die ganzen Alkohol-Vorräte und jagt sie dann ins Publikum, wo sie die Gäste eiligst bedienen – aber in einem irrwitzigen Affentempo.
(Wilde Esel)

Das närrische Hoftierballett

Gespannte Aufmerksamkeit macht sich im Publikum breit, als der Sitzungspavian stolz verkündet: „Und nun, ein ganz besonderer Augenschmaus!" – und er fügt augenzwinkernd hinzu: „Vor allem für das männliche Viechzeuch. Ich darf Euch ansagen: unser närrisches Hoftierballett... alles echte Amateurinnen, aber dennoch: voller Schwung und Elan, flink und graziös, schon seit Jahrhunderten: unsere Schildkröten-Balletteusen!"
(Schildkröten)

Ansprache des Präsidenten

Von diesem rasanten Tanz total erschöpft müssen die leider ohnmächtig gewordenen Schildkröten von Rot-Kreuz-Pinguinen von der Bühne getragen werden. Daraufhin stampfen elf afrikanische Elefanten heran und trompeten laut schmetternd eine pompöse Jubelfanfare. Dann tragen vier Gorillas – als Komiteediener kostümiert – den Präsidenten in die Bütt. Nach einer Viertelstunde innerlicher Konzentration beginnt das Faultier mit einem einstündigen Vortrag über das Thema: „Tieferer Sinn und Zweck von Mummenschanz und Frohsinnskultur im rheinisch-tierischen Karneval". Die mitreißende Rede versetzt Bären und Murmeltiere in einen vorzeitigen, kurzfristigen Winterschlaf.
(Der Elefant)

Pantomime des Schatzmeisters

Eine äußerst originelle und viel belachte Darbietung bietet der Schatzmeister des M.T.K.V. – des „Mainzer Tierkarnevalvereins“: Der gebürtige Schimpanse präsentiert dem amüsierten närrischen Auditorium seinen Kassenbericht im Kostüm eines Kängurus. Mehrmals hopst er über die Bühne und ruft dabei aus: „Mir könne große Sprüng mache, aber nur mit leerem Beutel!“ Das stürmische Gelächter will kein Ende nehmen, und der strahlende „Meister des geschliffenen Wortes“ muss seinen Auftritt sogar dreimal wiederholen, bis auch der Allerletzte im Publikum den Sinn dieses intellektuellen Wortspiels endlich kapiert hat.
(Kängurus)

Gesangsgruppe: die närrischen Fische

Ein Raunen geht durch die Menge, als ein äußerst merkwürdiges Utensil auf die Bühne getragen wird: ein riesiges Aquarium, in dem sich etliche Fische tummeln. Durch die Glasscheibe sind zu erkennen: vier Kieler Sprotten, zwei Bratheringe, drei geräucherte Makrelen, fünf Backfische und zehn Ölsardinen. Der Sitzungspavian erhebt sich und verkündet lauthals: „Bitte um Aufmerksamkeit für diese bekannte Gesangsgruppe, sogar weltbekannt – in der näheren Umgebung: Die närrischen Fische mit ihrem immer wieder gern gehörten stummen Gesang, begleitet vom sprudelnden Wasser ihres Aquariums. Bitte sehr!“
(Das Aquarium)

Die Begrüßung der Ehrengäste

Nach diesem köstlichen Ohrenschmaus hat sich das närrische Auditorium eine Erholung verdient. Man beschließt daher spontan, die Gelegenheit zu nutzen und die Ehrengäste zu begrüßen. Diese Aufgabe übernimmt wiederum das präsidiale Faultier. Unter anderem heißt er herzlich willkommen: den Breitmaulfrosch aus Berlin und die Unke aus Allensbach, den steinreichen Goldhamster und seine Schleiereule aus Frankfurt, den aufgeputzten Pfau und seine Schnepfe aus Wiesbaden, sowie den zurzeit prominentesten Gast aus dem Hunsrück: die Beck'sche Mopsfledermaus. Um Zeit zu sparen wird der jeweilige Tusch für jeden Ehrengast von der Hoftierkapelle auf das alleräußerste Minimalste reduziert.
(Persönlichkeiten mit langen Ohren)

Bauchredner-Vortrag: als Gerichtsvollzieher

Danach geht es weiter im Programm, und es wird angekündigt: „Und nun eine Büttenrede, die eure Lachmuskeln strapazieren wird: Bühne frei – für einen Gerichtsvollzieher mit seinem Kuckuck!“ Es erscheint ein komischer Kauz, der in die Bütt steigt, unter dem Arm eine Aktenmappe und einen sitzen habend, nämlich einen leibhaftigen Kuckuck auf seiner Schulter.
(Der Kuckuck im Wald)

Die Zwitschertaler Singvögel

Der Applaus für den Gerichtsvollzieher und seinen Kuckuck hält sich einigermaßen in Grenzen, denn der Kuckuck hat – außer ständig nur „Kuckuck“ zu rufen – offenbar nicht viel mehr zu sagen. „Jetzt gibt's wieder etwas auf die Ohren!“ ruft der Sitzungspavian und lässt ein großes Vogelhaus herein tragen, hinter dessen Maschengitter sich allerlei gefiederte muntere Gesellen tummeln. Die Hoftierkapelle spielt dazu eine lustige Weise, bei der alle mitsingen: „Amsel, Drossel, Fink und Meise, und die ganze Vogelsch... sch... schar!“ Danach hört man aus dem Vogelhaus mit viel „Tirili und Tirila“ ein fröhliches Potpourri, meisterhaft dargeboten von den bekannten „Original Zwitschertaler Singvögeln“.
(Das Vogelhaus)

Mehrhändiges Klavierspiel

Der Beifall für die zwitschernden Sänger ist kaum verklungen, da kündigt sich schon der nächste Höhepunkt an: Von vier Nilpferden werden zwei große Konzertflügel auf die Bühne geschoben, und es werden angesagt: Zwei Virtuosen auf den Tasten, die ihr Bravourstück sogar mehrhändig spielen. Ungläubiges Kopfschütteln im närrischen Auditorium, das aber dann rasch verebbt, und es verbreitet sich Staunen rundum: Es erscheinen zwei exotische Exemplare, die sich vehement auf die Klaviertasten stürzen: ein großer Tausendfüßler, der brillant mit seinen Gehwerkzeugen spielen kann, und ein vielarmiger Krake, der mit seinen flinken Tentakeln ein irrwitziges Tempo vorlegt.
(Die Pianisten)

Ehrung der Senioren

Feierlich erhebt sich der Sitzungspavian und verkündet: „Bei allem jugendlichen Frohsinn und Tollerei wollen wir aber auch unsere Senioren nicht vergessen. Stellvertretend für alle närrischen Grufties bitte ich jetzt zwei von ihnen zu einer Ehrung auf die Bühne und zwar aus der Gattung der singenden Vögel: die am Rosenmontag geborene Nachtigall ‚Margarete, die Erste', und aus der Gattung der sprechenden komischen Vögel den ehemaligen Nestbeschmutzer ‚Bibi, den Allerletzten!' Die Beiden wer-

den hereingetragen, und man hängt ihnen den tierischen Verdienstorden 11. Klasse um, wobei das närrische Auditorium spontan singt: „Es zittern die morschen Knochen". Unter dem Quietschen ihrer Gelenke werden die beiden Karnevalsfossilien wieder abtransportiert, während die Hoftierkapelle den berühmten „Marsch der klappernden Skelette" intoniert.
(Fossilien)

Solotanz der Primaballerina

Das Wort ergreift nun der weise Marabu, und er verkündet: „Bei allem Jux und Kokolores legen wir den größten Wert darauf, dass wir karnevalistisch geprägten Tiere am Rhein gemäß unseres uralten Brauchtums auch der Kunst und Kultur verpflichtet sind. Um das Niveau unserer tierisch guten Karnevalssitzung in bisher noch unerreichte Höhen zu treiben, präsentieren wir Ihnen nun die Primaballerina der Staatsoper Wackernheim – mit ihrer solistischen Glanznummer als sterbender Schwan. Ich bitte dringend davon Abstand zu nehmen, die Künstlerin während ihrer Darbietung mit Brotkrumen zu füttern. Warten Sie damit bitte bis nach der Sitzung!"
(Der Schwan)

Das große Finale

Nach diesem absoluten Höhepunkt in dieser allerersten Karnevalssitzung für Tiere wird dann das große Finale angekündigt. Alle Mitwirkenden erscheinen noch mal auf der Bühne: die Sänger, Tänzer und Redner. Während sich die Hoftierkapelle bereit macht zum großen musikalischen Schlussakt, werden von der Bühne ins Publikum geworfen: Elftausend Marienkäfer, kostümiert als „Konfettis" und elfhundertelf bunt angemalte Ringelnattern und Blindschleichen, maskiert als „Luftschlangen".

Übrigens: Es ist zu vermuten, dass sich dieses wirklich einmalige Ereignis im genetischen Gedächtnis der Tiere bis in unsere Tage erhalten hat. Denn das könnte auch eine Erklärung dafür sein, dass unsere Haustiere, wenn sie in der närrischen Zeit vor dem Bildschirm sitzen, jedes Mal beim Anblick der unzähligen karnevalistischen Fernsehsitzungen anfangen laut zu knurren und zu fauchen. Aber was ist das heute auch schon gegen den einstigen legendären „Karneval der Tiere", der damals zu Ende ging mit einem grandiosen „Finale multo furioso".
(Finale)

Der Babel-Rap-Rock

Jetzt horscht emal zu, seid nit übberzwerch,
halt emal Eier Mailer, denn it's Showtime in the Kerch.
Faltet Eier Fieß und paßt all gut uff,
denn heit is de Parrer widder supertierisch druff.
Bei so ner Musikk fliehn die Fenster raus,
unn die Orchel hot en Sound,
wie uff Deibel komm eraus. De Parrer rieft:
Jetzt macht Schluß mit dem Gebabbel,
ihr hört jetzt die Story vom Turmbau von Babbel.

Hallelujah – hoch die Glock!
Power in die Kerch bringt der Babel-Rap-Rock.
Yeah, oh, yeah! – Oh, wie schee!
Da druff hat die ganze Gemeinde Bock.

Es war einmal, vor sehr langer Zeit,
da hatten eine einzge Sprache überall die Leit,
die gleiche Ausdrück habbe allesamt geschnabbelt,
vermutlich habbe alle Mensche määnzerisch gebabbelt.
Also sprachen Sie: Viel zu eng is unser Feld,
mir suche so was wie e neue Heimat in de Welt.
Ein Bauherrnmodell, des war schnell bei de Hand,
hier baue mer en Turm, hier is Bauerwartungsland.

Hallelujah – hoch die Glock!
Power in die Kerch bringt der Babel-Rap-Rock.
Yeah, oh, yeah! – Oh, wie schee!
Da druff hat die ganze Gemeinde Bock.

Der Turm von Babel, der wuchs in die Höh,
und mer konnt allmählich
schun die Spitze nit mehr seh.
Die Menschheit sah dieses Wachstum gern,
sie nannten es den Fortschritt,

doch es warn bloß Ferz im Hern.
Also, sprach der Herr: Ihr Kleeskepp werd schon sehe,
weil in Zukunft da soll keiner mehr den annere verstehe.
Und ab sofort herrschte nur noch doll Gebabbel,
und damit war's vorbei mit dem Turmbau von Babbel.

Hallelujah – hoch die Glock!
Power in die Kerch bringt der Babel-Rap-Rock.
Yeah, oh, yeah! – Oh, wie schee!
Da druff hat die ganze Gemeinde Bock.

Das Gebäude steht noch heut im Land,
in New-York unn werd die UNO dort genannt.
Und die Labbeduddel da und die Dabbesse all dort,
die verstehe vonenanner auch bis heute noch kein Wort.

Oh, lieber Gott, komm sei so gut,
und mach uns allen wieder Mut,
denn das wär das größte Glück:
Du gäbst den Menschen endlich wieder...
ihren Verstand zurück.
Hallelujah! – Jetzt bist du dra!
Bis dahin, Damen und Herrn... warte mir gern.

Herbstliebe

Herbstlaub verzaubert die Natur,
in buntem Reigen fallen Frucht und Blätter,
noch einmal will die Welt sich selbst verschenken,
die Sonne spendet spät noch warmes Wetter,
und Rentnerpaare sitzen auf den Bänken.

Herbstlaub verzaubert die Natur,
gehn auch die Lebensjahre bald zu Ende,
so haben wir doch keinen Grund zur Klage,
wir lieben uns und halten unsre Hände,
denn auch der Menschen Herbst hat schöne Tage.

Stimmen von draußen

Lob ablehnen heißt:
zweimal gelobt werden wollen.
(François Duc de la Rochefoucould)

Aus dem „PLAYBOY" – Nr. 3 – März 1979

Der Mann des Monats: Herbert Bonewitz

Gäbe es einen Orden wider den närrischen Ernst, dann hätte der Mainzer Prokurist Herbert Bonewitz (45) diese Auszeichnung als erster und bisher wohl auch einziger Karnevalist verdient. Doch Undank ist der Narren Lohn: Die Fastnachtsfunktionäre hierzulande schmähen ihn als „Nestbeschmutzer". Denn Bonewitz hat es fertiggebracht, Witze über Narren zu reißen, und das in der Bütt.

15 Jahre lang war Herbert Bonewitz hofierter Star unter den Büttenrednern. Solang er Spott und Spaß mit der politischen Prominenz trieb, wurden seine bissigen und hintersinnigen Pointen mit viel Trara belohnt. Als er 1973 in die ARD-Talkshow „Je später der Abend" (Anm. des Hrsg.: von Dietmar Schönherr) geladen wurde, feierten ihn die Karnevalskollegen gar als ihren Bildschirm-Botschafter.

Doch dann nahm sich Bonewitz die Narrenfreiheit, die im fastnächtlichen Frohsinn ergrauten Konfetti-Karrieristen „Humor-Fossilien mit leichtem Grauschleier vorm Gehirn" und „Stimmungsverkäufer mit Platitüden-Honorar" zu nennen. Das grämte die hohen Herren von Klamauk & Kalau sehr, und am Aschermittwoch war noch längst nicht alles vorbei: Anonyme Anrufer drohten Herbert Bonewitz Prügel an, falls er die Helau-Honoratioren weiterhin so „hundsföttisch" (Originalton) verunglimpfte.

Der einst aktive Judokämpfer konterte mit satirischer Schärfe. Unter dem trotzigen Titel „Ein Narr packt aus" debütierte er auf der Mainzer Kabarettbühne „unterhaus". Er entlarvte den bierernsten Ehrgeiz, der viele Jecken in die Bütt oder in den Vereinsvorstand treibt. Als das ZDF dann auch noch einen 45-minütigen Ausschnitt aus diesem Programm sendete, boykottierten ihn von Stund an die meisten der 1700 bundesdeutschen Narrengesellschaften, „obwohl" – so Heinz Wacker, Präsident des Bundes Deutscher Karneval e.V. – „er zu unseren Besten gehört." Die Mainzer Cocktail-Prominenz, die den Prokuristen und Werbeleiter einer renommierten Papierfabrik bislang als geistreichen Party-Plauscher geschätzt hatte, strich seinen Namen von den Einladungslisten.

Das Fernsehen jedoch räumte dem furchtlosen Narren 1977 in der Sendung „Mainz bleibt Mainz – wie es singt und lacht" wieder einen Soloauf-

Gäbe es einen Orden wider den närrischen Ernst, dann hätte der Mainzer Prokurist Herbert Bonewitz (55) diese Auszeichnung als erster und bisher wohl auch als einziger Karnevalist verdient. Doch Undank ist des Narren Lohn: Die Fastnachtsfunktionäre hierzulande schmähen ihn als „Nestbeschmutzer". Denn Bonewitz hat es fertiggebracht, Witze über Narren zu reißen, und das in der Bütt.

15 Jahre lang war Herbert Bonewitz hofierter Star unter den Büttenrednern. Solange er Spott und Spaß mit der politischen Prominenz trieb, wurden seine bissigen und hintersinnigen Pointen mit viel Trara belohnt. Als er 1973 in die ARD-Talkshow *Je später der Abend* geladen wurde, feierten ihn die Karnevalskollegen gar als ihren Bildschirm-Botschafter.

Doch dann nahm sich Bonewitz die Narrenfreiheit, die im fastnächtlichen Frohsinn ergrauten Konfetti-Karrieristen „Humor-Fossilien mit leichtem Grauschleier vorm Gehirn" und „Stimmungsverkäufer mit Platitüden-Honorar" zu nennen. Das grämte die hohen Herren von Klamauk & Kalau sehr, und am Aschermittwoch war noch längst nicht alles vorbei: Anonyme Anrufer drohten Herbert Bonewitz Prügel an, falls er die Helau-Honoratioren weiterhin so „hundsföttisch" (Originalton) verunglimpfe.

Der einst aktive Judokämpfer konterte mit satirischer Schärfe. Unter dem trotzigen Titel *Ein Narr packt aus* debütierte er auf der Mainzer Kabarettbühne „unterhaus". Er entlarvte den
182 bierernsten Ehrgeiz, der viele Jecken

DER MANN DES MONATS: HERBERT BONEWITZ

in die Bütt oder in den Vereinsvorstand treibt. Als das ZDF dann auch noch einen 45minütigen Ausschnitt aus diesem Programm sendete, boykottierten ihn von Stund an die meisten der 1700 bundesdeutschen Narrengesellschaften, „obwohl" – so Heinz Wacker, Präsident des Bundes Deutscher Karneval e. V. – „er zu unseren Besten gehört". Die Mainzer Cocktail-Prominenz, die den Prokuristen und Werbeleiter einer renommierten Papierfabrik bislang als geistreichen Party-Plauscher geschätzt hatte, strich seinen Namen von den Einladungslisten.

Das Fernsehen jedoch räumte dem furchtlosen Narren 1977 in der Sendung *Mainz bleibt Mainz – wie's singt und lacht* wieder einen Solo-Auftritt ein. Es sollte die denkwürdigste Karnevals-Übertragung der öffentlich-rechtlichen TV-Geschichte werden. Zum erstenmal wagte es nämlich ein Büttenredner, die hochgestellten Ehrengäste unten im Saal frontal zu frotzeln. Bonewitz begann so: „Frohsinn on the rocks – fürs bessere Gesocks." Die Reaktion war ebenfalls einmalig: Zum erstenmal wurde in der traditionellen Mainzer Fernseh-Fastnacht ein Büttenredner mit Buhrufen statt Klatschmarsch verabschiedet.

Zu den „Hütern des närrischen Grals" kann sich Herbert Bonewitz seitdem nicht mehr zählen. Er ist nicht traurig drum. Ohne Wehmut läßt er das Blech seiner 300 Orden im Keller verstauben. Narretei treibt er in diesen Tagen in Mainz-Gonsenheim als Leiter der Karnevalsvereinigung der „Gonsbach-Lerchen".

Während seine ehemaligen Fastnachts-Freunde über Bütten-Blödeleien nachgrübeln, profiliert Herbert Bonewitz sich als Kabarettist. Im April hat er im Mainzer „unterhaus" ein eigenes Programm. Er stellt die gar nicht so närrische Frage: „1, 2, 3 – wo ist der Mensch?"

PLAYBOY kürt Herbert Bonewitz, weil er im Karneval Profil bewies (und dafür bezahlte), zum Mann des Monats.

FOTOS: KLAUS BENZ

tritt ein (Anm. d. Hrsg.: als „Platzanweiser“). Es sollte die denkwürdigste Karnevals-Übertragung der öffentlich-rechtlichen TV-Geschichte werden. Zum erstenmal wagte es nämlich ein Büttenredner, die hochgestellten Ehrengäste unten im Saal frontal zu frotzeln. Bonewitz begann so: „Frohsinn on the rocks – fürs bessere Gesocks.“ Die Reaktion war ebenso einmalig: Zum erstenmal wurde in der traditionellen Mainzer Fernseh-Fastnacht ein Büttenredner mit Buhrufen statt Klatschmarsch verabschiedet.

Zu den „Hütern des närrischen Grals“ kann sich Herbert Bonewitz seitdem nicht mehr zählen. Er ist nicht traurig drum. Ohne Wehmut lässt er seine 300 Orden im Keller verstauben. Narretei treibt er in diesen Tagen in Mainz-Gonsenheim als Leiter der Karnevalsvereinigung der „Gonsbach-Lerchen“.

Während seine ehemaligen Fastnachts-Freunde über Bütten-Blödeleien nachgrübeln, profiliert Herbert Bonewitz sich als Kabarettist. Im April hat er im Mainzer „unterhaus“ ein eigenes Programm. Er stellt die gar nicht so närrische Frage: „1, 2, 3 – wo ist der Mensch?“

PLAYBOY kürt Herbert Bonewitz, weil er im Karneval Profil bewies (und dafür bezahlte), zum Mann des Monats.

Auszüge aus der schwedischen Zeitung „Svenska Dagblad" vom 19. Februar 1982

Verfasser: Carl-Gunnar Ahlén / Übersetzung: Ursula Ahlén

Des Narren Kampf gegen die innere Schere

„Ich bin isoliert und mit meiner Meinung sehr allein – nicht einmal die Kollegen aus dem eigenen Kreis stehen dahinter. Im Fernsehen habe ich ausschließlich eine Alibi-Funktion." Wenn man hinter dieser Äußerung nicht die sonore Stimme und den ruhigen Tonfall hört, kann das Ganze bitter und ein bisschen pathetisch wirken. Es ist dies die Endstation in einem illusionslosen Gespräch über die Bedingungen der Meinungsfreiheit in der bundesrepublikanischen Unterhaltungsbranche, das mit Herbert Bonewitz, dem Günstling und Sündenbock, dem ungekrönten König der Mainzer Fastnacht geführt wurde. Und er war keineswegs auf Mitgefühl aus.

Auf dem Schreibtisch von Herbert Bonewitz liegt die postalische Ernte nach dem vorjährigen Fernsehauftritt vor der millionenfachen deutschsprachigen Zuschauerschar (Anm. d. Hrsg.: als „Hofmatz mit seim Dippsche"). Viele Briefe sind anonym, er greift einen heraus: „Bis jetzt waren Sie der Liebling der Fernseh-Fastnacht, aber als Sie zur Enttäuschung der Zuschauer unvorbereitet zu Gunsten der Ausländer sprachen, breitete sich große Verstimmtheit aus... Das ist nicht im Interesse des deutschen Volkes!" Dazwischen Ausdrücke wie „Bastard" und „Kannibale".

Berührt Tabu-Themen

In der BRD ist es nicht länger „comme il faut" über die Probleme der Minoritäten zu sprechen. Aber der Fastnachtsnarr Herbert Bonewitz ziert sich nicht, dieses Tabu-Thema zu berühren. Es wäre sinnlos zu versuchen, seine Kunst zu beschreiben; heraus käme das gleiche Resultat wie in jener Geschichte, wo ein Mann – nachdem er Caruso gehört hatte – zuhause die Gesangskunst wiederzugeben versuchte, indem er den nur mäßig begeisterten Freunden selbst vorsang.

Vor den Fernsehkameras und dem Saalpublikum, das zum großen Teil aus Politikern besteht, tritt Herbert Bonewitz – mit dem Nachttopf in der Hand – als seniler Narrenkasper auf. Doch seine Ansichten sind durchaus ernst und erwachsen: „Ein Mensch bleibt ein Mensch, unabhängig woher er kommt", sagt er und wird mit artigem Applaus belohnt. Auf dem Bildschirm huschen Gesichter vorbei; welche Gedanken verbergen sich hinter ihrem Lächeln?

„Seit Jahren bekämpfe ich mit meiner Narrenfreiheit diese lachende Wohlstandsgesellschaft", erzählt mir Herbert Bonewitz. Er ist mit seinen 48 Jahren gut trainiert – ein Mann mit einem bohrenden Adlerblick und einem dominierenden Lachen.

Die Kritik ist oft verwässert

„Das Wort ist frei", so sagt man. Aber warum bevorzugen dann die meisten Büttenredner ihre Verse so zu schmieden, dass sie zum Lachen über Nonsens oder zum Bestätigen existierender Vorurteile einladen? Warum ist die Kritik oftmals so verwässert?

Herbert Bonewitz hat mehrere Erklärungen dafür, dass der Sitzungskarneval in Mainz so ausgeartet ist. Eine Ursache ist die klassenbewahrende Hierarchie der Organisationen. Hier geht es keineswegs um die Frage „Proletariat gegen Oberschicht", dies ist vielmehr eine äußerst subtile Mikrostruktur in der bürgerlichen Welt, der Bonewitz selbst angehört.

Deren politisches Klima ist im Grunde konservativ, und das ist mit eine der Ursachen, warum man die Jugend verloren hat. „Es gibt keinen Nachwuchs", meint Bonewitz, „und die ganzen Sitzungsrituale und was damit zusammenhängt interessiert keinen, der heut unter dreißig ist. Ein Büttenredner kann nicht über Hausbesetzungen, Kernkraft oder Arbeitslosigkeit sprechen. Und noch schlimmer wird es, wenn das Fernsehen dazukommt. Da man eine eingebaute Schere im Kopf hat, lernt man, was man im Fernsehen sagen kann. Und das Fernsehen begutachtet jedes Wort, das gesagt wird. Die Angst vor der Öffentlichkeit ist enorm, daher die Selbstzensur: Man mustert die Worte aus und bettet sie in elegante Reime."

Freier in den Vororten

Das gilt für die ältesten und angesehensten Karnevalsvereine. Anders ist es in den Vororten, z.B. in Gonsenheim, Mombach oder Kastel, wo kleine örtliche Vereine Sitzungen für die lokale Bevölkerung arrangieren. Dort kennt man sich, und dort kann man auch über empfindliche Themen offener reden.

7 dagar KULTUR 27

BÖCKER: "Autentisk mystiker".

Konny Isgren debuterade för halvtannat år sedan som lyriker med diktsamlingen "Döda mig, igen". Nu ligger opus 2 på bokhandelsdiskarna tillsammans med fina recensioner. Bengt Holmqvist skriver i Dagens Nyheter att "boken kan läsas som en direkt fortsättning på sin föregångare. Isgren framstår nu ännu tydligare som en autentisk svensk mystiker".

"Överlevarna" heter en ny roman av Monica Braw. Men hon har gett boken en undertitel "En roman om verkligheten" som om hon ville säga att det är något mer än en roman. Verkligheten är Hiroshima och Nagasaki trettio år efter att bomben fällts. En amerikansk forskare reser till Japan för att i fredsrörelsens tjänst presentera några människoöden — några människor som var med när bomben fälldes. Överlevarna är alla de som fortsätter att leva trots rädslan, eller som en av bokens huvudpersoner Takeko säger "Vi är världens rädsla som ingen vill ha i sitt hus".

Inge-Bert Täljedal är en 40-årig medicinsk cellforskare som debuterar som lyriker med diktsamlingen "Eurydikesvit och andra dikter". Till många av dikterna har han valt den svåra och stränga sonettformen. Det centrala motivet i diktsamlingen är svårigheten att andas och främlingskapet på jorden.

Theodor Kallifatides fick i veckan ta emot Litteraturfrämjandets stora pris på 25 000 kr för romanen "En fallen ängel". Kallifatides kommentar var att det kändes extra gott att få ett så fint pris för en roman som kritiken varit onådig mot.

TEATER: Ny debattpjäs med Fria Pro.

Gunnar Ohrlanders pjäs "Den blomstertid nu kommer" handlar om skolan och kunskapens förflackning. Huvudpersonen är folksskolläraren Karl Bengtsson och hans mödosamma väg till sin examen. Publiken får följa hans skolgång under 1930-talet och senare hans plats i katedern. Det är ett välskrivet och charmfullt teateräventyr som kanske ändå har lite svårt att nå fram. Det är först i andra akten som pjäsen får fart och når sin höjdpunkt. "Den blomstertid nu kommer" är en pjäs i traditionell Fria Pro-stil — med debatt om kontroversiella ämnen, musik och realism.

som nu återkommer är Nationalteatern i Göteborg. Pjäsen de spelar heter "Handväskan brinner" och är skriven av Med Reventberg. Det är en show som spränger alla gränser, skriver Margareta Artsman i Svenska Dagbladet. "En svart fars i Dario Fos anda, en vild och uppsluppen historia som lockar många skratt."

Det var längesedan Per Oscarsson stod på en scen i Stockholm, men nu gör han det på Komediteatern. Det är i en enaktare av Eugene O'Neill "Hughie nattportiern" och han spelar upp sin 50 minuter långa monolog för nattportiern på ett New York-hotell. Det är tidig morgon och portiern står i hotellfoajén vacklande av trötthet och fylla och spelar upp sina livslögner.

FILM: Succé för Hans Alfredson

"Den enfaldige mördaren" av Hans Alfredson och med Stellan Skarsgård i huvudrollen gick rakt in i kritikernas hjärtan. För svensk film sällan använda utrop plockades nu fram: "Alfredsons underverk", skrev Aftonbladet, "Det är en magnifik film", skrev Svenska Dagbladet. Just nu tävlar också Hans Alfredson på Berlinfestivalen med filmen.

Natja Brunckhorst i "Vi barn från Bahnhof Zoo"

"Vi barn från Bahnhof Zoo" är berättelsen om Christiane, 14 år och narkoman i Berlin. När hon var 12 gick hon på valium och vid 14 år injicerade hon heroin. Filmen bygger på verkliga händelser och påminner om Stefan Jarls film "Ett anständigt liv". Men den tyska filmen får inte alls lika bra mottagande som "Ett anständigt liv" på sin tid. "Sensation och spekulation i knarkhelvetet", var några kommentarer från recensenterna.

Hovnarrarnas okrönta kung Herbert Bonewitz är både gunstling och syndabock vid den årligen återkommande karnevalen i Mainz. Han rör vid tabubelagda områden med hjälp av den "Narrenfreiheit" som i Mainz tog form under 1800-talets första decennium. Under karnevalen, eller Fastnacht, tog sig befolkningen rättigheten att öppet häckla överheten. Ytterst handlar det i dag om yttrandefrihetens villkor i den västtyska underhållningsbranschen. Foto: KLAUS BENZ

Narrens kamp mot den inre saxen

Jag är isolerad. Jag är mycket ensam med min mening — inte ens kollegerna i den egna kretsen ställer upp. I TV har jag uteslutande en alibifunktion.

När man inte hör den stadiga rösten och det lugna tonfallet bakom yttrandet, kan det verka bittert och litet patetiskt. Det är slutstationen i ett illusionslöst samtal om yttrandefrihetens villkor i den västtyska underhållningsbranschen tillsammans med Mainz-karnevalens gunstling och syndabock, hovnarrarnas okrönta kung, Herbert Bonewitz. Han går inte med håven för att fiska medkänsla.

På Herbert Bonewitz' skrivbord ligger brevskörden efter

Forts. på nästa sida

Der Unterschied zwischen den großen Massenmedien und den kleinen Vereinen ist – wenn es um die Frage der Meinungsfreiheit geht – in seiner paradoxalen Begrenzung wie ein Schulbeispiel aus der Informationstheorie: Je größer und heterogener der Kreis, desto mehr Rücksicht muss genommen werden, desto enger sind die Grenzen gezogen.

Wen wundert's, dass Herbert Bonewitz die kleinen Kabaretts liebt. Will man das mit den Sitzungen vergleichen, so ist dies wie die zwei Seiten einer Münze, doch mit einem wichtigen Unterschied: „Im Kabarett kann man Dinge sagen, die in einer Sitzung nicht möglich sind. Nicht nur aus formalen oder Zeit-Gründen, sondern weil man nachdenkliche Nuancen wählen kann. Das Fastnachtspublikum merkt sofort, wenn es anfängt durchzuhängen und die Stimmung sinkt. Das Kabarett ist eine Kleinkunstbühne, die sich vor allem auch an die progressiven Jugendlichen richtet und wo man sich entsprechend artikulieren kann."

Herbert Bonewitz ist mit seiner Kritik an den alten Karnevalsvereinen und deren Abwertung der Aktiven nicht allein. Einige Zeit nach unserem Gespräch fand in Mainz so etwas wie eine Palastrevolution statt. Zum ersten Mal wurden danach die aktiven Narren bei der Fernseh-Programmgestaltung mit einbezogen. Vielleicht gibt das der Fastnacht eine neue Chance?

Von Carl-Friedrich Krüger, Mainzer Forumtheater „unterhaus"

Der hat uns grad noch gefehlt!

Zum Beginn der Frohsinnskampagne 1975 ließ Mainz wieder bundesweit den Blätterwald rauschen. Aber nicht von Singen, Lachen und Schunkeln kündeten die Schlagzeilen – die Schläge zielten tiefer: „Zensur im Karneval! – Mainz, wie es sich blamiert und kastriert!" Die Ober-Narren wollten ihren Fastnachtsstar Herbert Bonewitz auf ihr eigenes „Bonsai-Format" stutzen. Er war ihnen zu kess, zu frech und zu politisch geworden. Wobei letzteres solange kein Ärgernis gewesen wäre, solange die Richtung mit der vorherrschenden Farbe in lichtlosen Kohlenkellern übereingestimmt hätte.

Auch nach 25 Jahren Kabarett im „unterhaus" bestätigt einer der Geschäftsführer, Carl-Friedrich Krüger (genannt „Ce-eff"), der Künstlergattin: „Dein Mann hat uns nicht nur früher grad noch gefehlt – der wird uns auch in Zukunft fehlen!"

Tage später hieß es: „Bonewitz, wie er pariert und quittiert!" Inzwischen hatte nämlich das Mainzer „unterhaus" reagiert und seine Bühne angeboten, die sich als Forum für das freie Wort versteht. Man wurde sich schnell einig. Bonewitz begab sich zur „Spötterdämmerung auf tieferes Niveau zu den Kellerkindern" ins „unterhaus". Und Tausende folgten diesem „Rattenfänger der kritischen Töne", als er mit seinem ersten Abend-Programm dort debütierte: „Ein Narr packt aus".

Die Schlacht um Eintrittskarten nahm bedrohliche Formen an, und der Jubel des Publikums ließ die „unterhäusler" um die Statik des alten Gewölbes bangen. Wiederholungen wurden angesetzt: Vier Wochen, sechs Wochen, acht Wochen...die Schlangen vor der Vorverkaufsstelle wurden nicht kürzer. Und daran hat sich bis heute nichts geändert. Obwohl aus dem einstigen Narren im Laufe der Zeit ein hochkarätiger Kabarettist geworden ist.

Längst schon hat Herbert Bonewitz den „Büttel in die Bütt geworfen“, denn als „Abtrünniger“ passte er den „Gralshütern des heiligen Konfettis“ nicht mehr ins Konzept, und er zog daraus seine Konsequenzen. Sogar seinen Beruf als Werbeleiter hat er inzwischen an den berühmten Nagel gehängt und schlägt jetzt als Profi „in deutschen Landen frisch auf den Tisch“.

Bisher hat Herbert Bonewitz elf Programme geschrieben und davon neun im „unterhaus“ zur Uraufführung gebracht. Die „unterhäusler“ verloren dabei zwar einige „Freunde“, die irrtümlich glaubten, man könne durch persönliche Beziehungen an Karten kommen. Dafür aber haben sie viele neue, begeisterte Zuschauer gewonnen, die sich „ihren“ Bonewitz nicht entgehen lassen wollen.

Es soll auch Karnevalisten geben, die sagen: „Was ist uns denn an dem schon groß verloren gegangen? – Das war doch gar keiner von uns. Den hat uns ein Kuckuck ins Nest gelegt!“ – Ihnen sei ins Protokoll geschrieben: Der echte Narr hat sich noch nie verbiegen lassen, wenn es darum ging, dem König die Wahrheit zu sagen; selbst wenn er dabei Kopf und Kragen riskierte. Aber der König ist tot. Das Publikum ist an seine Stelle getreten und entscheidet jeden Abend. Das Urteil ist am Beifall abzulesen: Der hat uns grad noch gefehlt!

Von Prof. Dr. med. Christian-Friedrich Vahl

Dr. humoris causa

Herbert Bonewitz zum 75. Geburtstag

Seit vier Jahren findet im Hörsaal der Chirurgie eine ungewöhnliche Vorlesungsreihe statt, die ich, Direktor der Klinik und Poliklinik für Herz-, Thorax- und Gefäßchirurgie, ins Leben gerufen habe. In einer Staffel von vier bis fünf Vorträgen präsentieren Experten des Klinikums aktuelle Medizin-Themen und geben Einblicke in die medizinische Spitzenforschung – für Laien verständlich und unterhaltsam aufbereitet. Unter dem Motto „Nachtvorlesung für Jedermann" hat jede Staffel ein anderes Schwerpunktthema. Die jeweils abschließende Nachtvorlesung, stets am letzten Donnerstag vor Weihnachten, lag inzwischen schon traditionell in der Obhut von Herbert Bonewitz, der vom Mitveranstalter Michael Lang, Redakteur der Mainzer Allgemeinen Zeitung, schelmisch verschmitzt stets als „Dr. humoris causa" vorgestellt wurde. Den 75. Geburtstag von Herbert Bonewitz nahm ich zum Anlass aus meiner Sicht einen zugleich ungewöhnlichen wie liebevollen Geburtstagsgruß an Herbert Bonewitz zu schreiben.

Eigentlich ist am Donnerstag vor Weihnachten im großen Hörsaal der Chirurgie alles wie immer: Nur, anstelle von Hunderten von Studenten sind es Hunderte von Mainzern, die sich auf Stühlen, Bänken und Stufen drängen. Aber irgendetwas ist doch anders, denn es tritt etwas Unerwartetes ein. Trotz schlechter Luft, manchmal drückender Wärme, trotz Zusammengezwängtsein und unvorstellbarer Enge entdeckt man nirgendwo Schläfrigkeit, Unaufmerksamkeit oder Müdigkeit der Zuhörer, wie ich es

© Christina Schäfer

normalerweise von vielen Vorlesungen kenne, in denen die Nichtteilnahme der Vortragenden an dem Stoff, der doch der ihre sein sollte, einschläfernd wirkt.

An diesem Donnerstag ist es etwas anderes, das jeden wach hält. Es ist die Teilhabe, die Präsenz, die quicklebendige Stimmführung und nicht zuletzt das Gefühl, dass Herbert Bonewitz aus dem Augenwinkel heraus stets verfolgt, wie sein Publikum auf seine Vorlesung reagiert. Darin erscheint er mir fast vergleichbar jenen Kindern, die, in den Armen der Mutter liegend, einen Hund, einen Menschen, einen Gegenstand mustern, ohne dass ihnen dabei auch nur ein Wimpernzucken der Mutter entginge.

Herbert Bonewitz ist für mich zu einer einzigartigen, faszinierenden, in Worten kaum ausdrückbaren Erfahrung geworden. Aus dem Sog des Berufsalltages tretend und ausgestattet mit einem Erfahrungsschatz von Momenten, die irgendwie „vereinzeln", findet nun im Hörsaal eine ganz andere Vorlesung statt.

Konzentriert und aufrecht auf dem Stuhl sitzend, die Tischlampe eingeschaltet, ein schmuckloser nüchterner Tisch vor ihm stehend, keine Requisiten, kein Klavier, keine Musik. Aber bereits nach wenigen Momenten sind sie im Raum präsent: die Stimme des Humors, das Glück des gemeinsamen Lachens, die Erfahrung, mit fremden Menschen etwas Erfreuliches zu erleben, das man gerne teilt, und das alle irgendwie einigt.

So verbinde ich mit diesem „mit den Mainzern Lachen“ ein erstes Gefühl des Dazugehörens zu dieser Stadt. So kurzzeitig und unsicher das Gefühl auch sein mag, es hat etwas verändert. Ich verlasse den Hörsaal nicht so, wie ich es als Student so oft getan hatte, mit dem Gefühl „Hinaus, bloß weg von hier“, sondern mit einem ganz anderen Gefühl: „Jetzt also hinein in die Stadt, wo vielleicht die anderen Mainzer sind, die heute mit dir gelacht haben.“ Ich beschreibe es am einfachsten so: Dr. humoris causa hat mir eine Arznei verabreicht, eine Dosis Heiterkeit als ein Zugänglichwerden. Eine Heiterkeit, die einem zufällt, wenn man sich einlässt. Eine Art Weihnachtsgeschenk.

Anders als nach manchen streng akademischen Vorlesungsveranstaltungen in der Medizin, die nur gut trainierte, das heißt halbtote Gehirnzellen erzeugen, verlässt man die Bonewitz-Vorlesungen mit dem Gefühl, ein Stück Wachheit und Lebendigkeit dazu gewonnen zu haben. Vieles, was einem am Morgen und am Tag noch so vordringlich erschien, scheint an diesen Vorweihnachtsdonnerstag-Abenden nicht mehr so wichtig. Die Inspiration der Heiterkeit sagt weniger, was noch zu tun ist, sie sagt vielmehr, was gelassen werden kann.

So ein Humorerlebnis im Hörsaal ist nicht zu planen. Vielleicht ist die Bereitschaft für diese Art von Humor vor Weihnachten besonders groß. Die Beschwernisse, der Alltag, die Kraftanstrengungen sind abgehakt. Lass uns die Herzen öffnen, denn verbunden mit dem Namen Bonewitz winkt uns allen eine kleine gemeinsame Heiterkeit. Lass uns im Lachen ein Stück Frieden finden.

Aber es winken nicht nur Heiterkeiten, es gibt auch kurzzeitig betretene Gesichter. Wir haben – in Abhängigkeit von den Themen der Nachtvorlesungsstaffel – Herbert Bonewitz eine Themenstellung angeboten. Diese hat er ohne „wenn und aber“ akzeptiert, gleich, ob es sich um Kopf oder Herz oder Extremitäten handelte. Und er greift diese Themen auf, baut Mosaiksteine, die nicht das Rätselhafte, das Komplizierte zum Gegenstand haben, sondern „das Alltägliche, die Gewohnheiten, den Kram“, etwas, für das wir alle Spezialisten sind.

Im weiteren Ablauf fühle ich mich an die platonischen Dialoge erinnert, in denen der fragende Sokrates insgeheim immer mehr von dem besprochenen Sachverhalt wusste als der von Vorurteilswissen kraftstrotzende Antwortgebende. Während der anfangs so stark wirkende, gesichertes Wissen verkündende Antwortgeber durch die Fragen des Sokrates herausfand, wie unwichtig und wie wenig belastbar seine im Brustton der Überzeugung dargelegten Erkenntnisse wirklich sind, belehrt uns Bonewitz nicht auf so simple und rational leicht zugängliche Art. Dr. h.c. hat uns ein ganz spezielles Lachen verordnet: Wir lachen zwar, aber ein wenig bleibt uns das Lachen im Hals stecken, weil auch wir uns in der Rolle der von Vorurteilswissen und Allgemeinplätzen geschwellten Antwortgeber sehen, über die wir jetzt eigentlich so hämisch lachen wollten.

Aber Dr. h.c. kennt weitere wichtige Arzneien, die bereits die Mythen des Mittelalters füllten. Die Suche nach dem Brunnen der ewigen Jugend war durchaus eines der Motive, das manchen dazu veranlasste, auf den Spuren von Kolumbus in die neue Welt zu reisen. Zu so weiten Reisen zwingt uns Herbert Bonewitz nicht. Wenn man die Zuhörer in den Hörsaal kommen sieht, wirken sie ernst und noch belastet durch die Dinge, die jeder vorher getan, gedacht und erlebt hat.

Wie schön können menschliche Gesichter sein, wenn sie zum Schmunzeln, zum Lachen gebracht werden. Wie schön bleiben sie, wenn sie gelacht haben. Diese Heiterkeit verjüngt. Alle, wirklich alle scheinen jünger aus dem Hörsaal herauszugehen. Haben sie doch die Erfahrung der alles erwärmenden, alles verbindenden Fantasie, des Humors gemacht. Und die Erfahrung, dass gerade dann, wenn die Hörsäle so überfüllt sind, wie in dieser letzten Nachtvorlesung des Jahres, jeder in der Regel seinen Platz findet. Vielleicht auch, weil sich ein Gefühl einstellt, ganz einfach am richtigen Ort zu sein.

Als Dr. humoris causa hat Herbert Bonewitz durchaus nicht nur in mein Herz eingegriffen. Und als Herzchirurg darf ich ihm jetzt wünschen, dass sein Herz seinen Humor weitere viele, viele Jahre lang unterhalten wird. Wie es jedem passiert, hat auch er nun einmal Geburtstag, und da er darüber hinaus klassische 75 Jahre alt wird, erscheint sogar der Zitatenzugriff auf einen Klassiker gerechtfertigt: „One day too long, one life too short..." (Marilyn Monroe). So ist es. So soll es bleiben. So wird es für ihn bleiben. Ich wünsche ihm, dass immer jemand neben ihm ist. Denn vielleicht ist die wirkliche Heiterkeit, der alles umschließende Humor, doch immer eine Heiterkeit mit mindestens einem anderen.

Man darf manchen Menschen kein Problem erzählen. Sie kommen sofort mit Ratschlägen. Aber man braucht sich ganz gewiss nicht zu scheuen, Dr. h.c. ein Problem zu schildern. Er wird es anhören und wenn es wirklich einen „speziellen Kick" haben sollte, dann werden wir es nach einiger Zeit so bearbeitet finden, dass es uns bereits gelöst scheint, weil wir angefangen haben, mit anderen darüber zu schmunzeln.

Wir brauchen seine Art von Humor. Humor und Träume haben in der Geschichte oft mehr bewirkt als Kämpfe mit Waffengewalt, wenn die richtigen Leute nur in die richtige Stimmung kamen, schließlich freundlich und besonnen wurden, lachten und träumten. Wir brauchen auch – oder gerade – die Art von Arznei von Dr. h.c. Bonewitz, die nicht jeder sofort als willkommen empfindet.

Seinen mutigen Humor, der aneckt, wo es ihm notwendig oder unvermeidbar scheint. Denn nicht Künstler, Hausfrauen und ortsansässige Handwerker, sondern Wissenschaftler und Politiker werden in ökologische und technische Planungen eingebunden, die Mainz und die Umgebung der Stadt drastisch verändern könnten. Nicht Kleinbauern und kleine Geschäftsleute erhalten öffentliche Gelder in großen Dimensionen, sondern Wissenschaftler und Großbetriebe, um Kohlekraftwerke zu bauen und riesige Flughäfen noch größer zu machen. Autobahnen, Ortsumgehungen,

© Christina Schäfer

Monokulturen, administrative Schulansiedlungen und Schulkonzepte zerstören Lebensstile. Der erwartete Zugewinn an Bruttosozialprodukt und Wachstum bedeutet wahrscheinlich nicht, dass der Einzelne glücklicher wird und ein erfüllteres Leben führen wird. Es gibt so viele Dinge, die so ernst sind, dass man sie nur als Scherz ausdrücken kann. Und dass auf Dr. h.c. bei der Anwendung von dieser Art von Arznei Verlass ist, hat er nur zu oft bewiesen.

Nun, eines sei noch gesagt: Eine andere wichtige Eigenschaft teilt Herbert Bonewitz mit anderen großen Künstlern. Er ist nicht immer leicht auffindbar, nicht immer ohne weiteres zugänglich und weil er mir hochsensibel und wahrnehmungsfähig erscheint, ist er wahrscheinlich auch leicht verletzbar. Vielleicht ist in solchen Momenten auch nach 75 Jahren noch etwas von der Kindheit spürbar, in der wir uns vor den anderen oft nur versteckt hatten, um von ihnen gesucht und gefunden zu werden.

Und ich wünsche mir, aber auch allen, die ihn suchen, dass wir ihn noch oft finden werden. Denn wir wollen Bonewitz nicht nur lesen, sondern als Doktor humoris causa im großen Hörsaal der Chirurgie erleben. Wir alle wissen: Ein angedeuteter Blick, ein Lächeln, ein Kopfschütteln eines Lehrers seinem Schüler gegenüber haben Auswirkungen, die durch keine geschriebenen Sätze abgebildet werden können. Das heißt für uns: Egal, wie viele Bücher Herbert Bonewitz noch schreibt, man muss ihn auch hören und sehen.

Jetzt bin ich am Ende dieses Versuchs einer Würdigung angekommen. Sie verzichtet auf alles, was jeder Mainzer sowieso über Herbert Bonewitz weiß. Ich bin froh und dankbar, dass er der Nachtvorlesung einen speziellen Duft gegeben hat, bin dankbar, ihn ein ganz klein wenig kennen gelernt zu haben. Und indem ich auch nichts über diese Allgemeinplätze seiner tabellarischen Lebensstationen, seine Fernsehauftritte erzähle, tue ich implizit so, als sei ich selbst auch schon eine Art Mainzer, der alle diese Dinge sowieso kennt. Erst wenn er seinen 100. Geburtstag feiern wird, verspreche ich mit großer Akribie die Eckpunkte seines Lebens nachzuerzählen, und zwar so, dass er selbst daran seine Freude haben wird.

Von Uwe-Karsten Heye

Familiäre Enthüllungen

Rede zur Goldenen Hochzeit

Es ist mittlerweile ein halbes Jahrhundert her, als ein „doppelter Bonewitz" – es war schon dunkel an diesem Abend im August 1958 – durch Gonsenheim geisterte. Eine gesangsintensive – weniger freundliche Menschen würden sagen: lautstarke – Meute von Gonsbach-Lerchen zog durch die Gassen des noch sehr landwirtschaftlich geprägten Mainzer Stadtteils, um ihr Stammlokal von Friedel Sauer zu erreichen. Dorthin sollte am Vorabend seiner Hochzeit ihr Vorturner, Tonsetzer und Pianist Herbert Bonewitz zum traditionellen Junggesellenabschied geschleppt werden.

Unter dumpfem Trommelschlag hoben sie das vor der Haustür seines Elternhauses aufgelesene, bis zur Unkenntlichkeit kostümierte und maskierte Multitalent auf einen Stuhl, der wiederum auf eine – auf zwei Holzstangen ruhende – ebenfalls hölzerne Plattform genagelt war und trugen ihn auf diesem schwankenden Thron durchs Ort.

Vor der Kneipe war die Sänfte kaum abgestellt, als sich die Kneipentür öffnete und heraus trat ein zweiter Herbert Bonewitz, feixend und lachend. Die Täuschung war gelungen. Der da mit Hut, großer Brille und hoch geschlagenem Kragen auf dem vor der Kneipentür herunter gelassenen Thron saß, auf den ersten Blick relativ „Herbert-ähnlich", auf den zweiten eher weniger, den man auf kräftigen Lerchen-Schultern dorthin verbracht hatte, das war ich.

Zum ersten und zugleich letzten Mal war ich in der Rolle als Herbert Bonewitz aufgetreten. Ein voller Erfolg, und der Begriff „voll" gilt durchaus auch für den Rest des Abends. Noch war er ja Junggeselle, und mit der Eheschließung, wenige Tage später, würde er ohnedies allein die männliche Hauptrolle spielen in der diesem Vorspiel folgenden, jetzt 50 Jahre andauernden Ehegeschichte des goldenen Jubelpaares.

Das Alleinstellungsmerkmal dieser Verbindung – unter Werbefachleuten, zu denen ja auch Herbert gehört, heißt das knapp „USP" (Unique Selling Point) – der USP also sind eben diese 50 Jahre, die sie miteinander ausgehalten haben. Von einer kurzfristigen Trennung einmal abgesehen, eine bemerkenswerte Leistung. Das auch deswegen, weil die beiden Goldhochzeiter ihre vergleichsweise geringfügigen und reparablen Irrungen und Wirrungen fast ausschließlich auf dem Terrain dieses Örtchens Gonsenheim ausgetragen haben. Nein, beide wurden keine Globetrotter. Weiter als in bayerische, höchstens österreichische, italienische oder spanische Gefilde ging es nur selten.

Einmal immerhin bis Afrika – hinter die sicheren Mauern eines kenianischen Urlaubshotels. Davon haben sie sich allerdings nie richtig erholt und fürderhin auf weitere Auslandsreisen verzichtet. Halt – beinahe hätte ich eine Schiffsreise vergessen, die sie gemeinsam bis nach Königsberg führte, und einmal konnte ich die Goldbraut in die Schweiz locken. Dafür musste ich extra 50 werden. Sollte mir hier doch eine weite Reise entgangen sein, dann fiele sie unter die Rubrik „Geheim" – nicht für die Öffentlichkeit bestimmt.

50 Jahre goldene Gemeinsamkeit unter wechselnden Adressen feiern wir heute hier in Gonsenheim-City. Ich erinnere mich an den verzweifelten Versuch der beiden, ihre erste gemeinsame Behausung nach den Geschmackskriterien der ausgehenden 50er Jahre modern und einladend zu gestalten. Unter heutigem Blickwinkel, belegt auch durch Ästhetik und Wohngefühl in ihrem Häuschen „An der Krimm 10 a", war dieser Versuch, das Eckzimmer im ersten Stock des Elternhauses an der Hauptstraße in Gonsenheim einzurichten, ein ziemliches, mit roter Tapete verkleistertes Desaster.

Positiv zu vermelden ist, dass es „Am Sportfeld", der nächsten Adresse, nicht wiederholt wurde. Auf Herberts unterbewusstes „Über-Ich" hatte das Eckzimmer mit der roten Tapete im Übrigen eine interessante Wirkung. Im Vorgriff auf seine später folgende kabarettistische Karriere sinnierte er damals über einen Sketch nach, der im Blick auf die Verfeinerung

ihres Wohngeschmacks den verheißungsvollen Titel hatte: „Das gestohlene Eckzimmer". Dessen Pointe war, dass in dieser Kriminalgroteske nur das Zimmer einem Diebstahl zum Opfer fiel, die Möbel jedoch alle noch vorhanden waren.

Liebe Verwandte, liebe Freunde, hieran sieht man, wie fruchtbar es sein kann, einen Albtraum des Geschmacks nicht einfach zu verdrängen, sondern sich daran abzuarbeiten. Ästhetische Albträume – das führt nun zwar nicht unmittelbar zur Fastnacht, aber in ihre Nähe. Sie produziert alljährlich Formen des Allotria, die den Spaß an der Freude ziemlich aushöhlen können.

Niemand hätte schon 1958 vorhersehen können, dass mit diesem Bonewitz zugleich ein „fastnachtlicher Revoluzzer" auf den Plan treten würde, der sich mehr als ein Jahrzehnt wirklich redlich mühte, dem dahinsiechenden Humor rettend zur Verfügung zu stehen. Er nahm es unerschrocken mit der Mainzer Humormafia auf; diese „Cosa Nostra des organisierten Frohsinns" saß und sitzt leider noch immer am längeren Hebel.

Irgendwann verlor er jedoch die Lust und damit den roten Faden, wusste ihn aber im Kabarett wieder zu finden. Auf dem Mainzer „Walk of Fame" ist sein Name eingraviert. Einer, dem Mainz und wohl auch Gonsenheim einiges verdankt. Und von wegen nicht reisefreudig: Man muss nicht in die Ferne schweifen, um die jährliche Kilometerleistung in die Höhe zu treiben. Hier bleibt hinzuweisen auf jene zigtausend Fahrtkilometer im eigenen Auto, Roadie Bärbel unermüdlich am Steuer, auf Tournee mit dem „Jung-Kabarettisten" durch die Unwägbarkeiten der Provinz.

Was das bedeutet, weiß ich, seit ich selbst als Buchautor auf Lesereisen gehe: Man lernt viele Hotels kennen, deren Interieur an rot tapezierte Eckzimmer der 50er Jahre des vorigen Jahrhunderts erinnern. Alles egal, so lange sich das Publikum freut und mitgeht. Dafür macht man´s schließlich.

Themenwechsel. Unsere beiden Jubelpartner verdanken sich und ihren liebevollen Umarmungen zwei Kinder. Ihre beiden blitzgescheiten Abkömmlinge Ulrike und Michael sind längst erwachsen – und haben erfreulicherweise für eine überschaubare Enkelschar gesorgt. Blicken wir ein halbes Jahrhundert zurück. Unsere heutige „Jubel-Bärbel" war damals gerade 18 Jahre. Dass sie den damals noch in kurzen Hosen und in kaufmännischer Ausbildung bei Hakle befindlichen Bonewitz ehelichte, sorgte nicht gerade für innige Freude bei Schwiegermutter Aenne. Das messfremde Flüchtlingsmädchen hatte – wie man im rheinhessischen so sagt: „nix an de Fieß", noch irgendwelche materielle Erbmasse in Aussicht. Nicht gerade das, was man eine „gute Partie" nennt. Genetisch allerdings ist der Gonsenheimer Bonewitz-Sippe diese frische Braut aus der Ferne gut bekommen.

Vielleicht hat selbst die Schwiegermutter Aenne heimlich geahnt: Bärbel war der Glücksfall für Herbert. Und hier sitzt sie nun neben ihm: seine goldbekränzte Langzeitliebe. Wer weiß, vielleicht hat diese Partnerschaft das emotionale Auf und Ab auch deswegen so unbeschadet überstanden, weil die eher spießigen Wertmaßstäbe von Herberts Eltern ignoriert und damit ohne Einfluss blieben.

Im Übrigen bringt es die heutige Feier ja auch unvermeidlich mit sich, ein halbes Jahrhundert zu durchmessen, das unendlich spannungsvoll war und in seinen wechselnden Lebensgefühlen auch ganz individuelle Zerreißproben mit sich brachte.

Die vielen Programme, deren Premieren jeweils im unterhaus gefeiert wurden, sie hatten sofort Erfolg und beamten Herbert in den Ruhmestempel des Kabaretts. Sie spiegelten eben auch das Weltgeschehen und die Reaktion der Menschen darauf.

Ein Zufall, dass zeitgleich zwei Kabarettisten, so unterschiedlich sie in ihrer Performance auch waren, zugleich den Ruhm der Stadt vermehrten: neben Herbert Bonewitz war es Hanns Dieter Hüsch. Sie mochten sich sehr und bewunderten beim jeweils anderen die jeweils andere Form. Zwei, mit offenkundiger Menschenliebe, die in vielen ihrer Lieder nachhallte. Sie beide haben ihrem Publikum nicht geschmeichelt, das war keine Rutschpartie auf der Schleimspur der Anbiederung.

In Herberts Fall hätte der Künstler auch erst einmal an seiner schärfsten Kritikerin vorbei gemusst – und da wäre er ohne Chance geblieben. Hier ergibt sich aus den unterschiedlichen Rollen, die diese zwei Menschen ausfüllen, die Antwort auf die Frage: Woher nimmt er das? Auch Bärbel, politisch sehr interessiert, kann die gesellschaftlichen Widersprüche und Ungerechtigkeiten aufspüren wie ein Seismograf. Ich weiß, wovon ich spreche und erinnere mich an stundenlange Telefongespräche, in denen sie mir – in meiner damaligen Funktion als Bundesregierungssprecher – ihre Anweisungen für angemessenes politisches Handeln übermittelte, endend mit den Worten: „Und das sag ruhig mal dem Schröder!" Wie man sich denken kann: Er hat sich nicht immer an alles gehalten. Hätte er, vielleicht hätten wir ihn noch.

Bei Herbert war das offenbar anders, sonst wäre womöglich seine Karriere auf der Kabarettbühne nicht so makellos verlaufen. Dazu brauchte es auch die Anregungen und immerwährenden Ermutigungen, die Bärbel ihrem Herbert geben konnte, und ihren scharfen Blick, ihre unbestechliche Kritik: Wenn Bärbel sagt „gut" – dann ist es gut.

Auf die Gratulation häufe ich nun noch Dank: Ich denke, alle, die wir hier sind, danken, ob als Verwandte, als Freunde oder Fans, für die Fähigkeit Herberts, uns immer wieder mit Einfällen zu beglücken, die uns in die Welt der Fantasie geleiten. Und Bärbel, die ihm dazu allezeit die Tür weit offen hielt. Denn dort steht der Baum, von dem Herbert Träume pflückte, die nicht zuletzt wohl auch seine Muse Bärbel ihm eingab.

Ganz persönlich danke ich für Freundschaft und schwesterliche Liebe, die mir paarweise in den zurückliegenden 50 Jahren zuteil wurden. Am Schluss möchte ich einen kleinen Gedanken anfügen, den Herbert auf seine ganz eigene Art in ein Lied fasste, das ich immer mal wieder summe: auch ich „möcht' ein Schloss aus Blumen bau´n".

Von Reinhard Hippen

Ein leidenschaftlicher Kabarettist

(Auszüge aus der Rede anlässlich der Jubiläumsfeier „20 Jahre Bonewitz im Kabarett“ im Entree vom „unterhaus“ am 11.11.1995)

Das Kabarett von Herbert Bonewitz lebt von dem Missverständnis verkündeter und tatsächlich gelebter Wirklichkeiten. Seine Ideen und Einfälle, vor allem potentiell komische, wären jedoch keinen Pfifferling wert, wenn sie nicht durch höchste Kunstfertigkeit und intellektuelle Strenge zur Geltung gebracht würden.

Dabei ist er vor allem ein Sprechspieler. Der hudelt und fällt ins Wort, ballt die Silben und bellt Gelächter, schleimt und stammelt – die Welt der Politik als Sprachstudie – und schon hören wir nur noch lackierte Kleinbürger. Dazwischen, sozusagen als Schnellschussanlage, fetzt er Adhoc-Kommentare in frontaler Ruppigkeit ins Publikum, so kunstlos wie wirkungsvoll.

Ein Vorort-Strizzi waschechter Provenienz, dessen määnzerisch-unverschämtes Temperament schon der halbe Erfolg ist. Sein Kabarett ist gekennzeichnet durch eine, wohl hier besonders beheimatete, gewaltige orgiastische Lust am Enthüllen und von der Sehnsucht, die Enthüllung nicht völlig nackt auf der Bühne stehen zu lassen.

Mögen bei anderen Menschen zwei Seelen in ihrer Brust wohnen, den Bonewitz bewohnt ein ganzes Volk. Und er bewahrt sie alle in seiner Kehle: die Bürotäter und Biersäufer, Hausmeister, Präsidenten, Postfaschisten, Russen, Amis und besoffene Fastnachtsprinzen.

Er ist ein scharfer Beobachter. Viele seiner Szenen leben von einem Hintergrund akkuratester Realitätsnähe. Diverse Personen aus dem Alltag hat er bis zur Verwechselbarkeit genau imitiert. Weil es ihm gelingt, eine Welt der Konventionen und Tabus künstlich zu errichten, uns glauben zu machen, es sei die unsere, um sich dann an ihr zu vergehen und daraus komischen Honig zu saugen.

Im Detail trifft er dabei oft genug ins Schwarze, gelingen ihm verblüffende, prägnante Zuspitzungen und da, wo er ansetzt aufs Ganze zu ge-

hen, wo er versucht, dem Zeitgeist die Perspektiven auszumessen und die Widersprüche aufzuzeigen, da entrichtet er hohen Tribut: Herbert Bonewitz glaubt an die Veränderbarkeit seines Publikums.

Dabei bedient er sich nicht komischer Mittel, um diese gesellschaftlichen Zustände und menschlichen Verhaltensweisen zu beschreiben und zu kritisieren, sondern er verwendet – unter anderem – gesellschaftliche und individuelle Gegebenheiten, um Komik zu erzeugen. Für ihn ist das Komische nicht Mittel, sondern Zweck – auch wenn ihm das manchmal zum Vorwurf gemacht wurde. In der Tat, Bonewitz will auch komisch sein. Und im Gegensatz zu vielen anderen, die das auch wollen, ist er es, und es gelingt auch ihm mit dem größten Erfolg.

Scheinbar mit leichter Hand, in Wahrheit aber in verzweifelter Anstrengung gewinnt er der Welt das Komische ab und beweist sich und uns, dass sie vielleicht nicht vollkommen sinnlos ist. Insofern hat seine Kunst eben doch einen Zweck, der über sie selbst hinausweist: In der Tat ist sie tröstlich. Und als tröstlich empfinde ich auch die bloße Existenz dieses Mannes, meines Freundes, mit seinen listigen Augen und zurückhaltendem Lachen, von dem man nie weiß, ob es spöttisch, ironisch oder einfach freundlich ist.

Herbert Bonewitz ist ein von den Leiden seiner Umwelt – weil alles so ist, wie es ist – geprägter Kabarettist, ein von Preisen nicht sehr gewürgter Entertainer und demzufolge auch manchmal ein schwieriger Mensch. Daraus folgt in kabarettistischer Logik: Er ist ein leidenschaftlicher Kabarettist, ein preiswürdiger Entertainer und ein liebenswerter Mensch. Möge er uns noch lange erhalten bleiben.

Ich danke Ihnen.

Zum Gedenken an Reinhard Hippen, den Gründer des Deutschen Kabarettarchivs

Am 24. April 2010 erlag Reinhard Hippen einem heimtückischen Krebsleiden. Mit ihm verlor die deutschsprachige Kleinkunstszene einen bedeutenden Förderer und Bewahrer. Ohne ihn wären viele kulturpolitische Projekte nicht denkbar gewesen, außer seinem Kabarettarchiv die „Essener Songtage", der „Deutsche Kleinkunstpreis", das „Open Ohr Festival", die Festivals auf der Burg Waldeck, aber auch die alternativen Fastnachtsitzungen der „Meenzer Drecksäck" und vieles andere mehr.

Er war nicht nur ein künstlerisch begabter Chronist, sondern auch eine außergewöhnliche Persönlichkeit mit unterschiedlichen Facetten: vielseitig talentiert und akribisch arbeitend, ideenreich und kreativ, wagemutig mit neuen Projekten, aber auch etwas verschroben und eigenbrötlerisch, ein eigenwilliger Charakter mit vielen Stärken und manchen Schwächen – eben ein Mensch, aber ein ganz besonderer.

Über Reinhard Hippen und sein bewegtes Leben habe ich einen ausführlichen Nachruf geschrieben, in dem nicht nur seine Bedeutung für die Kulturszene und seine vielfältigen Aktivitäten geschildert werden, sondern auch seine private Seite. Man findet den Artikel im „MAINZ"-Vierteljahresheft, Ausgabe 3, 2010.

Für mich war er seit 35 Jahren ein treuer Weggefährte, ein loyaler Sympathisant und guter Freund gewesen. Im Geiste höre ich ihn – uns zum Trost – die bekannte Liedzeile der unvergessenen Trude Herr zitieren: „Niemals geht man so ganz, irgendwas von mir bleibt hier." Davon bin ich fest überzeugt. Ihm zu Ehren steht an dieser Stelle das Gedicht, das ich ihm einst zu seinem 50. Geburtstag gewidmet hatte.

Der Archivar

Ganz und gar
Sonderbar
Ist doch so ein Archivar
Nimmt gewahr
Immerdar
Was all auf der Welt geschah
Offenbar
Unheilbar
Sammelt gar
Von jedem Star
Lieder klar
Texte rar
Möglichst jedes Exemplar
Lapidar
Wahrnehmbar
Mit und ohne Kommentar
Hier und da
Fern und nah
Ernstes und Allotria
Sucht sogar
Unsichtbar
Oft sich selbst im Inventar
Wo er war?
Ist doch klar:
Unter „A"
Wie „Archivar".

(Herbert Bonewitz, 1992)

Kabarettprogramme

ab 11.11.75 nur als „Amateur" aufgetreten, da im Hauptberuf Werbeleiter

1. „Ein Narr packt aus" – Narrenspiegeleien –
von 1975 bis 1976 mit 40 Aufführungen

---

2. „Spaß muss sein!" – Ein Humoratorium –
von 1977 bis 1978 mit 36 Aufführungen

---

3. „1, 2, 3... wo ist der Mensch?" – Ein gutbürgerliches Gesellschaftsspiel –
von 1979 bis 1980 mit 30 Aufführungen

---

4. „Alles nur halb so wild!" – Lebenshilfen für den Alltag –
von 1980 bis 1981 mit 30 Aufführungen

---

5. „Wahn-sinnig... komisch!" – Aus deutschen Landen frisch auf's Tablett –
von 1981 bis 1982 mit 36 Aufführungen

---

6. „Total im Bild" – Makabarettistische Realvisionen –
von 1983 bis 1984 mit 36 Aufführungen

---

ab 01.01.84 als Freiberufler nur noch als „Profi" aufgetreten

7. „Na denn, viel Spaß!" – Typisch Bonewitz –
(das 1. Tournee-Programm)
von 1984 bis 1987 mit 112 Aufführungen

---

8. „Faust im Sack" – Klassiker werden geliftet –
(unter dem Titel „So ein Theater!"
auch als Tournee-Programm gespielt)
von 1985 bis 1987 mit 33 Aufführungen,
auf Tournee 17 Aufführungen

---

9. „Mund auf – Ohren zu!" –
Ein Sprachseminar für sprachlose Zeitgenossen –
von 1986 bis 1988 mit 31 Aufführungen

---

10. „Nur keine Panik!“ – Eine real-satirische Beruhigungstherapie –
(auch auf Tournee gespielt)
von 1987 bis 1990 mit 100 Aufführungen

---

11. „Da machste was mit!“ – Unterhaltung... hinter der Bühne –
von 1989 bis 1990 mit 28 Aufführungen

---

12. „Flügel-Schläge“ – Ein Musikabarett für Unmusikalische –
von 1990 bis 1993 mit 31 Aufführungen

---

13. „Da biste sprachlos!“ – Experimente mit dem Alltäglichen –
(auch auf Tournee gespielt)
von 1991 bis 1993 mit 52 Aufführungen

---

14. „Kopfsalat und Sperrmüll“ – Gelebte Scherze –
von 1993 bis 1997 mit 26 Aufführungen im „unterhaus“
und 46 auf Tournee

---

anlässlich „20 Jahre Bonewitz im Kabarett“ und „Abschiedstournee“ bis 1999

15. „Blick zurück nach vorn“ – Eine sati(e)rische Invent(o)ur –
von 1995 bis 1999 mit 26 Aufführungen im „unterhaus“
und 16 auf Tournee

---

16. „Ich bin so frei!“ – Zeitgeistliche Experimente –
von 1998 bis 2000 mit 23 Aufführungen

---

das allerletzte Repertoire-Kabarettprogramm, gespielt bis zum 24.03.01

17. „Lauter liebe Leut“ – Lebenszeitliche Reflexionen –
von 2000 bis 2001 mit 12 Aufführungen

= insgesamt 17 Kabarettprogramme in 27 Jahren mit 760 Aufführungen

Bisherige Publikationen

Typisch Bonewitz
– Satiren von B bis Z -
Sketche und Vorträge / Songs und Gedichte
Glossen und Kommentare / Essays über den Autor
240 Seiten mit Fotos + Cartoons
Herausgeber: Reinhard Hippen
Gründer vom „Deutschen Kabarett-Archiv“
Verlag Hermann Schmidt Mainz, 1993
ISBN 3-87439-306-2

*

Typisch Bonewitz
Ausgewählte Sketche und Songs
aus 20 Jahren Kabarettprogrammen
von & mit Herbert Bonewitz
CD mit 20 Titel
Verlag „merkton“ – Wolfgang Zinke, 1993
Bestell-Nr. 876 567-907 merkton/Aris
AUSVERKAUFT

*

Zwischen allen Stilen
Herbert Bonewitz
– Kuriose Erlebnisse & lehrreiche Erfahrungen –
120 Seiten mit Fotos + Cartoons
Herausgeber: Mainzer Bibliotheksgesellschaft e.V.
Verlag Edition Erasmus Mainz, 2000
ISBN 3-295131-02-7
AUSVERKAUFT

*

Herbert Bonewitz
Gereimtes Leben
Gedichte und Lieder zwischen Scherz, Satire und Poesie
176 Seiten mit 12 Illustrationen
Druck & Herstellung:
gzm – Grafisches Zentrum Mainz Bödige GmbH

Herausgeber: Michael Bonewitz
Satz & Layout / Verlag & Vertrieb:
Bonewitz Communication GmbH Bodenheim, 2004
ISBN 3-00-014820-5
AUSVERKAUFT

*

Herbert Bonewitz

BoneWitziges Satirikum

Mit scharfer Zunge und spitzer Feder
208 Seiten mit zahlreichen Cartoons
Druck & Herstellung:
gzm – Grafisches Zentrum Mainz Bödige GmbH
Herausgeber: Michael Bonewitz
Satz & Layout / Verlag & Vertrieb:
Bonewitz Communication GmbH Bodenheim, 2006
ISBN 3-00-020244-7

*

Herbert Bonewitz

Mein Kabarett-Menü

Pikante Leckerbissen und regionale Spezialitäten
224 Seiten mit zahlreichen Fotos + Cartoons
Druck & Herstellung:
gzm – Grafisches Zentrum Mainz Bödige GmbH
Herausgeber: Michael Bonewitz
Satz & Layout:
Bonewitz Communication GmbH Bodenheim / Fiona Lenssen
Verlag & Vertrieb:
Bonewitz Communication GmbH Bodenheim, 2008
ISBN 978-3-9811590-3-5

Mein Mann – ein merkwürdiges Wesen

von Barbara Bonewitz

Theorie und Praxis liegen oft weit auseinander. Theoretisch kommt mein Mann jeden Morgen leichtfüßig die Treppe herunter geschwebt, um mit mir zu frühstücken. Schön wär's! Praktisch kommt er müde – fast noch im Tiefschlaf – schleichend angeschlurft. So langsam, dass ich Angst bekomme, er könnte jeden Moment die Treppe herunter fallen. Ihnen darf ich's ja sagen, wenn Sie es keinem weiter erzählen: Mein Mann sieht so gut wie nichts. Jedenfalls morgens. Kurz vorm Frühstück. Denn er ist ein Morgenmuffel.

Tapfer steuert er mit einem verzückt-verzweifelten Lächeln auf mich zu, streichelt den Brötchenkorb, dann mich und sagt freundlich „guten Morgen" zum Frühstücksei. Irgendwie bekommt er dann doch die Kurve um den Tisch und landet auf seinem Sitzplatz. Etappenweise gewöhnen sich seine Augen an die allmorgendliche Umgebung. Seine Augen blitzen nur kurz auf, wenn er etwas Essbares auf seinem Teller findet.

Ein mythisches Wesen: halb Mensch, halb Sessel

Seit über 50 Jahren bin ich meinem Mann ein unerklärliches Rätsel, denn er kann sich nur schwer vorstellen, dass man so früh schon so wach sein kann wie ich. Was er überhaupt nicht begreift, das sind meine gute Laune und meine Munterkeit. Die Küchenuhr zeigt zwar schon acht Uhr dreißig, doch er weiß offenbar nicht, dass ich schon seit sechs Uhr auf den Beinen bin. Ich werde es ihm auch nicht erzählen, der Schock wäre einfach zu groß.

Herbert – der Praktische

Haben Sie auch einen Kamin? Ein Kamin gibt wohlige Wärme an seine Umgebung ab. Gerade im Winter. Ach, muss das herrlich sein! Unser Kamin sieht allerdings etwas anders aus. Im Kaminfach, wo eigentlich die flackernden Flammen lodern sollen, stapeln sich bei uns Bücher, Aktenordner, Rätselhefte, Zeitschriften, Schachspiele und Schreibblöcke. Leer gefegt und bereit zum Anfeuern habe ich unseren Kamin zuletzt im vergangenen Jahrtausend gesehen.

Damals hatte er noch eine normale Bestimmung, denn direkt nach unserem Einzug in unser Haus hatte ich eine Ladung Buchenholz bestellt und in der Garage zwischengelagert. Nachdem dann der Kamin dauerhaft zweckentfremdet wurde, moderte das schöne Buchenholz in unserer Garage langsam vor sich hin. Irgendwann hatte ich dann Mitleid mit dem armen Holz und habe es unserem Nachbarn geschenkt. Viele glauben jetzt, mein armer Mann hat kein Büro. Von wegen, ganz oben im gesamten zweiten Stock, unter dem Dach, da liegen die Originale der Kopien aus dem Kamin. Zwecks Dauerarchivierung. Aber das ist eine andere Geschichte.

Herbert – der Dressman

In ganz Mainz habe ich den elegantesten Mann. Er ist modisch, schick, elegant gekleidet, total auf dem Laufenden – was die unterschiedlichsten modernen Kleidungs-Accessoires angeht. Modekataloge berühmter Designer hat er abonniert und schaut sie sich regelmäßig an. Kaum gelesen fährt er freiwillig mit mir in die Stadt, um mal so richtig shoppen zu gehen.

Okay, wenn ich ehrlich bin, hier habe ich etwas geflunkert. Bei genauerer Betrachtung ist mein Mann doch eher das absolute Gegenteil von einem Dressman. „Ich brauch keine Hosen“, ist beispielsweise seine

Standard-Antwort, wenn ich ihm seine 34 Jahre alte Cordhose vom Leib reißen will, um sie gegen eine neue – die ich bei C&A probeweise ausgeliehen habe – auszutauschen.

Übrigens, seine erste Jeanshose hat er vor zwei Jahren dann doch freiwillig abgegeben; aber nur, weil sie jetzt im Deutschen Museum ausgestellt wird. Unter dem Ausstellungsstück steht der Hinweis: „Seltenes Exemplar einer Herrenjeanshose aus den Anfängen des Jeansverkauf in Deutschland Anfang der 1970er Jahre."

Da mein Mann von Haus aus sehr ordentlich ist, hat er das Museum noch um zwei weitere Exponate bereichert. Denn er hatte nicht nur die Original-Waschanleitung, sondern auch den Original-Levis-Kleiderbügel aus dem Jahr 1973.

Herbert – der Muffelpeter

Herbert isst und trinkt für sein Leben gern. Wichtigste Voraussetzung: Das Essen muss gut gewürzt sein. Chili beispielweise ist sein Lieblingsgewürz. Fanatisch wird er, wenn Sauerbraten auf dem Speiseplan steht, dann peilt mein Mann rekordverdächtige Verzehrtage an. Er kann inzwischen ohne Unterbrechung sieben Tage hintereinander Sauerbraten muffeln – vorausgesetzt, ich habe genug gekocht. Alle Achtung! Aber wehe, wenn er dann plötzlich all ist, der Sauerbraten, dann ist er sehr traurig, mein Mann.

In der Übergangsphase zum nächsten Sauerbraten ist Herbert übrigens sehr lernwillig – allein schon aus purer Vorfreude. Einmal habe ich ihm in dieser Zeit beigebracht, wie man die Geschirrspülmaschine ausräumt. Nach mehreren Probeläufen unter meiner Aufsicht beherrscht er diese komplizierte Technik nun einwandfrei. Mittlerweile kann er das auch schon ganz selbstständig. Ich muss zugeben: fast perfekt. Er verteilt sogar alles in die richtigen Schränke. Darauf ist er ganz stolz und will regelmäßig gelobt werden, weil er so eine komplexe Hausarbeit erfolgreich erledigen kann. Demnächst muss ich ihm nur noch beibringen, wie man das schmutzige Geschirr in die Spülmaschine einräumt.

Herbert – der Ordentliche

Als ich meinen ersten Computer erhielt, haben mir meine Kinder und Enkel in jahrelanger mühseliger Kleinarbeit beigebracht, wie ein Computer funktioniert. Es hat sieben Jahr gedauert, bis ich verstanden habe, was „Multitasking" eigentlich ist. Aber dann fiel es mir wie Schuppen aus den Haaren: „Multitasking" ist doch das, was mein Mann seit 50 Jahren allabendlich macht: Er kann gleichzeitig Fernsehen gucken, ein Kreuzworträtsel lösen, dazu ein Buch lesen und Texte auf seinem Computer schreiben. Ich bin froh, wenn ich gerade mal zwei Sachen auf einmal kann, zum Beispiel Fernsehen und dabei einschlafen.

Und noch etwas hat mein Mann einem Computer voraus. Er speichert alles wohlsortiert in Ordner. Wir haben Ordner für Büroarbeiten, für Kabaretttexte, für Fastnachtsvorträge, für Unterlagen über die Gonsbach-Lerchen, für Urlaubs- und Familienfotos, für Steuerunterlagen, für aktuelle Projekte, für Lieblingsspeisen, für Telefonnummern und dann noch Ordner, in denen drin steht, was in welchem Ordner einsortiert ist.

Das Tolle daran ist: Mein Mann findet alles auf Anhieb. Ich bewundere ihn, weil er immer alles so fleißig einordnet. Aber er behauptet dann nur: Er sei einfach zu faul zum Suchen.

Aber alles in allem, wenn ich Schwächen und Stärken gegeneinander aufwiege, dann ist er nicht nur ein merkwürdiges Wesen, sondern auch immer noch der beste Ehemann der Welt: mein Hasenbär...

…und ganz zum Schluss:

Ein Interview mit mir selbst

»| *Zunächst eine Frage, die dir sicher noch nie gestellt wurde: Was willst du eigentlich mit deinen Programmen erreichen?*
Möglichst viele Leute.

»| *Und was willst du bei denen bewirken?*
Dass sie immer wieder zu mir in die Vorstellungen kommen.

»| *Welche Vorstellung hast du eigentlich von einem guten Programm?*
Wenn das Programm eine gute Vorstellung hat.

»| *Was bereitet dir vor einem Auftritt die größte Sorge?*
Dass sich mehr Personen auf der Bühne befinden als im Saal.

»| *Und wenn die Vorstellung ausverkauft ist?*
Wie kriege ich die Leute am Schluss wieder aus dem Saal.

»| *Wovor hast du auf der Bühne die größte Angst?*
Dass mir plötzlich die Hose platzt.

››| *Siehst du dich eher als subtiler Literat oder aber als ein Intellektueller?*
Eher nicht.

››| *Bist du mehr ein Alltagssatiriker oder aber eher ein Volkskabarettist?*
Ganz sicher.

››| *Schreibst du all deine Texte und die Musik selbst?*
Nicht nur selbst, sondern sogar ganz alleine.

››| *Welche Funktion hat der Dialekt in deinen Programmen?*
Meist eine rein sprachliche.

››| *Wie beschreibst du deine politische Zielsetzung?*
Mit radikaler Unausgewogenheit... völlig einseitig... nach allen Seiten.

››| *Ärgerst du dich über schlechte Kritiken?*
Was ist das denn?

››| *Mal ehrlich, hast du dich wirklich noch nie über einen Verriss aufgeregt?*
Aber nur, wenn ich ihn gelesen habe.

››| *Und wie stellst du dir deine Zukunft vor?*
Welche? Rein quantenphilosophisch betrachtet gibt es mehrere.

››| *Auf was bist du besonders stolz?*
Auf meine Kinder und auf meine Enkel.

››| *Liebst du eher ein ruhiges angenehmes Leben oder eine harte, aber erfolgreiche Karriere?*
Ich liebe meine Frau.

››| *Vielen Dank für dieses Gespräch.*
Ich wüsste nicht warum.

Inhaltsverzeichnis

Hoffentlich hab ich nix vergesse?!